biblioteca

JOHN GRISHAM
titluri publicate

THRILLER JURIDIC
Şi vreme e ca să ucizi...
Firma
Cazul Pelican
Clientul
Camera morţii
Omul care aduce ploaia
Juriul
Partenerul
Avocatul străzii
Testamentul
Frăţia
Moştenitorii
Maestrul
Ultimul jurat
Mediatorul
Apelul
Asociatul
Mărturisirea
Litigiul
Şantajul
Şirul de platani
Muntele familiei Gray
Avocatul rebel
Informatorul
Negustorul de manuscrise
Barul Rooster
Ziua răzbunării
Îngerii dreptăţii
Uragan pe insula Camino
...Şi vine vremea îndurării

SPORT
Campionul din Arkansas
Calico Joe

UMOR
Un altfel de Crăciun
Fotbal şi pizza

POVESTIRI
Ford County

NONFICŢIUNE
Nevinovatul

TINERI
Theodore Boone: Puştiul avocat
Theodore Boone: Răpirea
Theodore Boone: Acuzatul
Theodore Boone: Ameninţarea

JOHN
GRISHAM

LISTA JUDECĂTORULUI

rao

Descrierea CIP a Bibliotecii Naţionale a României
GRISHAM, JOHN
Lista judecătorului / John Grisham.
- Bucureşti : RAO Distribuţie, 2023
ISBN 978-606-006-838-9

821.111

RAO Distribuţie
Str. Bârgăului nr. 9-11, Bucureşti, România
www.raobooks.com
www.rao.ro

JOHN GRISHAM
The Judge's List

Traducere din limba engleză
Mihaela Neacşu prin LINGUA CONNEXION

2023

ISBN 978-606-006-838-9

1

Apelul veni pe telefonul fix, printr-un sistem vechi de cel puţin douăzeci de ani, ce rezistase cu succes progresului tehnologic. Îl preluă o recepţioneră tatuată, pe nume Felicity, o angajată nouă care avea să plece înainte să înţeleagă cum funcţionau telefoanele. Plecau toate, se părea, dar mai ales personalul administrativ. Cifra de afaceri era ridicolă. Moralul era scăzut. Comisiei de Conduită Judiciară i se tăiase bugetul, pentru al patrulea an consecutiv, de către un guvern care abia dacă ştia de existenţa ei.

Felicity reuşi să transfere apelul în biroul aglomerat din capătul holului, ocupat de Lacy Stoltz.

– Un apel pe linia trei, spuse.

– Cine e? întrebă Lacy.

– N-a zis.

I-ar fi putut da replica în atât de multe feluri. Dar, în momentul acela, Lacy era plictisită şi nu voia să-şi consume energia certând-o cum se cuvenea pe copilă şi punând-o la punct. Obiceiurile şi protocoalele nu se mai respectau. Disciplina muncii pălea, iar CCJ aluneca în haos.

Veterană fiind, chiar cea mai veche din birou, era important să dea un bun exemplu.

– Mersi, îi spuse, apoi apăsă pe butonul telefonului ce clipea intermitent. Lacy Stoltz.

– Bună ziua, doamnă Stoltz. Aveţi un minut?

Femeie, educată, fără accent, la patruzeci şi ceva de ani. Îi plăcea întotdeauna să identifice interlocutorul după voce.

– Cu cine am plăcerea?

– Deocamdată, Margie, dar mă folosesc şi de alte nume.

Lacy fu cât pe ce să pufnească în râs.

– Cel puţin, eşti onestă. De obicei, îmi ia ceva timp să îmi dau seama dacă oamenii se folosesc de nume false.

Telefoanele anonime erau ceva obişnuit. Oamenii cu resentimente la adresa judecătorilor erau mereu şovăielnici şi temători să se ia la luptă cu sistemul. Aproape tuturor le era frică de răzbunarea celor aflaţi la putere.

– Vreau să vorbim între patru ochi, spuse Margie.

– Putem vorbi în biroul meu, dacă doreşti.

– O, nu, exclamă Margie, aparent îngrozită. Nu e bine. Cunoşti Clădirea Siler, din apropiere?

– Desigur, spuse Lacy, ridicându-se şi privind pe fereastră către Clădirea Siler, una dintre cele câteva clădiri guvernamentale tipice din centrul oraşului Tallahassee.

– La parter e o cafenea, spuse Margie. Ne vedem acolo?

– Sigur. Când?

– Acum. Sunt la a doua cafea cu lapte.

– Nu te grăbi. Ajung în câteva minute. Mă vei recunoaşte?

– Da. Ţi-am văzut fotografia pe site. Sunt în spate, pe stânga.

Biroul lui Lacy oferea discreţie. Cel din stânga ei rămăsese liber după ce colegul ei plecase la o firmă mai mare. De cealaltă parte a holului, un alt birou fusese transformat în spaţiu de depozitare. Lacy porni către Felicity şi se strecură în biroul lui Darren Trope, un angajat aflat în firmă de doi ani, care îşi căuta deja altceva.

– Eşti ocupat? îl întrebă, întrerupându-l din ceea ce făcea.

– Nu tocmai.

Nici nu conta dacă era ocupat sau nu. Dacă Lacy avea nevoie de ceva, Darren se punea imediat la dispoziţia ei.

– Fă-mi un serviciu! Merg la Siler să mă întâlnesc cu o străină care a recunoscut că se foloseşte de un nume fals.

– O, ador misterul! Categoric e mai interesant decât să stai la birou citind despre un judecător care a făcut comentarii indecente în faţa unui martor.

– Cât de indecente?

– Destul de explicite.

– Imagini, video?

– Încă nu.

– Să-mi spui dacă faci rost. Aşadar, ce zici, cobori peste câteva minute să faci nişte poze?

– Sigur. Nicio problemă. Şi n-ai idee cine ar putea fi?

– Absolut deloc.

Lacy coborî şi merse încet, fără grabă, bucurându-se de aerul proaspăt, apoi intră în holul Clădirii Siler. Ceasul era aproape patru după-amiaza şi la ora aceea nu mai bea nimeni cafea. Margie era în spate, pe stânga, la o masă mică. Îi făcu un semn rapid şi discret, de parcă s-ar fi temut să nu fie văzută. Lacy zâmbi şi porni către ea.

Afro-americancă, la vreo patruzeci de ani, elegantă, atrăgătoare, educată, purta pantaloni şi pantofi cu toc, fiind îmbrăcată mult mai bine decât Lacy, deşi, în ultima vreme, la CCJ era permisă orice ţinută. Fostul şef le cerea sacou şi cravată şi dispreţuia blugii, dar se pensionase cu doi ani în urmă, luând cu el majoritatea regulilor.

Lacy trecu pe lângă tejghea, unde barmaniţa stătea cu coatele lipite de masă şi cu ochii lipiţi de telefonul roz pe care îl privea fascinată. Nu-şi ridică privirea, nici nu-i trecu prin cap să salute un potenţial client, iar Lacy hotărî să renunţe la cafea.

Fără să se ridice, Margie îi întinse mâna.

– Mă bucur să te cunosc. Vrei o cafea?

Lacy zâmbi, îi strânse mâna şi se aşeză în faţa ei la masă.

– Nu, mulţumesc. Margie, corect?

– Deocamdată.

– Ok, nu începem prea bine. De ce te foloseşti de un nume fals?

– Ar dura prea mult să-ţi spun povestea mea şi nu cred că vrei s-o auzi.

– Atunci, ce sens au toate astea?

– Te rog, doamnă Stoltz!

– Lacy.

– Te rog, Lacy! Nu ai idee prin ce traumă emoţională am trecut ca să ajung aici! Sunt la pământ acum, înţelegi?

Părea bine, poate puţin agitată. Probabil din cauza celei de-a doua cafele. Ochii îi fugeau în toate părţile. Avea ochi frumoşi şi ochelari cu rame purpurii. Probabil fără dioptrii. Făceau parte din ţinută, o deghizare subtilă.

– Nu ştiu ce ar trebui să spun. Ce-ar fi să începi să vorbeşti şi vedem unde ajungem?

– Am citit despre tine. Scotoci într-un rucsac şi scoase cu dexteritate un dosar. Cazul cazinoului indian, din urmă cu ceva timp. Ai prins-o pe judecătoare că fura şi a ajuns la închisoare. Un jurnalist l-a descris drept cel mai grav scandal de mită din istoria jurisprudenţei americane.

Dosarul avea cinci centimetri grosime şi părea organizat impecabil.

Lacy reţinu că folosise cuvântul „jurisprudenţă". Era neobişnuit la o persoană de rând.

– A fost un caz important, spuse ea simulând modestia.

Margie zâmbi.

– Important? Ai distrus un sindicat al crimei, ai obţinut condamnarea unei judecătoare şi ai trimis nişte oameni la închisoare. Unde sunt şi acum, din câte ştiu.

– Adevărat, dar nu a fost exclusiv meritul meu. Am lucrat alături de FBI. A fost un caz complicat şi câţiva oameni au fost ucişi.

– Inclusiv colegul tău, domnul Hugo Hatch.

– Da, inclusiv Hugo. Sunt curioasă. Pentru ce atâta efort de documentare în privința mea?

Margie își așeză mâinile împreunate peste dosarul pe care nu îl deschisese încă. Degetele arătătoare îi tremurau ușor. Privi spre ușa de la intrare, apoi împrejur, deși nu mai intrase nimeni, nu ieșise nimeni, nu mișcase nimeni, nici măcar barmanița, care era în continuare cufundată în lumea virtuală. Sorbi din cafea. Dacă era cu adevărat la a doua, abia se atinsese de ea. Folosise cuvântul „traumă". Recunoscuse că era „la pământ". Lacy înțelese că femeia era speriată.

– O, n-aș zice chiar documentare, spuse Margie. Câteva informații de pe internet. Informații publice.

– Nu îmi dau seama încotro ne îndreptăm, spuse Lacy zâmbind și străduindu-se să nu-și piardă răbdarea.

– Treaba ta este să anchetezi judecători acuzați de infracțiuni, corect?

– Așa este.

– Și de când faci asta?

– Iartă-mă, ce importanță are?

– Te rog!

– Doisprezece ani.

Cifra aceea îi suna ca o înfrângere. Părea vreme îndelungată.

– Cum alegi cazurile în care te implici? întrebă Margie, trecând de la una la alta.

Lacy trase adânc aer în piept ca să-și păstreze cumpătul. Reclamanții erau adesea tulburați. Zâmbi, apoi spuse:

– Păi, de obicei, persoana care are o reclamație împotriva unui judecător ia legătura cu noi și stabilim o întâlnire. Dacă plângerea e justificată, persoana respectivă depune o reclamație oficială, pe care o analizăm într-un interval de până la patruzeci și cinci de zile. Perioada aceasta se numește evaluare. În nouă cazuri din zece, nu se merge mai departe și reclamația este respinsă. Dacă descoperim dovezi ale unei infracţiuni, le aducem la cunoştinţa judecătorului în cauză, care are treizeci de zile la dispoziţie să răspundă. De obicei, părţile îşi angajează avocaţi. Au loc anchete, audieri, sunt aduşi martori, tot tacâmul.

În timp ce vorbea, intră Darren; o deranjă pe fata de la bar cerându-i o cafea fără cofeină pe care o aşteptă ignorându-le pe cele două femei, apoi se aşeză la o masă în capătul opus, deschise laptopul şi se prefăcu a lucra din greu. Fără să dea de bănuit, orientă camera de luat vederi a laptopului către Margie şi începu să filmeze. Făcu şi câteva poze.

Dacă înregistrase prezenţa lui în cafenea, Margie nu dădu niciun semn.

O asculta cu atenţie pe Lacy.

– Cât de des se întâmplă ca un judecător să fie înlăturat din funcţie?

Din nou, ce conta?

– Nu foarte des, din fericire. Avem jurisdicţie asupra a peste o mie de judecători şi cei mai mulţi sunt oameni cinstiţi, muncitori. Majoritatea reclamaţiilor pe care le primim nu sunt serioase. Vin din partea unor împricinaţi nemulţumiţi de verdict. Multe cazuri de divorţ. Mulţi avocaţi supăraţi că au pierdut. Avem de lucru, dar de cele mai multe ori conflictele se soluţionează.

Vorbea ca şi cum ar fi făcut o muncă plictisitoare şi, după doisprezece ani, chiar părea aşa.

Margie ascultă cu atenţie, bătând darabana cu degetele pe coperta dosarului. Apoi trase aer în piept.

– Reclamantul este întotdeauna identificat?

Lacy reflectă o secundă, apoi răspunse:

– În cele din urmă, da. Se întâmplă rar ca partea reclamantă să îşi păstreze anonimatul.

– De ce?

– Pentru că reclamantul, de obicei, cunoaşte datele cazului şi trebuie să depună mărturie împotriva judecătorului. E greu să-i vii de hac unui judecător dacă aceia pe care i-a înșelat se tem să vorbească. Tu te temi?

Până și întrebarea păru să o înspăimânte.

– Da, se poate spune asta, recunoscu ea.

Lacy se încruntă și arboră un aer plictisit.

– Ascultă, hai să trecem la subiect! Cât de grav este comportamentul despre care vorbești?

Margie închise ochii și reuși să spună:

– Crimă.

Îi deschise imediat și se uită în jur ca să vadă dacă o auzise cineva. Nu era nimeni suficient de aproape încât să fi auzit, cu excepția lui Lacy, care primi informația cu scepticismul pe care îl căpătase de-a lungul anilor. Își impuse din nou să-și păstreze cumpătul. Când o privi pe Margie, ochii acesteia erau umezi.

Lacy se apleca spre ea și-i spuse în șoaptă:

– Vrei să zici că unul dintre judecătorii noștri a comis o crimă?

Margie își mușcă buza și scutură din cap.

– Știu sigur.

– Pot să te întreb de unde știi?

– Tatăl meu a fost una dintre victime.

Lacy absorbi informația și se uită împrejur.

– Victime? Sunt mai multe?

– Da. Cred că tata a fost al doilea. Nu cunosc numărul exact al victimelor, dar sunt sigură de vinovăția lui.

– Interesant.

– Puțin spus. Câte plângeri ați primit despre judecători care au ucis oameni?

– Păi, niciuna.

– Exact. În istoria Americii, câți judecători aflați încă în exercițiul funcțiunii au fost condamnați pentru crimă?

– Nu știu să fi fost vreunul.

– Exact. Zero. Așa că nu spune că e „interesant“.

– N-am vrut să te jignesc.

De partea cealaltă, Darren își încheiase misiunea și plecase. Niciuna dintre cele două femei nu băgase de seamă plecarea lui.

– Nu m-ai jignit, răspunse Margie. Nu mai spun nimic aici. Am multe informații pe care vreau să ți le prezint, ție și numai ție, dar nu aici.

Lacy avusese parte de destui țăcăniți și dezorientați, care veniseră la ea cu cutii pline de documente ce aveau să dovedească fără de tăgadă că un ticălos de judecător era corupt până în măduva oaselor. Aproape de fiecare dată, după cinci minute față în față cu ei, stabilea verdictul și începea procesul de redirecționare a plângerii către sertarul cu solicitări respinse. De-a lungul anilor, învățase să citească oamenii, deși, în cele mai multe cazuri, scrântiții cu care avea de-a face nu reprezentau cine știe ce provocare.

Margie, sau care o fi fost numele ei real, nu era însă nici țăcănită, nici dezorientată. Știa ceva și era speriată.

– În regulă, spuse Lacy. Ce facem în continuare?

– Cum adică?

– Ascultă, tu ai luat legătura cu mine. Vrei să vorbești sau nu? Nu mă joc și nu am timp să te trag de limbă, pe tine sau pe oricine altcineva care vine să se plângă de un judecător. Pierd și așa destul timp încercând să-i conving să vorbească pe cei care vin la mine. În fiecare lună am de-a face cu cel puțin o pistă falsă. Vorbești sau nu?

Margie începu din nou să plângă, ștergându-și obrajii de lacrimi. Lacy o privi cu compasiune, dar și pregătită să se ridice și să plece fără să privească în urmă.

Cu toate acestea, sugestia crimei o intriga. Cea mai mare parte din munca ei la CCJ avea de-a face cu nemulțumirile frivole ale unor oameni nefericiți, cu probleme mărunte și care n-aveau mult de pierdut. O crimă comisă de un judecător în funcție era ceva atât de senzațional, încât aproape nu-i venea a crede.

În cele din urmă, Margie vorbi din nou.

– Stau la Ramada, pe East Gaines. Ne putem vedea acolo, după program. Dar trebuie să vii singură.

Lacy dădu din cap ca și cum se așteptase la asta.

– Sunt necesare măsuri de prevedere. Lucrăm după niște reguli și una dintre ele spune că nu am voie să iau parte la prima întâlnire cu un reclamant singură și în afara biroului. Trebuie să vin însoțită de un alt anchetator, un coleg.

– Precum domnul Trope, de mai devreme? spuse Margie făcând semn cu capul spre locul unde stătuse Darren mai devreme.

Lacy o privi, prefăcându-se surprinsă din cale-afară și încercând cu disperare să vină cu un răspuns.

– Vorbesc de pagina de internet a biroului, ok? continuă Margie. Toți angajații au poze.

Scoase apoi din servietă o fotografie color și i-o întinse.

– Poftim, o fotografie recentă cu mine, color, de o calitate mult mai bună decât cea pe care domnul Trope a făcut-o mai devreme pe furiș. Cu urările mele de bine!

– Despre ce vorbești?

– Sunt sigură că a verificat deja imaginea mea în programul de recunoaștere facială pe care îl folosiți și nu a găsit nimic. Nu sunt în nicio bază de date.

– Ce tot zici?

Margie spunea lucrurilor pe nume, dar Lacy era buimăcită și nu era pregătită să recunoască.

– Cred că știi prea bine ce spun. Vii singură sau nu mă mai vezi niciodată. Ești cea mai experimentată anchetatoare din birou și, deocamdată, ai un șef interimar. Probabil, poți face tot ce vrei.

– Măcar de-ar fi așa ușor...

– Hai să zicem că ne vedem la un pahar, după serviciu. Ne vedem la bar și, dacă totul merge bine, urcăm în camera mea și discutăm între patru ochi.

– Nu pot urca în camera ta. Este împotriva regulamentului. Dacă depui plângere și se dovedește necesar să ne vedem în particular, atunci pot s-o fac. Cineva trebuie să știe unde sunt, cel puțin în faza inițială a procedurilor.

– În regulă. La ce oră?

– Ce zici de ora șase?

– Voi fi în spate, colțul din dreapta, singură, ca și tine. Fără microfoane, reportofoane și colegi care pretind că au venit la o cafea ca să înregistreze. Salută-l pe Darren din partea mea. Poate într-o zi îl voi cunoaște. De acord?

– De acord.

– În regulă. Acum, poți pleca.

Făcând cale întoarsă la birou, Lacy se gândi că nu-și amintea să o mai fi pus cineva la punct în felul acela, de la prima întâlnire.

Așeză fotografia pe biroul lui Darren.

– Bună treabă. Te-a ghicit din prima. Ne știe numele, poziția, numerele de identificare. Mi-a dat asta, a zis că e mult mai bună decât cele pe care le-ai făcut tu cu laptopul.

Darren se uită la fotografie.

– Are dreptate.

– Ai aflat ceva?

– Nu. Am verificat-o în programul nostru și nimic. Ceea ce, știi bine, nu înseamnă neapărat ceva.

– Înseamnă că nu a fost arestată în Florida în ultimii șase ani. Nu poți s-o verifici la FBI?

– Nu cred. Trebuie să le dăm un motiv și nu am niciunul. Pot să pun o întrebare evidentă?

– Te rog.

– CCJ este un birou de investigații, corect?

– Cel puțin în teorie.

– În cazul acesta, de ce ne postăm biografiile și fotografii cu noi pe un site idiot?

– Întreabă-l pe șef!

– N-avem. Avem o birocrată de carieră, care va dispărea înainte să ne dăm seama.

– Probabil. Ascultă, Darren, am mai avut discuția asta. Nu vrem să ne apară mutrele pe pagina CCJ. De aceea eu n-am actualizat-o pe a mea de cinci ani. Zici că am treizeci și patru de ani.

– Eu îți dau treizeci și unu, dar sunt părtinitor.

– Mulțumesc.

– Presupun că nu e chiar așa de grav. La urma urmei, nu căutăm criminali și traficanți de droguri.

– Așa e.

– Prin urmare, care e problema acestei persoane?

– Nu știu încă. Mulțumesc pentru ajutor.

– Nu că te-aș fi ajutat cu ceva.

2

Foaierul hotelului Ramada ocupa o zonă generoasă în atriumul vast de sticlă. La ora şase, barul era deja aglomerat de lobişti eleganţi căutând să atragă atenţia secretarelor de la diverse agenţii şi cele mai multe mese erau ocupate. Cinci străzi mai departe, la Capitol, legiuitorii din Florida erau în sesiune şi toate barurile din centrul oraşului erau pline de oameni importanţi care discutau politică şi încercau să obţină bani sau sex.

Lacy intră, îşi primi porţia de atenţie din partea populaţiei masculine şi se îndreptă către colţul din dreapta, spate, unde o găsi pe Margie la o masă, cu un pahar de apă în faţă.

– Îţi mulţumesc că ai venit, îi spuse aceasta.

– Cu plăcere. Ai mai fost aici?

– Nu. E prima dată. Pare să aibă căutare.

– În perioada asta, da. Lucrurile se mai potolesc când se încheie circul.

– Circul?

– Sesiunea legislativă. Din ianuarie până în martie. Încuie băuturile. Ascunde femeile şi copiii. Știi cum se procedează.

– Îmi pare rău.

– Să înţeleg că nu eşti de prin părţile locului.

– Nu, nu sunt.

O ospătăriţă grăbită se opri pentru o clipă ca să le întrebe dacă voiau ceva de băut, aruncând o privire încruntată către paharul cu apă. Mesajul era foarte clar: „fetelor, suntem aglomeraţi şi pot să dau masa voastră cuiva care plăteşte pentru băutură".

– Un pahar de pinot grigio, spuse Lacy.

– La fel, conveni Margie, iar ospătăriţa se îndepărtă.

Lacy privi în jur ca să se asigure că nu erau auzite. Erau în siguranţă. Mesele erau aşezate la distanţă şi dinspre bar venea un zumzet constant care acoperea orice discuţie.

– În regulă. Aşadar, nu locuieşti aici şi nu îţi ştiu numele real. Aş zice că nu facem cine ştie ce progrese, dar sunt obişnuită. Cu toate acestea, după cum cred că ţi-am spus deja, pierd o grămadă de timp cu oameni care mă abordează şi se blochează când trebuie să-şi spună povestea.

– Cu ce vrei să încep?

– Cum te cheamă?

– Îţi pot spune.

– Grozav.

– Însă vreau să ştiu ce vei face cu numele meu. Deschizi un dosar? Va fi unul digital sau clasic, de hârtie? Dacă e digital, unde va fi stocat? Cine va mai afla numele meu?

Lacy înghiţi cu noduri şi o privi în ochi. Margie îşi feri privirea.

– Eşti agitată şi te porţi de parcă ai fi urmărită, spuse Lacy.

– Lacy, nu mă urmăreşte nimeni, dar tot ce facem lasă urme.

– Urme pe care cineva le poate urmări. Acest cineva este judecătorul suspect de crimă? Ajută-mă, Margie! Dă-mi ceva cu care să pot lucra.

– Totul lasă o urmă.

– Ai spus deja.

Ospătăriţa trecu din nou în grabă, oprind cât să aşeze pe masă cele două pahare cu vin şi un bol cu alune.

Margie păru să nu observe, dar Lacy sorbi din pahar.

– Prin urmare, te-ai blocat la treaba asta cu numele, spuse apoi. Pentru început, îl voi nota undeva şi nu îl voi spune nimănui.

Margie dădu din cap și deveni o cu totul altă persoană.

– Jeri Crosby, patruzeci și șase de ani, profesor de științe politice la Universitatea din South Alabama, Mobile. O căsătorie, un divorț, un copil – o fiică.

– Mulțumesc. Și crezi că tatăl tău a fost ucis de un judecător în funcție, corect?

– Da, un judecător din Florida.

– Asta înseamnă vreo mie de judecători.

– Un judecător din Districtul Douăzeci și Doi.

– Impresionant. Acum avem vreo patruzeci. Când aflu numele acestui suspect?

– Curând. Putem să o luăm mai ușor? Acum, până și cel mai mic lucru mă sperie.

– Nici nu te-ai atins de vin. S-ar putea să te ajute.

Jeri sorbi din pahar și trase adânc aer în piept.

– Aș zice că ai în jur de patruzeci de ani.

– Aproape. Treizeci și nouă, fac patruzeci în curând. E traumatizant?

– Păi, e un pic. Dar viața merge înainte. Așadar, cu douăzeci și doi de ani în urmă erai încă la liceu, corect?

– Presupun. Cu ce ne ajută asta?

– Relaxează-te, Lacy! Vorbesc, da? Facem progrese. Erai un copil și probabil că nu ai citit despre moartea lui Bryan Burke, un profesor de Drept pensionat.

– N-am auzit de el. Tatăl tău?

– Da.

– Îmi pare rău.

– Mulțumesc. Vreme de aproape treizeci de ani, tata a predat la Facultatea de Drept Stetson, din Gulfport, Florida. În regiunea Tampa.

– Cunosc facultatea.

– S-a pensionat la șaizeci de ani, din motive personale, și s-a întors în orașul lui natal, în South Carolina. Am un dosar cu informații amănunțite despre tata, pe care ți-l voi da la un moment dat. A fost un bărbat deosebit. Nu mai e nevoie să spun că moartea lui ne-a zdruncinat pe toți și, sinceră să fiu, eu încă nu mi-am revenit. E destul de rău să-ți pierzi un părinte în floarea vârstei, dar când e vorba de crimă, o crimă rămasă nerezolvată, este și mai devastator. Douăzeci și doi de ani mai târziu, cazul este încă nerezolvat și poliția aproape a renunțat. Când ne-am dat seama că ancheta lor nu duce nicăieri, mi-am jurat să fac tot posibilul să-l găsesc pe cel care l-a ucis.

– Poliția a renunțat?

– În timp, da. Cazul e încă deschis, vorbesc uneori cu ei. Nu am nimic împotriva anchetatorilor, înțelegi? Au făcut tot posibilul, în condițiile respective, dar a fost o crimă perfectă. Așa sunt toate.

Lacy sorbi din nou din pahar.

– Crima perfectă?

– Da. Nu există martori. Nu există probe; cel puțin, nimic care să conducă la criminal. Nu există un motiv aparent.

Lacy aproape că rosti cu voce tare: „Și eu ce ar trebui să fac?“

În schimb, sorbi iar din pahar, apoi spuse:

– Nu sunt sigură că e de competența Comisiei de Conduită Judiciară să ancheteze un caz vechi de crimă, petrecută în South Carolina.

– Nu îți cer să faci asta. Aveți jurisdicție asupra judecătorilor din Florida suspecți de comiterea unor infracțiuni, corect?

– Corect.

– Asta include crima.

– Presupun, dar nu am mai făcut așa ceva. O crimă e deja de competența poliției statale – sau poate a FBI.

– Poliția statală a încercat. FBI-ul nu este interesat, din două motive. În primul rând, nu este o problemă federală. În al doilea rând, nu există nicio legătură dovedită între crime, prin urmare Biroul Federal de Investigații habar nu are, nimeni nu știe, cu excepția mea presupun, că avem de-a face cu un potențial criminal în serie.

– Ai luat legătura cu FBI?

– Cu ani în urmă. Ca rude ale victimei, aveam nevoie disperată de ajutor. N-am rezolvat nimic.

Lacy sorbi iar din pahar.

– În regulă, încep să devin agitată, aşa că haide să vorbim pe îndelete! Crezi că un judecător ţi-a ucis tatăl, cu douăzeci şi doi de ani în urmă. Judecătorul era în funcţie la momentul crimei?

– Nu. A fost ales în 2004.

Lacy reflectă la cele auzite şi aruncă o privire în jur. La o masă alăturată îşi făcuse apariţia un individ care părea să fie lobist şi care o privea cu o vulgaritate făţişă, lucru obişnuit în preajma Capitoliului. Îl fixă cu privirea până când individul renunţă, apoi se aplecă spre Jeri.

– M-aş simţi mai bine dacă am continua discuţia în altă parte, aici se aglomerează.

– La etajul unu, am acces la o sală mică de conferinţe. Îţi promit că suntem în siguranţă. Dacă te atac, poţi să ţipi şi să pleci.

– Sunt sigură că nu vom avea probleme.

Jeri plăti consumaţia şi părăsiră barul, urcând cu liftul până la etajul unde se desfăşurau întâlnirile de afaceri. Jeri descuie uşa unei săli. Pe masă erau câteva dosare.

Cele două femei se aşezară de o parte şi de alta a mesei. Cu excepţia dosarelor, aflate la îndemână, nimic altceva nu se afla în faţa lor. Nici laptopuri. Nici carnete de notiţe. Amândouă aveau telefoanele mobile în geantă. Jeri era vizibil mai relaxată decât la bar şi vorbi prima.

– Hai să vorbim neoficial, fără notiţe. Cel puţin, pentru moment. Tata, Bryan Burke, s-a pensionat de la Stetson în 1990. A predat acolo mai bine de treizeci de ani şi era o legendă, fiind foarte îndrăgit de studenţi. El şi mama au hotărât să se întoarcă acasă, în Gaffney, South Carolina, orăşelul lor natal. Aveau rude în zonă şi o bucată de pământ pe care o moşteniseră. Au ridicat o căsuţă frumoasă în pădure și au cultivat o grădină. Mama mamei mele locuia împreună cu ei, aveau grijă de ea. Una peste alta, erau mulțumiți cu viața lor de pensionari. Erau în putere, stabili financiar și activi în cadrul unei biserici locale. Tata citea mult și contribuia cu articole la revistele juridice – păstrase legătura cu prietenii vechi și își făcuse prieteni noi. Apoi a fost ucis.

Luă un dosar, unul albastru, gros de vreo doi centimetri și jumătate, la fel ca toate celelalte, și îl împinse către Lacy.

– Aici găsești o serie de articole despre tata, despre activitatea și moartea lui. Pe unele le-am adunat fizic, pe altele le-am luat de pe internet, dar nu le vei găsi salvate online.

Lacy nu deschise dosarul.

– La pagina marcată cu semnul galben, vei vedea o fotografie de la scena crimei, continuă Jeri. Am văzut-o de nenumărate ori și prefer să nu o mai fac. Te rog, privește!

Lacy deschise la pagina indicată și se încruntă privind cadrul larg, color. Cadavrul zăcea între niște buruieni, cu o sfoară în jurul gâtului, strânsă puternic, ce îi pătrunsese în piele. Sfoara era din nailon de culoare albastră, cu urme de sânge uscat. Era legată la spate cu un nod.

Lacy închise dosarul și șopti:

– Îmi pare rău.

– E straniu. După douăzeci și doi de ani, înveți să gestionezi durerea și o așezi într-un loc unde rămâne, dacă ești atent. Însă e foarte ușor să cobori garda și să lași amintirile să reînvie. În clipa aceasta sunt bine, Lacy. Sunt bine pentru că vorbesc cu tine și pentru că fac ceva în privința asta. Nici nu știi cât timp mi-a luat să trag de mine ca să ajung aici. E atât de greu... e cumplit.

– Poate dacă vorbim despre crimă?

Jeri trase adânc aer în piept.

– Sigur. Tatei îi plăcea să facă plimbări lungi prin pădurea din spatele casei. Adesea, îl însoțea și mama, dar ea suferea de artrită.

Într-o dimineaţă frumoasă de primăvară, în 1992, a sărutat-o pe mama, şi-a luat bastonul şi a pornit pe cărare. Autopsia a stabilit că asfixierea a fost cauza morţii, dar a existat şi o lovitură la cap. Nu e greu să te gândeşti că s-a întâlnit cu cineva care l-a lovit în cap, l-a lăsat inconştient, apoi a terminat treaba sugrumându-l. A fost târât de pe cărare şi abandonat într-o viroagă, unde l-au găsit în cursul după-amiezii. Locul crimei nu a dezvăluit nimic – nu s-a găsit arma crimei, nici vreo urmă de pantof –, pământul era uscat. Nu au existat urme de luptă, nu s-au găsit fire de păr sau fibre textile. Nimic. Analiza frânghiei nu a oferit niciun indiciu. Raportul e în dosar. Casa nu e departe de oraş, dar este totuşi oarecum izolată, şi nu au existat martori, nimic ieşit din comun. Nu s-au văzut maşini sau camionete cu numere din alt stat. Nici străini dând târcoale. Sunt multe locuri în care cineva s-ar fi putut ascunde pentru a pleca apoi fără să fie văzut. În douăzeci şi doi de ani, nu a apărut nicio informaţie nouă. Este un caz cu totul lipsit de indicii. Am acceptat cu toţii realitatea crudă că moartea lui va rămâne neelucidată.

– Cu toţii?

– De fapt, doar eu. Mama a murit la doi ani după tata. Nu şi-a revenit niciodată şi asta i-a grăbit sfârşitul. Am un frate mai mare, stabilit în California, care a sperat câţiva ani, apoi şi-a pierdut interesul. A obosit să tot audă din partea poliţiei că nu înregistra niciun progres. Vorbim uneori, însă foarte rar, despre tata. Aşa că sunt singură. Şi mi s-a cam urât cu asta.

– E îngrozitor. Totodată, e o distanţă destul de mare între locul crimei, în South Carolina, şi o instanţă din Florida Panhandle. Care e legătura?

– Sincer, nu e cine ştie ce. Mai mult speculaţii.

– N-ai venit până aici în baza unor speculaţii. Care ar fi motivul?

– Nu am nimic altceva în afara motivului.

– Ai de gând să mi-l spui şi mie?

– Aşteaptă un pic, Lacy. Nici nu îţi poţi imagina. Nu îmi vine să cred că stau aici şi acuz pe cineva de crimă fără să am vreo dovadă.

– Jeri, nu acuzi pe nimeni. Ai un suspect, altfel n-ai fi aici. Spune-mi numele lui, nu îl voi dezvălui nimănui. Nu până când nu îmi vei permite să o fac. Ne-am înţeles?

– Da.

– Acum, să revenim la motiv.

– Motivul este cel care m-a intrigat de la bun început. Nu ştiu pe nimeni care să îl fi displăcut pe tata. A fost un profesor cu un salariu decent, care făcea economii. Nu a investit niciodată în afaceri sau terenuri, nimic de genul acesta. De fapt, îi dispreţuia pe dezvoltatori şi pe speculanţi. A avut doi colegi, profesori ca şi el, care au pierdut bani pe pieţele de capital sau în investiţii imobiliare şi alte speculaţii, şi nu a avut pic de înţelegere faţă de ei. Nu era interesat de afaceri, nu s-a asociat cu oameni de afaceri, lucruri care, de obicei, dau naştere la conflicte şi neînţelegeri. Ura să fie dator şi îşi plătea mereu facturile la timp. Le-a fost fidel soţiei şi familiei lui, cel puţin din câte ştim noi. Dacă îl cunoşteai pe Bryan Burke, îţi dădeai seama că nu şi-ar fi înşelat nevasta. La facultate, era respectat de colegi şi iubit de studenţi. În cei treizeci de ani la Stetson, a fost votat de patru ori „Profesorul Anului". A refuzat în mod repetat să devină decan, considerând meseria de profesor drept cea mai înălţătoare chemare, şi îi plăcea să predea. Lacy, nu a fost un om perfect, dar a fost al naibii de aproape de perfecţiune.

– Mi-aş dori să-l fi cunoscut.

– A fost un om fermecător, drăguţ, despre care nu ştiu să fi avut duşmani. Motivul crimei nu a fost furtul, pentru că portmoneul îl lăsase acasă şi din buzunare nu îi lipsea nimic. Cu siguranţă nu a fost nici vreun accident. Prin urmare, poliţia a fost bulversată din capul locului.

– Dar...

– Dar... Ar putea fi vorba despre altceva. E puţin probabil, dar e tot ce am. Mi-e sete. Ţie?

Lacy scutură din cap. Jeri merse la un dulap, îşi turnă apă cu gheaţă dintr-o carafă şi se întoarse la locul ei. Trase adânc aer în piept şi continuă:

– După cum spuneam, tatei îi plăcea să fie în clasă. Îi plăcea să predea. Pentru el, era ca un spectacol în care el era singurul actor. Îi plăcea să se simtă stăpân peste mediul înconjurător, peste informaţii şi, mai cu seamă, peste studenţi. La etajul doi al facultăţii este o sală care a fost domeniul lui ani la rând. Acum îi poartă numele. Este un amfiteatru mic, cu optzeci de locuri, în formă de semilună, şi toate prelegerile lui acolo s-au ţinut cu sala plină. Cursurile lui de Drept constituţional erau captivante, provocatoare, adesea amuzante. Avea un deosebit simţ al umorului. Toţi studenţii doreau să-l aibă pe profesorul Burke – detesta să i se spună Doctorul Burke – la Drept constituţional şi cei care nu erau suficient de norocoşi veneau oricum la ore. Se întâmpla des ca alţi profesori, decani, foşti studenţi să participe la orele lui, de multe ori pe scaune pliante, pe lângă perete, pe locurile din spate sau chiar pe treptele amfiteatrului. Preşedintele universităţii, el însuşi avocat, se număra adesea printre ei. Ţi-ai format imaginea de ansamblu?

– Da, şi îmi vine greu să cred. Îmi amintesc cu groază de cursul meu de Drept constituţional.

– Aşa era, de cele mai multe ori. Cei optzeci de studenţi, toţi boboci, suficient de norocoşi să fie admişi, ştiau că tata putea fi şi dur. Avea pretenţia ca ei să fie pregătiţi şi capabili să se exprime.

Ochii i se umeziră din nou în timp ce vorbea despre tatăl ei. Lacy zâmbi şi dădu din cap, încurajând-o.

– Tata adora să predea şi aplica metoda socratică – alegea un student la întâmplare şi îi cerea să prezinte clasei, pe scurt, un caz. Dacă studentul făcea o greşeală sau nu era stăpân pe el, discuţia se încingea. De-a lungul anilor, am vorbit cu mulţi studenţi de-ai lui şi, deşi cu toţii continuă să îşi exprime admiraţia, se cutremură la amintirea discuţiilor în contradictoriu cu Profesorul Burke pe teme de Drept constituţional. Era temut, dar mai cu seamă profund admirat. Şi toţi studenţii au fost şocaţi la aflarea veştii morţii lui. Cine să fi vrut să-i facă rău Profesorului Burke?

– Ai vorbit cu foştii lui studenţi?

– Da. Sub pretextul că doresc să scriu o carte despre el. Fac asta de ani întregi. Nu voi scrie niciodată o carte, dar este motivul perfect ca să deschid discuţia. Spune că vrei să scrii o carte şi oamenii încep să vorbească. Am peste douăzeci de fotografii trimise de foştii lui studenţi. Tata la ceremonia de absolvire. Tata bând bere la un meci de softball. Tata la prezidiu în timpul simulărilor de procese. Frânturi din viaţa de student. Cu toţii l-au iubit pe tata.

– Sunt convinsă că ai un dosar.

– Desigur. Nu aici, dar ţi-l arăt bucuroasă.

– Poate mai târziu. Vorbeam despre motiv.

– Da. Ei bine, cu nişte ani în urmă, vorbeam cu un avocat din Orlando, care fusese studentul tatălui meu şi care mi-a spus o poveste interesantă. Avea un coleg, mediocru, nimic special. Într-o zi, tata l-a numit să dezbată un caz referitor la cel de-al patrulea amendament, percheziţii şi confiscări. Tânărul era pregătit, dar susţinea o opinie contrară celei prezentate de tata şi astfel au ajuns să aibă parte de o discuţie foarte aprinsă. Tatei îi plăcea când întâlnea studenţi pasionaţi, care ripostau. Studentul acela însă a făcut nişte comentarii exagerate şi lipsite de respect şi era mândru de felul în care îi ţinea piept Profesorului Burke, care a reuşit să încheie discuţia pe un ton amuzant. La ora următoare, studentul respectiv şi-a imaginat probabil că nu va mai fi întrebat şi a venit nepregătit. Tata însă l-a ridicat din nou în picioare. La orele lui nici nu se punea problema să improvizezi, astfel încât tânărul a eşuat lamentabil. Două zile mai târziu, Profesorul Burke l-a ascultat pentru a treia oară. De data aceasta, studentul era pregătit şi dornic de luptă. Şi-au disputat discuţia până când tata a început să-l lase fără argumente. Nu este înţelept să te contrazici cu un profesor pe materia pe care acesta o predă de ani întregi, dar tipul acela era arogant şi sigur pe el. Replica finală a profesorului a fost succintă şi de efect, a distrus poziţia studentului. Acesta a fost umilit şi şi-a pierdut cumpătul. A înjurat, a aruncat un caiet, şi-a luat ghiozdanul şi a ieşit din sală trântind uşa în urma lui. Tata a încheiat perfect momentul, zicând: „Nu cred că e pregătit pentru procese cu juraţi". Sala a izbucnit într-un râs atât de zgomotos, încât respectivul trebuie să fi auzit. S-a retras de la curs şi a iniţiat un contraatac. Li s-a plâns decanului şi preşedintelui. A ajuns de râsul facultăţii şi, în cele din urmă, a renunţat la studii. Le-a trimis scrisori foştilor studenţi, politicienilor, altor profesori, un comportament foarte straniu. I-a scris tatei. Scrisorile lui erau foarte bine articulate, dar bătea câmpii şi nu conţineau cu adevărat ameninţări. Ultima a fost trimisă de la un centru privat pentru tratarea bolilor mintale de lângă Fort Lauderdale, fiind scrisă de mână pe o hârtie cu antetul clinicii. Pretindea că suferă de o cădere nervoasă provocată de tatăl meu.

Făcu o pauză şi bău puţină apă.

Lacy aşteptă o vreme, apoi spuse:

– Asta e tot? Motivul crimei este un student nemulţumit?

– Da, dar e mai complicat de-atât.

– Sper. Ce s-a întâmplat cu tânărul?

– Şi-a revenit şi a terminat Dreptul în Miami. Acum e judecător. Ascultă, ştiu că eşti sceptică, şi pe bună dreptate, dar e singurul suspect posibil.

– De ce este mai complicat?

Jeri privi lung către dosarele de pe masă. Erau cinci în total, toate de aceeaşi grosime, de culori diferite. Lacy îi urmări privirea, înţelese şi întrebă:

– Şi acelea sunt alte cinci victime ale aceluiaşi criminal?

– Dacă n-aş crede asta, nu aş fi aici.

– Sunt sigură că există o legătură.

– Două. Una e metoda. Toate victimele au fost lovite în zona capului, apoi ucise prin asfixiere cu același tip de sfoară din nailon. De fiecare dată, sfoara a tăiat în carne și de fiecare dată legătura prezenta același nod, la spate, ca o semnătură. Și toți șase au avut experiențe neplăcute cu judecătorul.

– Experiențe neplăcute?

– Îi cunoștea. Și i-a urmărit ani la rând.

Lacy trase aer în piept, înghiți cu noduri și simți cum i se strânge stomacul de teamă. Gura i se uscă dintr-odată, dar reuși să spună:

– Nu îmi spune cum îl cheamă. Nu sunt sigură că mă simt pregătită să aflu.

Între cele două femei se așternu liniștea și minute bune, amândouă rămaseră pe gânduri, cu ochii la pereți. În cele din urmă, Lacy spuse:

– Uite ce e, am auzit destule pentru azi. Lasă-mă să mă gândesc puțin și te sun.

Jeri zâmbi și dădu din cap, înduplecată dintr-odată. Făcură schimb de numere de telefon și își luară rămas-bun. Lacy traversă în grabă holul hotelului – abia aștepta să ajungă la mașină.

3

Apartamentul ei era unul șic, foarte modern, într-un depozit renovat, nu departe de campusul Universităţii Florida. Locuia singură, în cea mai mare parte a timpului, cu Frankie, buldogul ei francez enervant. Acesta aștepta mereu lângă ușă să îi dea drumul să facă pipi în straturile de flori, la orice oră din zi și din noapte. Lacy îl lăsă afară, își turnă un pahar de vin și se așeză pe canapea privind afară pe geamurile mari.

Era început de martie, zilele erau mai lungi, dar nu suficient. Crescuse în Midwest și nu ducea dorul iernilor grele, întunecate, cu prea multă zăpadă și prea puţin soare. Îi plăcea Panhandle, cu iernile lui blânde, patru anotimpuri și zilele lungi, calde, de primăvară. Peste două săptămâni se schimba ora, zilele deveneau încă și mai lungi, și orașul avea să prindă viaţă, cu grătare, petreceri la piscină, cocktailuri pe acoperiș și cine în oraș. Pentru adulţi. Studenţii aveau să își petreacă majoritatea timpului afară, la plajă, bronzându-se.

Șase crime.

După doisprezece ani de anchetat judecători, Lacy nu credea că o mai putea surprinde ceva. Devenise totodată destul de dură și de blazată încât să se îndoiască de veridicitatea celor spuse de Jeri, așa cum se îndoia de fiecare reclamaţie care ajungea pe biroul ei.

Însă Jeri Crosby nu minţea.

Teoriile ei poate erau greşite; bănuielile, eronate; temerile, nefondate. Dar credea că tatăl ei fusese ucis de un judecător în funcţie.

Lacy plecase de la întâlnire cu mâna goală. Singurul dosar pe care îl deschisese rămăsese pe masă, pentru Jeri. Însă îi stârnise curiozitatea. Îşi verifică telefonul şi văzu două apeluri pierdute de la Allie Pacheco, iubitul ei. Era plecat din oraş, avea să discute cu el mai târziu. Îşi aduse laptopul şi începu să caute.

Circumscripţia Douăzeci şi Doi includea trei districte din zona de nord-vest a statului. Cei aproximativ 400 000 de locuitori ai Districtului Douăzeci şi Doi aveau patruzeci şi unu de judecători, aleşi dintre ei. În cei doisprezece ani petrecuţi la CCJ, Lacy îşi amintea doar două sau trei cazuri minore din Districtul Douăzeci şi Doi. Din cei patruzeci şi unu de judecători, cincisprezece fuseseră aleşi în 2004, anul în care, după spusele lui Jeri, fusese ales suspectul. Din cei cincisprezece, unul singur terminase Facultatea de Drept din Miami.

În mai puţin de zece minute, Lacy aflase numele lui Ross Bannick.

Avea patruzeci şi nouă de ani, era născut în Pensacola, studiase la Universitatea Florida, nicio menţiune despre soţie sau copii. Biografie sumară pe pagina tribunalului districtual. Fotografia înfăţişa un bărbat chipeş, cu ochii întunecaţi, bărbia puternică şi părul cărunt. Lacy îl găsi atrăgător şi se miră că nu era căsătorit. Poate era divorţat. Mai căută informaţii, fără să afle însă prea multe despre judecătorul Bannick. Evident, acesta reuşise să evite controversele în cele două mandate şi jumătate de când era în funcţie. Căută în dosarele ei de la CCJ şi nu găsi nicio reclamaţie împotriva lui. În Florida, avocaţii depuneau anual şi, fireşte, anonim, evaluări ale judecătorilor cu care lucraseră. În ultimii cinci ani, Bannick primise din partea avocaţilor numai A+. Opiniile erau elogioase: prompt, punctual, pregătit, amabil, calificat, amuzant, blând, genial, de „o inteligenţă descurajantă". Doar alţi doi judecători din Districtul Douăzeci şi Doi mai primiseră asemenea aprecieri.

Continuă să caute și, în cele din urmă, găsi niște mizerii. Un articol din *Pensacola Ledger*, din 18 aprilie 2000. Un avocat local, Ross Bannick, treizeci și cinci de ani, încearcă să obțină prima lui funcție politică prin înlăturarea unui vechi judecător din Districtul Douăzeci și Doi. Controversele apar când unul dintre clienții lui Bannick, un dezvoltator imobiliar, propune ridicarea unui parc acvatic într-o zonă foarte bună, aproape de plajă. Proiectul este întâmpinat cu opoziție de toată lumea și, în toiul proceselor și scandalului aferent, se află că avocatul Bannick deține 10% din afacere. Din articol nu reieșea foarte clar, dar se părea că acesta căutase să ascundă că era implicat. Contracandidatul lui profitase de moment publicând mesaje care se dovediseră fatale. Rezultatele alegerilor, publicate într-o ediție ulterioară, arătau o înfrângere clară pentru Bannick. Deși era imposibil de dovedit, dovezile fiind puține, nu părea să fi comis vreo infracțiune. Cu toate acestea, fusese înfrânt de către contracandidatul aflat în funcție.

Lacy continuă căutările și găsi câteva articole despre alegerile din 2004. O fotografie înfățișându-l pe bătrânul judecător, care părea să aibă pe puțin nouăzeci de ani, și două articole care vorbeau despre sănătatea șubredă a acestuia. Bannick susținuse o campanie abilă și controversa de patru ani mai devreme părea dată uitării. Câștigase cu o diferență de o mie de voturi. Trei luni mai târziu, contracandidatul lui murise.

Lacy își dădu seama că îi era foame și scoase resturile unei tarte de la frigider. Allie era plecat de trei zile, așa că nu gătise. Își mai turnă niște vin și se așeză la masa din bucătărie să mănânce. În 2008, cu ocazia realegerilor, Bannick nu avusese competiție. În Florida, dar și în celelalte state, judecătorii aleși rareori aveau, așa că părea aranjat pe viață.

Îi piui telefonul și tresări. Era atât de absorbită de poveste, că uitase să și mănânce. O suna cineva cu un număr necunoscut.

– I-ai aflat numele? întrebă Jeri.

Lacy zâmbi și-i răspunse:

– Nici n-a fost greu. Facultatea de Drept din Miami, ales în 2004, în Districtul Douăzeci și Doi. Căutarea a avut un singur rezultat.

– Chipeș, nu?

– Da. De ce nu e căsătorit?

– Să nu-ți vină vreo idee.

– Nici nu mă gândesc.

– Are probleme cu femeile, tot timpul a avut.

Lacy trase adânc aer în piept.

– Ok. Să nu îmi spui că l-ai întâlnit.

– O, nu. Nici vorbă. A instalat camere de supraveghere peste tot, la tribunal, la birou, acasă.

– Straniu.

– Straniu e puțin spus.

– Ești la volan?

– Sunt în drum spre Pensacola, de acolo poate ajung chiar în Mobile. Ne putem vedea mâine?

– Unde?

– Pensacola.

– E la trei ore de aici.

– Mie-mi spui!

– Și care ar fi motivul întâlnirii?

– Am un singur motiv pentru tot ceea ce fac, Lacy, și tu știi care e acela.

– Am o zi aglomerată mâine.

– Fiecare zi e aglomerată, nu-i așa?

– Mă tem că da.

– Bun. Prin urmare, trece-mă în agendă și spune-mi unde ne putem vedea.

– Desigur. O să verific.

Urmă o pauză atât de lungă, încât Lacy întrebă:

– Mai ești acolo?

– Da. Iartă-mă. Păţesc des aşa, mă las furată de gânduri. Ai găsit multe informaţii pe internet?

– Am găsit ceva. Câteva articole despre alegeri, toate din *Ledger.*

– Dar pe cea din 2000, despre el şi dezvoltatorul acela dubios, cea care l-a costat rezultatul în alegeri?

– Da, şi pe aceea.

– Am totul într-un dosar, ţi-l dau când vrei.

– Bine, vom vedea.

– Reporterul se numea Danny Cleveland, e de undeva din nord. A lucrat pentru *Ledger* şase ani, apoi pe la alte publicaţii. Ultimul loc de muncă a fost la ziarul din Little Rock, Arkansas.

– Ultimul?

– Da. I-au găsit trupul în apartament. Asfixiat. Aceeaşi frânghie, acelaşi nod special. Marinarii îl numesc nod de foarfecă dublu, e destul de rar. Un alt mister, un alt caz nesoluţionat.

Lacy nu ştiu ce să spună şi băgă de seamă că mâna stângă îi tremura.

– Mai eşti acolo? întrebă Jeri.

– Aşa cred. Când...

– 2009. Nu s-a descoperit niciun indiciu la faţa locului. Ascultă, Lacy, vorbim prea mult la telefon. Prefer să ne vedem faţă în faţă.

Închise telefonul.

*

Povestea ei cu Allie Pacheco intrase în al treilea an şi, după părerea ei, stagna. Allie avea treizeci şi opt de ani şi, deşi o nega, chiar şi faţă de psiholog, rămăsese marcat de o primă căsnicie teribilă, încheiată cu unsprezece ani în urmă. Căsnicia durase patru luni îngrozitoare şi, slavă Domnului, se încheiase fără copii.

Obstacolul principal în calea unei relaţii mai serioase devenea din ce în ce mai clar: amândoi se simţeau bine să trăiască singuri. Lacy nu mai locuise cu un bărbat în casă din timpul liceului şi nu aştepta cu nerăbdare să aibă unul în preajmă. Îşi iubise tatăl, dar şi-l amintea ca pe un individ autoritar, șovinist, care își trata soția ca pe o menajeră. Mama ei, mereu supusă, îi scuzase comportamentul repetând în șoaptă: „Așa e generația lui".

Era o scuză jalnică, una pe care Lacy jurase să nu o accepte. Allie era diferit. Era blând, grijuliu, amuzant și, în cea mai mare parte a timpului, îi dădea atenție. Era totodată un agent FBI care își petrecea majoritatea timpului, în ultima vreme, în sudul Floridei, pe urmele unor traficanți de droguri. În perioadele mai puțin agitate, așadar rare, se ocupa de contraterorism. Se vorbea că avea să fie transferat. După opt ani de activitate, cu recomandări din belșug, era mereu pe lista de transferuri. Cel puțin, după părerea lui Lacy.

Avea o periuță de dinți și un aparat de ras în baia ei și câteva rânduri de haine de casă în dulap, suficient cât să rămână peste noapte ori de câte ori dorea. Ea, pe de altă parte, era mai bine reprezentată în apartamentul lui mic, aflat la cincisprezece minute distanță. Pijamale, pantofi sport vechi, blugi și mai vechi, periuță de dinți și câteva reviste de modă pe măsuța de cafea. Niciunul nu era gelos de fel, dar fiecare își marcase cumva teritoriul acasă la celălalt.

Lacy ar fi fost șocată să afle că Allie o înșela. Nu era genul. Cum nu era nici ea. Provocarea lor, cu deplasările lui și programul de lucru solicitant al amândurora, era ca fiecare să îl satisfacă pe celălalt. Le era din ce în ce mai greu, și asta din cauză că, după cum îi spusese o prietenă bună, „Te apropii de vârsta mijlocie". Lacy se speriase și, vreme de o lună, îl urmărise pe Allie la apartamentul lui și înapoi, până când amândoi obosiseră și ceruseră o pauză.

O sună la șapte și jumătate și vorbiră puțin. El era „la o supraveghere", indiferent ce însemna asta, și nu putea vorbi mult. Știa că era undeva în apropiere de Miami. Își spuseră „te iubesc" și încheiară convorbirea.

Agent cu experiență, trăind pentru carieră, Allie era un angajat dedicat, prin urmare, oricum nu îi spunea lui Lacy prea multe. Celor pe care nu îi cunoștea suficient de bine nu le spunea nici măcar pentru cine lucra. La insistențele unora, spunea „servicii de securitate“. Rostea cuvintele cu un asemenea aplomb, încât nimeni nu îi mai adresa vreo întrebare. Prietenii lui erau tot agenți. Uneori însă, după un pahar sau două, cobora un pic garda și vorbea, în termeni generali, despre activitatea lui. Adesea presupunea pericole și, ca majoritatea colegilor lui, trăia pentru infuzia de adrenalină.

Prin comparație, cazurile ei erau mereu aceleași plângeri banale despre judecători care beau prea mult, acceptau cadouri de la firmele de avocatură, recurgeau la amânări nejustificate, dovedeau părtinire și se implicau în politică.

Șase crime i-ar fi înviorat considerabil activitatea.

Îi trimise șefei ei un e-mail prin care o anunța că își lua o zi liberă, din motive personale, prin urmare, a doua zi n-avea să vină la birou. Avea dreptul la patru astfel de zile pe an. Rareori făcea uz de ele și mai avea chiar trei rămase din anul anterior.

Lacy o sună apoi pe Jeri și stabiliră să se vadă a doua zi la ora unu, în Pensacola.

4

Dacă nu era Frankie, ziua ei liberă ar fi început cu o deşteptare târzie, lucru la care nu putea decât să viseze. Câinele făcea gălăgie dinainte de răsăritul soarelui, aşa că ieşiră. După aceea Lacy se întinse pe canapea, cu intenţia de a trage un pui de somn, dar Frankie hotărî că venise timpul pentru micul dejun. Aşa că Lacy îşi făcu o cafea şi se pregăti să dea piept cu o nouă zi.

În mintea ei se împleteau entuziasmul, anticipând întâlnirea cu Jeri, şi grijile legate de cariera ei. Peste şapte luni împlinea patruzeci de ani şi gândul o întrista. Se bucura de viaţă, care îi scăpa totodată printre degete, şi nu avea planuri concrete de măritiş. Nu îşi dorise niciodată să aibă copii şi hotărâse deja că nu va avea. Era împăcată cu gândul. Toate prietenele ei aveau copii, ai unora erau deja adolescenţi, iar ea era recunoscătoare că nu trebuia să se confrunte cu astfel de provocări. Nu se considera suficient de răbdătoare pentru a creşte copii în epoca telefoanelor mobile, a drogurilor, a sexului fără obligaţii, a reţelelor de socializare şi tot ce se mai găsea pe internet.

Se alăturase echipei de la CCJ cu doisprezece ani în urmă. Şi trebuia să fi plecat de mult, cum făcuseră toţi ceilalţi colegi ai ei. CCJ era un loc bun în care să îţi începi cariera, dar o fundătură pentru orice avocat care se respectă. Prietena ei cea mai bună era avocat la o firmă mare din Washington, dar asta îi consuma tot timpul, iar ea nu voia să trăiască aşa. Prietenia lor era greu încercată şi Lacy se întreba uneori dacă merita. Celelalte prietene se îndepărtaseră, fiind răspândite prin țară, ocupate cu serviciul și, când timpul le permitea, acasă cu familiile.

Lacy nu știuse unde să caute sau ce voia, așa că rămăsese la CCJ prea mult și se temea că ratase niște oportunități. Cel mai important caz al ei, apogeul carierei sale, se petrecuse. Cu trei ani în urmă condusese o anchetă care se încheiase cu demiterea unui judecător, în cel mai mare scandal de mită din sistemul judiciar înregistrat în istoria Floridei. O prinsese pe judecătoare în cârdășie cu un sindicat mafiot care fura din încasările unui cazinou indian. Infractorii erau închiși în închisori federale și ispășeau sentințe de câțiva ani.

Cazul fusese unul senzațional și, pentru o scurtă perioadă de timp, CCJ își trăise momentul de glorie. Majoritatea colegilor ei profitaseră de ocazie pentru a obține slujbe mai bune. Guvernul însă își exprimase recunoștința cu o nouă rundă de reduceri bugetare.

Punctul culminant al carierei sale o costase scump. Fusese grav rănită într-un accident de mașină înscenat, petrecut în apropierea cazinoului. Stătuse câteva săptămâni în spital și făcuse fizioterapie luni întregi. Rănile i se vindecaseră, dar durerea rămăsese și își pierduse din mobilitate. Hugo Hatch, colegul și prietenul ei, aflat în mașină în momentul accidentului, murise pe loc. Văduva acestuia intentase proces pentru ucidere din culpă, iar Lacy deschisese acțiune în instanță pentru daune. Procesul părea promițător, o compensație considerabilă era ca și garantată, însă lucrurile durau, cum se întâmpla adesea cu procesele civile.

Se gândea mereu la compensația financiară. Banii erau ca și ai ei, din fonduri guvernamentale constituite din confiscări de bunuri obținute prin mijloace ilicite. Lucrurile însă, atât în procesul penal, cât și în cel civil, erau complicate. Părțile vătămate, care așteptau să fie despăgubite, și avocații lor erau în număr mare.

Data procesului ei nu fusese fixată și primise asigurări de la bun început că nici nu se va ajunge acolo. Avocatul ei era convins că inculpaţii erau îngroziţi de confruntarea cu juraţii şi de perspectiva de a fi nevoiţi să explice planul complicat prin care puseseră la cale accidentul în care murise Hugo, iar ea fusese rănită. Negocierile privind compensaţia financiară trebuiau să înceapă dintr-o zi în alta, iar suma de deschidere avea să fie una de şapte cifre.

Să împlineşti patruzeci de ani era traumatizant, dar să împlineşti patruzeci de ani cu o sumă frumoasă în bancă făcea situaţia suportabilă. Avea un salariu bunicel, nişte bani de la mama ei, nicio datorie şi economii substanţiale. Compensaţia de la proces i-ar fi permis să renunţe la serviciu. Nu ştia ce ar fi făcut în schimb, dar îi plăcea să se gândească la asta. Zilele ei la CCJ erau numărate şi numai gândul o făcea să zâmbească. Se apropia momentul să înceapă o carieră nouă şi faptul că nu avea nici cea mai mică idee despre ce ar fi putut face era palpitant.

Între timp însă, avea de soluţionat câteva dosare, de anchetat nişte judecători. În mod obişnuit, îşi începea fiecare zi cu o discuţie de îmbărbătare, ca să poată pleca la birou. Nu şi de data aceasta. Era intrigată de Jeri Crosby şi povestea ei fantastică despre judecătorul ucigaş. Se îndoia de adevărul ei, dar o făcuse destul de curioasă încât să meargă mai departe. Dacă totuşi era adevărat? Dacă Lacy Stoltz îşi adăuga în palmares un alt caz culminant? Un nou moment de glorie care soluţiona şase cazuri nerezolvate şi ţinea titlurile ziarelor? Se mustră singură, impunându-şi să se trezească din visare şi să se apuce de treabă.

Făcu un duş rapid, îşi aranjă părul şi se fardă în câteva minute, apoi se îmbrăcă, îi lăsă de mâncare lui Frankie şi plecă. La prima intersecţie, trecu pe lângă un indicator „cedează trecerea“, indicator care îi amintea, de fiecare dată, de accident. E straniu cum anumite lucruri ne aduc aminte de anumite întâmplări. În fiecare dimineaţă, când vedea indicatorul acela, retrăia accidentul. Apoi uita totul până a doua zi dimineaţă. Trecuseră trei ani de atunci, dar ea conducea preventiv, nu depăşea viteza, respecta semnele de circulaţie.

La marginea de vest a orașului, departe de Capitoliu și de campus, intră în parcarea unui centru comercial, parcă și, la ora 8.05 pășea pe ușa Bonnie's Big Breakfast, un restaurant unde nu întâlnea studenți sau lobiști. Ca întotdeauna, locul mișuna de polițiști și de agenți de vânzări. Luă un ziar și găsi un scaun liber lângă tejghea, nu departe de bucătărie, unde ospătărițele ciripeau cu bucătarii care le răspundeau cu propriile lor vorbe de duh. Serveau un ou poșat pe pâine prăjită cu avocado despre care se dusese vestea și Lacy venea acolo pentru el cel puțin o dată pe lună. Cât așteptă, își verifică e-mailurile și mesajele, bucuroasă că nu trebuia să se ocupe de chestiunile importante în următoarele douăzeci și patru de ore. Îl anunță pe Darren că nu venea la birou.

El îi răspunse imediat, întrebând-o dacă își dădea demisia.

Aceea era atmosfera la CCJ. Cei care erau încă acolo erau bănuiți că-și pregăteau plecarea.

La 9.30, Lacy era pe autostrada 10, îndreptându-se spre vest. Era 4 martie, o zi de marți, și în fiecare săptămână, pe la ora aceea, o suna singurul ei frate, Gunther. Acesta locuia în Atlanta și era dezvoltator imobiliar. Indiferent de schimbările pieței, era mereu binedispus și mereu în pragul unei afaceri importante, conversație de care Lacy se săturase, dar nu avea de ales, trebuia să o suporte. El își făcea griji în privința ei și insinua, de fiecare dată, că trebuia să renunțe la slujba ei și să i se alăture. Ea refuza politicos, de fiecare dată. Gunther atârna de un fir de păr, împrumutându-se de la câte o bancă să o achite pe alta, întotdeauna cu un pas înaintea executorilor. Lacy nu se vedea construind mall-uri în suburbiile Atlantei. Un alt coșmar recurent era să îl aibă pe Gunther drept șef.

Fuseseră dintotdeauna apropiați, dar moartea subită a mamei lor, cu șapte luni în urmă, îi apropiase și mai mult. Asta și, bănuia Lacy, procesul ei. Gunther credea că ea urma să primească milioane și căpătase obiceiul enervant de a-i da sfaturi de investiții. Lacy nu aştepta cu nerăbdare ziua în care Gunther urma să aibă nevoie de un împrumut. Fratele ei trăia în datorii şi ar fi promis orice ca să pună mâna pe nişte bani.

– Salutare, spuse el vesel. Cum eşti?

– Sunt bine, Gunther. Tu?

– Mă descurc. Ce face Allie? Cum stai cu dragostea?

– Nimic interesant. E plecat din oraş. Tu?

– Nu am noutăţi.

Gunther era proaspăt divorţat şi umbla după femei cu acelaşi entuziasm cu care umbla pe la bănci, iar ea nu avea chef să afle mai multe. După două căsnicii ratate, Lacy îl îndemna să fie mai selectiv, sfat pe care el îl ignora cu consecvenţă.

– Pare că eşti în maşină, spuse el.

– Merg în Pensacola să discut cu un martor. Nimic interesant.

– Mereu zici aşa. Îţi mai cauţi de lucru?

– Nu am zis niciodată că îmi caut altceva de lucru. Am zis că m-am cam săturat de actualul loc de muncă.

– Aici e mai multă acţiune, puştoaico.

– Mi-ai mai spus. Presupun că n-ai vorbit cu mătuşa Trudy.

– Nu, dacă pot să evit asta.

Trudy era sora mamei lor, o băgăcioasă care se lupta din greu să ţină familia unită. Pierderea subită a surorii ei o îndurerase teribil, astfel că simţea nevoia să îşi împărtăşească suferinţa cu nepoata şi nepotul ei.

– M-a sunat acum două zile, părea tare necăjită, spuse Lacy.

– Întotdeauna e aşa. De aceea nu vorbesc cu ea. Ciudat, nu-i aşa? Abia dacă am schimbat o vorbă cât trăia mama, iar acum vrea să fim prieteni.

– Suferă, Gunther. Înţelege-o.

– Cine nu suferă în vremurile astea? Scuze, mă sună cineva. E un bancher care vrea să-mi dea nişte bani. Trebuie să răspund. Mai vorbim. Te iubesc.

– Și eu.

Majoritatea convorbirilor lor se încheiau astfel, cu el nevoit să preia apeluri mai importante. Lucy era ușurată, pentru că de obicei o întreba despre proces. Îl sună pe Darren ca să-i audă vocea și ca să-l asigure că a doua zi venea la birou. Îl sună pe Allie și-i lăsă un mesaj vocal. Apoi închise telefonul și porni radioul. *Adele în concert la Londra.*

5

Mulţumită GPS-ului, găsi cimitirul Brookleaf într-un cartier vechi al oraşului şi lăsă maşina în parcarea pustie. Văzu imediat o clădire scundă, ca un buncăr, ce nu putea fi decât un cavou, dincolo de care se înşirau morminte şi monumente funerare. Nu erau multe înmormântări în ziua aceea şi în parcare nu mai era decât o maşină.

Ajunsese cu zece minute mai devreme. O sună pe Jeri. Aceasta răspunse întrebând-o:

– Eşti într-un Subaru arămiu?

– Da. Unde eşti?

– În cimitir. Intră pe poarta principală şi treci de mormintele vechi.

Lacy străbătu aleea lungă printre mormintele şi monumentele bătute de vreme, cel din urmă adăpost al oamenilor de vază din alte timpuri. Apoi mormintele făceau loc unor pietre de mormânt mai sofisticate. Priviri rapide aruncate de o parte şi de alta a aleii dezvăluiră morminte vechi de câteva decenii. Aleea coti la stânga şi acolo o văzu pe Jeri Crosby, lângă unul dintre puţinii copaci rămaşi în cimitir.

– Bună, Lacy, spuse ea zâmbind.

– Bună, Jeri. De ce ne vedem într-un cimitir?

– M-am gândit că o să întrebi. Aş putea spune pentru discreţie, o schimbare de decor, alte motive.

– Hai să ne ocupăm de celelalte motive!

– Desigur. Pe aici.

Trecură pe lângă sute de pietre de mormânt, în timp ce, în depărtare, se vedeau alte câteva mii. Departe, pe o pantă, câţiva gropari săpau sub o copertină purpurie. Aşteptau un nou sicriu.

– Aici, spuse Jeri, ieşind de pe potecă şi mergând printre morminte.

Se opri şi făcu un semn cu capul către locul de veci al familiei Leawood. Tatăl, o fiică nou-născută şi un fiu, Thad, născut în 1950, decedat în 1991.

După ce privi câteva clipe piatra de mormânt, Lacy se pregăti să pună întrebări, dar Jeri spuse:

– Thad a fost un localnic, a crescut aici, a plecat la facultate, s-a întors şi s-a angajat ca asistent social. Nu s-a căsătorit. A fost cercetaş şi iubea să lucreze cu copiii. A antrenat echipele de juniori la baseball, a predat la biserică, genul acesta de lucruri. A trăit singur într-un apartament, nu departe de aici. Când avea douăzeci şi ceva de ani, a devenit şeful grupei de cercetaşi 722, una dintre cele mai vechi din zonă. S-a dedicat acesteia ca unui serviciu şi părea să se bucure de fiecare moment. Mulţi dintre foştii lui elevi şi-l amintesc cu drag. Alţii, nu prea. La începutul anilor nouăzeci, a demisionat subit şi a părăsit oraşul în mijlocul acuzaţiilor de abuz şi molestare. A fost un mare scandal, iar poliţia a deschis o anchetă, dar nu s-a ajuns nicăieri pentru că victimele au bătut în retragere. Nu le pot acuza. Cine şi-ar dori să atragă o asemenea atenţie? După plecarea lui, spiritele s-au calmat şi presupusele victime au păstrat tăcerea. Poliţia şi-a pierdut interesul. După moartea lui, cazul a fost clasat.

– A murit în floarea vârstei, spuse Lacy, apoi o aşteptă să continue.

– Aşa este. A locuit o vreme în Birmingham, apoi pe ici, pe colo. L-au găsit în Signal Mountain, un orăşel de lângă Chattanooga. Locuia într-un apartament ieftin şi manipula un motostivuitor la un depozit. A ieşit să alerge într-o seară şi nu s-a mai întors. Nişte copii i-au descoperit cadavrul în pădure. Aceeaşi sfoară în jurul gâtului.

O lovitură urâtă peste cap, apoi a fost sugrumat. Din câte mi-am dat seama, el a fost prima victimă, dar cine știe?

– Sunt convinsă că ai un dosar.

– O, da. S-a scris despre crimă în presa din Chattanooga, iar *Ledger* a scris aici. Au publicat un necrolog succint. Familia l-a adus și l-a înmormântat acasă. Ai văzut destul?

– Cred că da.

– Să mergem!

Se întoarseră la mașini.

– Urcă, voi conduce eu, spuse Jeri. Nu mergem mult. Ai mâncat de prânz?

– Nu. Nu mi-e foame.

Urcară în mașina lui Jeri, o Toyota Camry, și plecară. Conducea foarte atent și era agitată, privind mereu în oglinda retrovizoare.

– Te porți de parcă te-ar urmări cineva, spuse Lacy în cele din urmă.

– Asta e viața mea, Lacy. Suntem pe teritoriul lui.

– Doar nu vorbești serios!

– Vorbesc foarte serios. De douăzeci de ani îl urmăresc pe ucigaș și uneori am impresia că mă urmărește el pe mine. E acolo, undeva, și e mai isteț decât mine.

– Dar nu te urmărește cu adevărat?

– Nu am de unde să știu.

– Nu ești sigură?

– Nu cred că mă urmărește.

Lacy își mușcă limba și nu mai zise nimic.

Câteva străzi mai departe, Jeri intră pe o arteră largă și făcu semn către o biserică.

– Biserica Metodistă Westburg, una dintre cele mai mari din oraș. La subsol este o sală încăpătoare, unde trupa de cercetași 722 s-a întrunit dintotdeauna.

– Am dreptate să presupun că Ross Bannick a fost membru?

– Da.

Trecură de biserică și străbătură alte câteva străzi. Lacy se abţinu cu greu să nu dea drumul șuvoiului de întrebări care nu-i dădeau pace. Era clar că Jeri spunea povestea în ritmul ei. Intră apoi pe Hemlock, o străduţă plăcută, umbroasă, cu case ridicate înainte de război, toate bine întreţinute, cu poteci înguste și răsaduri de flori pe lângă prispe. Jeri arătă către una dintre ele.

– Casa albastră, de pe colţ, e cea în care a locuit familia lui Bannick. Ross a crescut acolo și, după cum vezi, ajungea pe jos la școală, la biserică și la centrul cercetașilor. Părinţii i-au murit și casa e acum a surorii lui. E cu mult mai mare decât el. El a moștenit o bucată de pământ în apropiere, în Chavez County, și s-a stabilit acolo. Singur. Nu s-a căsătorit.

Trecură pe lângă casă, apoi Lacy întrebă:

– Familia lui era importantă?

– Tatăl lui a fost un pediatru îndrăgit, care a murit la șaizeci și unu de ani. Mama lui a fost o artistă nonconformistă, care și-a pierdut minţile și a murit într-un azil. La vremea aceea, familia lui era destul de cunoscută. Erau membri ai Bisericii Episcopale, aflată imediat după colţ. Evident, era un cartier foarte plăcut.

– Au existat zvonuri cum că ar fi fost molestat de Thad Leawood?

– Nu. Și nici vreo dovadă. După cum am spus și ieri, Lacy, nu am nicio dovadă. Doar presupuneri bazate pe teorii nefondate.

Lacy se pregăti să facă o observaţie sarcastică, dar renunţă. Intrară pe o stradă largă și merseră câteva minute în tăcere. Jeri trecea de pe o stradă pe alta, iar acestea deveneau din ce în ce mai înguste, casele din ce în ce mai mici, peluzele tot mai neîngrijite. Arătă apoi spre dreapta.

– Acolo, casa cu pereţi albi și cadru maro. Acolo a locuit familia Leawood. Thad era cu cincisprezece ani mai mare decât Ross.

Trecură prin dreptul casei.

– Cine locuiește aici, acum? întrebă Lacy.

– Nu știu. Nu contează. Toţi cei din familia Leawood au murit.

Ajunseră la o intersecţie şi Jeri se îndepărtă de zona rezidenţială. Intrară în scurt timp pe o autostradă aglomerată care ducea spre nord.

– Cât mai durează turul acesta? întrebă Lacy în cele din urmă.

– Ajungem imediat.

– În regulă. În timp ce mergem, pot să îţi pun câteva întrebări?

– Desigur. Orice.

– Scena crimei, în Signal Mountain, şi ancheta poliţiei. Ce ştii?

– Mai nimic. Crima s-a petrecut într-o zonă circulată, dar nu au existat martori. Conform raportului autopsiei, moartea a survenit între orele şapte şi opt, într-o seară călduroasă de octombrie. Leawood a plecat de la serviciu la ora cinci şi cinci minute, ca de obicei. Locuia singur şi nu prea avea prieteni. Era retras. Un vecin l-a văzut când a ieşit să alerge, pe la şase şi jumătate, şi, din informaţiile poliţiei, atunci a fost văzut pentru ultima oară. Locuia la marginea oraşului, în apropierea traseului montan.

Pe măsură ce se îndepărtau de Pensacola, traficul se rărea. Întâlniră apoi un indicator: CULLMAN, 13 KILOMETRI.

– Înţeleg că mergem la Cullman? zise Lacy.

– Da. Peste vreo trei kilometri ajungem în Chavez County.

– Abia aştept.

– Ai răbdare, Lacy. Nu îmi e uşor. Eşti singura persoană căreia i-am vorbit despre asta şi trebuie să ai încredere în mine.

– Să revenim la locul crimei!

– Da, să revenim. Poliţia nu a găsit nimic. Nici fire de păr sau fibre, nici arma crimei – nimic altceva decât sfoara albastră de nailon legată la spate, cu acelaşi nod de foarfecă dublu.

– Şi era acelaşi tip de sfoară?

– Da, identic.

Un alt indicator le aduse la cunoştinţă că intrau în Chavez County.

– Îi facem cumva o vizită neanunţată judecătorului Bannick?

– Nu.

Intrară pe o autostradă cu patru benzi și începură să străbată orașul Cullman; treceau pe lângă restaurante, moteluri, centre comerciale.

– Prin urmare, ce a făcut poliția? întrebă Lacy.

– Ce fac de obicei polițiștii. Au mers din ușă în ușă, au discutat cu alți alergători și pietoni, cu colegii de serviciu, au găsit chiar și vreo doi prieteni. I-au percheziționat apartamentul, nu părea să lipsească nimic, așa că au exclus jaful. Și-au dat toată silința, dar a fost în zadar.

– Și asta se întâmpla în 1991?

– Da. Un caz nerezolvat, din lipsă de probe.

Lacy se străduia să fie răbdătoare și respira adânc între întrebări.

– Sunt convinsă că ai toate aceste informații la dosar.

– Le am.

– Cum faci să le obții de la poliție? Se știe că sunt extrem de discreți.

– Solicitări în virtutea legii privind accesul la informație. Sunt obligați să facă anumite dezvăluiri, dar ai dreptate, nu oferă niciodată toate amănuntele. Tot ce trebuie să facă e să spună că ancheta e în desfășurare și ți-au trântit ușa în nas. Când e vorba însă de cazuri mai vechi, sunt mai înțelegători. Pe lângă asta, merg și vorbesc cu ei.

– Asta nu lasă urme?

– Probabil că da.

Părăsiră autostrada, urmând indicatorul către centrul istoric al orașului.

– Ai mai fost în Cullman? întrebă Jeri.

– Nu cred. Am verificat aseară și CCJ n-a mai avut cazuri aici de douăzeci de ani. Câteva, în Pensacola, dar în Chavez County a fost liniște.

– Câte regiuni acoperiți?

– Prea multe. Avem patru anchetatori în biroul din Tallahassee și trei în Fort Lauderdale. Asta înseamnă șapte oameni la șaizeci și șapte de regiuni, o mie de judecători și șase sute de tribunale.

– E suficient?

– În general, da. Din fericire, cei mai mulți judecători sunt integri, doar câteva mere stricate.

– Ei bine, aveți aici unul.

Lacy nu răspunse. Erau pe o prelungire a arterei Main Street. Jeri întoarse o dată, apoi încă o dată, după care opri la o intersecție. Peste stradă era intrarea într-un cartier închis. Dincolo de porți erau case și blocuri de apartamente moderne, cu peluze mici și îngrijite.

– Dr. Bannick a cumpărat terenul cu patruzeci de ani în urmă și s-a dovedit o investiție profitabilă. Ross locuiește aici, iar noi nu putem merge mai departe. Sunt multe camere de supraveghere.

– Sunt destul de aproape, spuse Lacy, vrând să întrebe la ce le folosea că știau unde locuia judecătorul. Dar se abținu. Hai să revenim la poliție, spuse imediat ce plecară. Cum discuți cu ei fără teama că vei lăsa urme?

Jeri chicoti și zâmbi, lucru rar.

– Am creat o lume imaginară, Lacy, în care joc multe roluri. Sunt jurnalist independent, reporter de investigații, detectiv privat, chiar și scriitoare, cu nume și adrese diferite. În cazul de față, am pretins că sunt un reporter de investigații din Memphis și că scriu despre cazurile nerezolvate din Tennessee. I-am dat șefului secției de poliție o carte de vizită cu e-mail și număr de telefon. Fustele scurte și farmecul personal fac minuni. Doar sunt bărbați, sexul slab. După câteva discuții plăcute, se deschid oarecum.

– Câte telefoane ai?

– Nu mai știu. Cel puțin șase.

Lacy clătină din cap, nevenindu-i să creadă.

– În plus, nu uita că vorbim despre un caz aproape uitat. E „nerezolvat" pe bună dreptate. Când a văzut că nu are niciun indiciu, poliția și-a pierdut rapid interesul. Victima nu era din oraș și nu avea o familie pe care să o interogheze. Crima părea absolut întâmplătoare și imposibil de soluționat. În genul acesta de situații, de multe ori poliţia se bucură când apare un intrus interesat, căci vine cu o perspectivă nouă, poate vedea ceva ce lor le-a scăpat.

Erau din nou pe Main Street, în centrul istoric al oraşului. Înaintea lor apăru clădirea tribunalului, o construcţie impunătoare în stil grecesc. Împrejur erau magazine și clădiri de birouri.

– Acolo lucrează, spuse Jeri. Nu intrăm.

– Am văzut destul.

– Sunt camere peste tot.

– Chiar crezi că Bannick te-ar recunoaşte? Vorbesc serios. Nu v-aţi cunoscut, iar el habar nu are cine ești sau că îl urmărești, nu-i așa?

– Așa este, dar de ce să risc? De fapt, cu ani în urmă, am intrat o dată în tribunal. Era prima zi a unei sesiuni și tribunalul mişuna de lume, fuseseră convocaţi peste o sută de juraţi. Am rămas în mulţime și am studiat terenul. Sala lui e la etajul al doilea, iar biroul e la același etaj. A fost foarte ciudat, aproape copleșitor, să mă aflu în același loc cu acela care mi-a ucis tatăl.

Pe Lacy o uimi certitudinea din glasul ei. Nu avea nicio dovadă, dar era convinsă că Bannick era un criminal. Iar ea, Lacy, trebuia să se implice, să afle adevărul și să facă dreptate.

Ocoliră piaţa și părăsiră centrul oraşului.

– Vreau o cafea, spuse Jeri. Tu?

– Sigur. Turul a luat sfârșit?

– Da, dar mai avem multe de vorbit.

6

La marginea oraşului, opriră la un restaurant. La ora aceea, două şi jumătate, locul era pustiu şi se aşezară într-un separeu, în colţul cel mai îndepărtat de barul la care nu stătea nimeni. Jeri avea cu ea o geantă, prea mare pentru o geantă de mână. Lacy se gândi că era plină cu dosare. Comandară cafele, pe care le aşteptară sorbind apă cu gheaţă.

– Ai menţionat în câteva rânduri că Thad Leawood a fost prima victimă, spuse Lacy. Cine a fost a doua?

– Ei bine, nu ştiu câţi au fost în total, aşa că nu pot spune cu cea mai mare convingere că Thad a fost primul. De când mă ocup de asta, am descoperit şase. Thad a fost ucis în 1991 şi cred că tata a fost al doilea, în anul următor.

– Ok. Şi nu vrei să iau notiţe?

– Încă nu.

– Danny Cleveland, reporterul, a fost ucis în 2009. Aşadar, el a fost cel de-al treilea?

– Nu cred.

Lacy respiră exasperată.

– Iartă-mă, Jeri, dar iar îţi smulg vorbele cu cleştele. Simt cum mă cuprinde din nou frustrarea.

– Ai puţină răbdare. Numărul trei, cel puţin pe lista mea, e o fată pe care a cunoscut-o în facultate.

– O fată?

– Da.

– Şi de ce a ucis-o?

Sosiră cafelele şi tăcură. Jeri îşi turnă lapte în cafea şi amestecă pe îndelete. Aruncă o privire în jur.

– Hai să vorbim despre asta mai târziu, te rog! Am menţionat deja trei victime. E suficient pentru moment.

– Desigur. Dar sunt curioasă – ai mai multe dovezi când vine vorba de ceilalţi trei?

– N-aş zice. Am motivele şi metoda. Atâta tot. Dar sunt sigură că toate au legătură cu Bannick.

– Am înţeles asta. E judecător de zece ani. Bănuieşti că a mai ucis şi după ce a fost ales? Cu alte cuvinte, încă ucide?

– O, da. Ultima crimă a avut loc cu doi ani în urmă – un avocat pensionat din Keys. Un tip important, care a fost găsit strangulat pe vasul lui de pescuit.

– Îmi amintesc. Kronkite sau ceva de genul ăsta?

– Kronke, Perry Kronke, optzeci şi unu de ani când a prins ultimul lui peşte.

– Cazul a făcut senzaţie.

– Cel puţin în Miami. Acolo au cel mai mare număr de victime printre avocaţi pe cap de locuitor. Ce mai onoare, nu?

– Trafic de droguri.

– Evident.

– Şi legătura cu Bannick?

– A fost stagiar în firma lui Kronke în vara lui 1989 şi a luat ţeapă când nu a primit o ofertă de angajare. Clar, asta l-a înfuriat peste măsură dacă a aşteptat două decenii să se răzbune. Lacy, omul are o răbdare impresionantă.

Lacy făcu o pauză ca să reflecteze la cele auzite. Sorbi din cafea şi privi pe fereastră.

Jeri se aplecă spre ea.

– După părere mea, de pseudoexpert în criminali în serie, aceasta e cea mai mare greşeală pe care a făcut-o. A ucis un avocat bătrân, care avea mulţi prieteni şi care se bucurase de o reputaţie bună. Două dintre victimele lui au fost bărbaţi cu prestigiu – tata şi Kronke.

– Şi au fost ucişi la douăzeci de ani distanţă.

– Da, acesta e modul lui de operare. Este neobişnuit, dar s-a mai văzut la sociopaţi.

– Îmi pare rău, dar nu sunt la curent cu jargonul. Eu am de-a face cu judecători întregi la minte, în general, şi care greşesc când ignoră câte un caz sau amestecă treburile personale cu îndatoririle profesionale.

Jeri zâmbi cu subînţeles şi sorbi din cafea. Mai aruncă o privire împrejur înainte să vorbească.

– Un psihopat suferă de tulburări mintale şi comportament antisocial. Un sociopat este un psihopat pe steroizi. Nu e definiţia medicală, dar pe-aproape.

– Te ascult, continuă!

– Teoria mea este că Bannick are o listă cu cei care l-au rănit sau dispreţuit. De la ceva atât de neînsemnat, precum un profesor care l-a pus într-o lumină defavorabilă, până la ceva cu adevărat dezastruos, precum un şef de cercetaşi care l-a abuzat sexual. Probabil a fost un copil normal până în momentul în care a fost violat. E greu de imaginat aşa ceva. De aceea a avut mereu dificultăţi în relaţiile cu femeile.

Din nou, convingerea cu care vorbea era dezarmantă şi uimitoare totodată. Îl urmărea pe Bannick de atâta timp, încât vinovăţia acestuia devenise pentru ea de netăgăduit.

– Am citit sute de materiale despre criminali în serie, continuă ea. De la tabloide la tratate academice. Practic, niciunul nu doreşte să fie prins, dar toţi vor să ştie cineva, oricine – poliţia, familiile victimelor, presa –, cu ce se îndeletnicesc. Unii sunt geniali, alţii teribil de proşti. Întâlneşti de tot soiul. Unii ucid zeci de ani fără să fie prinşi, pe alţii îi loveşte amocul şi se grăbesc. Aceştia din urmă fac greşeli. Unii au motiv, alţii ucid la întâmplare.

– Dar, de obicei, sunt prinşi, nu-i aşa?

– Greu de spus. În ţara asta au loc, în medie, cincisprezece mii de crime pe an. Un sfert rămân nesoluţionate. Asta înseamnă cinci mii anul acesta, cinci mii anul trecut şi aşa mai departe. Din 1960, peste două sute de mii de crime nerezolvate. Sunt atât de multe, încât e greu de spus dacă o victimă sau alta a murit de mâna unui criminal în serie. Majoritatea experţilor consideră că acesta este unul dintre motivele pentru care aceştia lasă indicii. Vor ca cineva să ştie despre ei. Se hrănesc cu teama şi groaza celorlalţi. Cum spuneam, nu vor să fie prinşi, dar vor să ştie cineva de existenţa lor.

– Aşadar nimeni – nici măcar FBI-ul – nu ştie câţi criminali în serie există?

– Nimeni. Iar unii dintre cei mai cunoscuţi nu au fost identificaţi. Jack Spintecătorul nu a fost niciodată prins.

Lacy nu-şi putu stăpâni un hohot de râs.

– Iartă-mă, dar nu-mi vine să cred că sunt aici, în Podunk, Florida, beau o cafea şi vorbesc despre Jack Spintecătorul.

– Te rog, nu râde! Ştiu că e ciudat, dar e adevărat.

– Ce te aştepţi să fac?

– Să mă crezi, Lacy. Trebuie să mă crezi.

Lui Lacy îi pieri zâmbetul şi mai sorbi din cafea. După o pauză lungă, în care evitară să se privească, spuse:

– În regulă. Te ascult. Conform teoriei tale, Bannick doreşte să fie prins?

– O, nu. E mult prea atent, prea inteligent, prea răbdător. Pe lângă asta, are foarte mult de pierdut. Cei mai mulţi criminali în serie, asemeni oricărui criminal, sunt neadaptaţi care trăiesc la marginea societăţii. Bannick are un statut, o carieră frumoasă, probabil ceva bani de la părinţi. E un om bolnav, dar o ascunde bine. Merge la biserică, la club, activităţi de genul acesta. Este membru activ al baroului, președintele unei societăți istorice, ba chiar are pretenții actoricești în cadrul unui grup dramatic local. L-am văzut în două reprezentații, e groaznic.

– L-ai văzut pe scenă?

– Da. Publicul nu era numeros, pe bună dreptate, dar sala era întunecoasă. Nu mi-am asumat niciun risc.

– Nu pare antisocial.

– După cum am spus, se ascunde bine. Nimeni nu l-ar bănui. Se afișează uneori prin oraș cu câte o blondă la braț. Are mai multe, probabil le plătește, dar nu știu sigur.

– De unde știi despre blonde?

– Rețelele de socializare. De exemplu, filiala locală a Asociației Americane de Cancer organizează o gală anuală, un eveniment elegant și tot tacâmul. Tatăl lui, pediatrul, a murit de cancer, așa că Bannick s-a implicat. Este un eveniment important și se adună bani frumoși. Totul e postat pe internet. Nu prea mai există nimic personal, Lacy.

– Dar el nu postează nimic.

– Așa este. Nu are conturi pe rețelele de socializare. Dar vei fi surprinsă de câte poți afla când trăiești în mediul online, ca mine.

– Însă spuneai că tot ce faci lasă urme.

– Așa este, dar căutările întâmplătoare sunt greu de urmărit. Și îmi iau măsuri de precauție.

Se așternu din nou tăcerea, timp în care Lacy se gândea la următoarea întrebare. Jeri aștepta neliniștită, ca și cum ceea ce urma să-i dezvăluie avea să o sperie pe noua ei confidentă. Între timp, ospătărița trecu pe la masa lor și le turnă cafea proaspătă.

Lacy nici nu se uită la a ei și spuse:

– O întrebare. Ai spus că majoritatea criminalilor în serie vor să știe cineva despre existența lor. E valabil și pentru Bannick?

– O, da. Printre agenții FBI circulă o vorbă, și anume că, „mai devreme sau mai târziu, făptașul își lasă amprenta“. Am citit într-o carte, poate era un roman. Nu mai știu, am citit atâtea...

– Sfoara?

– Sfoara. Întotdeauna folosește o bucată de sfoară din nailon, cu diametrul de 9 mm, folosită în marină, împletită, ușoară. Lungă de aproximativ 75 de centimetri, înfășurată de două ori în jurul gâtului, atât de strâns că taie în carne, și legată cu nod de foarfecă dublu, pe care l-a învățat probabil la cercetași. Am fotografii de la locurile tuturor crimelor, mai puțin a lui Kronke.

– Nu e o dovadă de nesăbuință din partea lui?

– Poate, dar la urma urmei cine anchetează? Sunt șase crime comise în șase jurisdicții diferite, din șase state, într-o perioadă de douăzeci de ani. Niciuna dintre cele șase secții de poliție nu a făcut schimb de informații cu vreo alta. Nu așa se lucrează, iar el știe.

– Și doar o victimă în Florida?

– Da, domnul Kronke. Acum doi ani.

– Unde?

– Orașul Marathon, Keys.

– De ce nu mergi la secția de poliție de acolo, să le arăți dosarele tale, să le prezinți teoria ta?

– Bună întrebare. Poate o s-o fac. S-ar putea să nu am de ales, dar am îndoielile mele. Ce crezi că va face poliția? Va încerca să rezolve cinci cazuri nerezolvate din alte cinci state? Mă îndoiesc. Nu uita că nu am nicio dovadă, nimic concret să le ofer, și cei mai mulți au abandonat deja anchetele.

Lacy sorbi din cafea și dădu din cap neconvinsă.

– Și mai am un motiv, mult mai important, pentru care nu pot să dau buzna la poliție cu atât de puține dovezi, continuă Jeri. E înfricoșător, de fapt.

– Te temi de el.

– Sigur că mă tem. E prea inteligent ca să comită o crimă și gata. Vreme de douăzeci de ani, am lucrat pornind de la premisa că e încă acolo, la pândă, acoperindu-și urmele.

– Și vrei să mă implic eu?

– Trebuie, Lacy. Nu are cine s-o facă.

– Nu cred asta.

– Pe mine mă crezi?

– Nu știu, Jeri. Chiar nu știu. Iartă-mă, dar încă nu m-ai convins.

– Dacă noi nu îl oprim, va ucide iar.

Lacy o asculta, cutremurată de ușurința cu care spunea „noi". Împinse ceașca de cafea într-o parte și spuse:

– Jeri, am auzit destule pentru azi. Trebuie să mă gândesc la tot ce mi-ai spus, să mă adun.

– Înțeleg, Lacy. Iar tu trebuie să înțelegi că eu sunt singură aici. De ani întregi trăiesc așa. Mi-a mâncat viața și de multe ori am crezut că voi ceda. Am petrecut ore bune la terapie și mai am cale lungă de străbătut. M-a costat căsnicia și aproape mi-a distrus cariera. Dar nu pot renunța. Tata nu m-ar ierta. Nu îmi vine să cred că am ajuns aici, în punctul în care vorbesc cu cineva despre asta, cu o persoană de încredere.

– Nu ți-am câștigat încă încrederea.

– Dar o ai oricum. Nu am pe nimeni altcineva. Am nevoie de un prieten, Lacy. Te rog, nu mă abandona.

– Nu e vorba de abandon. Întrebarea este ce pot eu să fac. Noi nu anchetăm crime, Jeri. Asta face poliția sau FBI-ul. Noi nu avem efectiv mijloacele necesare pentru asta.

– Însă tu mă poți ajuta, Lacy. Poți să mă asculți, să mă consolezi. Poți ancheta, până la un punct. CCJ are puterea de a cita în instanță. În cazul cazinoului, ai înlăturat un judecător corupt și o întreagă grupare infracțională.

– Cu ajutor din partea altora, mai ales a FBI-ului. Jeri, mă tem că nu înțelegi cum lucrăm. Nu ne implicăm într-o anchetă până când cineva nu depune o reclamație. Nimic nu se întâmplă înainte de asta.

– Reclamația poate fi anonimă?

– În primă fază, da. După aceea, nu. După înregistrarea reclamației, avem patruzeci și cinci de zile la dispoziție ca să verificăm acuzațiile.

– Judecătorului i se aduce la cunoştinţă că este anchetat?

– Depinde. Cel mai adesea, judecătorul ştie că are o problemă. Reclamantul și-a făcut cunoscute nemulţumirile. Există dispute care continuă luni întregi, chiar ani. Dar sunt și cazuri în care judecătorul e surprins. Dacă ajungem la concluzia că acuzaţiile sunt întemeiate, ceea ce se întâmplă rar, transmitem o notificare oficială către judecător.

– Iar în momentul acela, îmi va afla numele.

– Așa se întâmplă de obicei. Nu îmi amintesc să fi existat un caz în care reclamantul să-și fi păstrat anonimatul.

– Dar e posibil, nu?

– Va trebui să discut cu directorul, cu superiorul meu.

– Mi-e teamă, Lacy. Visul meu este să fie pedepsit cel care mi-a ucis tatăl. Celălalt vis al meu este să nu ajung pe lista lui. Este mult prea periculos.

Lacy se uită la ceas și împinse ceașca de cafea și mai departe. Expiră prelung și spuse:

– Uite ce e, am discutat foarte multe și mă așteaptă un drum lung. Hai să ne oprim aici azi.

– Sigur, dar trebuie să îmi promiţi confidenţialitate deplină, Lacy. Înţelegi?

– Înţeleg, dar tot trebuie să discut cu superiorul meu.

– Putem avea încredere în el?

– Este o ea și, da, putem. După cum îţi dai seama, este o chestiune delicată. Avem de-a face cu reputaţia unor judecători în funcţie și înţelegem că discreţia e necesară. Nimeni nu va ști nimic până când nu trebuie să afle. E bine așa?

– Presupun. Dar trebuie să mă ţii la curent.

Călătoria de douăzeci de minute înapoi la cimitir fu liniștită. Ca să nu schimbe atmosfera, Lacy o întrebă pe Jeri despre fiica acesteia, Denise, studentă la Universitatea Michigan. Nu, nu și-l amintea pe bunicul ei și știa puţine despre moartea acestuia. Jeri era intrigată de viaţa lui Lacy, o femeie atrăgătoare, singură, care nu fusese căsătorită, însă discuţia nu duse nicăieri. Lacy era obişnuită cu genul acesta de întrebări şi nu le mai suporta. Scumpa ei mamă, până să moară, o sâcâise ani la rând spunându-i că va îmbătrâni singură şi fără copii, aşa că Lacy devenise expertă în a se sustrage curiozităţii.

La cimitir, Jeri îi întinse o sacoşă de pânză, spunându-i:

– Aici sunt câteva dosare cu informaţii preliminare. Mai am multe.

– Pentru primele trei victime, presupun?

– Da. Tata, Thad Leawood şi Danny Cleveland. Despre ceilalţi vorbim cu altă ocazie.

Sacoşa era destul de grea şi Lacy nu era convinsă că voia să o primească. Abia aştepta să urce în maşină, să închidă uşile şi să plece. Îşi luară rămas-bun, promiseră să vorbească din nou în curând, apoi Lacy plecă.

La jumătatea drumului către Tallahassee, primi un telefon de la Allie. Îi spuse că ajungea târziu acasă şi că avea poftă de pizza şi vin, lângă foc. Nu îl mai văzuse de patru zile şi i se făcuse dor de el. Zâmbi la gândul că se va cuibări lângă un agent FBI şi vor vorbi despre alte lucruri decât munca lor.

7

Miercuri-dimineaţă la prima oră, Darren Trope intră în biroul ei.

– Ia zi, cum a fost ziua liberă? Ai făcut ceva interesant?

– Nu tocmai.

– Ţi-a fost dor de noi?

– Nu, îmi pare rău, răspunse Lacy cu un zâmbet.

Se pregăti să ia un dosar din teancul ordonat de la capătul biroului. Un judecător din Gilchrist County şi-i pusese în cap atât pe avocaţi, cât şi pe reclamanţi, căci nu reuşea să programeze procesele. Se zvonea că alcoolul era de vină. Lacy hotărâse fără convingere că acuzaţiile erau întemeiate şi se pregătea să informeze Onorata Instanţă că era anchetat.

– Ai dormit până târziu? Ai luat masa la un restaurant fiţos cu băiatul nostru de la FBI?

– Nu degeaba se numesc motive personale.

– Ei bine, n-ai pierdut nimic.

– Sunt sigură.

– Ies să-mi iau o cafea cumsecade. Vrei ceva?

– Sigur, ca de obicei.

Pauzele de cafea ale lui Darren durau din ce în mai mult. Era de doi ani la CCJ şi prezenta semnele obişnuite ale cuiva a cărui carieră stagna. După ce ieşi, Lacy închise uşa şi încercă să se concentreze asupra judecătorului cu probleme de băutură. Trecu o oră fără cine știe ce progrese și în cele din urmă împinse dosarul din fața ei.

Maddy Reese era colega ei cea mai de încredere. Era acolo de patru ani și, dintre cei patru avocați, era următoarea, după Lacy, cu cea mai mare vechime. Bătu în ușa deschisă și păși în birou.

– Ai un minut?

Ultimul director impusese politica ușilor deschise, lucru care făcea intimitatea imposibilă și întreruperile frecvente. Acesta însă nu mai era și, deși majoritatea își închideau ușile, unii păstraseră obiceiul.

– Sigur, spuse Lacy. Ce s-a întâmplat?

– Cleo vrea să te uiți peste cazul Handy. Zice că ar trebui să ne implicăm.

Cleo era Cleopatra, actuala șefă, o femeie ambițioasă care reușise să-și îndepărteze toți angajații în câteva săptămâni.

– Nu din nou, exclamă Lacy frustrată.

– Ba da. Continuă să anuleze avize de urbanism în favoarea unui anumit dezvoltator, care se întâmplă să fie prieten cu nepotul lui.

– E Florida. Se întâmplă frecvent.

– Ei bine, proprietarii terenurilor învecinate s-au supărat și au angajat avocați. Săptămâna trecută am primit o nouă reclamație împotriva lui și lucrurile par cu adevărat suspecte. Știu ce mult îți plac cazurile de urbanism.

– Sunt viața mea. Adu-mi dosarul să arunc o privire.

– Mersi. Și la ora două avem ședință cu Cleo.

– Credeam că plăcerea aceasta este rezervată pentru diminețile de luni.

– Așa e, dar Cleo își face propriile reguli.

Maddy ieși, lăsând ușa deschisă. Lacy privi spre calculatorul de pe birou. Parcurse lista de e-mailuri care puteau fi ignorate sau lăsate să mai aștepte și se opri la unul trimis de Jeri Crosby.

Putem vorbi? Te sun eu. Numărul este 776-145-0088. O să îți apară ca număr necunoscut.

Lacy privi e-mailul multă vreme, gândindu-se cum să facă să evite un răspuns. Se întrebă de care telefon se va folosi Jeri. Apoi îi sună telefonul și numărul indicat apăru pe ecran.

– Bună, Jeri, spuse, mergând să închidă ușa.

– Lacy, îţi mulţumesc pentru ieri, nu știi ce mult înseamnă pentru mine. Azi-noapte am reușit să dorm pentru prima dată după multă vreme.

„Păi, bine că măcar tu ai dormit." Chiar și cu trupul cald al lui Allie lângă ea, Lacy nu reușise să alunge întâmplările zilei trecute și să se odihnească.

– Mă bucur, Jeri. Ziua de ieri a fost interesantă.

– Puţin spus. Așadar, care e treaba?

Întrebarea o descumpăni, înţelegând abia atunci că noua ei prietenă ar fi putut să o sune zilnic pentru noutăţi.

– Ce vrei să spui?

– Păi, ce părere ai? Ce urmează?

– Nu am avut timp să mă gândesc, minţi Lacy. Am lipsit o zi de la birou și am de recuperat.

– Desigur, nu vreau să te deranjez. Iartă-mă, dar sunt atât de ușurată că te ocupi de caz... Habar nu ai ce greu mi-a fost singură.

– Jeri, nu sunt convinsă că avem un caz.

– Sigur că avem. Te-ai uitat peste dosare?

– Încă nu, Jeri, n-am avut timp. Sunt ocupată cu altele acum.

– Înţeleg. Ascultă, trebuie să ne vedem din nou, să îţi vorbesc și despre celelalte victime. Știu că sunt multe informaţii într-un timp foarte scurt, dar, îndrăznesc să spun, niciunul dintre dosarele de pe biroul tău nu e mai important decât Bannick.

Așa era. Orice altceva pălea în faţa acuzaţiilor de crimă aduse unui judecător.

– Jeri, nu pot lăsa totul baltă ca să mă implic într-un caz nou. Trebuie aprobat de director, credeam că ţi-am explicat.

– Parcă, spuse ea. Apoi continuă: Azi și mâine am ore, dar ce zici de sâmbătă? Vin eu acolo și ne vedem undeva.

– M-am gândit trei ore la asta ieri, venind spre casă, și nu avem jurisdicție. Pur și simplu nu avem competența să investigăm o crimă sau mai multe.

– Prietenul tău, Hugo Hatch, a fost ucis într-un accident aranjat și, dacă nu mă înșel, a mai existat o crimă în cazul de la cazinou. Nu-i așa, Lacy? Și de acela te-ai ocupat bine-mersi.

Tonul ei devenea agresiv, dar în voce i se simțea vulnerabilitatea.

Lacy îi răspunse cu calm:

– Am vorbit deja despre asta și ți-am explicat că în cazul acela au fost implicați detectivi adevărați. Chiar și agenți FBI.

– Dar tu ai făcut să se întâmple totul, Lacy. Fără tine, crimele acelea n-ar fi fost rezolvate.

– Jeri, ce aștepți de la mine? Să merg în Signal Mountain, Tennessee, Little Rock, Arkansas, Marathon și Florida, să caut prin dosarele vechi ale poliției și să găsesc, cumva, dovezi care nu există? Polițiștii, experții nu le-au găsit. Tu le cauți de douăzeci de ani. Pur și simplu, nu există suficiente dovezi.

– Șase oameni, uciși în același mod. Și toți șase au avut legături cu Bannick. Iar tu zici că nu e suficient? Serios, Lacy. Nu poți face una ca asta. Sunt la capătul puterilor. Dacă tu îmi întorci spatele, unde să mai merg?

„Oriunde. Doar pleacă, te rog!"

Lacy trase adânc aer în piept, încercând să-și păstreze cumpătul.

– Înțeleg, Jeri. Ascultă, sunt ocupată acum. Hai să vorbim mai târziu!

Lacy ascultă ce spuse Jeri în continuare fără să încuviințeze în vreun fel.

– Lacy, m-am interesat. Fiecare stat are modul lui de a gestiona reclamațiile împotriva justiției, dar aproape toate permit părții vătămate să solicite o anchetă sub anonimat. Știu sigur că e posibil în Florida.

– Ești dispusă să depui plângere?

– Poate, dar trebuie să mai vorbim. Se poate face și sub pseudonim sau ceva. Nu crezi?

– Nu știu exact. Te rog, hai să vorbim mâine!

Cum termină de vorbit, sosi și Darren cu cafeaua, după aproape o oră. Îi mulțumi și, văzând că el se pregătea să rămână la povești, îi spuse că trebuia să dea un telefon. La prânz ieși să ia prânzul cu Allie.

Arma secretă a CCJ era o angajată care îmbătrânea urât, pe nume Sadelle, o asistentă juridică de carieră care renunțase, cu decenii în urmă, să susțină examenul de barou. Obișnuia să fumeze câte trei pachete de țigări pe zi, cele mai multe la birou, și nu se lăsase decât când fusese diagnosticată cu cancer la plămâni în fază terminală. Motivată subit, renunțase la țigări și se pregătise să-și încheie afacerile cu lumea. Șapte ani mai târziu, continua să lucreze, mai mult decât oricine altcineva. CCJ era viața ei și nu numai că știa tot, dar își și amintea aproape tot. Ea era arhiva, motorul de căutare, expertul în nenumăratele moduri prin care un judecător își putea distruge cariera.

După ședința de personal, Lacy îi trimise un e-mail cu câteva întrebări. Cincisprezece minute mai târziu, Sadelle intră în biroul ei, în scaunul cu rotile, conectată la tubul de oxigen. Deși vocea îi era obosită, răgușită și, uneori, aproape disperată, îi plăcea să vorbească, adesea chiar prea mult.

– S-a mai făcut, spuse ea. Îmi amintesc trei cazuri, din ultimii patruzeci de ani, când reclamantul era prea speriat ca să semneze. Cel mai important cred că a fost cazul unui judecător din Tampa, care a descoperit cocaina. A fost sedus de drog, lucru care a devenit o problemă serioasă. Din cauza poziției sale, îi era greu să cumpere. Făcu o pauză să respire, apoi continuă: În fine, problema lui a luat sfârșit în clipa în care un traficant de droguri a ajuns în fața lui ca acuzat. S-a împrietenit cu acesta, i-a acordat o sentință ușoară și, în cele din urmă, s-a cuplat cu dealerul acestuia, care lucra pentru un traficant important. Cu aprovizionarea garantată, judecătorul şi-a pierdut controlul şi lucrurile au degenerat rapid. Nu şi-a mai putut face meseria – cerea pauză la fiecare cincisprezece minute ca să prizeze. Avocaţii comentau, dar, ca de obicei, nimeni nu voia să vorbească. O stenografă vigilentă ştia povestea. Ne-a contactat, îngrozită, fireşte, pentru că gaşca cunoştea nişte băieţi periculoşi. În cele din urmă, a depus anonim o reclamaţie şi am intervenit cu citaţii, tot tacâmul. Ne-a pus la dispoziţie şi nişte documente, am avut destule dovezi. Ne pregăteam să aducem agenţii FBI când judecătorul a fost de acord să demisioneze, aşa că nu a fost pus sub acuzare.

Chipul i se schimonosi în timp ce respira.

– Ce s-a întâmplat cu el?

– S-a sinucis. Concluzia a fost supradoză accidentală, dar împrejurările erau dubioase. L-au găsit plin de cocaină. Presupun că a murit aşa cum i-a plăcut să trăiască.

– Când a fost asta?

– Nu mai ştiu exact, dar a fost înainte să vii tu.

– Ce s-a întâmplat cu stenografa?

– Nimic. I-am protejat identitatea şi nimeni n-a aflat. Prin urmare, da, se poate.

– Şi în celelalte două cazuri?

– La fel, anonimi. Un bărbat sau o femeie, nu mai ştiu, dar pot să verific. Din câte îmi amintesc, ambele reclamaţii au fost respinse după evaluare, prin urmare acuzaţiile nu erau cu adevărat întemeiate. Ce ai? o întrebă după o nouă pauză în care se chinui să respire.

– Crimă.

– Uau, ar trebui să fie interesant. Nu îmi mai amintesc să fi avut vreun caz de crimă, cu excepţia cazinoului. E întemeiat?

– Nu ştiu. Cu asta mă confrunt acum. Încerc să îmi dau seama care e adevărul.

– O acuzaţie de crimă adusă unui judecător în funcţie.

– Da. Posibil.

– Îmi place. Să mă ţii la curent.

– Mulţumesc, Sadelle.

– Cu plăcere.

Sadelle îşi umplu plămânii obosiţi cu încă o gură de oxigen, dădu cu spatele să iasă din birou şi plecă.

8

Numele zugravului era Lanny Verno. Într-o după-amiază de vineri, târziu, într-o zi de octombrie, era cocoţat pe o scară într-o cameră dintr-o casă la care lucra, una din cele câteva zeci ridicate pe o stradă nepavată dintr-un cartier în dezvoltare, la marginea oraşului Biloxi. Termina de finisat tavanul, cu o găleată de vopsea într-o mână și pensula în cealaltă. Era singur, colegul lui plecase deja la bar. Lanny se uită la ceas și clătină din cap. Era vineri, trecut de ora cinci, iar el încă lucra. De la radioul din bucătărie răsunau acordurile unor melodii country de succes.

Abia aştepta să ajungă și el la bar, să bea bere și să se distreze, și ar fi fost deja acolo dacă nu i s-ar fi promis un cec. Angajatorul ar fi trebuit să i-l aducă înainte de terminarea orelor de lucru și, cu fiecare minut care trecea, Lanny devenea tot mai iritat.

Ușa de la intrare era deschisă, dar radioul acoperi zgomotul ușii unei mașini care oprise în faţa casei.

În încăpere intră un bărbat și îl salută prietenos.

– Mă numesc Butler, inspector.

– Poftiţi, spuse Verno abia aruncându-i o privire.

Casa era practic șantier și venea multă lume.

– Lucrezi până târziu, spuse Butler.

– Da, sunt gata să plec la o bere.

– Mai e cineva aici?

– Nu. Doar eu și mă pregătesc de plecare.

Verno mai aruncă o privire și văzu că inspectorul avea peste pantofi cipici de protecție albaștri-deschis. Straniu, își zise. Avea și mănuși de unică folosință. Tipul era probabil germofob. În mâna dreaptă avea o mapă.

– Unde e tabloul electric? întrebă.

– În capătul holului, spuse Verno.

Apoi înmuie pensula în vopsea și continuă să zugrăvească.

Butler ieși din cameră, traversă holul, verifică apoi cele trei dormitoare și cele două băi și intră grăbit în bucătărie. Se uită pe fereastră, dar nu văzu pe nimeni. Camioneta lui era parcată pe alee în spatele unei mașini care nu putea fi decât a zugravului. Se întoarse în încăpere și, fără un cuvânt, trânti scara. Verno țipă în cădere și se lovi cu capul de cărămida șemineului. Nedumerit, încercă să se ridice și să fugă, dar era prea târziu.

Din buzunarul drept, Butler scoase o tijă din oțel de douăzeci de centimetri, cu o bilă de plumb în capăt. O numise drăgăstos Leddie. O scutură cu un gest abil și aceasta își dublă, apoi își triplă lungimea. Îl izbi pe Verno cu piciorul în coaste și le auzi crăpând. Omul țipă de durere, dar înainte să mai scoată un sunet, bila de plumb îl lovi peste cap, zdrobindu-i țeasta ca pe un ou. Practic, era aproape mort. Dacă îl lăsa așa, organismul i-ar fi cedat în scurt timp, inima i-ar fi bătut din ce în ce mai lent, încă zece minute, după care ar fi încetat să respire. Însă Butler nu avea timp să aștepte. Din buzunarul stâng al pantalonilor scoase o bucată de sfoară – 9 milimetri în diametru, de nailon, împletită, albastru cu alb. O înfășură rapid în jurul gâtului lui Verno, își înfipse genunchiul în spatele acestuia, între omoplați, și trase cu putere până când auzi o vertebră trosnind.

Trăindu-și ultimele clipe, Verno mai gemu o dată și se smuci, ca și cum trupul lui ar fi încercat instinctiv să se salveze. Era un bărbat solid și, în tinerețe, sărea iute la bătaie, dar cu o frânghie în jurul gâtului și cu capul spart, puterile îi slăbiseră. Genunchiul din spate îl imobiliza în vreme ce monstrul acela încerca să îl decapiteze. Ultimul lui gând ar fi putut foarte bine să fi fost unul de uimire față de forța tipului cu șoșoni caraghioși.

Butler învățase cu ani în urmă că puterea era a celui în formă fizică maximă. În momentele decisive, forța și viteza erau totul. De treizeci de ani trăgea de fiare, făcea karate și tae kwon do, nu pentru sănătate sau ca să impresioneze femeile, ci pentru atacurile-surpriză.

După două minute, Verno nu mai mișca. Butler strânse și mai tare și înnodă sfoara ca un marinar experimentat, cu un nod de foarfecă dublu. Se ridică, atent să nu calce în sângele împroșcat, și își permise câteva clipe de răgaz în care își admiră opera. Sângele îl nemulțumea. Era prea mult și nu îi plăcea o scenă a crimei murdară. Mănușile erau pline de sânge și câțiva stropi îi ajunseseră pe pantalonii bej. Trebuia să își fi pus unii negri. Ce fusese în mintea lui?

Altfel, făcuse o treabă admirabilă. Cadavrul era cu fața în jos, cu brațele și picioarele azvârlite la întâmplare. Sângele se prelingea încet din trupul mort și contrasta plăcut cu podeaua proaspătă din lemn de pin. Vopseaua albă se răsturnase peste cămin, ajungând chiar pe un perete, până în dreptul geamurilor. Scara răsturnată era, de asemenea, un detaliu interesant. La o primă vedere, cel care descoperea cadavrul s-ar fi putut gândi că Verno căzuse, suferind o lovitură gravă la cap. După încă un pas, ar fi văzut sfoara și ar fi înțeles adevărul.

Verifică: perimetru, telefon, fotografie, sânge, amprente. Privi pe fereastră, afară nu mișca nimic. Merse în bucătărie, își spălă mâinile înmănușate, apoi se șterse cu grijă pe un șervet de hârtie pe care îl vârî în buzunar. Închise și încuie ușile din spate. Telefonul lui Verno era pe blatul din bucătărie, lângă aparatul de radio. Butler dădu radioul mai încet și vârî telefonul în buzunarul de la spate al pantalonilor. Își luă mapa și se întoarse în hol, unde se opri să respire. *Nu irosi timpul, dar nu te grăbi niciodată.*

Se pregătea să deschidă ușa când auzi motorul unei mașini. Apoi zgomotul unei portiere. Se ghemui în sufragerie și privi pe fereastră.

– La naiba!

Lângă trotuar oprise o camionetă Ram, cu inscripţia CASE PE COMANDĂ DUNWOODY pe portieră. Șoferul traversa curtea cu un plic în mână. Înălţime și greutate medie, la vreo cincizeci de ani, șchiopăta ușor. Avea să vadă cadavrul lui Verno de cum intra. Din momentul acela, n-avea să mai fie atent la nimic altceva.

Ucigașul se așeză calm la pândă, cu arma pregătită.

Răsună apoi o voce răgușită:

– Verno, unde ești?

Alţi pași, o pauză.

– Lanny, ești bine?

Apucă să facă trei pași în încăpere înainte ca bila de plumb să-i zdrobească ţeasta. Căzu, aproape prăbușindu-se peste Verno, prea rănit și prea nedumerit ca să privească în spate. Butler îl lovi iar și iar, fiecare lovitură sfărâmându-i și mai mult craniul și stropind împrejur cu sânge.

Butler nu adusese două bucăţi de sfoară și, pe lângă asta, Dunwoody nu merita una. Sfoara era pentru cei speciali. Dunwoody gemea și se zbătea în timp ce rănile mortale îi grăbeau sfârșitul. Răsuci capul și îl privi pe Butler fără să-l vadă, cu ochii tulburi și plini de sânge. Dădu să spună ceva, dar nu reuși decât să geamă. În cele din urmă, se prăbuși greu pe piept și încetă să respire. Butler îi scoase telefonul dintr-un buzunar al jachetei și îl adăugă colecţiei sale crescânde.

Dintr-odată, i se păru că era acolo de o oră. Se uită din nou afară, ieși pe ușa din faţă, o încuie – acum, toate trei ușile erau încuiate, lucru care avea să îl încetinească vreo câteva minute – și urcă în camionetă. Cu șapca trasă pe frunte, își puse ochelarii de soare, deși ziua era înnorată. Ieși în stradă și se îndepărtă fără grabă, un inspector la finele unei săptămâni de lucru aglomerate.

Opri în parcarea unui centru comercial, departe de magazine și de camerele de supraveghere ale acestora. Își scoase mănușile de unică folosință și șoșonii de protecție și le vârî într-o sacoșă. Așeză cele două telefoane pe scaun, unde le putea vedea și auzi. Atinse unul și numele MIKE DUNWOODY apăru pe ecran. Făcu la fel și cu celălalt și văzu numele LANNY VERNO. Nu voia să fie prins cu telefoanele asupra lui și urma să scape de ele rapid. Rămase pe gânduri câteva minute lungi.

Verno o meritase. Numele lui era pe listă de ceva timp, de când se muta dintr-un oraș în altul, de la o aventură nereușită la alta, trăind de la o lună la alta. Dacă n-ar fi fost doar un amărât neputincios, poate că viața lui ar fi făcut doi bani. Sfârșitul lui prematur putea fi evitat. Își semnase condamnarea la moarte cu ani în urmă, când îl amenințase pe bărbatul care își zicea Butler.

Greșeala lui Dunwoody fusese o întâmplare nefericită. Nu îl cunoștea pe Butler și categoric nu merita un sfârșit atât de violent. Victimă colaterală, cum zic soldații, dar în momentul acela Butler era nemulțumit de ceea ce făcuse. Nu ucidea oameni nevinovați. Dunwoody era probabil un tip de treabă, avea familie și o afacere, poate chiar mergea la biserică și se juca cu nepoții.

La ora șapte și două minute, telefonul lui Dunwoody se aprinse și bâzâi. Îl suna „Marsha". Nu lăsă mesaj. Peste șase minute, îl sună din nou.

Probabil soția lui, își zise Butler. Era trist, desigur, dar el nu mai avea înțelegere sau remușcări.

Victimă colaterală. Nu se mai întâmplase până atunci, dar era mândru de felul cum gestionase situația.

Mike Dunwoody renunțase la băutură cu ani în urmă și serile de vineri petrecute în baruri aparțineau trecutului. Marsha nu se temea de o recidivă, deși își amintea încă nopțile petrecute prin cârciumi cu amicii lui, majoritatea lucrători în construcții. În ultima lor discuţie telefonică, în după-amiaza aceea, îi spusese foarte clar: „Opreşte-te la un magazin şi cumpără paste şi usturoi". Gătea spaghete şi fiica lor venea la masă. El spusese că urma să fie acasă în jurul orei şase, după ce plătea câţiva oameni în cartierul nou. Cu opt case în construcţie, era mereu la telefon şi, când nu răspundea, de obicei însemna că vorbea cu altcineva. Când pierdea câte un apel, mai ales de la soţia lui, o suna înapoi în cel mai scurt timp.

La 7.31, Marsha îl sună pentru a treia oară. Butler privi ecranul şi aproape i se făcu milă, dar numai pentru o clipă.

Apoi Marsha îşi sună fiul şi-l rugă să meargă pe şantier să-şi caute tatăl.

Nimeni nu îl sună pe Verno.

*

Butler conducea pe drumuri de ţară, către nord, îndepărtându-se de litoral. Bănuia că descoperiseră deja cadavrele şi poliţia ştia că lipseau telefoanele. Venise timpul să scape de ele. Ajunse în oraşul Neely, cu 400 de locuitori. Mai fusese acolo, în recunoaştere. Singura afacere deschisă într-o zi de vineri seara era o cafenea, într-un capăt al oraşului. Oficiul poştal se afla în capătul opus, cu o cutie poştală veche, de culoare albastră, lângă aleea de pietriş. Butler opri în faţa clădirii scunde, merse la uşă, o deschise, intră în holul aglomerat şi văzu un perete cu cutii de valori. Constatând că nu existau camere de luat vederi, nici în interior, nici în exteriorul oficiului poştal, părăsi clădirea şi introduse cu un gest firesc plicul cu protecţie antişoc în cutia poştală.

Dale Black era şerif în Harrison County. Luase cina cu soţia lui şi plimba câinele prin cartier. Soţia lui era deja afară, aşteptându-i, verificându-şi telefonul. Telefonul lui Dale bâzâi şi omului îi veni să înjure. Era dispecerul şi orice telefon într-o seară de vineri nu aducea veşti bune.

Douăzeci de minute mai târziu ajungea în cartierul nou, fiind întâmpinat de un spectacol impresionant al luminilor de urgenţă ale echipajelor de poliţie. Parcă maşina şi se grăbi spre locul crimei. Un adjunct, Mancuso, îl aştepta lângă trotuar. Şeriful văzu camioneta.

– Asta e maşina lui Mike Dunwoody.

– Aşa este.

– Unde e Mike?

– Înăuntru. E unul dintre ei.

– Mort?

– O, da. Capul spart, zic eu. Mancuso făcu un semn peste stradă, unde era o altă camionetă. Îl ştii pe băiatul lui, Joey?

– Cum să nu?

– Uite-l acolo. A venit după tatăl lui, a văzut maşina, a vrut să intre în casă, dar a găsit uşile încuiate. A luat o lanternă şi s-a uitat pe geam. A văzut cadavrele. Nu a spart uşa, s-a gândit să ne sune.

– Sunt sigur că e devastat.

– Puţin spus.

Merseră împreună spre casă, pe lângă alţi poliţişti şi paramedici care aşteptau instrucţiuni.

– Am forţat uşa de la bucătărie, spuse Mancuso, am intrat, m-am uitat, dar n-am lăsat pe nimeni altcineva înăuntru până acum.

– Foarte bine.

Intrară în casă prin bucătărie şi aprinseră toate luminile. Rămaseră în prag, contemplând scena macabră. Două cadavre cu faţa în jos, capetele însângerate, balta de sânge din jurul lor, stropii de vopsea, scara trântită.

– Ai atins ceva? întrebă Black.

– Nimic.

– Presupun că acela e Mike, spuse cu un semn din cap.

– Da.

– Şi zugravul?

– Nu ştiu cine e.

– Pare să aibă un portmoneu. Ia-l!

În portmoneu găsiră un permis de conducere emis pe numele unui Lanny L. Verno, cu domiciliul în Gulfport. Șeriful și adjunctul rămaseră privind, fără să mai rostească vreun cuvânt preț de câteva minute, apoi Mancuso întrebă:

– Impresii la cald?

– Vrei să zici, dacă am vreo teorie despre cele petrecute aici?

– Da. Joey a zis că tatăl lui era aici ca să facă niște plăți.

Black se scărpină în bărbie.

– Așadar, Verno a fost atacat și trântit de pe scară de cineva care nu-l plăcea. Omul i-a crăpat țeasta, apoi a terminat treaba cu sfoara. Mike a apărut la momentul nepotrivit, așa că trebuia lichidat. Două crime. Prima, a fost planificată și comisă cu un motiv. Cea de-a doua nu a fost planificată, a făcut-o să își acopere urmele. Ești de acord?

– Nu am altceva.

– Pare mâna cuiva care știe ce face.

– A adus frânghia.

– Eu zic să chemăm artileria grea. Nu e grabă. Să izolăm scena crimei și îi lăsăm pe ei să se ocupe.

– Bună idee.

Nu se întorcea niciodată la scena crimei. Citise nenumărate povești, unele opere de ficțiune, altele aparent reale, despre ucigași care trăiau un fior special revenind la locul faptei. El nu se gândise niciodată să facă asta, dar dintr-odată i se păru momentul potrivit. Nu făcuse nicio greșeală. Nimeni nu avea vreo bănuială. Camioneta lui cenușie era la fel ca atâtea altele. Plăcuțele false de înmatriculare, cu număr de Mississippi, erau bine realizate. Și dacă, din orice motiv, apărea vreo amenințare, putea oricând să renunțe și să plece.

Se întoarse fără grabă în cartier. Văzu luminile înainte să ajungă pe strada cu pricina. Locul era împrejmuit de echipaje de poliție. În trecere, salută un polițist și privi pe lângă el. O mare de lumini albastre și roșii aprindeau strada. Ceva foarte grav trebuia să se fi petrecut.

Își continuă drumul ușor grăbit, dar fără să-l încerce vreun fior.

*

Era aproape zece seara când șeriful Black și adjunctul Mancuso intrau în Neely. Pe bancheta din spate era Nic, un student de douăzeci de ani care lucra cu jumătate de normă la secția de poliție, ca tehnician. Se uita pe un iPad și le dădea indicații.

– Ne apropiem, spuse. Faceți la dreapta. Pare să fie la oficiul poștal.

– Oficiul poștal? se miră Mancuso. De ce ar lăsa niște telefoane furate la oficiul poștal?

– Pentru că trebuia să scape de ele, răspunse Black.

– De ce nu le-a aruncat în râu?

– Nu știu. Va trebui să îl întrebi pe el.

– Aproape am ajuns, spuse Nic. Aici.

Black intră în parcarea acoperită cu pietriș. Toți trei se uitară la oficiul poștal întunecat și pustiu din orașul Neely.

– E chiar acolo, în cutia aceea albastră, spuse Nic, uitându-se pe iPad.

– Firește, spuse Mancuso. Are sens.

– Cine e diriginte de poștă aici? întrebă Black.

– Cine ar vrea să fie? se miră Mancuso.

Nic verifică și le spuse:

– Herschel Dereford. Iar acesta e numărul lui de telefon.

Herschel dormea liniștit în casa lui aflată la opt kilometri depărtare de oraș, când îl trezi apelul de urgență al șerifului Black. Îi luă câteva minute să se dezmeticească și, la început, nu vru să se amestece. Spuse că nu avea competența, conform reglementărilor federale, să deschidă cutia „lui“ poștală și să permită autorităților să-i verifice corespondența.

Șeriful Black nu-l lăsă cu una, cu două, și-i aduse la cunoştinţă că doi bărbaţi tocmai fuseseră uciși, nu departe de acolo, iar ei erau pe urmele criminalului. O aplicaţie de urmărire pe telefon îi adusese în Neely, la oficiul „lui“ poştal, și, ei bine, era de o importanţă crucială să pună mâna pe telefoanele acelea fără întârziere. Auzind acestea, Herschel se sperie suficient cât să coopereze. Sosi cincisprezece minute mai târziu, dar nu părea bucuros că fusese scos din casă. În timp ce scotea cheile, bombăni ceva despre încălcarea legilor federale. Le spuse că aduna corespondenţa în fiecare zi, la ora 5.00 după-amiaza, la încheierea programului. Un camion din Hattiesburg o ridica. Întrucât era aproape 11.00 noaptea, se aştepta să găsească cutia goală.

– Ia telefonul și filmează asta. Tot, îi spuse șeriful Black lui Nic.

Herschel răsuci cheia în broască și deschise ușa cutiei poştale. De acolo extrase o casetă din aluminiu pe care o așeză pe pământ. Caseta nu avea capac. Înăuntru era un singur plic. Mancuso îndreptă lanterna către acesta.

– V-am spus eu că nu veţi găsi mare lucru, spuse Herschel.

– Haideţi să fim foarte atenţi acum! spuse Black. Voi suna mai întâi pe numărul de telefon al lui Mike Dunwoody, s-a înţeles?

Ceilalţi dădură din cap și rămaseră cu privirea fixată asupra pachetului. După câteva secunde, acesta începu să sune.

Șeriful Black încheie apelul. După câteva secunde, zise:

– Acum voi suna pe numărul lui Lanny Verno, cel pe care ni l-a comunicat prietena acestuia.

Formă numărul, sună și, după câteva secunde, din pachet răsună refrenul melodiei *On the Road Again,* interpretată de Willie Nelson. Așa cum spusese prietena lui.

În timp ce Nic filma, Mancuso lumina totul cu lanterna, iar Herschel părea să nu știe ce ar fi trebuit să facă. Șeriful vorbi calm:

– Am sunat pe cele două numere și se pare că ambele telefoane sunt în pachetul din faţa noastră, în această cutie poştală. Vârî mâna în buzunar și scoase o pereche de mănuși de unică folosință. Nic continua să filmeze. Acum voi recupera pachetul, spuse Black, dar nu îl vom deschide aici. Cel mai bine este să îl trimitem la laborator și să lăsăm specialiștii să îl analizeze.

Se aplecă apoi cu grijă, ridică plicul, îl ţinu să-l vadă toţi și Nic să-l filmeze, apoi îl întoarse pe partea cealaltă. Plicul conţinea o adresă: *Cherry McGraw, 117 Fairway #72, Biloxi, MS 39503.*

Expiră prelung, bombăni un „la naiba!" și aproape scăpă plicul din mână.

– Cine e, șefu'? întrebă Mancuso.

– E adresa fiicei mele.

Fiica lui era supărată, dar nevătămată. Era căsătorită de mai puţin de un an și locuia aproape de părinţi. Soţul ei crescuse la ţară, era un vânător pasionat și deţinea o colecţie impresionantă de arme. Îl asigură pe șerif că erau bine și că vor avea grijă.

Un adjunct fu trimis de pază în faţa casei șerifului. Doamna Black își asigură soţul că era în siguranţă.

Pe drumul înapoi spre locul crimei, Nic spuse de pe bancheta din spate:

– Nu cred că voia să îi trimită fiicei dumneavoastră telefoanele.

Șeriful Black nu avea îngăduinţă pentru nerozi, era oricum preocupat și nu părea curios să asculte părerile unui student care părea adolescent.

– Ok, spuse.

– Știa că le vom găsi, nimic mai mult. Sunt atâtea feluri prin care poţi găsi un telefon pierdut și știa că noi le vom da de urmă. Din spusele dirigintelui, corespondenţa depusă vineri, după program, e ridicată luni, după ora 5.00 după-amiaza. Nu avea cum să rămână pachetul acolo șaptezeci și două de ore fără să fie descoperit. Trebuie să fi știut asta.

– Și de ce a pus pe plic adresa fiicei mele?

– Nu știu. Poate pentru că e un psihopat al naibii de inteligent. Mulţi dintre ei sunt.

– Adică se amuză niţel, asta vrei să zici? spuse Mancuso.

– Ha, ha!

Șeriful nu avea chef de vorbă. Îl frământau gânduri contradictorii, întrebări fără răspuns și scenarii tulburătoare.

9

Porecla „Cleopatra“ se ţinuse scai de ea de când lucrase ca avocat de personal, timp de câţiva ani, pentru Consiliul de Turism, o agenţie de stat mai mare. Înainte de asta, ocupase diverse posturi prin instituţii care aveau ca obiect de activitate sănătatea mentală, calitatea aerului sau eroziunea litoralului. Nu se știa cine o numise „Cleopatra“ și nu era clar, cel puţin nu pentru angajaţii Comisiei de Conduită Judiciară, dacă Charlotte știa că subordonaţii ei îi spuneau astfel. Porecla prinsese pentru că i se potrivea sau pentru că personajul interpretat de Elizabeth Taylor îi semăna cumva. Păr negru ca smoala, drept, cu un breton care-i ajungea până la sprâncenele groase, pe care sigur muncea din greu să-l menţină; straturi suprapuse de fond de ten menite să acopere ridurile și liniile unde botoxul nu ajunsese; și suficient creion dermatograf și rimel cât să se fardeze vreo zece târfe din Vegas. Cu un deceniu sau două în urmă, Charlotte fusese, probabil, frumoasă, dar anii de muncă neîntreruptă și soluţiile de înfrumuseţare neinspirate anulaseră orice șansă. Orice avocat a cărui reputaţie era clădită pe machiajul strident și hainele prea strâmte, în locul abilităţilor profesionale, era condamnat să trudească în cercurile inferioare ale profesiei.

Avea și alte probleme. Îi plăceau fustele prea scurte, ce dezvăluiau pulpe prea groase. În afara biroului purta pantofi cu tocuri atât de înalte, încât îi făcea concurenţă oricărei dansatoare exotice. Erau nefirești și imposibil de purtat, iar durerea o făcea să umble desculță la birou. Nu avea deloc gusturi vestimentare, ceea ce nu era o problemă la CCJ, unde nimeni nu punea preț pe aspect. Problema era că Charlotte se voia o deschizătoare de drumuri. Nimeni nu o urma însă.

Lacy fusese circumspectă din prima zi, din două motive. Primul motiv era reputația lui Cleo de femeie ambițioasă, aflată mereu în căutarea unui post mai bun, dar asta nu era surprinzător. Cel de-al doilea motiv avea legătură cu primul, dar era problematic. Lui Cleo nu-i plăceau femeile care absolviseră Dreptul și le vedea ca pe o amenințare. Știa că angajările le făceau bărbații și, cum ea era mereu în căutarea unui post mai bun, nu avea timp pentru alte femei.

– S-ar putea să avem o problemă, spuse Lacy.

Cleo se încruntă, deși bretonul îi ascunse cutele frunții.

– În regulă, te ascult.

Era joi după-amiază, târziu, iar majoritatea angajaților plecaseră deja. Ușa biroului lui Cleo era închisă.

– Mă aștept să primesc o reclamație, una ce va fi depusă sub pseudonim și care va fi dificil de gestionat. Nu sunt sigură cum ar trebui să procedez.

– Judecătorul?

– Deocamdată, neidentificat. Instanță regională, zece ani de activitate.

– Vrei să mă rog de tine să-mi spui mai repede cu ce mizerie avem de-a face?

Cleo se credea o avocată dură, care n-avea timp de pierdut cu amabilități sau prostii. Ei trebuia să-i vorbești direct, căci făcea față la orice.

– E acuzat de crimă.

Bretonul tremură imperceptibil.

– Un judecător în funcție?

– Asta am spus.

Lacy nu era nepoliticoasă de fel, dar la Cleo venea mereu în gardă, pregătită să riposteze, ba chiar să atace prima.

– Așa e, ai spus. Când a avut loc presupusa crimă?

– Păi, se pare că au fost mai multe. Cea mai recentă, acum doi ani, în Florida.

– Mai multe?

– Da, mai multe. Partea reclamantă crede că e vorba despre șase crime, pe parcursul a douăzeci de ani.

– Îl crezi?

– Nu am spus că e bărbat. Și nu știu ce să cred. Însă știu că el sau ea e pe cale să depună o reclamație în acest sens.

Cleo se ridică – era mult mai scundă desculță – și merse lângă fereastra din spatele biroului. De acolo se vedeau alte două clădiri guvernamentale. Vorbi cu fața către geam:

– Păi, întrebarea firească este de ce nu a mers la poliție. Presupun că ai întrebat deja, nu?

– Este, într-adevăr, firească și a fost prima mea întrebare. Răspunsul a fost că nu ne putem încrede în poliție, nu în acest moment. Nu ne putem încrede în nimeni. Și, desigur, nu există dovezi concludente.

– Atunci, ce există?

– Mai degrabă niște coincidențe convingătoare. Crimele au avut loc într-un interval de douăzeci de ani, în câteva state. Toate sunt nerezolvate și lipsite de perspectiva soluționării. Pe parcursul vieții, drumurile judecătorului s-au intersectat cu ale victimelor. Și are o metodă anume de a ucide. Crimele sunt practic identice.

– Interesant, până la un punct. Pot să mai pun o întrebare evidentă?

– Sunteți șefa.

– Mulțumesc. Dacă toate aceste cazuri sunt cu adevărat lipsite de perspectiva soluționării, dacă poliția a renunțat să mai caute, cum naiba să dovedim că judecătorul nostru e vinovat?

– Așa este, asta e întrebarea. Nu am un răspuns.

– Dacă mă întrebi pe mine, nu pare cu toate minţile acasă, ceea ce, presupun, nu e deloc neobişnuit aici.

– Vă referiţi la clienţi sau la angajaţi?

– Părţile reclamante. Nu avem clienţi.

– Corect. Legea spune că nu avem de ales odată ce reclamaţia a fost depusă, suntem obligaţi să investigăm. Cum procedăm?

Cleo se aşeză pe scaunul ei directorial, care o făcea să pară mai înaltă.

– Nu ştiu cum vom proceda, dar îţi spun ce nu vom face. Biroul acesta nu anchetează crime. Dacă depune o plângere, nu avem de ales, o vom transmite secţiei de poliţie din Florida. Simplu.

Lacy zâmbi prefăcut.

– Mie îmi convine. Mă îndoiesc însă că vom primi reclamaţia.

– Să sperăm că aşa va fi.

Strategia iniţială era să o anunţe pe Jeri printr-un e-mail, ca să evite neplăcerile ulterioare. Îi trimise un mesaj concis, profesional: „Margie. După discuţia cu directoarea biroului, te informez cu regret că reclamaţia nu va fi anchetată de noi. Dacă este depusă aici, o vom înainta secţiei de poliţie din Florida".

Peste câteva secunde, o suna cineva cu număr necunoscut. În mod obişnuit, ar fi ignorat apelul, dar se gândi că era Jeri, care începu pe un ton plăcut:

– Nu puteţi să vă adresaţi poliţiei. Legea spune că este obligaţia voastră să verificaţi acuzaţiile.

– Bună, Jeri! Ce mai faci?

– Foarte rău, acum. Nu pot să cred. Eu sunt dispusă să risc şi să depun reclamaţia, dar CCJ nu are curajul să investigheze. Chiar ai de gând să nu faci nimic – decât să plimbi nişte hârtii de colo până colo – în timp ce individul ăsta scapă nepedepsit şi continuă să ucidă?

– Parcă nu-ţi plăcea să vorbeşti la telefon.

– Nu îmi place. Dar cel de pe care sun nu poate fi urmărit. Ce ar trebui să fac acum, Lacy? Să împachetez douăzeci de ani de muncă și să mă întorc acasă, ca și cum nimic nu s-ar fi întâmplat? Să permit ca ucigașul tatălui meu să umble liber? Ajută-mă, Lacy!

– Jeri, nu depinde de mine, te rog să mă crezi.

– Ai recomandat ca CCJ să ancheteze?

– Nu e nimic de anchetat până când nu primim o reclamație oficială.

– De ce m-aș deranja, dacă tot ceea ce veți face e să mergeți la poliție? Lacy, nu îmi vine să cred! Chiar am crezut că ai mai mult curaj. Sunt șocată.

– Îmi pare rău, Jeri, dar anumite cazuri chiar nu sunt de competența noastră.

– Legea nu spune așa. Legea prevede ca CCJ să evalueze fiecare reclamație depusă împotriva unui judecător. Scrie foarte clar că CCJ poate să înainteze o reclamație către poliție doar după ce a făcut o evaluare inițială. Vrei să-ți trimit o copie?

– Nu, nu este nevoie. Jeri, nu eu am luat decizia. Pentru asta avem șefi.

– În regulă, voi trimite legea șefei tale. Cum o cheamă? Am văzut-o pe pagina voastră.

– Nu face asta. Cunoaște legea.

– Nu pare să o cunoască. Lacy, ce vrei să fac eu acum? Să uit de Bannick? Mi-am irosit douăzeci de ani.

– Îmi pare rău, Jeri.

– Ba nu îți pare. Voiam să vin sâmbătă, să ne vedem și să îți prezint toate detaliile celor șase crime. Spune-mi ce să fac, Lacy!

– Jeri, weekendul acesta nu sunt în oraș. Îmi pare rău.

– Ce convenabil!

După o pauză lungă, spuse:

– Lacy, gândește-te la asta. Ce vei face când va ucide din nou? Ia spune! La un moment dat, tu și comisia ta veți deveni complici.

Și, zicând acestea, închise.

10

Nemaiexistând disciplină, zilele de vineri la birou erau liniştite. După-amiezile, tăcerea era ca de mormânt, căci şefii plecau să ia prânzul şi nu se mai întorceau, iar restul personalului pleca imediat ce Cleo îşi închidea uşa biroului. Nu îşi făceau griji, pentru că Sadelle rămânea până târziu şi prelua telefoanele.

Lacy plecă înainte de prânz, gândindu-se să nu mai revină. Merse acasă, îşi puse o pereche de pantaloni scurţi, vârî nişte haine într-o geantă, ascunse o cheie pentru Rachel, vecina ei, care avea grijă şi de câine, şi, chiar înainte de ora 1.00, urcă în maşină cu iubitul ei, cu direcţia Rosemary Beach, aflat la vreo două ore şi jumătate distanţă de-a lungul litoralului Gulf Coast. Erau aproape 27 de grade şi niciun nor pe cer. Nu avea cu ea nici laptop, nici dosare, nici vreun fel de documente şi, după cum conveniseră, la fel venise şi Allie. Orice dovadă a activităţii lor profesionale rămăsese acasă. Singurele permise erau telefoanele mobile.

Scopul vădit al weekendului era să lase în urmă oraşul şi munca, să se joace pe plajă şi să se bronzeze. Adevăratul motiv era unul mai serios. Amândoi se apropiau de patruzeci de ani şi aveau îndoieli legate de viitorul lor, fie acesta separat sau în cuplu. Erau împreună de peste doi ani şi trecuseră de fazele iniţiale ale iubirii – întâlnirile, sexul, nopţile petrecute la celălalt, excursiile, prezentarea familiilor, recunoaşterea în faţa prietenilor că formau o pereche, angajamentul tacit de fidelitate. Nu dădeau semne că ar fi vrut să se despartă, dimpotrivă, păreau mulţumiţi cu situaţia, aşa cum era.

Ceea ce o nemulţumea pe Lacy, şi nu era sigură dacă acela era un aspect care îl deranja şi pe Allie, era incertitudinea cu privire la viitor. Unde aveau să fie peste cinci ani? Nu era convinsă că voia să rămână la CCJ. Allie devenea din ce în ce mai frustrat la FBI. Îi mergea bine şi era mulţumit de ceea ce realizase, dar cele şaptezeci de ore de lucru pe săptămână îşi spuneau cuvântul. Dacă muncea mai puţin, ar fi petrecut mai mult timp împreună? Şi, în cazul acesta, ar fi devenit mai apropiaţi? Ar fi putut, în sfârşit, să decidă dacă se iubeau? Menţionau uneori cuvântul, mai mult în joacă, dar niciunul nu părea să îl ia serios. În primul an evitaseră să şi-l spună şi continuau să fie rezervaţi.

Lacy se temea că nu îl va iubi niciodată cu adevărat şi că relaţia lor va trece convenabil dintr-o etapă în alta, până când căsătoria va deveni pasul inevitabil. Şi atunci, la patruzeci de ani sau chiar mai târziu, va fi prea târziu să se mai retragă. Se va căsători cu un bărbat pe care îl adora, dar nu îl iubea. Sau îl iubea?

Jumătate din prietenele ei o sfătuiseră să-l lase după doi ani. Cealaltă jumătate o îndemnaseră să pună mâna pe el până nu îl pierdea.

Weekendul acela era menit să răspundă celor mai serioase întrebări ale lor, deşi Lacy citise destule romane de dragoste şi văzuse suficiente comedii romantice ca să ştie că marea ieşire romantică rareori funcţiona. Căsniciile pe ducă erau rareori salvate de câteva zile la plajă, iar relaţiile încercate îşi recăpătau rareori avântul şi direcţia.

Bănuia că vor petrece câteva zile plăcute la malul mării ocolind preocupările legate de viitor şi că vor continua din inerţie.

– Te macină ceva, îi spuse el, cu mâna stângă pe volan şi cu dreapta mângâindu-i genunchiul.

Era prea devreme ca să abordeze subiecte serioase, aşa că Lacy se orientă rapid.

– Avem un caz care mă ţine trează de câteva nopţi.

– De obicei, nu te stresezi în legătură cu munca.

– De obicei, nu e vorba de crimă.

El o privi zâmbind și-i spuse:

– Te rog, continuă!

– Nu pot să-ți spun. Ca și la tine, cazurile care ajung la noi sunt confidențiale. Totuși, dacă discutăm ipotetic, cred că aș putea să-ți spun.

– Ascult.

– E vorba despre un judecător de vreo cincizeci de ani, să zicem, de zece ani în funcție, care e sociopat. Mă urmărești?

– Desigur. Dar nu așa sunt cei mai mulți?

– Haide! Vorbesc serios.

– Bine. Am studiat astfel de situații în timpul pregătirii la Quantico. UAC – Unitatea de Analiză Comportamentală. Face parte din pregătirea de bază. Însă a fost cu mult timp în urmă și nu am întâlnit în teren niciun caz. Specialitatea mea sunt criminalii cu sânge-rece care fac trafic de cocaină și neonaziștii care expediază bombe. Continuă!

– Lucrăm cu o teorie și nu există dovezi, cel puțin nu în momentul acesta. Din spusele martorei, de asemenea anonimă și prea speriată ca să vorbească în nume propriu, judecătorul a ucis cel puțin șase persoane în ultimii douăzeci de ani. Șase crime în șase state. Cunoștea victimele, avusese probleme cu fiecare, și le-a urmărit răbdător în așteptarea momentului potrivit. Toate au fost ucise în același mod – prin strangulare cu un anumit tip de sfoară. E semnătura lui. Crime perfecte. Nu lasă urme, indicii, nimic, cu excepția frânghiei din jurul gâtului.

– Toate sunt cazuri nerezolvate?

– Da. Poliția nu are nimic. Nu are martori, fibre, urme de încălțăminte, sânge, motive... Absolut nimic.

– Dacă îi cunoștea pe toți, trebuie să existe motive.

– Ești un agent FBI genial.

– Mulţumesc. Însă era evident.

– Da. Motivele diferă. Unele sunt serioase, altele neînsemnate. Nu le cunosc pe toate.

– El crede că sunt serioase.

– Da.

Allie își retrase mâna dreaptă de pe genunchiul ei și se scărpină în bărbie. După un moment, spuse:

– Și cazul ăsta a ajuns la tine?

– Nu. Martora nu a depus încă o reclamaţie în mod oficial. E prea speriată. Iar Cleopatra mi-a zis ieri că nu ne vom implica într-o anchetă criminală.

– Așadar, ce se întâmplă mai departe?

– Nimic, presupun. Dacă nu depune plângerea, nu avem ce face. Judecătorul își vede nestingherit de treburi, chiar dacă asta înseamnă să ucidă.

– Vorbești ca și cum ai crede-o pe martora aceasta.

– O cred. Nu mi-a fost ușor, de luni, de când am cunoscut-o, dar am ajuns să o cred.

– De ce nu merge la poliţie?

– Are mai multe motive. Unu, e speriată și e convinsă că ucigașul îi va adăuga numele pe listă. Însă, probabil, cel mai mult șovăie din cauză că poliţia nu are niciun motiv să o creadă. Poliţiștii dintr-un orășel din South Carolina nu au timp să se ocupe de un caz nerezolvat din Florida. Poliţiștii din Little Rock nu au timp să își pună întrebări despre un caz similar din Chattanooga, un caz în care nu există probe.

Allie dădu din cap gânditor.

– Asta înseamnă patru. Unde au avut loc celelalte două?

– Nu mi-a spus.

– Cine a fost ucis în Little Rock?

– Un reporter de ziar.

– Și de ce era pe listă?

– Discutăm ipotetic, agent Pacheco. Nu pot să îţi spun mai multe.

– Înţeleg. I-ai propus să ia legătura cu FBI?

– Da, am menţionat. Nu o interesează, cel puţin deocamdată. E convinsă că e prea riscant şi se îndoieşte că aceştia ar dori să se implice. De ce s-ar implica FBI-ul într-o serie de anchete privind nişte crime ce nu au nicio şansă să fie soluţionate?

– Ar putea fi surprinsă de câte putem face.

Lacy se gândi la asta câţiva kilometri, în timp ce ascultau muzică şi se strecurau printre maşini. Allie era vitezoman şi, când îl surprindea radarul, cel puţin de două ori pe an, adora să arate legitimaţia şi să facă cu ochiul poliţistului. Se lăuda că scăpa de fiecare dată.

– Cum s-ar desfăşura lucrurile? întrebă Lacy. Să zicem că ar fi de acord să discute cu FBI-ul.

Allie strânse din umeri.

– Nu ştiu, dar pot să aflu.

– Încă nu. Nu pot grăbi lucrurile cu martora aceasta. Este foarte zdruncinată.

– Zdruncinată?

– Da. Tatăl ei a fost cea de-a doua victimă.

– Oh... Devine din ce în ce mai interesant.

Cel mai enervant obicei al lui era faptul că-şi rodea unghiile, doar pe cele de la mâna stângă. Cele de la mâna dreaptă erau intacte. Când începea să le roadă, era semnul că era atât de adâncit în gânduri, încât aproape îi auzea creierul zumzăind.

După alţi câţiva kilometri spuse, privind încruntat înainte:

– E foarte intens. Ipotetic vorbind, să zicem că eşti într-o sală cu poliţia – noi, poliţia locală, statală, nu contează – şi spui: „Acesta e criminalul“. Nume, funcţie, număr de serie, adresă. Şi acestea sunt cele şase victime ale sale, ucise prin strangulare, pe parcursul ultimilor douăzeci de ani, şi...

– Şi nu am cum să o dovedesc.

– Şi nu am cum să o dovedesc. Doar dacă...

– Doar dacă...?

– Doar dacă nu obţii dovezi de la criminalul însuşi.

– Pentru asta e nevoie de mandat, nu? Document imposibil de obţinut în lipsa unor motive întemeiate. Nu există motiv, doar nişte speculaţii teribile.

– Parcă ziceai că o crezi.

– Aşa cred.

– Nu eşti convinsă.

– Nu tot timpul. Trebuie să recunoşti, e greu de crezut.

– Aşa este. Nu am mai auzit ceva asemănător. Însă, după cum ştii, eu am de-a face cu un alt tip de criminali.

– Nu cred că avem şanse să obţinem un mandat. În plus, tipul e probabil paranoic şi mult prea inteligent ca să se lase prins.

– Ce ştii despre el?

– Nimic. Ipotetic vorbind.

– Haide! Am ajuns până aici.

– Burlac, nu a fost căsătorit, probabil locuieşte singur. Camere de luat vederi peste tot. Judecător respectabil care iese suficient cât să fie plăcut în societate. Respectat de colegi şi de avocaţi. Şi de alegători. Tu alcătuieşti profilurile criminalilor, ce mai vrei?

– Nu fac asta. E un alt departament.

– Am înţeles. Prin urmare, dacă ai merge la cei mai tari psihologi criminalişti de la FBI şi le-ai prezenta cele şase crime, fără să menţionezi suspectul, ce ar spune?

– Habar nu am.

– Dar ai putea întreba pe cineva, ştii tu, neoficial?

– La ce ar folosi? Ştii deja cine e criminalul.

Hotelul lor preferat era Lonely Dunes, un loc drăguţ, cu patruzeci de camere, toate cu vedere spre mare şi aproape de plajă. Se cazară, lăsară valizele în cameră fără să despacheteze şi se grăbiră să coboare lângă piscină, unde găsiră o masă la umbră și comandară prânzul însoţit de o sticlă de vin rece. În capătul îndepărtat al piscinei, un cuplu tânăr făcea sex; lucrurile se petreceau imediat sub luciul apei. Dincolo de terasă, marea albastră strălucea sub razele soarelui.

Goliseră paharele pe jumătate când telefonul lui Allie, aflat pe masă, vibră.

– Ce e asta? întrebă Lacy.

– Scuze!

– Credeam că ne-am înţeles, fără telefoane la masă. Eu l-am lăsat pe al meu în cameră.

Allie ridică telefonul.

– E tipul de care ţi-am zis. Cunoaște câţiva psihologi criminaliști.

– Nu, lasă-l să sune. Ţi-am spus mai mult decât trebuia și nu vreau să mai vorbesc despre caz.

În cele din urmă, telefonul se opri. Allie îl vârî în buzunar cu un gest care voia să spună că nu îl va mai atinge. Li se aduseră salatele și ospătarul le turnă din nou vin. Ca la comandă, norii acoperiră soarele.

– E posibil să plouă, spuse Allie. Conform aplicaţiei meteo de pe telefonul meu, care acum e în buzunar, de neatins.

– Ignoră-l! Dacă plouă, plouă. Nu mergem nicăieri. O întrebare.

– Desigur.

– E aproape trei după-amiaza, într-o zi de vineri. Șeful tău știe unde ești?

– Nu chiar. Știe însă că sunt plecat și că îmi petrec weekendul cu prietena mea. Cleopatra?

– Nu-mi pasă. Nici ei. Oricum, va pleca în câteva luni.

– Și tu, Lacy? Tu cât mai rămâi acolo?

– O, asta e întrebarea, nu-i așa? Am rămas prea mult într-un loc de muncă fără perspective, de unde trebuia să plec de mult? Dar unde să mă duc?

– Nu e un loc fără perspective. Îţi place munca ta și este importantă.

– Poate. Uneori. Dar nu mai e provocatoare. M-am plictisit și cred că m-ai auzit zicând-o de multe ori.

– Sunt eu. Îmi poți spune orice.

– Cele mai întunecate secrete ale mele?

– Te rog. Mi-ar plăcea să le aflu.

– Însă tu nu îmi spui mie. Nu ești genul. Ești agent până în măduva oaselor.

– Ce vrei să știi?

Ea îi zâmbi și sorbi mai întâi din vin.

– Unde te vezi peste un an?

El se încruntă și își feri privirea.

– Asta da lovitură! Sorbi la rândul său din pahar. Apoi continuă: Sincer, nu știu. Sunt la FBI de opt ani și îmi place. Dintotdeauna m-am gândit că de aici mă voi pensiona, că voi urmări răufăcători până când mă vor trece la munca de birou, la cincizeci de ani, de unde mă vor pensiona vrând-nevrând, la cincizeci și șapte. Însă acum nu mai sunt așa de sigur. Ceea ce fac este, cu siguranță, palpitant, rareori plictisitor, dar e clar muncă de om tânăr. Mă uit la colegii care se apropie de cincizeci de ani și-i văd epuizați. La cincizeci de ani nu ești bătrân, Lacy. Nu sunt sigur că voi fi agent de carieră.

– Te gândești să pleci?

– Da.

Nu-i era ușor să recunoască și Lacy se îndoia că el mai spusese asta vreodată. Mirosi vinul, bău, apoi continuă:

– Și mai e ceva. De cinci ani sunt în Tallahassee, e timpul pentru o schimbare. Se vorbește din ce în ce mai des despre transferuri. Face parte din meserie și cu toții ne așteptăm la asta.

– Vei fi transferat?

– Nu am zis asta. Dar s-ar putea să existe ceva presiuni în lunile care vin.

Lacy era șocată și încercă din greu să nu o arate. După câteva secunde, nu-i venea ei însăși să creadă cât de tulburată era. Gândul de a nu mai fi cu el era, ei bine, de neconceput. Reuşi să întrebe cu calm:

– Unde te-ar trimite?

El privi în jur, aşa cum fac agenţii cu experienţă, văzu că nimeni nu părea să le dea vreo atenţie şi spuse:

– Ceea ce îţi spun e confidenţial. Directorul alcătuieşte un grup operativ de luptă împotriva grupurilor care instigă la ură şi am fost invitat să aplic. Nu am spus nici da, nici nu, şi, chiar dacă aş spune da, nu am nicio garanţie că voi fi admis. Dar este un grup prestigios de agenţi de elită.

– Bine. Unde ai fi trimis?

– Ori în Kansas, ori în Portland. Însă totul e abia la început.

– Te-ai săturat de Florida?

– Nu. M-am săturat să-mi petrec weekendurile urmărind carteluri. M-am săturat să trăiesc într-un apartament ieftin şi să nu ştiu ce mă aşteaptă în viitor.

– Nu fac faţă unei relaţii la distanţă, Allie. Prefer să te am aproape.

– Păi, pentru moment, nu am planuri de plecare. E doar o posibilitate. Vorbim şi despre tine?

– Sunt ca o carte deschisă.

– Nici pe departe. Aceeaşi întrebare: unde vei fi peste un an?

Lacy sorbi din paharul cu vin. Ospătarul trecu pe lângă ei, opri cât să le umple paharele şi dispăru. Lacy clătină din cap şi spuse:

– Chiar nu ştiu. Mă îndoiesc că voi mai fi tot la CCJ, dar deja îmi spun asta de ani întregi. Nu sunt sigură că aş avea curajul să plec, să renunţ la siguranţa locului de muncă.

– Ai o diplomă de avocat.

– Da, dar am aproape patruzeci de ani şi nicio specializare, lucru pe care birourile de avocatură îl caută. Dacă îmi deschid propriul birou, voi muri de foame redactând testamente. Nici nu ştiu cum se face. Singura opţiune este să fac ceea ce fac majoritatea avocaţilor de stat, să mă lupt să avansez pentru un salariu mai mare. Mă gândesc la altceva, Allie. Poate e o criză a vârstei mijlocii. Ești interesat?

– O criză comună?

– Oarecum. Mai degrabă un parteneriat. Ascultă, amândoi avem îndoieli cu privire la viitorul nostru. Avem aproape patruzeci de ani, suntem singuri, nu avem copii, ne permitem să riscăm, să facem o prostie, să eșuăm, să ne ridicăm și să o luăm de la capăt.

Gata. O spusese. Trase adânc aer în piept, nevenindu-i să creadă că mersese atât de departe, și îl studie atent. El era surprins și curios.

– Ai rostit niște cuvinte importante, spuse el. Primul este „ne permitem“. Nu mă aflu în situația în care să renunț la serviciu, la vârsta mea, ca să am o criză.

– Care era cel de-al doilea cuvânt?

– „O prostie“.

– Era o figură de stil. În general, nici tu, nici eu nu facem prostii.

Ospătarul veni cu o tavă și începu să debaraseze. Când luă sticla goală de vin, îi întrebă dacă mai voiau una. Amândoi clătinară din cap.

Cerură să le adauge nota la cheltuielile pe cameră, care costa 200 de dolari pe noapte în extrasezon, iar când plecau, duminică, aveau să împartă cheltuielile. Încercau să facă jumi-juma orice. Fiecare câștiga în jur de 70 000 de dolari pe an. Nu le-ar fi ajuns, la pensie, însă nici nu se gândeau la asta.

De la piscină plecară pe malul mării, unde descoperiră că apa era mult prea rece. Se plimbară la braț, fără țintă, liberi ca valurile.

– Vreau să-ți mărturisesc ceva, spuse el.

– Tu nu mărturisești niciodată nimic.

– Ei bine, o fac acum. De vreun an pun bani deoparte să îți cumpăr un inel.

Ea rămase pe loc și se desprinseră, ajungând față în față.

– Și? Ce s-a întâmplat cu el?

– Nu l-am cumpărat pentru că nu am fost sigur că îl vei accepta.

– Ești sigur că vrei să mi-l oferi?

El șovăi mult timp și în cele din urmă spuse:

– Asta trebuie să hotărâm, Lacy, nu? Încotro mergem?

Ea își încrucișă brațele, lovindu-se ușor cu degetul arătător peste buze.

– Allie, vrei o pauză?

– O pauză?

– Da. Să ne despărțim o vreme.

– Nu. Tu vrei?

– Nu. Îmi place să te am în preajmă.

Zâmbiră, se îmbrățișară, apoi își continuară plimbarea de-a lungul țărmului. Fără să fi luat vreo hotărâre.

11

E-mailul sosi la ora 9.40, duminică noaptea, când Jeri era singură, ca întotdeauna, în casa ei din oraş, pregătindu-şi lecţiile pentru săptămâna următoare şi încercând să aleagă o emisiune la care să se uite. Adresa de e-mail era una dintre cele câteva pe care le avea, criptată şi rareori folosită. Doar patru oameni aveau acces la ea şi nu putea fi urmărită. Cel care îi scrisese era un bărbat pe care nu îl întâlnise niciodată, pe care nu avea motiv să îl întâlnească şi căruia nici nu-i ştia numele real. Când îl plătea, mereu numerar, îi trimitea banii între paginile unei cărţi subţiri, la o căsuţă poştală din Camden, Maine, pe numele unei organizaţii cu un obiect de activitate vag, denumită KL Data.

Nici el nu-i ştia numele. Pe internet, numele ei de utilizator era „LuLu", iar lui nu-i trebuia mai mult. Interacţiunile lor erau de genul: „Bună, LuLu! Ai ceva interesant pentru mine?"

LuLu? Zâmbi şi clătină din cap, uimită la gândul numeroaselor identităţi false pe care le construise în ultimii douăzeci de ani. Pseudonime, căsuţe poştale, deghizări, adrese de e-mail impenetrabile, cu doi factori de identificare, o sacoşă de telefoane mobile pe cartelă.

În lumea ei solitară, Jeri îl cunoştea drept KL şi, neştiind ce reprezentau acele iniţiale, îi zicea Kenny Lee. Conform unui comentariu făcut cu ani în urmă, Kenny Lee lucrase în poliţie, dar ea nu ştia cum îşi încheiase cariera. Ştia doar că îşi pierduse un frate într-o crimă rămasă nesoluţionată, una care îl bântuia și care stătea la baza activităţii lui curente.

„Bună, Kenny Lee“, mormăi ea.

Îi scrise:

Câte ore?

Aproape trei.

Bun.

Nu îi auzise niciodată vocea, nu avea idee dacă avea optzeci de ani sau patruzeci. Se știau de aproape zece ani.

„Să vedem ce ai, Kenny Lee“, își zise ea.

Îl plătea cu 200 de dolari pe oră și nu își permitea nicio surpriză. Era un detectiv privat care lucra singur pentru oricine era dispus să-i achite preţul. Lucra pentru familiile victimelor, pentru poliţia din câteva orașe mici, pe teritoriul mai multor state, pentru FBI, jurnaliști, scriitori și producători de la Hollywood. Cei care căutau informaţii despre crime violente veneau la el. Rareori își părăsea apartamentul și își petrecea timpul pe internet, căutând, adunând, comunicând și vânzând informaţii. Era la curent cu statisticile crimelor din toate cele cincizeci de state și probabil că își petrecea mai mult timp în arhiva publică a FBI decât oricine altcineva din cadrul Biroului sau din afara lui.

Când era vorba despre o crimă, mai ales una nerezolvată, Kenny Lee era omul la care mergeai. Oficial, își desfășura activitatea printr-un avocat din Bangor, care se ocupa de contracte și plăţi. Reclama i-o făceau clienţii. Discret. KL nu își făcea publicitate și nu refuza pe nimeni. La negru, folosind pseudonime și e-mailuri criptate și solicitând să fie plătit în numerar, făcea tot ce trebuia pentru a proteja identitatea clienţilor lui și a criminalilor pe care îi urmăreau.

O oră mai târziu, pe întuneric, Jeri se întreba ce ar fi făcut dacă KL ar fi avut o nouă victimă. Nu avea întotdeauna dreptate. Nimeni nu avea. Cu zece luni în urmă, KL apăruse și-i spusese despre o strangulare din Kentucky, una ce păruse promițătoare la început. Jeri îl plătise pentru patru ore de lucru, apoi petrecuse patru luni investigând o pistă falsă, una care se încheiase subit când poliția arestase un bărbat care mărturisise.

KL îi trimisese un mesaj, spunându-i: „Păcat, se mai întâmplă". Urmărea mii de cazuri pe întreg cuprinsul țării, iar unele erau vechi și n-aveau să fie niciodată soluționate.

În fiecare an, în Statele Unite ale Americii, aproximativ trei sute de cazuri erau catalogate oficial drept crime prin sufocare/strangulare/asfixiere. Jumătate erau rezultatul unor dispute domestice și acelea erau soluționate rapid.

În celelalte era vorba despre strangulare, actul prin care ucigașul înfășura gâtul victimei cu un obiect și care, în general, presupunea un nod. Cabluri, curele, eșarfe, sârmă, lanțuri, șireturi, umerașe, frânghii și sfori de toate tipurile. Aceeași sfoară de nailon folosită în cazul tatălui ei era folosită frecvent. Se găsea cu ușurință în magazine și pe internet.

Majoritatea crimelor din cea de-a doua categorie rămâneau nerezolvate.

Primi o notificare pe laptop și îl deschise; parcurse protocoalele de autentificare și introduse parolele necesare. Era Kenny Lee.

Cu cinci luni în urmă, în Biloxi, Mississippi, Harrison County, victima numită Lanny Verno a fost găsită strangulată. Nu am încă imagini de la locul crimei, dar sper să fac rost în curând. Descrierea sforii pare similară. Frânghie de nailon cu diametrul de 9 mm, același nod. Lovitură gravă la cap, probabil survenită înaintea decesului. Victima avea 37 de ani și era zugrav; a fost ucis la locul de muncă și nu există martori. Există însă o complicație. Poliția e de părere că un martor și-a făcut apariția la momentul nepotrivit și a avut parte de aceeași soartă, cu excepția frânghiei. Lovituri grave la nivelul capului. Poliția crede că a doua victimă a trecut pe acolo ca să-i lase lui Verno un cec – era vineri după-amiaza și Verno aștepta o plată –, iar cea de-a doua crimă a fost spontană. Uciderea lui Verno a fost clar planificată. Cu excepția sforii, nu există probe. Sângele prezent la locul crimei le aparține victimelor. Nu s-au găsit fibre, amprente, nu sunt martori. O altă scenă curată - prea curată. Ancheta e în desfăşurare, foarte puține informații au fost făcute publice. Dosarul este secret, de aceea nu există fotografii sau rapoarte de autopsie. După cum bine ştii, toate acestea durează.

KL făcu o pauză pentru ca Jeri să răspundă. Ea clătină din cap cu frustrare, amintindu-şi de eforturile ei, cel mai adesea zadarnice, de a consulta dosarele poliţiei, vechi de ani întregi, peste care se așeza praful. Ca întotdeauna, cu cât aveau mai puţine indicii, cu atât mai mult zel dovedeau în protecţia dosarelor. Nu voiau să știe nimeni că progresele lor erau derizorii.

Ce ştii despre sfoară şi nod? scrise ea.

Metodă și motiv. Metoda era prezentă la faţa locului, pentru detectivi să reflecteze asupra ei și pentru tehnicienii de laborator să o analizeze. Motivul însă le putea lua săptămâni sau chiar luni să-l descopere.

KL scrise: Am raportul cu rezultatele analizei de laborator trimis de poliție la centrul de informare al FBI. Sfoara este descrisă ca fiind din nailon, de culoare verde, 9 milimetri grosime, 75 centimetri lungime, legată strâns şi lăsată la locul faptei, fireşte. Nodul nu este descris. Nu există imagini. Crima este, evident, nerezolvată, ancheta e în curs, prin urmare cele mai multe detalii folositoare sunt protejate de poliție. Procedura standard. Ne lovim de acelaşi perete.

Jeri merse în bucătărie și își luă un suc din frigider. Îl deschise, bău, apoi reveni pe canapea.

În regulă, mă bag, scrise ea. Trimite-mi ce ai.

E plăcerea mea. În cincisprezece minute

Pe autostrada 10, de-a lungul Golf Coast, Mobile se afla la o oră distanţă de Biloxi, însă cele două orașe erau în state diferite, în lumi diferite. *Press-Register,* ziarul local din Mobile, avea câţiva cititori, iar *Sun Herald,* din Biloxi, avea încă şi mai puţini abonaţi în Alabama.

Jeri nu era surprinsă că presa din Mobile nu vorbise despre crima dublă petrecută la aproape o sută de kilometri depărtare. Îşi deschise laptopul, activă conexiunea VPN şi începu să caute. Duminică, 19 octombrie, pe prima pagină a ziarului *Sun Herald* se vorbea numai despre dubla omucidere. Mike Dunwoody era un constructor cunoscut în Biloxi şi pe Gulf Coast. Era publicată şi o fotografie a lui Mike, luată de pe site-ul companiei. Lăsase în urmă o soţie, Marsha, doi copii şi trei nepoţi. La momentul apariţiei ziarului, informaţiile referitoare la înmormântare erau incomplete.

Despre Lanny Verno se ştiau şi mai puţine. Locuia într-un parc de rulote, în apropiere de Biloxi. Un vecin declarase că era acolo de câţiva ani. Iubita lui venea şi pleca. Un angajat spusese că Lanny era de undeva din Georgia, dar locuise peste tot.

În zilele următoare, *Sun Herald* lucrase din greu pentru a veni cu amănunte noi. Poliţia păstra tăcerea, dezvăluind mai nimic. Nici cei din familia Dunwoody nu vorbeau. Funeraliile se ţinură la o biserică mare şi atraseră lume multă. La cererea familiei, ziariştii fură ţinuţi la distanţă de către forţele de ordine. Un văr îndepărtat al lui Verno îşi făcu apariţia, revendicând trupul acestuia pentru a-l duce în Georgia. Înjură un reporter. La o săptămână de la crime, şeriful Black organiză o conferinţă de presă în care nu dezvălui nimic nou. Un reporter întrebă dacă se găsiseră telefoane mobile asupra cadavrelor, iar el răspunse: „Nu comentăm".

– Însă e adevărat că două telefoane mobile au fost recuperate de la o cutie poştală, în Neely?

Şeriful arăta de parcă tocmai dezvăluise cineva numele criminalului, dar reuşi să se stăpânească, răspunzând în acelaşi fel: „Nu comentăm".

Practic, aproape toate întrebările primiră acelaşi răspuns.

Lipsa de cooperare a șerifului întări convingerea că se petrecea ceva important, că poate motivul pentru care dezvăluiau atât de puţine informaţii era acela că se apropiau de criminal și nu voiau să-l sperie.

Însă nu se întâmplă nimic, iar zilele deveniră săptămâni, apoi luni. Familia Dunwoody oferi o recompensă de 25 000 de dolari aceluia care aducea informaţii privind crimele. Asta atrase un val de apeluri de la tot felul de scrântiţi care nu știau nimic.

Din partea familiei Verno nu există nicio reacţie.

La miezul nopţii, Jeri sorbea dintr-o cafea tare și se pregătea pentru o nouă noapte albă petrecută în faţa calculatorului. KL îi trimisese concluziile sale, împreună cu o copie a raportului oficial privind crimele pe care poliţia din Mississippi îl comunicase FBI-ului.

Jeri făcuse asta de nenumărate ori și nu era nerăbdătoare să citească raportul.

12

CCJ era condusă de un consiliu alcătuit din cinci directori, toţi judecători pensionaţi şi avocaţi care avuseseră trecere, mai mult sau mai puţin, la guvernator. Donatorii importanţi şi jucătorii mari primeau numiri în locuri mai prestigioase decât CCJ – în consilii universitare, în comisiile jocurilor de noroc şi altele asemenea, angajamente cu bugete generoase şi avantaje de altă natură, care le permiteau celor aleşi să călătorească şi să socializeze în compania celor puternici; în vreme ce conducerea CCJ primea masă, cazare şi cincizeci de cenţi pe kilometru. Se întruneau de şase ori pe an – de trei ori în Tallahassee şi de trei ori în Fort Lauderdale – pentru analiza cazurilor, audieri şi, uneori, ca să mustre câte un judecător. Revocările din funcţie erau rare. De la înfiinţarea CCJ, în 1968, doar trei judecători fuseseră demişi.

Patru dintre cei cinci membri ai consiliului se întâlniră în dimineaţa de luni pentru o şedinţă. Cel de-al cincilea scaun era vacant şi guvernatorul era prea ocupat ca să participe el însuşi. Împuterniciţii săi declinaseră ultimele două invitaţii, aşa că decisese să nu îşi mai bată capul. Întâlnirile se ţineau într-o sală de şedinţe a Curţii Supreme, pentru că apartamentul CCJ era prea deprimant ca să-şi petreacă acolo o întreagă zi.

Primul punct pe agendă era o întâlnire în particular cu directoarea, la ora 10.00, urmată de o recapitulare a cazurilor agenţiei, a aspectelor financiare, de personal și așa mai departe. Devenise un ritual neplăcut, pentru că Charlotte Baskin era pe picior de plecare și toată lumea o știa.

După formalitățile obișnuite, membrii consiliului urmau să se ocupe de cazurile aflate pe rol.

Lacy era bucuroasă că nu avea niciun dosar în lucru, prin urmare nu trebuia să apară în fața consiliului. Ziua ei începu la fel ca toate celelalte, cu discursul obișnuit de încurajare în drum spre birou, unde, fiind anchetatorul cel mai vechi, își făcu apariția cu zâmbete și mesaje de entuziasm și bucurie că, prin munca lor, serveau cetățeanul de rând. Însă discursul nu avu efectul scontat, probabil din cauză că, mental, era încă la marginea mării și lângă piscină. Ea și Allie se bucuraseră de trei mese luate pe îndelete, de vin, odihnă și sex, precum și de plimbări lungi pe plajă. La un moment dat, conveniseră să nu se mai gândească la viitor și să trăiască clipa. Aveau să își facă griji cu privire la lucrurile importante mai târziu.

Acum, că rămăsese singură, nu reușea să alunge întrebarea care nu-i dădea pace încă de vineri: „Dacă mi-ar oferi inelul, ce aș face?"

Nu avea un răspuns.

La 9.48 mai primi un e-mail, tot de la Jeri. Îi trimisese cel puțin cinci în weekend, dar nu citise niciunul. Venise momentul. Lacy amânase destul discuția dificilă. Învățase, cu mult timp în urmă, că tărăgănând lucrurile își făcea sarcina și mai neplăcută. Formă un număr de telefon. Nu primi răspuns, nici nu intră mesageria vocală. Formă un alt număr. Același rezultat. Începea să-și piardă răbdarea în timp ce forma cel de-al treilea și ultimul număr pe care-l știa.

– Bună, Lacy, o întâmpină Jeri cu o voce plăcută, dar obosită. Unde ai fost?

„Ce te privește?" Lacy înghiți cu noduri, apoi trase adânc aer în piept și spuse:

– Bună dimineața, Jeri. Presupun că vorbim pe o linie sigură.

– Bineînţeles. Îmi cer scuze pentru deranj.

– Da. Văd că ai sunat şi mi-ai scris tot weekendul.

– Da, trebuie să vorbim.

– Vorbim acum, luni. Credeam că ţi-am explicat că nu lucrez în weekend şi te rugasem să nu mă suni sau să îmi scrii. Nu-i aşa?

– Ba da, ai dreptate şi îmi pare rău. Dar e foarte important.

– Ştiu că este, Jeri, dar am veşti proaste. Am avut o nouă întâlnire cu şefa mea, i-am prezentat acuzaţiile, dar e neînduplecată. Nu ne implicăm în anchete criminale. Punct. După cum ţi-am mai spus, nu suntem pregătiţi şi nici echipaţi pentru astfel de investigaţii.

Pauză. Una scurtă, căci Lacy ştia prea bine, Jeri nu accepta un refuz.

– Dar am dreptul să fac reclamaţie, spuse ea. Ştiu legea pe dinafară. O pot face anonim. Şi, conform legii, CCJ este obligată ca, timp de patruzeci şi cinci de zile, să analizeze acuzaţiile. Am dreptate, Lacy?

– Da, aşa cere legea.

– În cazul acesta, voi depune o reclamaţie.

– Iar şefa mea spune că o vom trimite imediat către poliţie, pentru anchetă.

Lacy aşteptă o replică dură, una la care, fără îndoială, Jeri se gândise. Aşteptă şi aşteptă până când înţelese că discuţia se încheiase. Jeri închisese telefonul fără să mai adauge vreun cuvânt.

Lacy nu era atât de naivă încât să-şi închipuie că nu va mai auzi de ea. Poate, totuşi, pentru o vreme, Jeri se potolea. Se cunoscuseră abia cu o săptămână în urmă.

Şi poate crimele încetau.

*

O jumătate de oră mai târziu, Jeri reveni.

– Lacy, nu sunt sigură, dar e posibil să mai existe două cadavre, începu ea. Crimele cu numărul şapte şi opt. Încerc să obţin o confirmare şi e posibil să mă înşel. Sper să mă înşel. Indiferent însă, el nu se va opri.

– Confirmare? Nu ştiam că ai confirmări în privinţa celorlalţi.

– Cel puţin în mintea mea, am. Teoria mea se bazează pe nişte coincidenţe, dar trebuie să recunoşti că sunt convingătoare.

– Nu ştiu cât de convingătoare sunt, dar ştiu sigur că nu e suficient pentru a demara o anchetă. Repet, Jeri, biroul nostru nu se va implica.

– E decizia ta sau a directoarei temporare?

– Ce contează? Nu ne implicăm.

– Ai face-o dacă ai avea autoritatea?

– La revedere, Jeri!

– Bine, Lacy, dar de acum încolo mâinile tale vor fi mânjite de sânge.

– Cred că exagerezi.

Jeri bombăni ceva nedeslușit, ca și cum s-ar fi străduit să nu fie înţeleasă.

– Lacy, ucide din ce în ce mai des, cel puţin o victimă pe an, spuse apoi. Nu e ceva neobişnuit printre criminalii în serie, vorbesc despre cei inteligenţi. Încep modest, văd că au succes, își perfecţionează abilităţile, le dispar reţinerile și teama și se conving singuri că sunt extrem de inteligenţi. Și atunci, încep să facă greșeli.

– Ce fel de greșeli?

– Nu vorbesc despre asta la telefon.

– Tu m-ai sunat.

– Așa e. Nu ştiu de ce am făcut-o.

Închise din nou.

Felicity apăru pe neaşteptate lângă biroul ei și-i întinse un bilet cu un mesaj telefonic.

– Ai face bine să-l suni, zise. Tipul a fost nepoliticos.

– Mersi, spuse Lacy și se uită la ea cu o privire menită să o facă să înţeleagă că putea să plece. Închide ușa când ieși.

Președintele CCJ era Earl Hatley. Fost judecător, un domn de treabă, unul dintre puţinii membri cunoscuţi de Lacy de-a lungul timpului care voia să îmbunătăţească sistemul. Probabil aştepta cu telefonul în mână, căci răspunse imediat. O întrebă dacă putea să se oprească din treabă şi să ajungă la Curtea Supremă pentru o întâlnire de urgenţă.

Cincisprezece minute mai târziu, Lacy păşea într-o sală mică de conferinţe, unde o întâmpinară cei patru. Earl o pofti să ia loc, indicând un scaun din capătul mesei.

– Lacy, voi intra direct în subiect, pentru că suntem în urmă şi avem o chestiune urgentă, spuse el.

Lacy ridică mâinile.

– Vă ascult.

– Ne-am văzut cu Charlotte Baskin de dimineaţă şi ne-a înmânat demisia. Azi pleacă. A fost de comun acord. Nu era omul potrivit, după cum sunt convins că ştii, şi am primit numeroase plângeri la adresa ei. Prin urmare, am rămas din nou fără director executiv.

– Eu mai sunt angajată? întrebă Lacy netulburată.

– O, da. Lacy, nu poţi să pleci.

– Mulţumesc.

– După cum ştii, Charlotte a fost cel de-al patrulea director executiv din ultimii doi ani. Am auzit că moralul oamenilor e scăzut.

– Care moral? Toată lumea îşi caută un alt loc de muncă. An după an, aşteptăm să cadă securea. La ce vă aşteptaţi? E greu să îţi păstrezi entuziasmul când bugetul şi aşa modest e redus în fiecare an.

– Înţelegem. Nu e vina noastră. Suntem în aceeaşi echipă.

– Ştiu a cui e vina şi nu vă acuz. Însă e greu să ne facem treaba cu conducători slabi, uneori chiar fără conducător şi fără susţinerea legislaturii. Guvernatorului nu-i pasă de munca noastră.

– Săptămâna viitoare am o întâlnire cu senatorul Fowinkle, spuse Judy Taylor. Este preşedintele comisiei de finanţe, după cum ştii, şi şeful lui de cabinet crede că putem obţine mai mulţi bani.

Lacy zâmbi, dând din cap cu o recunoştinţă simulată. Mai auzise asta şi înainte.

– Lacy, iată care e planul nostru, spuse Earl. Ești cel mai vechi și cel mai bun anchetator al nostru. Colegii te respectă, te admiră chiar. Îți cerem să fii director executiv interimar, până găsim pe cineva care să ocupe postul permanent.

– Nu, mulțumesc.

– Un răspuns pripit.

– Ca și întrebarea dumneavoastră. Sunt aici de doisprezece ani și știu cum merg lucrurile. Postul de director e cel mai rău.

– E doar temporar.

– Totul e temporar în ziua de azi.

– Doar nu te gândești să pleci?

– Toată lumea se gândește la asta. Cine ne-ar putea învinui? Ca angajați la stat, conform legii, primim aceleași măriri salariale ca toți ceilalți, dacă guvernul e generos. Prin urmare, când se taie bugetele, nu avem de ales și facem reduceri peste tot, mai puțin la salariile noastre. Personal, echipamente, cheltuieli de călătorie și așa mai departe.

Cei patru se priviră înfrânți. Situația părea deznădăjduită și, în momentul acela, toți patru ar fi putut să iasă pe ușă, să-și dea demisia și să plece acasă, lăsând pe altcineva să-și bată capul cu reclamațiile împotriva magistraților.

Însă Judy nu renunță.

– Lacy, ajută-ne! Acceptă postul pentru șase luni. Vei aduce echilibru în agenție și ne vei da timp să consolidăm bugetul. Vei fi șefă și vei avea autoritate deplină. Avem încredere în tine.

– Toată încrederea, Lacy, se grăbi Earl să adauge. Ești, de departe, cea mai experimentată.

– Salariul e bunicel, spuse Judy.

– Nu e vorba de bani, răspunse Lacy.

Salariul era 95 000 de dolari pe an, o mărire frumușică față de cei 70 000 de dolari pe care îi avea. Nu se gândise niciodată la câți bani făcea directorul – cel puțin, nu cu invidie. Dar diferența era substanțială.

– Poţi restructura biroul aşa cum doreşti, spuse Earl. Angajări, demiteri, nu ne interesează. Însă vasul se scufundă şi avem nevoie de stabilitate.

– Cum plănuiţi să consolidaţi bugetul? întrebă Lacy. Anul acesta, guvernul l-a tăiat din nou, ajungând la 1,9 milioane. Cu patru ani în urmă, CCJ avea un buget de 2,3 milioane. Mărunţiş faţă de cele șaizeci de miliarde ale guvernului, dar am fost creaţi de acelaşi legiuitor şi ni s-au comunicat ordinele.

Judy zâmbi.

– Lacy, şi noi ne-am săturat de reducerile bugetare și vom face ceva în privinţa asta. Lasă-ne pe noi să ne ocupăm! Tu acceptă conducerea agenţiei şi noi vom face rost de bani.

Dintr-odată, Lacy se gândi la Jeri Crosby. Dacă bănuielile ei erau întemeiate? Dacă judecătorul continuase să ucidă? Ca director, temporar sau nu, Lacy avea autoritatea să hotărască soarta reclamaţiei lui Jeri.

Și apoi se gândi la bani – mărirea era considerabilă. Îi plăcea ideea reorganizării biroului; putea să scape de balast și să angajeze forţe proaspete. Se gândi la weekendul petrecut cu Allie și la faptul că nu făcuseră de fapt niciun progres în planificarea viitorului lor, prin urmare o schimbare semnificativă de peisaj nu era previzibilă, nu curând, în orice caz.

Cei patru aşteptau zâmbind, disperaţi să primească răspunsul dorit. Lacy rămase încruntată.

– Daţi-mi douăzeci și patru de ore, spuse.

13

Urmărindu-l pe Ross Bannick, învățase un lucru important: era un criminal cu o răbdare excepțională. Așteptase cinci ani ca să-i ucidă tatăl, nouă ca să-l ucidă pe reporter, douăzeci și doi în cazul lui Kronke și aproape paisprezece ca să-l ucidă pe șeful grupei de cercetași. Ca să afle momentul în care drumurile lui Bannick se intersectaseră cu ale Lanny Verno, dacă se intersectaseră, presupunea același efort îndelungat și dureros de a analiza arhive publice din câțiva ani, decenii chiar.

Jeri era profesor titular; avea cursuri trei zile pe săptămână și un program destul de stabil. Depășise de mult termenul de predare pentru cartea la care lucra. Reușea să își țină orele la un nivel care-i mulțumea pe decan și pe studenți, dar era mult prea ocupată cu crimele ca să exceleze, așa cum o făcuse tatăl ei. Era divorțată și atrăgătoare, dar nu avea timp pentru o relație romantică. Fiica ei era bine, studia la facultatea din Michigan și vorbeau la telefon sau își scriau o dată la două zile. Practic, nimic nu o distrăgea pe Jeri de la urmărirea ei, de la împlinirea scopului vieții sale. Lucra până noaptea târziu și dimineața devreme, urmărind piste, încercând să demonstreze teorii, împotmolindu-se, pierzând o grămadă de timp.

„Îmi irosesc viața", își spunea de nenumărate ori.

Jeri se gândi că, fiind un zugrav itinerant, probabil că Verno nu se deranja să voteze. Cu toate acestea, verifică registrele din Chavez,

Escambia și Santa Rosa. Găsi doi cetățeni cu numele Lanny L. Verno. Unul era prea bătrân, celălalt era decedat. În arhiva Registrului Auto mai descoperi un individ cu același nume, dar acesta încă trăia.

Aplicațiile de localizare, atât cele gratuite, cât și cele contra cost, găsiră cinci Lanny Verno în Florida, Panhandle. Problema era că Jeri nu avea nici cea mai mică idee – și nici mijloace să afle – când locuise Lanny Verno în zonă și, dacă locuise, când plecase. Știa doar că nu mai locuia acolo când fusese ucis. Conform raportului extrem de succint transmis de poliție către FBI, pe care Kenny Lee i-l trimisese, partenera de viață a lui Verno declarase că erau împreună de aproape doi ani și că locuiau într-o rulotă lângă Biloxi.

Dacă avusese mai multe iubite, poate că era divorțat. Jeri petrecu ore întregi pe internet, căutând în arhivele din Florida, fără însă să găsească vreun lucru folositor. Dacă ar fi avut copii pe undeva, ar fi trebuit să plătească pensie alimentară, dar registrele tribunalelor nu oferiră niciun rezultat. Detectiv cu experiență, știa că registrele tribunalelor de familie și tineret erau precare. Majoritatea informațiilor de interes erau sigilate pentru protejarea identității celor implicați.

Dacă fusese zugrav toată viața, erau șanse să fi avut probleme cu poliția.

Nu găsi nicio condamnare pe numele Lanny Verno, cel puțin nu în Florida, și părea că nici nu fusese implicat în vreun proces civil. Din fericire însă, poliția orașului Pensacola își digitalizase arhiva cu zece ani în urmă și stocase în memoria internetului treizeci de ani de rapoarte de arestări și registre ale tribunalului. La 2.30 dimineața, sorbind dintr-o altă Coca-Cola dietetică, fără cofeină, găsi o înregistrare simplă privind reținerea unui anume Lanny L. Verno în aprilie 2001. Acuzația care îi fusese adusă era tentativă de atac armat. Plătise cauțiunea, 500 de dolari, și fusese eliberat. Verifică și registrele tribunalului și găsi o nouă înregistrare. Pe 11 iunie 2001, într-o instanță din Pensacola, Verno fusese găsit nevinovat. Cazul fusese închis.

La momentul respectiv, Ross Bannick avea treizeci și șase de ani și practica avocatura de zece ani.

Oare atunci să li se fi intersectat drumurile? Acolo să se fi întâmplat?

Erau șanse slabe, dar în lumea lui Jeri așa erau toate.

Alese un detectiv din Mobile, unul care avea să pretindă că era din Atlanta sau de oriunde altundeva. Puținele rude ale lui Verno îi îngropaseră rămășițele lumești într-un cimitir de lângă Atlanta, conform informațiilor postate pe internet de o casă funerară modestă.

Nu-i plăcea să plătească detectivi particulari, dar adesea nu avea de ales. Majoritatea anchetatorilor din cadrul poliției erau bărbați albi între două vârste, care nu priveau cu ochi buni femeile – mai ales cele de culoare – care căutau prin dosarele lor. Aceasta era muncă de bărbat – cu cât mai alb, cu atât mai bine. Cea mai mare parte a economiilor lui Jeri mergea la detectivii particulari care semănau cu polițiștii cu care lucrau și vorbeau ca aceștia.

Numele celui la care apelă era Rollie Tabor; fost polițist, tarif de 150 de dolari pe oră, scurt și la obiect, nu cerea prea multe explicații. Mai colaboraseră, iar Jeri fusese mulțumită de munca lui. Omul merse în Pensacola, la secția de poliție, și îi fermecă pe polițiști, care îl trimiseră la un depozit, câteva străzi mai departe, unde erau arhivate dosarele cazurilor vechi. Erau probe – exponate din instanță, truse de viol, mii de arme confiscate, de toate tipurile –, dar și bunuri nerevendicate și rânduri lungi de rafturi cu dosare vechi. Un funcționar bătrân într-o uniformă decolorată îl întâmpină și-l întrebă ce căuta.

– Mă numesc Dunlap, Jeff Dunlap, spuse Tabor.

În vreme ce omul îi nota numele într-un registru, Tabor îi studie ecusonul. Sergentul Mack Faldo. Era acolo de peste cincizeci de ani și nu-și mai amintea când încetase să-i pese.

– Ai un act de identitate? mormăi Faldo.

Tabor avea o colecţie impresionantă de acte de identitate. Scoase portmoneul şi extrase un permis de conducere emis în Georgia, pe numele Jeff Dunlap, care, în realitate, trăia liniştit şi nevinovat în oraşul Conyers, lângă Atlanta. Dacă s-ar fi deranjat să verifice, lucru care nici nu-i trecu prin cap, sergentul ar fi descoperit o persoană reală, la o adresă reală, şi şi-ar fi pierdut imediat interesul. Însă Faldo era mult prea plictisit ca să se uite la permis, apoi la Dunlap, şi să compare.

– Trebuie să fac o copie, mormăi din nou.

Merse la un copiator vechi, făcu pe îndelete o copie, apoi se întoarse cu permisul de conducere.

– Ce pot face pentru tine? întrebă după aceea cu tonul celui care, indiferent ce ar avea de făcut, nimic nu-i convine.

– Caut un dosar din instanţă de acum cincisprezece ani. Un tip pe nume Lanny Verno a fost arestat, apoi a fost eliberat în instanţă. A fost ucis acum câteva luni în Biloxi, iar familia mi-a cerut să mă uit un pic în trecutul lui. A locuit aici o vreme, poate a lăsat şi nişte copii în urmă. Nu era genul care prinde rădăcini.

Tabor îi întinse o pagină scoasă la imprimantă, conţinând numele lui Verno, codul numeric personal, data naşterii şi data decesului. Nu era un document oficial, dar Faldo îl primi.

– Când, mai exact?

– Iunie 2001.

Faldo închise ochii pe jumătate, ca şi cum s-ar fi pregătit să tragă un pui de somn, apoi arătă cu bărbia către o uşă.

– Mergi acolo.

Intrând pe uşa aceea, Tabor îl urmă într-o încăpere cavernoasă, unde se aflau mai multe dulapuri de arhivă. Pe fiecare sertar erau etichete cu luni şi ani. Faldo opri în dreptul celui cu anul 2001, întinse braţul şi scoase un sertar întreg.

– Iunie 2001, mormăi el.

Aşeză sertarul pe o masă mare, acoperită de praf, şi-i spuse:

– Poftim! Distracţie plăcută.

Tabor se uită împrejur.

– Toate astea nu sunt în calculator acum? întrebă el.

– Nu toate. Aici sunt dosarele cazurilor respinse din diverse motive. Dacă s-au încheiat cu condamnări, atunci sunt în arhivă. Acestea, de aici, domnule Tabor, trebuie arse.

– Am înţeles.

Faldo era obosit din momentul în care ajunsese la muncă, acum era deja epuizat.

– Fotografiatul e interzis. Dacă ai nevoie de copii, vii cu documentele la mine. Un dolar pagina.

– Mersi.

– Cu plăcere.

Faldo plecă, lăsându-l pe Tabor între un milion de dosare inutile.

În sertarul de pe masă erau cel puţin o sută, aranjate în ordine, după dată. În câteva minute, Tabor găsi dosarul din 12 iunie, îl răsfoi şi extrase documentele cu numele Lanny L. Verno.

Erau câteva pagini. Prima era un RAPORT DE INCIDENT, pe care ofiţerul de poliţie N. Ozment scrisese:

„Victima (numele era şters) a venit la secţie şi a declarat că, mai devreme, în cursul aceleiaşi zile, avusese o altercaţie cu Verno în garajul lui, o neînţelegere cu privire la plata serviciilor; susţine că Verno l-a ameninţat, a scos chiar şi o armă; ulterior, Verno s-a potolit şi a plecat. Nu au fost martori. Victima (numele era şters) a cerut mandat de arestare sub acuzaţia de tentativă de atac".

Numele presupusei victime fusese acoperit cu marker negru.

Cea de-a doua pagină era RAPORTUL DE ARESTARE şi conţinea poza din închisoare a lui Verno, adresa, numărul de telefon, codul numeric personal. Se menţiona că era liber profesionist. Cazierul lui înregistra o singură abatere – conducerea unui autovehicul sub influenţa băuturilor alcoolice.

Pagina a treia era copia contractului de eliberare pe cauţiune, încheiat cu AAA Bail, pentru suma de 500 de dolari.

Următorul document avea titlul REZUMAT ŞEDINŢĂ INSTANŢĂ, însă pagina era albă.

Tabor răsfoi celelalte dosare din sertar, uitându-se la rezumatele altor şedinţe. Toate erau formulare tipizate care, completate, conţineau informaţii cu privire la desfăşurarea şedinţei, numele judecătorului, al procurorului şi al avocatului apărării (dacă existase), numele reclamantului, al victimei, al martorilor şi probele administrate. În toate celelalte dosare, rezumatele erau complete. Furt din magazine, agresiune minoră, câini fără lesă, consum de alcool în locuri publice, exprimare licenţioasă în public, comportament indecent în public, hărţuire şi aşa mai departe. Sertarul era plin cu astfel de acuzaţii – niciuna, fireşte, dovedită în instanţă.

Pe perete, un indicator avertiza: FOTOGRAFIEREA SAU REPRODUCEREA DOCUMENTELOR FĂRĂ PERMISIUNE ESTE INTERZISĂ

Se întrebă cine, cu excepţia lui şi a clientei lui, ar fi putut să vrea copii, cu sau fără permisiune.

Merse cu dosarul la recepţie şi îl deranjă încă o dată pe Faldo.

– Doresc o copie a acestui dosar. Sunt patru pagini.

Faldo aproape zâmbi când se ridică şi porni greoi spre copiator.

– Un dolar bucata, spuse luând dosarul.

Tabor îl urmări cum decapsează atent paginile, le copiază, le prinde la loc şi se întoarce cu ele la birou. Detectivul îi întinse o bancnotă de cinci dolari, dar Faldo nici nu vru să audă.

– Plata se face doar cu cardul.

– Nu folosesc, spuse Tabor. Am renunţat cu ani în urmă, când am intrat în faliment.

Vestea îl tulbură nespus pe Faldo, de parcă l-ar fi izbit cineva în stomac.

– Îmi pare rău, nu acceptăm numerar.

Cele patru copii aşteptau pe birou, nesolicitate şi nedorite de nimeni altcineva din întreaga lume.

Tabor lăsă bancnota de cinci dolari pe birou, ridică apoi cele patru pagini şi spuse:

– Să duc dosarul la locul lui?

– Nu. Îl duc eu. Asta e treaba mea.

Şi ce treabă importantă era!

– Mersi.

– Pentru puţin.

În maşină, Tabor o sună pe Jeri, dar îi răspunse mesageria vocală. Se opri la o cafenea şi, ca să treacă timpul, fotografie cele patru pagini şi i le trimise. După cea de-a treia ceaşcă de cafea, îl sună. Îi spuse ce găsise şi cum arătau celelalte dosare. Era clar că dosarul lui Verno fusese modificat.

– Poliţistul acela, N. Ozment, mai e acolo? întrebă ea.

– Nu, am verificat deja.

– Şi niciun alt nume nu mai apare în dosar? Decât Verno şi Ozment?

– Atât.

– În cazul acesta, pasul următor e foarte simplu. Vezi dacă poţi să-l găseşti pe domnul Ozment.

Jeri era în biroul ei din campus, cu uşa deschisă, astfel încât orice student să poată intra, dar era singură. Mânca o salată şi sorbea dintr-o Coca-Cola dietetică. Nu putea să mănânce, îi era rău de la stomac, aşa cum îi era de fiecare dată când plătea cuiva 150 de dolari pe oră ca să rezolve ceva şi nu ştia câte ore avea să-i ia. Mai era şi agitaţia provocată de faptul că descoperise documente la care se umblase. Îşi reaminti singură că nu ştia cu certitudine dacă Lanny Verno despre care căuta informaţii în Pensacola era acelaşi Lanny Verno care fusese ucis în Biloxi şi, trebui să recunoască, şansele erau mici. Erau nouăzeci şi opt de Lanny Verno pe întreg cuprinsul ţării.

Cu toate acestea, era posibil să aibă noroc. În calitatea lui de membru respectat al magistraturii, judecătorul Bannick avea cu siguranţă acces la registrele instanţei. Era respectat de poliţie. Fiind ales de cetăţeni, avea nevoie de sprijinul lor la fiecare patru ani. Știa cum să se folosească de protocoalele și procedurile instituţiilor publice.

Oare Lanny Verno, un zugrav, îl ameninţase cu pistolul pe Ross Bannick, un avocat cu pretenţii, cu treisprezece ani în urmă? Și câștigase în instanţă?

La fel ca întotdeauna când lua prânzul, Jeri răsfoia câteva ziare. Același lucru se întâmpla la micul dejun și la cină. Găsi un articol interesant în *Tallahassee Democrat.* În josul paginii 6, la rubrica de știri interne, era o secţiune care prezenta pe scurt noutăţi din guvern. Ultima informaţie era anunţul numirii lui Lacy Stoltz în funcţia de Director Executiv Interimar al Comisiei de Conduită Judiciară, în locul lui Charlotte Baskin, care fusese numită de Guvernator șefă a Comisiei Jocurilor de Noroc.

14

Cățărându-se constant pe scara ierarhică și mutându-se des dintr-un birou în altul, Cleo învățase să nu aducă multe lucruri cu ea, niciodată nu umplea sertarele biroului și nici nu decora pereții. Fără să stea de vorbă cu cineva, deși zvonul se răspândise vijelios, își adună lucrurile și părăsi clădirea. Bârfele nu o urmară, ci schimbară direcția, îndreptându-se către Lacy și zvonul plăcut că ea era cea care preluase conducerea.

În dimineața următoare, Lacy îi adună pe toți în sala vecină cu biroul destul de deprimant al directorului și le confirmă că avea să ocupe, cât se poate de temporar, postul de director. Știrea îi înveseli pe toți și, pentru prima oară după multă vreme, oamenii zâmbeau. Le comunică o serie de schimbări în ceea ce privea activitatea biroului: (1) puteau lucra de acasă ori de câte ori doreau, cu condiția să își facă treaba; (2) vinerea era zi scurtă pe timpul verii, cu condiția să preia cineva telefoanele; (3) fără întâlniri de personal, decât dacă erau absolut necesare; (4) înființarea unui fond comun pentru cumpărarea unei cafele de calitate; (5) renunțarea la politica ușilor deschise; (6) neoficial, o săptămână în plus la concediu. Le promise să caute surse de finanțare și să reducă nivelul de stres. Își păstra vechiul birou, întrucât cel nou era prea mare și nici nu-i plăcea.

Primi felicitări din partea tuturor, apoi se întoarse în biroul ei, unde o aștepta un buchet de flori impresionant. Cu un bilețel din partea lui Allie, care își exprima iubirea și admirația. Felicity îi întinse apoi un mesaj telefonic. Jeri Crosby îi transmitea felicitări cu ocazia promovării.

Tabor îi luă urma și sosi nonșalant la o secție de poliție din East Pensacola. Întrebă polițistul de la recepție dacă știa unde se afla ofițerul Ozment.

– Norris?

Cum Tabor avea doar inițiala numelui acestuia în documentele lui, se făcu că privește în carnețel, se încruntă și răspunse:

– Da, Norris Ozment.

– Ce a mai făcut de data asta?

– Nimic rău. Unchiul lui din Duval County a murit și i-a lăsat niște bani. Lucrez pentru avocații care se ocupă de moștenire.

– Înțeleg. Norris și-a dat demisia cu cinci sau șase ani în urmă. S-a angajat în securitatea privată. Ultima oară lucra la un hotel, pe litoral.

Tabor mâzgăli la întâmplare în carnețel.

– Îți amintești cum se numește?

Apoi intră un polițist și sergentul îl întrebă pe acesta:

– Ted, ia spune, mai știi la ce hotel se angajase Norris?

Ted mușcă dintr-o gogoașă și căzu pe gânduri.

– La Seagrove Beach, nu-i așa? Pelican Point?

– Ăsta e, interveni sergentul. Găsise o slujbă bună la Pelican Point. Nu știu dacă mai e acolo.

– Mulțumesc mult, băieți, spuse Tabor cu un zâmbet.

– Poți lăsa cecul aici, răspunse sergentul și toată lumea izbucni în râs.

Un glumeț în toată regula.

Tabor părăsi orașul, luând-o pe autostrada 98 și îndreptându-se spre est, de-a lungul țărmului. Sună la Pelican Point și află că Norris Ozment încă lucra acolo, deși era prea ocupat ca să răspundă la telefonul fix când încercară să ia legătura cu el. Numărul telefonului mobil nu puteau să i-l dezvăluie. Tabor ajunse la hotel și îl găsi pe acesta în foaier. Se folosi de aceeași poveste, cum că era un agent din Atlanta, angajat de familia unui domn să găsească un potențial moștenitor.

– Cinci minute, nu vă rețin mai mult, spuse el cu un zâmbet prietenos.

Foaierul era pustiu, dar hotelul era ocupat pe jumătate. Ozment avea cinci minute. Se așezară la o masă în restaurant și luară două cafele.

– E vorba despre un caz de care te-ai ocupat în Pensacola, în 2001, spuse Tabor.

– Glumești, nu-i așa? Eu nu mai știu ce am făcut săptămâna trecută.

– Nici eu. Un caz care a ajuns în instanță.

– Mai rău.

Tabor scoase copia raportului de arestare și i-o întinse peste masă.

– Poate asta te ajută.

Ozment citi ce scrisese în altă viață și ridică din umeri.

– Îmi pare vag cunoscut. De ce este numele înnegrit?

– Nu știu. Bună întrebare. Verno a fost ucis cu cinci luni în urmă, în Biloxi. Familia lui m-a angajat. Așadar, nu îți amintești nimic?

– Nu așa, pe loc. Ascultă, eram în tribunal zilnic... o corvoadă. De asta am și demisionat. Mă săturasem de avocați și de judecători.

– Îți amintești un avocat pe nume Ross Bannick?

– Sigur. Îi știam pe aproape toți din oraș. Mai târziu, a fost ales judecător. E tot acolo, dacă nu mă înșel.

– E posibil ca el să fi fost cealaltă persoană, victima?

Ozment se uită din nou la raportul de arestare, apoi zâmbi.

– Așa e. Ai dreptate. Îmi amintesc acum. Tipul ăsta, Verno, zugrăvise casa lui Bannick și susținea că acesta nu l-a plătit după cum se înţeleseseră. Bannick zicea că nu terminase treaba. Într-o zi s-au certat şi Bannick a susţinut că Verno îl ameninţase cu pistolul. Verno a negat. Dacă îmi amintesc bine, judecătorul a respins cazul din lipsă de probe. Era cuvântul unuia împotriva cuvântului celuilalt.

– Eşti sigur?

– Da, îmi amintesc acum. A fost o situaţie neobişnuită, să avem un caz în care avocatul era victimă. Nu am depus mărturie pentru că nu am văzut nimic. Îmi amintesc că Bannick a fost foarte iritat, pentru că era avocat şi se gândise că judecătorul trebuia să fie de partea lui.

– L-ai mai văzut pe Bannick de atunci?

– Sigur. După ce a fost ales, îl vedeam zilnic în tribunal. Însă am plecat de câţiva ani. Nu îmi lipseşte câtuşi de puţin.

– Nu a luat legătura cu tine de când ai ieşit din poliţie?

– N-avea de ce.

– Mersi. E posibil să te mai sun.

– Oricând.

În timp ce ei discutau, angajaţii lui Ozment îi verificară maşina. Era închiriată. Povestea lui nu se prea lega. Dacă l-ar fi interesat, Ozment ar fi încercat să-l găsească pe Jeff Dunlap. Dar un caz de demult nu prezenta niciun interes.

Îndepărtându-se în maşina lui închiriată, Tabor îşi sună clienta.

*

Pe Jeri o cuprinse ameţeala şi i se înmuiară genunchii. Se rezemă de canapea, în apartamentul ei înghesuit, închise ochii şi respiră adânc. Opt oameni ucişi în şapte state. Şapte victime ucise în acelaşi mod, prin strangulare, şi toate avuseseră ghinionul să fi avut de-a face cu Ross Bannick, la un moment dat, pe parcursul vieţii lor.

Poliţiştii din Biloxi nu îl vor găsi niciodată pe Norris Ozment şi nici nu vor afla despre procesul dintre Lanny Verno şi Bannick. Vor investiga numai cât să descopere că în cazierul lui Verno exista o situaţie de conducere sub influenţa alcoolului, în Florida, şi vor stabili că nu este relevant. La urma urmei, Verno era victima, nu ucigaşul, şi nu îi interesa prea mult trecutul acestuia. Cazul era deja dificil de soluţionat, iar ancheta nu avea nicio pistă.

Ucigaşul îşi pândise victima timp de aproape treisprezece ani. Era cu mult înaintea poliţiei.

„Respiră adânc, îşi spuse. Nu poţi rezolva toate crimele. E suficient să rezolvi una.“

15

Pe lângă mărirea substanţială de salariu, pe care o primi cu bucurie, şi biroul mai mare, pe care îl refuză cu şi mai multă bucurie, promovarea nu venea cu multe alte beneficii. Mai exista însă unul, o maşină de companie, un Chevrolet Impala model mai vechi, cu puţini kilometri la bord. Nu cu multă vreme în urmă, toţi anchetatorii aveau maşini de companie şi nu îşi făceau griji în privinţa cheltuielilor de deplasare. Situaţia însă se schimbase odată cu reducerile bugetare.

Lacy hotărî că Darren Trope avea să devină secundul ei, prin urmare acesta avea să conducă în cea mai mare parte a timpului. Nu peste mult timp, îi va spune şi despre martora misterioasă şi acuzaţiile ei surprinzătoare, deşi nu îi va dezvălui numele – cel puţin, nu încă.

Darren lăsă maşina în parcarea aproape pustie a unui hotel din apropierea autostrăzii 10, la câţiva kilometri la vest de Tallahassee.

– Persoana de contact ne va vedea venind, prin urmare, va şti că suntem împreună.

– Persoana de contact?

– Iartă-mă, dar deocamdată nu îţi pot spune mai multe.

– Îmi place. Ador misterul.

– Habar nu ai în ce te bagi. Aşteaptă cuminte în foaier sau la cafenea.

– Unde te întâlneşti cu persoana aceasta?

– Într-o cameră, la etajul trei.

– Și te simți în siguranță?

– Sigur. Pe lângă asta, te am pe tine aici, gata să intervii la nevoie. Ai arma?

– Am uitat-o.

– Ce fel de agent ești?

– Nu știu. Credeam că sunt un biet anchetator care lucrează pe salariul minim.

– Îți voi obține o mărire de salariu. Dacă nu mă întorc într-o oră, înseamnă că am fost răpită și probabil sunt torturată.

– Și în cazul ăsta, ce să fac?

– Fugi!

– Poți conta pe mine. Lacy, serios acum, care este scopul acestei întâlniri?

– Ai dreptate. Așadar, ce căutăm aici? Mă aștept ca persoana aceasta să-mi înmâneze o reclamație oficială împotriva unui judecător, iar reclamația conține acuzații cu privire la crime comise de respectivul judecător în timpul mandatului. Mai multe, se pare. Am încercat în repetate rânduri să conving persoana de contact să urmeze o altă direcție, preferabil să apeleze la FBI sau la o altă organizație de combatere a crimei, dar persoana este hotărâtă să urmeze această cale și e speriată. Ancheta va trebui să fie demarată de noi. Cum se va încheia... nu am nici cea mai mică idee.

– Și o cunoști bine pe persoana aceasta?

– Nu. Ne-am cunoscut cu două săptămâni în urmă. La cafeneaua de la parterul Clădirii Siler. I-ai făcut o poză.

– A, deci despre femeia aceea e vorba?

– Da.

– O crezi?

– Da, oarecum. Oscilez. Este o acuzație scandaloasă, dar persoana prezintă niște dovezi indirecte foarte convingătoare. Să fie clar, nu există probe, dar există suficiente bănuieli care fac lucrurile interesante.

– Lacy, asta e grozav. Trebuie să mă laşi să mă implic în anchetă. Ador poveştile misterioase.

– Eşti implicat, Darren. Tu şi Sadelle. Voi faceţi parte din echipă. Ai înţeles? Doar noi trei. Şi trebuie să îmi promiţi că nu vei încerca să afli identitatea reală a persoanei de contact.

– Promit.

– Să mergem!

În capătul foaierului, în stânga recepţiei, era o cafenea. Darren se îndreptă într-acolo fără să mai spună ceva, iar Lacy porni către lifturi. Urcă singură la etajul trei, găsi camera şi sună.

Jeri îi deschise fără să zâmbească şi fără să rostească o vorbă. Îi făcu semn către încăperea alăturată şi Lacy intră păşind încet şi privind în jur. Era o cameră micuţă, cu un pat.

– Îţi mulţumesc că ai venit, spuse Jeri. Ia loc!

Era un singur scaun, lângă televizor.

– Eşti bine? o întrebă Lacy.

– Deloc. Sunt o epavă, dezastru total.

Nu mai purta hainele elegante, nici ochelarii cu rame false. Era îmbrăcată într-un trening vechi, negru, şi purta adidaşi uzaţi. Nu era fardată şi părea îmbătrânită cu câţiva ani.

– Te rog, ia loc.

Lacy se aşeză pe scaun şi Jeri pe marginea patului. Arătă spre nişte hârtii de pe birou.

– Acolo este reclamaţia. Am scris-o cât mai succint, sub numele de Betty Roe. Am cuvântul tău că nimeni altcineva nu îmi va afla numele real?

– Jeri, nu îţi pot promite asta. Am discutat deja. Pot să-ţi garantez că nimeni de la CCJ nu îţi va afla numele, dar dincolo de asta nu pot promite nimic.

– Dincolo de asta? Lacy, ce e dincolo de asta?

– Avem, începând de azi, patruzeci şi cinci de zile ca să investigăm reclamaţia ta. Dacă descoperim că acuzaţiile sunt întemeiate, nu avem de ales, va trebui să mergem la poliţie sau la FBI. Noi nu-l putem aresta pe judecător. Jeri, am vorbit deja despre asta. Îl putem demite, dar la momentul acela, faptul că îşi pierde slujba va fi cea mai mică problemă a lui.

– Trebuie să mă protejezi tot timpul.

– Ne vom face datoria, asta e tot ce îţi pot promite. Nimeni de la CCJ nu va şti numele tău.

– Lacy, nu vreau să ajung pe lista lui.

– Păi, nici eu nu vreau asta.

Jeri îşi vârî mâinile în buzunare şi se legănă înainte şi înapoi, pe gânduri. După o pauză lungă, stânjenitoare, vorbi:

– Lacy, a ucis din nou. Nu s-a oprit.

– Ai zis că e posibil să mai fie o victimă.

– Este. Cu cinci luni în urmă, a ucis un bărbat pe nume Lanny Verno, în Biloxi, Mississippi. Aceeaşi metodă, aceeaşi sfoară. Am aflat motivul. Eu l-am aflat, Lacy, nu poliţia, ci eu. Am aflat ce s-a întâmplat cu Verno în Pensacola, cu treisprezece ani în urmă. Am căutat legătura şi am găsit-o. Eu, nu poliţia. Poliţia nu are nici cea mai mică idee.

– Aşa cum nu au nicio bănuială în ceea ce îl priveşte pe Bannick. Ce s-a întâmplat?

– O dispută privind amenajarea casei lui Bannick. Se pare că Verno l-a ameninţat cu pistolul... mai bine îl împuşca. Bannick era avocat pe atunci şi l-a dat în judecată, sub acuzaţia de atac. A pierdut. Verno a fost eliberat şi, bănuiesc, aşa a ajuns pe lista lui Bannick. A aşteptat treisprezece ani, Lacy, îţi poţi imagina aşa ceva?

– Nu.

– Ucide din ce în ce mai des, ceea ce nu este neobişnuit. Toţi criminalii în serie operează diferit şi, desigur, nu există reguli. Însă nu este deloc neobişnuit să existe o creştere în activitatea lor, urmată de o pauză.

Se legăna înainte şi înapoi, ca în transă, cu privirea în gol.

– Totodată, își asumă riscuri, face greșeli, continuă ea. A fost cât pe ce să fie prins cu Verno. A fost surprins de un nevinovat care a apărut la momentul nepotrivit, în locul nepotrivit. Bannick i-a crăpat și lui capul, l-a ucis, dar nu a folosit sfoara. Sfoara este rezervată pentru cei speciali.

Din nou, Lacy se minună de convingerea cu care Jeri descria lucruri pe care nu le văzuse și pe care, categoric, nu le putea dovedi. Era frustrant cât de convingătoare era.

– Și scena crimei? întrebă Lacy.

– Nu știm prea multe, pentru că ancheta este în desfășurare, iar poliția nu divulgă mai nimic. Cea de-a doua victimă este un constructor local cu mulți prieteni și poliția e sub lupă. Însă, ca și până acum, se pare că Bannick nu a lăsat urme.

– Șase și cu doi fac opt.

– De care știm, Lacy. E posibil să mai fie și alții.

Lacy ridică reclamația, dar nu o citi.

– Ce cuprinde?

Jeri se opri din legănat și se frecă la ochi ca trezită din somn.

– Doar trei crime. Ultimele trei. Lanny Verno și Mike Dunwoody, de anul trecut, și Perry Kronke, de acum doi ani. Cazul lui Kronke e în Keys, avocatul de la firma aceea importantă care, se pare, nu i-a oferit lui Bannick un post la terminarea facultății.

– De ce acestea?

– Verno, pentru că legătura cu orașul Pensacola e ușor de dovedit. A locuit acolo cândva și i-am descoperit urmele. E ușor, după ce explicăm poliției cum să facă. E vorba de înregistrări ale ședințelor din instanță, stocate în arhive digitale sau aflate în depozite. Lucruri pe care le-am descoperit eu, Lacy. Dăm informația poliției și poate va reuși să construiască un caz.

– Va fi nevoie de probe, Jeri. Nu doar de coincidențe.

– Adevărat. Dar nu au auzit până acum numele lui Ross Bannick. După ce le spui, după ce le prezinți legătura, pot să intervină cu citațiile.

– Şi Kronke? De ce el?

– Este singurul caz din Florida şi a presupus o deplasare. E un drum de zece ore de la Pensacola la Marathon, aşa că probabil lui Bannick i-a luat mai mult de o zi. Hoteluri, benzinării, poate a călătorit cu avionul. Trebuie să existe înregistrări. Ar trebui să-i puteţi identifica mişcările înainte şi după crimă. Verificaţi borderourile din instanţă, vedeţi dacă a prezidat sau nu, lucruri de genul acesta. Muncă standard de detectiv.

– Jeri, noi nu suntem detectivi.

– Păi, sunteţi anchetatori, nu?

– Oarecum.

Jeri se ridică, se întinse şi merse lângă fereastră.

– Cine e tipul pe care l-ai adus cu tine? o întrebă privind pe geam.

– Darren, un coleg.

– De ce l-ai adus?

– Pentru că aşa vreau să lucrez, Jeri. Sunt şefa acum şi eu fac regulile.

– Da, dar pot avea încredere în tine?

– Dacă nu poţi, mergi cu reclamaţia la poliţie. Acolo ar trebui să o depui oricum. Eu nu mi-am dorit cazul acesta.

Jeri îşi acoperi faţa cu mâinile şi plânse câteva minute. Lacy fu luată prin surprindere de descărcarea emoţională neaşteptată şi se simţi vinovată că nu era mai înţelegătoare. Avea de-a face cu o femeie vulnerabilă.

Îi aduse şerveţele de la baie şi aşteptă să se liniştească.

– Îmi pare rău, Lacy, spuse Jeri după ce îşi şterse obrajii. Sunt pe muchie de cuţit şi nu ştiu cât mai rezist. Nu mi-am imaginat niciodată că voi ajunge în punctul acesta.

– E în regulă, Jeri. Promit să fac tot ce pot şi, totodată, să îţi protejez numele.

– Mulţumesc.

Lacy se uită la ceas şi văzu că trecuseră doar optsprezece minute de la sosirea ei. Jeri călătorise patru ore cu maşina din Mobile. Nu văzu nicio urmă de cafea, apă sau produse de patiserie care să aibă legătură cu micul dejun.

– Îmi trebuie o cafea. Vrei și tu? întrebă Lacy.

– Sigur, mulțumesc.

Lacy îi trimise un mesaj lui Darren, cerându-i să comande două cafele mari la pachet. Îi spuse că avea să coboare în zece minute să le ia. Pe când lăsa telefonul, își aminti ceva.

– Ia stai puțin! L-ai inclus pe Verno pentru că a locuit cândva în Pensacola și acolo l-a cunoscut pe Bannick, corect?

– Da, așa este.

– Dar nu e singura victimă din Pensacola. Prima, șeful cercetașilor, Thad Leawood, a crescut acolo, nu departe de Bannick. A fost ucis în 1991, așa-i?

– Corect, în privința anului.

– Și tu crezi că el a fost primul?

– Așa sper, dar nu știu cu certitudine. Singurul care știe e Bannick.

– Iar reporterul, Danny Cleveland, a scris pentru *Pensacola Ledger* și a locuit acolo cu cincisprezece ani în urmă. A fost găsit mort în apartamentul lui, în Little Rock, în 2009.

– Ți-ai făcut temele.

Lacy ieși, clătinând din cap. Luă cafelele de la Darren și se întoarse în câteva minute. Jeri o lăsă pe a ei neatinsă pe bufet. După ce sorbi din cafea, Lacy se plimbă până la ușă și înapoi, apoi spuse:

– În primele dosare, informațiile preliminare pe care mi le-ai dat, sunt două victime femei. Dar despre ele nu mi-ai vorbit. Poți să îmi spui mai multe?

– Desigur. Când era student, în Florida, a cunoscut o femeie pe nume Eileen Nickleberry. El era într-o frăție, ea într-o sororitate, se întâlneau la anumite petreceri. Într-o noapte, erau la o astfel de petrecere în Pike House, în campus, și toată lumea bea. S-a consumat mult alcool, iarbă, sex de ocazie. Bannick și Eileen au mers în camera lui, unde, firește, el nu a fost în stare de nimic. Eileen a râs de el, a spus și altora, l-a umilit. A devenit ținta multor glume în campus. Asta se întâmpla prin 1985. Treisprezece ani mai târziu, Eileen era ucisă lângă Wilmington, North Carolina.

Lacy asculta stupefiată.

– Cealaltă fată a fost Ashley Barasso. Amândoi erau studenți la Drept, Universitatea din Miami, asta știu cu certitudine. A fost ucisă prin strangulare, același tip de sfoară, la șase ani de la terminarea facultății. Despre ea am cele mai puține informații.

– Unde a fost ucisă?

– Columbus, Georgia. Era căsătorită și avea doi copii mici.

– E îngrozitor.

– Toate sunt îngrozitoare, Lacy.

– Sigur că sunt.

– Vezi tu, teoria mea este că Bannick are o problemă legată de sex. Probabil din copilărie, când avea doisprezece, treisprezece ani, și a fost abuzat de Thad Leawood. Probabil că nu a beneficiat de sprijinul și de ajutorul de care avea nevoie. Se întâmplă adesea în cazul copiilor. În orice caz, nu și-a revenit niciodată. Pe Eileen a ucis-o pentru că a râs de el. Nu știu ce s-a întâmplat între el și Ashley Barasso și probabil nu voi afla niciodată. Dar au fost colegi de facultate, în aceiași ani, prin urmare e de presupus că s-au cunoscut.

– Când au fost ucise, au fost abuzate sexual?

– Nu, e prea deștept ca să facă asta. Cadavrul este proba cea mai importantă de la locul unei crime. Oferă cele mai multe informații. Bannick însă e grijuliu, nu lasă în urmă decât sfoara și lovitura la cap. Motivul e întotdeauna răzbunarea. Cu excepția lui Mike Dunwoody, care, bietul de el, a apărut la momentul nepotrivit.

– Bine, bine... Dă-mi voie, te rog, să spun un lucru evident. Ești o femeie de culoare.

– Așa este.

– Și presupun că, în 1985, membrii frățiilor universitare din Florida erau albi.

– Chiar aşa.

– Iar tu nu ai studiat acolo.

– Niciodată.

– Atunci, cum ai aflat ce s-a întâmplat între Eileen şi Bannick? Sunt probe indirecte, auzite de la terţi, legende urbane, toate povestite de nişte copii de bani gata, beţi, am dreptate?

– În cea mai mare parte, da.

– Prin urmare?

Jeri umblă într-o geantă mare, uzată, şi scoase o carte. I-o întinse lui Lacy, care o luă şi se uită la ea.

– Cine e Jill Monroe?

– Eu sunt. Este o carte pe care am publicat-o eu însămi, una dintr-o serie, toate apărute sub pseudonime, toate scrise de mine. Editura este una modestă, care publică pe cheltuiala autorilor. Cartea e de necitit şi practic nici nu trebuie citită. Face parte din deghizare, Lacy, din ficţiunea pe care am construit-o.

– Despre ce e vorba în carte?

– Crime, lucruri pe care le-am cules de pe internet, informaţii pe care le-am furat, dar care nu sunt protejate prin drepturi de autor.

– Te ascult.

– Mă folosesc de ele ca să atrag atenţia şi să par credibilă. Pretind că sunt un autor de romane poliţiste. Liber profesionist, desigur, întotdeauna. Spun că lucrez la o carte despre crime nerezolvate, ale căror victime sunt tinere femei ucise prin strangulare. În cazul de faţă, am verificat listele frăţiilor şi sororităţilor Universităţii Florida şi am pus lucrurile cap la cap. Niciunul dintre prietenii lui Eileen nu a vrut să vorbească. Mi-a luat luni întregi, câţiva ani chiar, dar în cele din urmă am găsit un student cu gura mare. Ne-am întâlnit într-un bar, în St. Pete, şi a pretins că o cunoscuse pe Eileen, adăugând că mulţi băieţi o cunoscuseră. Pe Bannick nu îl mai văzuse de câţiva ani, dar după câteva pahare, mi-a povestit de noaptea aceea dintre Bannick şi Eileen. A zis că Bannick se simţise foarte umilit.

Lacy făcu o pauză, încercând să înţeleagă.

– Bine, dar cum ai aflat despre moartea lui Eileen?

– Am un informator. Un om de ştiinţă nebun. Un fost poliţist care culege şi studiază statistici criminale mai mult decât oricine altcineva pe lumea asta. Nu au loc decât vreo trei sute de crime prin strangulare pe an. Toate sunt comunicate prin diverse mijloace către FBI, care le centralizează. Informatorul meu studiază cazurile nerezolvate, caută tipare şi asemănări. El a descoperit cazul lui Eileen Nickleberry acum zece ani şi mi-a transmis informaţia. Tot el a aflat despre Lanny Verno şi m-a informat. Nu ştie despre Bannick şi nici ce fac eu cu informaţiile pe care mi le transmite. Crede că scriu romane poliţiste.

– E de acord cu teoria ta? Că e vorba despre un criminal în serie?

– Nu e plătit să îşi spună părerea şi nu discutăm. Îl plătesc ca să cearnă informaţiile şi să mă alerteze când găseşte ceva suspect.

– Sunt curioasă. Unde se află tipul ăsta?

– Nu ştiu. Se foloseşte de diverse nume şi adrese. Ca şi mine. Nu ne-am întâlnit, nu am vorbit la telefon şi nici nu o vom face. Garantează anonimitatea.

– Cum îl plăteşti? Dacă nu te superi...

– Numerar, la o căsuţă poştală din Maine.

Lacy era copleşită şi se aşeză. Sorbi din cafea şi respiră adânc. Înţelese câte informaţii adunase Jeri pe parcursul ultimilor douăzeci de ani.

Ca şi cum i-ar fi citit gândurile, Jeri spuse:

– Ştiu că e mult. Scoase un stick de memorie din buzunar şi i-l întinse. Găseşti totul acolo, peste şase sute de pagini de informaţii, articole, rapoarte ale poliţiei, tot ce am găsit şi ne-ar putea fi de folos. Şi, probabil, multe informaţii care nu ne sunt de niciun folos.

Lacy luă stick-ul şi îl vârî într-un buzunar.

– E criptat, spuse Jeri. Îţi voi trimite codul.

– De ce e criptat?

– Pentru că întreaga mea viață e criptată, Lacy. Tot ce facem lasă urme.

– Și crezi că el e acolo, undeva, pe una dintre urmele tale?

– Nu știu, dar fac tot ce pot ca să mă expun cât mai puțin.

– Bine, și pentru că tot vorbim despre asta, ce șanse sunt ca Bannick să știe că îl urmărește cineva? Vorbești despre opt crime, Jeri. Ai muncit foarte mult la asta.

– Mie-mi spui? Opt crime în douăzeci de ani și numărătoarea nu s-a încheiat. Am vorbit cu sute de oameni din care, majoritatea, nu mi-au fost de niciun folos. Sigur, e posibil ca vreunul dintre foștii lui colegi să-i fi spus că pune cineva întrebări, dar nu m-am folosit niciodată de numele meu adevărat. Și, da, un polițist din Little Rock, din Signal Mountain sau din Wilmington ar putea să spună că un detectiv privat s-a interesat de un caz vechi de crimă, dar nu are cum să facă legătura cu mine. Sunt foarte atentă.

– Atunci, pentru ce îți faci atâtea griji?

– Pentru că e atât de inteligent și atât de răbdător și nu m-ar surprinde dacă s-ar întoarce.

Lacy așteptă o vreme, apoi întrebă:

– Unde să se întoarcă?

– La locul faptei. Ted Bundy a făcut-o, la fel și alți criminali. Bannick nu e nesăbuit, dar ar putea monitoriza activitatea poliției, să vadă ce se întâmplă cu dosarele mai vechi, să întrebe dacă s-a interesat cineva de ele în ultima vreme.

– Dar cum?

– Pe internet. Ar putea foarte ușor să intre în baza de date a poliției și să urmărească dosarele. Sau să apeleze la detectivi particulari. Dacă îi plătești suficient, fac munca în locul tău și sunt discreți.

Telefonul lui Lacy sună. Îl privi. Era Darren, care se interesa cum mergeau lucrurile.

– E totul în regulă acolo? întrebă el.

– Da, încă zece minute.

Lăsă telefonul și o privi pe Jeri, care se legăna iar și își ștergea obrajii de lacrimi.

– Păi, Jeri, spuse Lacy, consideră că ai înregistrat plângerea și cronometrul a pornit.

– Mă ţii la curent?

– Cât de des ai vrea?

– Zilnic?

– Nu. Te anunţ când și dacă înregistrăm vreun progres.

– Trebuie, Lacy. Trebuie să îl opriţi. Eu nu pot face mai mult. Am terminat, înţelegi? Sunt epuizată. Fizic, emoţional, financiar, am ajuns la capătul puterilor. Nu-mi vine să cred că am ajuns până aici și că nu mai pot continua.

– Păstrăm legătura, promit.

– Mulţumesc, Lacy. Te rog, ai grijă!

16

Ziua de sâmbătă, 22 martie, era caldă și frumoasă, iar Darren Trope, burlac, în vârstă de douăzeci și opt de ani, nu avea de gând să o petreacă la birou. Ajunsese în Tallahassee cu zece ani în urmă, la facultate, unde studiase Dreptul opt ani, și nu avea planuri să se îndepărteze prea mult de campus și de activitățile specifice. Cu toate acestea, era îndrăgostit de Lacy Stoltz, noua lui șefă, iar când aceasta îi ceru să vină la birou, la ora 10.00 dimineața, și să aducă și cafele, Darren ajunse cu zece minute mai devreme. Aduse și o cafea obișnuită pentru Sadelle, cel de-al treilea membru al echipei lor. Fiind cel mai tânăr, Darren era responsabil cu tehnologia și cafeaua.

Celorlalți, Lacy le spusese să nu vină la birou sâmbătă dimineața, dar nu că s-ar fi temut că avea să găsească prea mulți. Pentru niște angajați care abia așteptau să plece vinerea la prânz, erau slabe șanse să fie găsiți lucrând peste program, în weekend. Puteau aștepta până luni.

Se adunară în sala de conferințe de lângă biroul directorial. Pentru că o dusese pe șefa cu mașina, la întâlnirea cu „persoana de contact", în cursul săptămânii, Darren știa câteva detalii și abia aștepta să afle mai multe. Sadelle, palidă, bolnavă și arătând ca o stafie – așa cum arăta de șapte ani –, se așeză la masă trăgând cu nesaț din tubul ei de oxigen.

Lacy îi înmână fiecăruia câte un exemplar al reclamației lui Betty Roe și toți citiră în tăcere. Apoi Sadelle inspiră adânc și spuse:

– Așadar, aceasta este acuzația de crimă despre care vorbeai.

– Aceasta este.

– Și Betty Roe este fata noastră misterioasă?

– Da.

– Și de ce, dacă îmi permiți să întreb, ne implicăm noi? Din câte îmi dau seama, e de competența băieților cu arme.

– Am încercat să descurajez martora din a depune reclamația, dar n-am reușit. Nu vrea să meargă la poliție pentru că se teme de Ross Bannick. E convinsă că ar putea deveni una dintre următoarele lui ținte.

Sadelle îi aruncă lui Darren o privire încărcată de îndoială și amândoi reluară lectura paginilor. Când terminară de citit, se gândiră în tăcere la acuzații. Darren vorbi primul.

– Ai folosit cuvântul „ținte". Ca și cum mai e ceva ce nu știm.

Lacy zâmbi.

– Sunt opt cadavre. Cele trei despre care ați citit în reclamație, plus alte cinci. Conform teoriei lui Betty, crimele au început în anul 1991 și au continuat, ultima victimă fiind Lanny Verno, cu cinci luni în urmă. Betty e de părere că Bannick continuă să ucidă și că e posibil să devină neglijent.

– E expertă în criminali în serie? spuse Darren.

– Păi, nu știu cum ar putea ajunge cineva expert în astfel de chestiuni, dar, da, știe foarte multe. Îl urmărește pe Bannick – ea a spus-o, nu eu – de peste douăzeci de ani.

– Și ce anume a determinat-o să facă asta?

– I-a ucis tatăl, victima cu numărul doi, în anul 1992.

Se așternu din nou tăcerea. Sadelle și Darren rămaseră cu privirile plecate.

– E credibilă? întrebă Sadelle.

– Uneori, da. Foarte. Crede că Bannick ucide din răzbunare și că are o listă cu potențiale victime. Îl consideră metodic, răbdător și foarte inteligent.

– Noi ce ştim despre el? întrebă Darren.

– Palmares impecabil de când e judecător. Nicio plângere. Evaluări elogioase din rândurile avocaţilor.

– Răzbunarea înseamnă că îşi cunoştea victimele, corect? spuse Sadelle.

– Aşa este.

Darren începu să chicotească şi, când cele două femei îl fixară cu privirea, spuse:

– Iertaţi-mă, dar nu mă pot abţine când mă gândesc la celelalte patru dosare de pe biroul meu. Unul se referă la un judecător de nouăzeci de ani, care nu mai reuşeşte să ajungă în instanţă. E posibil să fie susţinut în viaţă de aparate. Un altul se referă la un judecător care vorbeşte la club despre cazurile aflate pe rol.

– Înţelegem ce spui, Darren, îl întrerupse Lacy. Cu toţii am avut astfel de cazuri.

– Ştiu, îmi cer scuze. Doar că acum ni se cere să rezolvăm opt crime.

– Nu. În reclamaţie se vorbeşte doar de trei.

Sadelle se uită din nou pe exemplarul ei şi spuse:

– În regulă, să le luăm pe primele două. Lanny Verno şi Mike Dunwoody. Care este legătura – sau presupusa legătură – a lui Bannick cu aceştia?

– Cu Dunwoody, nicio legătură. Omul a apărut la locul crimei la scurt timp după uciderea lui Verno. Verno şi Bannick au avut o altercaţie care i-a adus în instanţă cu vreo treisprezece ani în urmă. Verno a câștigat. Și astfel a ajuns pe lista neagră.

– De ce a inclus Betty cazul lui?

– Ancheta e în desfăşurare, iar la locul crimei au fost găsite două cadavre. Poate poliţia din Mississippi ştie ceva.

– Și celălalt, Perry Kronke?

– Și cazul acesta e încă activ şi este singurul din Florida. Betty susţine că poliţia din Marathon nu are nicio pistă. Bannick ştie ce face și nu lasă nimic în urmă – nimic în afară de sfoara cu care îi sugrumă.

– Toţi opt au fost strangulaţi? se miră Darren.

– Nu și Dunwoody. Ceilalţi șapte au fost sugrumaţi cu același tip de sfoară. Legată strâns cu același tip de nod marinăresc.

– Care e legătura cu Kronke?

– De ce a ajuns pe listă?

– Bannick a absolvit Facultatea de Drept la Universitatea din Miami. A lucrat acolo, la un birou mare de avocatură unde l-a cunoscut pe Kronke, care era partener. Betty crede că biroul a retras o ofertă de lucru în ultima clipă și Bannick a rămas pe drumuri. Trebuie să fi fost teribil de iritat.

– Și a așteptat douăzeci și unu de ani? întrebă Sadelle.

– Betty așa crede.

– Și l-au găsit pe vasul lui de pescuit, cu o sfoară în jurul gâtului?

– Da, conform raportului preliminar al poliţiei. Cum ziceam, cazul este încă deschis, deși au trecut doi ani de atunci; nu există nicio pistă și poliţia nu dezvăluie prea multe.

Toţi trei sorbiră din cafele, încercând să-și pună gândurile în ordine. După o vreme, Lacy rosti:

– Avem patruzeci și cinci de zile ca să evaluăm situaţia – să facem ceva! Idei?

Sadelle spuse șuierând:

– Cred că a venit vremea să mă pensionez.

Ceilalţi doi râseră, deși Sadelle nu era cunoscută pentru simţul umorului. Toţi colegii ei erau convinși că avea să moară înainte să se pensioneze.

– Cererea ta de demisie e respinsă, spuse Lacy. Trebuie să mă ajuţi cu asta. Darren?

– Nu știu ce să zic. Crimele acestea sunt anchetate de detectivi cu experienţă. Chiar nu găsesc nimic? Nu au suspecţi? Ce naiba să facem *noi*? Îmi place ideea de a ne ocupa cu așa ceva, dar nu e o treabă pentru noi.

Lacy ascultă, încuviințând din cap.

– Sunt sigură că ai un plan, spuse Sadelle.

– Da. Betty ezită să i se adreseze poliției, pentru că vrea să rămână anonimă. Prin urmare, face asta prin intermediul nostru. Știe că avem jurisdicție limitată, resurse limitate – toate mijloacele ne sunt limitate. Știe totodată că legea ne obligă să investigăm fiecare reclamație, prin urmare, nu putem doar să trimitem informațiile mai departe. Eu zic să anchetăm discret, în condiții de siguranță și cu atenție să nu ne trădăm intențiile față de Bannick, iar peste vreo treizeci de zile, să reevaluăm situația. La momentul acela, probabil că îi vom pasa plângerea poliției.

– Așa da, spuse Darren. Dacă Bannick e criminal în serie, deși mă îndoiesc, să îl urmărească polițiști adevărați.

– Sadelle?

– Doar aveți grijă să nu ajung pe lista lui.

17

Marţea următoare, la ora 8.00 dimineaţa, echipa operativă a CCJ părăsea Tallahassee aproape în întregime, pornind într-o călătorie de cinci ore către Biloxi. Darren, secundul, conducea, în timp ce Lacy, şefa, citea rapoarte, dădea telefoane şi, în general, se purta ca orice director interimar al CCJ. Înţelegea rapid că organizarea oamenilor era o parte neplăcută a muncii ei.

Într-o pauză, Darren, care abia aştepta să vorbească, spuse:

– Carevasăzică, am început să citesc despre criminalii în serie. Cine deţine recordul la ucideri în America?

– Ucideri?

– Ucideri. Cadavre. Aşa zic poliţiştii.

– O, nu ştiu. Tipul acela, Gacy, n-a ucis câteva zeci în Chicago?

– John Wayne Gacy a ucis treizeci şi doi, cel puţin, atâţia şi-a amintit. I-a îngropat sub casa lui de la marginea oraşului. Criminaliştii au găsit rămăşiţele a douăzeci şi opt, aşa că poliţia i-a crezut mărturia. A mai spus că pe unii i-a aruncat în râu, dar nu mai ştia câţi.

– Ted Bundy?

– Oficial, Bundy a mărturisit treizeci de crime, dar şi-a tot schimbat poveştile. Înainte să fie prăjit în scaunul electric, apropo, chiar aici, în statul nostru, şi-a petrecut mult timp alături de poliţiştii de pe întreg cuprinsul ţării, dar mai ales din vest, de unde era. Era genial, dar pur şi simplu nu îşi putea aminti numărul victimelor. Se crede că a ucis o sută de femei, dar e imposibil de confirmat. Ucidea uneori mai multe în aceeași zi și obișnuia să își răpească victimele din aceleași locuri. Are votul meu drept cel mai scrântit dintre scrântiți.

– Și el deține recordul?

– Nu, nu pentru ucideri confirmate. Un individ pe nume Samuel Little a mărturisit nouăzeci de crime și a fost activ până acum vreo zece ani. Autoritățile încă investighează și au confirmat până acum șaizeci.

– Te-a prins povestea, așa-i?

– E fascinant. Ai auzit vreodată de Ucigașul Green River?

– Cred că da.

– A mărturisit șaptezeci de crime și a fost condamnat pentru patruzeci și nouă. Majoritatea, prostituate din Seattle.

– Care e ideea?

– Nu am zis că am una. Ceea ce e fascinant e că toți criminalii aceștia au ucis altfel. Nu am găsit pe nimeni care să fi ucis vreme de douăzeci de ani și doar oameni pe care îi cunoscuse. Toți sunt sociopați, unii sunt foarte inteligenți, majoritatea nu, dar niciunul, până acum, și am cercetat destul de amănunțit, nu seamănă cu Bannick. Cineva care ucide din răzbunare și care are o listă.

– Nu știm dacă are o listă.

– Spune-i cum vrei, da? Reține numele celor care l-au supărat cu ceva și îi urmărește ani la rând. E un detaliu inedit.

Lacy oftă și clătină din cap.

– Încă nu îmi vine să cred că facem asta. Spunem despre un judecător ales și apreciat că a ucis ca și cum știm sigur că a omorât mai mulți oameni. Cu sânge-rece.

– Nu ești convinsă?

– Nu chiar. Tu?

– Cred că da. Dacă Betty Roe are informații corecte și dacă Bannick și-a cunoscut cu adevărat victimele, atunci nu poate fi vorba despre coincidențe.

Telefonul lui Lacy sună și ea răspunse.

Când sosiră, la ora 2.00 după-amiaza, Dale Black, şeriful din Harrison County, îi aştepta. Îi conduse într-o sală multifuncţională, unde se afla o masă, şi îi prezentă detectivului Napier, cel care conducea ancheta. Făcură cunoştinţă, apoi se aşezară la masă.

– Ne-am uitat pe internet la ceea ce faceţi, începu şeriful. Nu anchetaţi omucideri, nu-i aşa?

Lacy zâmbi, ştiind că, atunci când avea de-a face cu bărbaţi de vârsta lui sau mai bătrâni, zâmbetul ei fermecător o ajuta să obţină ceea ce voia – sau ceva pe-aproape. Iar dacă nu obţinea ceea ce-şi dorea, cel puţin îi dezarma, contracarându-le atitudinea.

– Aşa este, spuse ea. Suntem avocaţi şi investigăm reclamaţiile la adresa judecătorilor.

Lui Napier îi plăcu zâmbetul ei şi îi răspunse la rândul lui cu un zâmbet, unul nu la fel de atrăgător.

– În Florida, corect?

– Da, biroul nostru se află lângă Tallahassee şi lucrăm pentru guvern.

Lui Darren i se ceruse să ia notiţe în tăcere şi se achita cu succes de ambele sarcini.

– În cazul acesta, continuă Napier, întrebarea care se impune este următoarea: de ce vă interesează această crimă dublă?

– Întrebarea chiar se impune, nu-i aşa? Bâjbâim. Am primit recent o reclamaţie la adresa unui judecător, într-un alt caz, şi pe parcursul acelei anchete am descoperit nişte informaţii despre Lanny Verno. Ştiţi că a locuit în Florida cu ani în urmă?

Zâmbetul lui Napier dispăru şi se uită la şeful lui.

– Cred că da, bombăni el, deschizând un dosar voluminos. Îşi linse degetul şi începu să răsfoiască paginile acestuia. Da, a fost reţinut pentru conducere sub influenţa alcoolului, cu nişte ani în urmă, în Florida.

– Aveţi vreo informaţie despre perioada în care a locuit în Pensacola, în anul 2001?

Napier se încruntă și continuă să răsfoiască dosarul, căutând. În cele din urmă, scutură din cap.

Cu o voce deosebit de plăcută, Lacy spuse:

– Știm că a locuit acolo în jurul anului 2000 și că a lucrat ca zugrav. Poate vă folosește informația.

Napier închise dosarul și reuși să zâmbească din nou.

– Iubita lui, care locuia împreună cu el, susține că s-a mutat aici de câțiva ani, dar s-a dovedit că nu e un martor de încredere, ca să zic așa.

– Și familia lui e din Atlanta? întrebă Lacy.

O rostise ca pe o întrebare, dar din tonul ei se subînțelegea că știa deja răspunsul.

– De unde știi?

– I-am găsit necrologul, dacă îl putem numi astfel.

– Am interacționat foarte puțin cu familia lui, spuse Napier. Un pic mai mult însă cu familia lui Dunwoody.

Lacy zâmbi din nou, apoi întrebă:

– Pot întreba dacă aveți vreun suspect?

Napier privi încruntat către Black, care îi răspunse în același fel. Înainte ca vreunul dintre ei să spună că nu aveau, Lacy adăugă:

– Nu vă cer să-mi spuneți numele acestuia, sunt curioasă însă dacă aveți vreo pistă solidă.

– Nu avem niciun suspect, spuse Black.

– *Voi* aveți? întrebă Napier.

– S-ar putea, răspunse Lacy fără să zâmbească.

Cei doi polițiști răsuflară zgomotos, ca ușurați de o povară apăsătoare. Darren avea să-i spună, mai târziu, că îi văzuse pe amândoi privindu-se nerăbdători când o auziseră spunând „s-ar putea".

– Ce ne puteți spune despre scena crimei? întrebă Lacy.

Napier ridică din umeri.

– Ok, să precizez care sunt regulile aici, interveni Black. Nu sunteți polițiști, nici măcar nu sunteți din statul acesta. Cât de confidențială e această conversaţie? Dacă vă dăm detalii, tot ce vorbim rămâne între aceşti patru pereţi, corect?

– Desigur. Nu suntem poliţişti, dar avem de-a face cu activităţi infracţionale, aşa că ştim să păstrăm confidenţialitatea. Nu avem nimic de câştigat dacă am vorbi mai departe. Aveţi cuvântul meu.

– Scena crimei nu ne-a dezvăluit nimic, spuse Black. Nu au existat amprente, fibre, urme, fire de păr, nimic. Sângele era al victimelor. Nu au existat semne de luptă. Verno a fost strangulat, dar prezenta totodată leziuni craniene. Capul lui Dunwoody era făcut ţăndări.

– Şi sfoara?

– Sfoara?

– Sfoara din jurul gâtului lui Verno.

Napier se pregătea să răspundă, dar Black îl opri.

– Stai aşa! Poţi descrie sfoara? o întrebă pe Lacy.

– Probabil că da. O bucată de 75 de centimetri, din nailon, împletită, din cele folosite în marinărie, albastru cu alb sau verde cu alb.

Făcu o pauză ca să le studieze chipurile stupefiate. Atunci adăugă:

– Legată strâns la spate cu un nod de foarfecă dublu.

Cei doi poliţişti se dezmeticiră rapid, reluându-şi expresiile neutre.

– Înţeleg că îl cunoşti deja pe omul nostru, spuse Napier.

– E posibil. Ne puteţi arăta fotografiile?

Lacy nici nu îşi imagina cât erau aceştia de frustraţi. De cinci luni, toate pistele li se înfundaseră. Fiecare pont nou nu fusese decât o altă pierdere de timp. Toate teoriile se dovediseră nefondate. Uciderea lui Verno fusese plănuită atât de atent, încât trebuia să existe un motiv, dar motivul le scăpa. Pe de altă parte, erau convinşi că Dunwoody pur şi simplu avusese ghinion. Ştiau totul despre el şi nu părea să existe vreun motiv.

Să fie Lacy şi CCJ primul lor pas înainte?

Petrecură o jumătate de oră analizând imaginile teribile de la locul crimei. Şeriful Black avea programate alte întâlniri importante, dar le anulă pe toate.

După ce văzură suficient, Lacy și Darren, fără să mai spună ceva, se pregătiră de plecare.

– Așadar, când vorbim despre suspectul acesta al vostru? întrebă șeriful.

– Nu acum, răspunse Lacy zâmbind. Considerăm această întâlnire prima dintr-o serie. Ne dorim să avem o colaborare fructuoasă, una bazată pe încredere. Daţi-ne puţin timp, lăsaţi-ne să ne facem treaba și vom reveni.

– În regulă. Mai există un singur element care ne-ar putea fi de ajutor. Nu este la dosar, pentru că îl tot analizăm de când s-au petrecut crimele. E posibil ca omul nostru să fi făcut o greșeală. Știm ce mașină conduce.

– De ajutor? Pare un detaliu crucial.

– Poate. Aţi văzut fotografiile celor două telefoane pe care le-a luat de la victime. A mers cu mașina cam la o oră distanţă de aici, într-un oraș numit Neely, Mississippi. Le-a pus într-un plic adresat fiicei mele, în Biloxi. A depus pachetul la cutia poștală din faţa oficiului din Neely.

Napier scoase o nouă fotografie, a pachetului cu adresa destinatarului.

– Am dat de urma telefoanelor la câteva ore după comiterea crimelor, continuă șeriful. Sunt în continuare la laborator, dar până acum nu ne-au oferit nimic.

Se uită la Napier, iar acesta vorbi mai departe:

– A fost văzut când a oprit la oficiul poștal. Era în jurul orei 7.00 seara, în aceeași zi de vineri, la aproximativ două ore de la comiterea crimelor. În Neely nu era trafic, pentru că niciodată nu e, dar un vecin a văzut camioneta. Un bărbat a oprit lângă cutia poștală și a depus pachetul, singurul plasat după ora 5.00 după-amiaza în vinerea aceea. Nici corespondenţa nu abundă în Neely. Vecinului i s-a părut ciudat că ar alege cineva ora aceea ca să depună corespondenţă. Omul era pe verandă, destul de departe, așa că nu îl poate identifica pe șofer. Însă camioneta era un Chevrolet gri, un model destul de recent, cu numere de Mississippi.

– Și sunteți sigur că era ucigașul? întrebă Lacy, o întrebare neprofesională.

– Nu. Suntem siguri că era cel care a lăsat telefoanele în cutie. Probabil ucigașul, dar nu știm sigur.

– Corect. De ce s-a dus tocmai acolo ca să lase telefoanele?

Napier ridică din umeri și zâmbi.

– Acum ați intrat în jocul lui, spuse Black. Cred că a făcut-o ca să se joace cu noi, cu mine mai ales. Trebuie să fi știut că aveam să le găsim în câteva ore, fără să ajungă la fiica mea.

– Sau poate a vrut să fie văzut conducând o mașină cu numere de Mississippi pentru că nu e din Mississippi, spuse Napier. E inteligent, nu-i așa?

– Foarte.

– Și a mai făcut asta și înainte? întrebă șeriful.

– Așa credem.

– Și nu e din Mississippi, avem dreptate?

– Credem că nu e din Mississippi.

18

Jeri nu era pregătită pentru etapa următoare a vieţii ei. Vreme de douăzeci de ani, fusese mânată de dorinţa de a-l prinde şi de a-l confrunta pe ucigaşul tatălui ei. Fusese destul de dificil să-l identifice şi nu reuşise decât datorită unei hotărâri şi unei perseverenţe care uneori o surprindeau şi pe ea. Să-l acuze... era o cu totul altă poveste. Să arate cu degetul către Ross Bannick era un lucru înfricoşător, nu pentru că se gândea că poate se înşelase, ci pentru că se temea de el.

Dar o făcuse. Depusese reclamaţia la o agenţie oficială, una desemnată prin lege să ancheteze judecătorii care se abăteau de la calea cea dreaptă, iar acum, Comisia de Conduită Judiciară trebuia să îl ancheteze pe Bannick. Nu ştia la ce să se aştepte exact din partea lui Lacy Stoltz şi a biroului ei, însă cazul era acum în mâinile ei. Dacă totul mergea conform planului, Lacy urma să-l reţină şi să-l aducă în instanţă pe omul la care nu putea înceta să se gândească.

În zilele următoare întâlnirii ei cu Lacy, Jeri descoperi că nu se putea concentra să-şi pregătească prelegerile, sau să lucreze la cartea ei, ori să se întâlnească cu puţinii prieteni pe care îi avea. Se văzu însă de două ori cu psihologul la care mergea, unde se plânse că era deprimată, că se simţea singură şi insignifiantă. Se luptă cu tentaţia de a intra din nou pe internet ca să caute informaţii despre crime de demult. Se holba adesea la telefon, aşteptând să sune Lacy, şi abia se stăpânea să nu-i trimită câte un e-mail la fiecare oră.

Zece zile mai târziu, Lacy sună și vorbiră câteva minute. Deloc surprinzător, nu avea noutăți. Ea și echipa ei organizau informațiile, își făceau un plan și așa mai departe. Jeri închise telefonul în timp ce vorbeau și ieși să se plimbe.

Mai aveau treizeci și cinci de zile și, după toate aparențele, nu se întâmpla mare lucru, cel puțin, nu la birourile CCJ.

Conform înregistrărilor de la administrația financiară din Chavez County, Ross Bannick cumpărase un Chevrolet gri, model 2009, o camionetă de o jumătate de tonă, în luna mai a anului 2012; se folosise de mașină doi ani și o vânduse în noiembrie, la o lună după uciderea lui Lanny Verno și a lui Mike Dunwoody. Cumpărătorul era un dealer de mașini la mâna a doua pe nume Udell, care o vânduse apoi actualului proprietar, un anume Robert Trager. Darren merse în Pensacola în căutarea domnului Trager, care-i spuse că nu mai avea camioneta. În ajunul Anului Nou, un șofer beat la volan nu respectase indicatorul de oprire și intrase în el, distrugând mașina. Ajunsese la o înțelegere cu State Farm[1], vânduse camioneta la fier vechi și se bucurase că scăpase cu viață. În timp ce sorbeau limonadă pe verandă, doamna Trager găsi o fotografie care-i înfățișa pe soțul ei și pe nepotul lor, cu undițele de pescuit, lângă camionetă. Darren făcu o poză cu telefonul și i-o trimise în Biloxi detectivului Napier, care merse în Neely și i-o arătă singurului martor ocular.

În e-mailul pe care i-l trimise apoi lui Lacy, Napier se exprima concis:

„Martorul spune că este «foarte asemănătoare» cu aceea văzută de el. Asta restrânge căutarea la aproximativ cinci mii de camionete Chevrolet gri, câte sunt înregistrate pe teritoriul țării. Mult succes“.

Alte căutări scoaseră la iveală faptul că Bannick era un adevărat negustor de mașini. Pe parcursul ultimilor cincisprezece ani,

[1] Companie de asigurări din Statele Unite (n.tr.)

cumpărase și vânduse cel puțin opt camionete la mâna a doua, diverse mărci, modele și culori.

Ce nevoie avea un judecător de atâtea camionete?

La momentul acela, conducea un Ford Explorer cumpărat în leasing de la un dealer local.

Luni, 31 martie, în cea de-a treisprezecea zi a evaluării, Lacy și Darren plecară cu avionul la Miami, unde închiriară o mașină și porniră spre Keys, oprind în Marathon, un oraș cu o populație de 9 000 de persoane. Cu doi ani înainte, un avocat pensionat pe nume Perry Kronke fusese găsit mort, bătut și strangulat, pe vasul lui de pescuit, care eșuase în apele puțin adânci din apropierea rezervației de bâtlani albi. Capul îi fusese zdrobit, era sânge peste tot, iar cauza morții era asfixierea provocată de o sfoară de nailon legată atât de strâns în jurul gâtului, încât îi intrase în carne. Nu existau martori, nici suspecți, nici probe. Cazul era încă deschis și foarte puține informații fuseseră făcute publice.

Omul de legătură al lui Jeri, Kenny Lee, nu reușise să facă rost de imagini de la locul crimei din baza de date a FBI.

Șeful secției de poliție din Marathon era Turnbull, o pasăre migratoare din Michigan, care nu mai plecase înapoi acasă. Între altele, era și detectiv criminalist. Îi întâmpină pe Lacy și pe Darren cu căldură, dar și cu suspiciune, și, asemenea șerifului Black, în Biloxi, ținu să le atragă atenția de la bun început că ei doi nu erau polițiști.

– Nici nu pretindem că suntem, răspunse Lacy cu un zâmbet larg. Anchetăm reclamații la adresa judecătorilor și, cum avem o mie în statul acesta, suntem destul de ocupați.

Drept răspuns, primi câteva râsete nervoase. Judecătorii aceia corupți... cineva trebuia să-i prindă!

– Și, ia spuneți, pentru ce vă interesează cazul lui Kronke? întrebă Turnbull.

Din nou, lui Darren i se ceruse să păstreze tăcerea. Șefa lui vorbea. Își verificaseră povestea și amândoi erau de părere că era credibilă.

– Doar niște activități de rutină, spuse ea. Analizăm o reclamație recentă la adresa unui judecător din Miami și am dat peste câteva posibile activități infracționale întreprinse de răposatul domn Kronke. L-ați cunoscut cumva?

– Nu. Locuia în Grassy Key. Știți locul?

– Nu.

– Este un cartier pentru pensionari de lux, într-un golf, la nord de aici. Nu e de nasul meu.

– Crima a avut loc acum doi ani. Aveți suspecți?

Șeful poliției râse, ca și cum ideea unei piste decente era de-a dreptul ridicolă. Își reveni repede și spuse:

– Nu sunt sigur că trebuie să vă răspund la această întrebare, deși e cutezătoare. Unde vreți să ajungeți cu asta?

– Ne facem doar datoria, domnule Turnbull.

– Cât de confidențială este această discuție?

– Întru totul. Nu avem nimic de câștigat dacă dezvăluim informații. Lucrăm pentru autoritățile din Florida și treaba noastră este să anchetăm reclamații privind comiterea de infracțiuni, la fel ca dumneavoastră.

Șeful secției de poliție căzu pe gânduri, privind când la unul, când la altul. În cele din urmă, trase aer în piept, se relaxă și începu să vorbească.

– Da, la începutul anchetei am avut un suspect sau, cel puțin, am crezut că ne aflam pe o pistă bună. Am presupus tot timpul că ucigașul venise cu o altă ambarcațiune. Îl găsise pe domnul Kronke la pescuit de sebastă[1], așa cum făcea adesea. S-au descoperit câteva exemplare pe care le prinsese deja, în răcitor. Soția lui ne-a spus că plecase în jurul orei 7.00 dimineața și că se aștepta să petreacă o zi

[1] Pește ghimpos ce se găsește în golful Gasconiei și în Marea Mediterană (n.tr.)

plăcută în larg. Am mers în fiecare port, pe o rază de 80 de kilometri, și am verificat registrele cu închirieri de ambarcațiuni.

Făcu o pauză ca să-și scoată ochelarii de citit din buzunarul cămășii, apoi deschise un dosar. Îl străbătu rapid cu privirea și găsi numărul.

– În dimineața aceea, au fost închiriate douăzeci și șapte de ambarcațiuni, toate unor pescari, firește. Crima s-a petrecut pe cinci august, în plin sezon de pescuit de sebastă, înțelegi?

– Desigur.

Lacy nu auzise niciodată de sebastă și nu știa exact ce era.

– Am verificat toate cele douăzeci și șapte de nume. Ne-a luat ceva timp, dar asta ne e meseria. Unul dintre ei era un infractor condamnat, care executase o pedeapsă cu închisoarea pentru atac asupra unui agent FBI, un ticălos în toată puterea cuvântului. Ne-am entuziasmat și am petrecut ceva timp investigându-l, dar s-a dovedit zadarnic.

Lacy se îndoia că Ross Bannick ar fi fost atât de nesăbuit încât să închirieze o barcă în apropiere de locul crimei, după ce așteptase și plănuise douăzeci de ani să-l prindă pe Kronke, dar se prefăcu interesată. După cincisprezece minute în compania lui Turnbull, înțelesese deja cum lucra și nu era impresionată.

– Ați cerut ajutorul poliției statale? îl întrebă.

– De la bun început. Ei sunt experții. Ei s-au ocupat de autopsie, de analize de laborator, majoritatea aspectelor ce țin de ancheta preliminară. Am colaborat în toate privințele. Sunt grozavi. Îmi plac.

„Ce drăguț!"

– Am putea să vedem dosarul? îl întrebă ea curtenitoare.

Pe fruntea omului se iviră cute adânci. Își smulse ochelarii de la ochi și începu să roadă un braț, uitându-se la ea de parcă tocmai îl întrebase despre viața sexuală a nevestei lui.

– De ce? vru să știe.

– Ar putea conține informații relevante pentru investigația noastră.

– Nu înţeleg. Aici avem o crimă, voi vă ocupaţi de un judecător corupt. Care e legătura?

– Nu ştim încă, domnule Turnbull, investigăm, aşa cum faceţi şi dumneavoastră. Muncă de poliţist.

– Nu vă pot da dosarul, îmi pare rău. Obţineţi un mandat sau ceva şi vă ajut bucuros, dar altfel nu se poate.

– În regulă.

Ridică din umeri, gata să se retragă. Nu mai aveau ce discuta.

– Vă mulţumim pentru timpul acordat.

– Cu plăcere.

– Vom reveni cu un mandat.

– Grozav.

– O ultimă întrebare, dacă nu vă supăraţi.

– Ia să vedem!

– Sfoara pe care a folosit-o ucigaşul... este la dosar?

– Sigur că da. O avem.

– Şi cunoaşteţi detaliile?

– Cum să nu? Doar e arma crimei.

– Aţi putea să o descrieţi?

– Da, dar nu o voi face. Reveniţi cu un mandat.

– Pariez că este din nailon, de aproximativ 75 de centimetri, împletită, folosită în marinărie, colorată fie în albastru cu alb, fie în verde cu alb.

Cutele apărură din nou pe fruntea omului, care rămase cu gura căscată. Se lăsă pe spătarul scaunului, împreunându-şi mâinile la ceafă.

– Să fiu al naibii!

– Am fost pe-aproape? întrebă Lacy.

– Da, ai fost pe-aproape. Să înţeleg că v-aţi mai întâlnit cu rezultatele activităţii individului?

– S-ar putea. E posibil să avem un suspect. Acum nu pot să vă spun prea multe despre el. Săptămâna viitoare, poate. Sau luna viitoare. Suntem în aceeaşi echipă, domnule poliţist.

– Ce doriţi?

– Vrem să vedem dosarul complet. Şi totul este confidenţial.

Turnbull sări în picioare, zicându-le:

– Urmaţi-mă!

*

Două ore mai târziu, parcau într-un port şi îl însoţeau pe noul lor prieten, Turnbull, la un debarcader unde era acostată o ambarcaţiune de patrulare de nouă metri, având pe ambele laturi cuvântul POLIŢIE scris cu litere îngroşate. Căpitanul era un poliţist în pantaloni scurţi de uniformă, care îi pofti pe vas de parcă se pregăteau să plece într-o croazieră de lux. Lacy şi Darren se aşezară genunchi lângă genunchi pe o băncuţă de la tribord şi se bucurară de călătoria lină pe apă. Turnbull stătea lângă căpitan şi vorbeau ceva în limbaj poliţienesc, indescifrabil. După cincisprezece minute barca încetini, părând gata să oprească.

Turnbull merse în faţă şi arătă către apă.

– Pe undeva pe aici l-au găsit. După cum vedeţi, e destul de izolat.

Lacy şi Darren se ridicară şi priviră peste întinderea de ape din jurul lor, în toate direcţiile. Cel mai apropiat ţărm era la aproape doi kilometri depărtare, presărat cu case care abia se zăreau. Nu se vedea nicio altă ambarcaţiune.

– Cine l-a găsit? întrebă Lacy.

– Paza de Coastă. Soţia lui s-a îngrijorat văzând că n-a venit acasă şi a dat câteva telefoane. I-am găsit camionul şi remorca în port, aşa că ne-am gândit că era încă în larg. Am anunţat Paza de Coastă şi am început să-l căutăm.

– Un loc bun pentru o crimă, spuse Darren, practic primele lui cuvinte din ziua aceea.

– Aproape perfect, dacă mă întrebi pe mine, mormăi Turnbull.

Ambarcaţiunea era proprietatea lui, o cumpărase cu un an în urmă, pe când planul începea să prindă contur. Nu era vreo frumuseţe, nici pe departe la fel de sofisticată ca a ţintei, dar el nu urmărea să facă impresie. Ca să nu se complice cu o remorcă şi cu parcarea, închirie un doc într-un port aflat la sud de Marathon. Fiind proprietar, nu mai trebuia să închirieze şi vas. Avea să îl vândă ulterior, odată cu apartamentul modest din apropierea portului, poate chiar cu un mic profit. Stabilindu-se în zonă, unde nu cunoştea pe nimeni, începu să pescuiască, lucru care ajunse să-i facă o deosebită plăcere, și să își urmărească victima, lucru pentru care trăia. Documentele – contractul de vânzare a ambarcaţiunii, contul din bancă, actele de proprietate, licenţa de pescuit, taxele de proprietate, chitanţele pentru combustibil – toate acestea erau uşor de falsificat. Documentele solicitate de autorităţile locale sau statale erau o joacă de copil pentru un om care avea o sută de conturi bancare, un om care se îndeletnicea de plăcere cu vânzarea şi cumpărarea de bunuri sub identităţi false.

Într-o zi, se întâlni cu Kronke pe ponton şi îl salută. Măgarul nu-i răspunse. Și în trecut fusese un nemernic. Nu se schimbase. Faptul că nu fusese acceptat la firma aceea de avocatură fusese o binecuvântare.

În ziua cu pricina, îl urmări pe Kronke descărcând ambarcaţiunea, cumpărând nişte combustibil, aranjându-și undiţele şi momeala şi plecând în larg în viteză, lăsând în urmă un siaj. Ce măgar! Îl urmă de la distanţă, o distanţă din ce în ce mai mare, pentru că vasul lui Kronke avea motoare mai puternice. Când acesta își găsi locul de pescuit, opri și începu să arunce nada. Rămase la distanţă, supraveghindu-l cu binoclul. Cu două luni în urmă, se apropiase și se prefăcuse că avea probleme la motor. Îi ceruse ajutorul. Kronke, nesimţit ca întotdeauna, îl ignorase.

În ziua cu pricina, în timp ce Kronke era ocupat cu sebasta lui, veni până lângă el. Văzând că se apropia foarte mult, Kronke se opri și-l privi încruntat, ca pe un idiot.

– Hei, iau apă, strigă, apropiindu-se și mai mult.

Kronke ridică din umeri, parcă spunând: „Asta e problema ta“. Lăsase însă undiţa.

Când se izbi cu putere de ambarcaţiunea lui, Kronke gemu.

– Ce naiba?

Ultimele sale cuvinte. Avea optzeci şi unu de ani, dar era în formă pentru vârsta lui, chiar dacă nu mai avea sprinteneala din tinereţe.

Ucigaşul aruncă rapid o frânghie peste un tachet, ancorând barca, apoi sări pe punte, îl scoase pe Leddie, îl scutură de două ori și îl izbi pe Kronke peste cap cu bila de plumb, crăpându-i ţeasta. Adora sunetul acela. Îl lovi din nou, deși nu mai era nevoie. Scoase sfoara de nailon, i-o răsuci de două ori în jurul gâtului, își înfipse genunchiul între umerii lui și strânse până când sfoara îi pătrunse în carne.

Stimate domnule Bannick,

Ne-a făcut plăcere să vă avem alături de noi pe timpul verii. Am fost impresionați de activitatea dumneavoastră şi intenționam să vă oferim un post de asociat din toamnă. Cu toate acestea, după cum probabil ați aflat, firma noastră a fuzionat recent cu Reed&Gabbanoff, un gigant mondial cu sediul în Londra. Fuziunea a condus la schimbări majore în rândul personalului. Din păcate, nu îi vom putea angaja pe toți stagiarii de vara trecută.

Vă dorim un viitor strălucit!

Cu considerație,

H. Perry Kronke, partener

Strângând sfoara tot mai tare, continua să repete: „Iar acesta este viitorul dumneavoastră strălucit, H. Perry“.

Trecuseră douăzeci și trei de ani și respingerea încă îl făcea să sufere. Durerea era încă prezentă. Toţi ceilalţi stagiari de peste vară primiseră oferte. Fuziunea nu avusese loc. Cineva, fără îndoială un alt stagiar competitiv, lansase zvonul că lui Bannick nu-i plăceau fetele, că nu se întâlnea cu niciuna.

Legă sfoara cu un nod de foarfecă dublu, apoi își admiră opera. Aruncă o privire în jur și văzu o ambarcațiune la opt sute de metri, îndreptându-se în larg. Trase barca lui mai aproape, apoi se scufundă în apă și se spălă de sânge.

„Iar acesta este viitorul dumneavoastră strălucit, H. Perry."

Un an mai târziu, vându barca și apartamentul, realizând un profit modest. Ambele tranzacții se efectuară sub numele de Robert West, unul dintre cei treizeci și patru de pe teritoriul statului.

Îi plăcea să se joace cu pseudonime.

19

Din documentarea ei extinsă cu privire la criminalii în serie, Jeri știa că aceștia nu se opreau decât atunci când erau prinși sau uciși – fie erau capturați de poliție, fie se sinucideau – sau când erau obligați să înceteze din cauza vârstei sau, poate, când ajungeau la închisoare. Demonii care îi stăpâneau erau neobosiți, însetați de sânge, și nu puteau fi alungați. Doar moartea sau închisoarea îi putea domoli, nimic altceva. Puținii ucigași care încercau să se împace cu ororile comise o făceau dintr-o celulă.

Conform calendarului întocmit de ea, Bannick traversase o perioadă de unsprezece ani fără să ucidă. O ucisese pe Eileen Nickleberry, în apropiere de Wilmington, în 1998, apoi așteptase până în 2009, ca să îl prindă pe reporterul Danny Cleveland singur în apartamentul lui din Little Rock. De atunci, mai comisese trei crime. Ritmul lui se întețea, lucru care nu era neobișnuit.

Își spuse din nou că era posibil să se înșele; calendarul ei era inutil, întrucât nu putea ști cu certitudine care era numărul real al victimelor. Puteau să existe cadavre nedescoperite? Unii criminali le ascundeau și nu-și mai aminteau, peste ani, unde le îngropaseră. Alții, ca Bannick, voiau ca victimele lor să fie găsite și își lăsau semnătura. În calitatea ei de psiholog criminalist amator, Jeri credea că Bannick dorea să știe cineva – poliția, presa, familiile victimelor – că între crime exista o legătură. Dar de ce? Probabil din cauza orgoliului lui denaturat, a dorinţei de a demonstra că era mai inteligent decât poliţia. Se mândrea atât de mult cu metoda lui, încât ar fi fost păcat să nu îl admire şi alţii, fie şi de la distanţă. Se părea că îşi dorea ca opera lui să devină legendară.

Nu credea că Bannick voia să fie prins. Se bucura de o poziţie importantă, prestigiu, popularitate, bani, educaţie – îi mergea mult mai bine decât unui criminal în serie obişnuit, dacă se putea spune aşa. Dar îi plăcea jocul. Era un sociopat care ucidea din răzbunare, dar planificarea şi execuţia erau ceea ce iubea, perfecţiunea crimelor sale.

Opt crime, cel puţin din câte ştia ea, în şapte state, pe parcursul a douăzeci şi doi de ani. Avea patruzeci şi nouă de ani şi era probabil la apogeul activităţii sale criminale. Fiecare crimă îi dădea şi mai multă încredere, şi mai mult entuziasm. Era veteran de-acum, imaginându-şi probabil că nu avea să fie prins niciodată. Cine mai era pe listă?

Pagina era una standard, albă, de 22x28 cm, cumpărată cu un an în urmă de la o papetărie Staples, în Dallas. Plicul era la fel, unul obişnuit, greu de urmărit. Calculatorul era un Olivetti vechi, unul din primele generaţii, cu ecran mic şi memorie modestă, de pe la 1985. Îl cumpărase la mâna a doua sau a treia, dintr-un magazin de antichităţi din Montgomery.

Purtând mănuşi de unică folosinţă, aşeză cu grijă câteva coli de hârtie în tăviţa imprimantei, apoi porni calculatorul şi rămase câteva minute lungi în faţa ecranului. Nodul din stomac se strânse dureros şi nu mai putu continua. Începu să scrie încet, straniu, literă cu literă.

Domnule judecător Bannick,

Comisia de Conduită Judiciară din Florida anchetează în prezent activităţile dumneavoastră recente referitoare la Verno, Dunwoody, Kronke.

Mai sunt şi alţii? Aşa cred.

De obicei, mânca puţin, aşa că fu surprinsă când i se făcu rău. Fugi la baie, unde vomită până când începură să o doară pieptul şi spatele. Deplasându-se cu atenţie, bău puţină apă şi în cele din urmă reuşi să se aşeze din nou în faţa calculatorului. Se holbă la ceea ce scrisese, rânduri pe care le compusese de mii de ori în minte, vorbe pe care le rostise iar şi iar.

Cum va reacţiona? O scrisoare anonimă îi va schimba viaţa, va răsturna totul, va fi catastrofală, înfricoşătoare. Cel puţin, aşa spera. El era prea calculat şi rece ca să se lase cuprins de panică, dar lumea lui nu va mai fi la fel. Va fi zguduită din temelii, iar el şi demonii lui vor înnebuni şi mai rău ştiind că era cineva pe urmele lui. Şi nu putea spune nimănui, nu avea cui să se confeseze, la cine să găsească refugiu.

Voia să-i întoarcă viaţa pe dos. Voia ca Bannick să se uite peste umăr la fiecare pas, să tresară la cel mai mic zgomot, să studieze chipul fiecărui om pe lângă care trecea. Voia să stea treaz nopţile, pândind fiecare sunet şi tremurând de frică, aşa cum trăise ea atâta vreme.

Se gândi la Lacy şi, din nou, la strategia prin care o expunea. Jeri se convinsese singură că Bannick era prea inteligent ca să facă vreo prostie. În plus, Lacy era o tipă dură care ştia să-şi poarte singură de grijă. La un moment dat, o va avertiza.

Printă biletul şi îl puse în plic. Când îi printă adresa, se cutremură din nou.

R. Bannick, 825 Eastman Lane, Cullman, Florida, 32533

Timbrul era unul obişnuit şi nu folosi salivă ca să îl lipească. Transpira, aşa că se întinse pe canapea, unde rămase vreme îndelungată.

Biletul următor îl printă tot pe hârtie albă, dar de la un producător diferit. Scrise:

Acum, că ştiu cine eşti,
Te salut din mormânt,
Peste timp şi de departe,
Din noaptea aceea, cu tine şi cu Dave,

Ai pândit şi ai aşteptat ani întregi
Să mă găseşti într-un loc neştiut.
Şi ţi-ai dezlănţuit furia şi teama
Asupra unei fete pe care ai ştiut-o drept Eileen.

Deși era tulburată, nu se putu abţine să nu râdă în hohote imaginându-și mutra lui Bannick când va citi poezia. Râse de groaza, de neîncrederea și de furia lui înţelegând că o victimă îi dăduse de urmă.

Sâmbătă, Jeri plecă din Mobile și parcurse drumul de o oră cu mașina până în Pensacola. Într-un centru comercial de la marginea orașului, găsi o cutie poștală amplasată între punctele de colectare pentru FedEx și UPS. Cea mai apropiată cameră de supraveghere era destul de departe, la intrarea într-o cafenea. Cu mâinile înmănușate și fără să coboare din mașină, introduse primul plic în cutie. Avea să fie ștampilată de centrul de distribuţie din Pensacola abia luni și livrată acasă la Bannick până cel târziu marţea următoare.

Două ore mai târziu, ieșea de pe autostradă în Greenville, Alabama, și lăsa poemul la oficiul poștal din oraș. Corespondenţa avea să fie ridicată tot luni, ștampilată și trimisă înapoi în sud, către Pensacola. Bannick urma să o primească până miercurea următoare, cel târziu joi.

Se întoarse apoi în Mobile pe drumuri secundare, bucurându-se de călătorie. Asculta jazz și își verifica mereu zâmbetul în oglindă. Pusese la poștă primele două scrisori. Avusese curajul să îl confrunte pe criminal sau, cel puţin, declanșase începutul sfârșitului. Vânătoarea se încheiase și era în culmea fericirii. Trecea într-o nouă etapă, de asemenea anonimă. Mai avea de lucru, dar partea cea mai grea, care durase douăzeci și doi de ani, luase sfârșit.

Acum, Lacy se ocupa de caz și, în cele din urmă, avea să implice poliţia statală, poate chiar FBI-ul. Iar Bannick n-avea să știe niciodată cine îi luase urma.

Târziu, în noaptea aceea, citea un roman și era la al doilea pahar cu vin, luptându-se cu dorința de a intra pe internet ca să mai facă săpături. Telefonul îi bâzâi, semn că primise un e-mail pe una dintre adresele ei securizate. Era KL, sau Kenny Lee, care o întreba dacă era trează. Dintr-odată, se simți sătulă să tot facă pe detectivul; voia să fie lăsată în pace, dar omul era un prieten vechi, unul pe care nu avea să îl întâlnească față în față niciodată.

Salutare. Ce mai faci? îi scrise.

Cum nu se poate mai bine. Am o nouă crimă prin strangulare lângă Missouri, a avut loc acum patru luni. Seamănă cu celelalte.

Ca de fiecare dată, Jeri se cutremură la vestea unei noi crime și, ca de fiecare dată, gândul îi fugi la Bannick. Dar se săturase și nu voia să mai cheltuiască alți bani și energie.

Cât de mult seamănă?

Nu am fotografii deocamdată și nici detalii despre sfoară. Dar nu există suspecți și nici urme la locul faptei.

Își reaminti că, într-un an, trei sute de oameni erau uciși prin strangulare și că aproape 60% din cazuri erau în cele din urmă soluționate. Asta însemna că mai rămâneau 120 de cazuri nerezolvate, prea multe pentru a le pune în cârca unui singur om.

Dă-mi voie să mă gândesc.

Cu alte cuvinte, la 200 de dolari pe oră, nu porni încă cronometrul. Kenny Lee o condusese la patru dintre victimele lui Bannick și îl plătise destul.

Vise plăcute.

Mai ninge acolo?

Îi trimitea banii numerar la o căsuță poștală din Camden, Maine. Presupuse că trăia undeva în apropiere.

Ninge chiar acum. La câți ai ajuns?

Opt. Şapte strangulați, plus Dunwoody.

E timpul să cerem ajutor. Tipul ăsta trebuie oprit. Cunosc nişte oameni.

Şi eu cunosc. Lucrurile încep să se mişte.

Ok.

20

Luni-dimineaţă, echipa operativă se adună în sala de lucru ca să compare informaţiile. Trecuseră douăzeci de zile de la demararea anchetei şi nu prea aveau cu ce se lăuda. Lacy îi povesti lui Sadelle rezultatele vizitei lor la Marathon, dar biata femeie era când pe jumătate adormită, când ameţită din cauza analgezicelor.

Darren însă avea câteva informaţii interesante. Sorbind din cafeaua lui scumpă, începu:

– Carevasăzică, am avut o discuţie cu domnul Larry Toscano, partener în firma de avocatură Paine & Steinholtz din Miami, urmaşa firmei Paine & Grubber, cea în cadrul căreia şi-a făcut Bannick stagiatura, în vara anului 1989. La început, Toscano nu a vrut să se implice, însă apoi i-am spus că CCJ are dreptul de a cita în instanţă, în anumite situaţii, şi că, la nevoie, vom da buzna şi vom începe să adunăm dosare, ceea ce, fireşte, e o glumă, la cât personal avem, însă, în fine, cacealmaua a ţinut şi Toscano s-a conformat. A găsit înregistrările şi mi-a confirmat că Bannick a lucrat acolo în vara dinaintea ultimului an de facultate. A zis că dosarul tânărului era impecabil şi că făcuse treabă bună, că primise note mari din partea avocatului care-l supervizase şi aşa mai departe, dar nu i se făcuse o ofertă. Am insistat să-mi dea mai multe amănunte şi a revenit asupra dosarului. Se pare că, în vara aceea, au avut douăzeci şi şapte de stagiari de la diverse facultăţi, iar Bannick a fost singurul care nu a primit o ofertă de angajare. Douăzeci și unu din ceilalți au acceptat. Am întrebat de ce l-au lăsat pe dinafară, din moment ce dosarul lui era impecabil, dar, desigur, Toscano nu știa. La vremea respectivă, Perry Kronke era unul dintre cei doi parteneri executivi și responsabil cu programul de stagiatură. Toscano a zis că la dosar era o copie a scrisorii lui Kronke către Bannick, în care îi spunea că nu avea să primească o ofertă. După ce am adus din nou vorba despre citație, mi-a trimis o copie a dosarului. Nu conține cine știe ce informații, dar confirmă ceea ce știam deja, și anume că în anul 1989 drumurile celor doi s-au încrucișat.

Sadelle trase niște oxigen în piept, apoi întrebă:

– Mai spune-mi o dată, cum a aflat Betty Roe de această legătură?

– În reclamația depusă face referire la un fost partener în firmă, un tip de vârsta lui Bannick, care a făcut parte din grupa de stagiari din vara lui 1989, spuse Lacy. Astfel, îl cunoscuse pe Bannick, poate chiar au păstrat legătura, nu știm. Acela susține că Bannick își dorise realmente să fie angajat și că respingerea l-a rănit.

– Așa că a adăugat-o pe listă, spuse Sadelle. I-a notat numele ca să-l învețe minte câțiva ani mai târziu.

– Ceva de genul. Douăzeci și un pic de ani mai târziu.

– Sper că nu l-am supărat cu nimic. Deși eu sunt pe jumătate moartă.

– Destul cu asta.

– O să ne îngropi pe toți, spuse Darren.

– Punem pariu?

– Cum îmi iau banii, dacă voi câștiga?

– Bună observație!

Lacy închise dosarul și se uită la colegii ei.

– Așadar, oameni buni, ce am aflat? Știm că Bannick le cunoștea pe două dintre victime, așa cum a susținut Betty în reclamație. După cum v-am spus, mi-a predat documentația, deocamdată neoficial, cu privire la alte cinci crime, alte cinci victime care au avut ghinionul să-l supere pe Bannick de-a lungul anilor. Din fericire, nu trebuie să ne facem griji și în privința acelora.

– De ce nu mergem la poliție? întrebă Sadelle.

– Pentru că poliția știe deja, încă de la cazul Kronke. Am văzut dosarul, sute de pagini.

– Mii, spuse Darren.

– Bine, mii. Au vorbit cu zeci de oameni care l-au cunoscut pe Kronke, din și dimprejurul orașului Marathon. Nu au aflat nimic. Au verificat toate registrele de închirieri de ambarcațiuni, toate achizițiile de combustibil, toate licențele de pescuit. Nimic. Au vorbit cu foștii lui parteneri de la biroul din Miami. Nimic. Cu foști clienți. Nimic. Cu familia. Nimic. Au căutat amănunțit în trecutul și prezentul victimei și au găsit fix nimic. În orice caz, nimic concludent. Și-au făcut treaba, nu au niciun rezultat, așa că este un alt caz nesoluționat care așteaptă un miracol.

– Miercuri mă întorc în Miami ca să vorbesc cu detectivii poliției statale, spuse Darren. Am discutat cu ei la telefon în câteva rânduri și par dispuși, cel puțin, să ne facă pe plac. Sunt sigur că voi vedea același dosar pe care l-am văzut în Marathon, dar nu se știe niciodată. Poate știu ei mai multe decât Turnbull.

Sadelle șuieră și zise:

– De ce să nu le spunem despre Bannick? Dacă știm numele ucigașului sau, cel puțin, avem o plângere oficială care susține că el e vinovatul, de ce nu predăm informația către poliție?

Își arcui umerii și se forță să inspire. Echipamentul, supus efortului, hurui mai tare.

– Vreau să zic, Lacy, că ne învârtim în gol. Efectiv nu putem face prea multe. Poliția are bugete de miliarde de dolari, tot ce vrei, de la copoi la elicoptere și sateliți, și tot nu reușește să rezolve crimele. Cum s-o facem noi? Eu zic să transferăm problema în ograda poliției statale, să-i lăsăm pe băieți să-l prindă.

– Către asta ne îndreptăm, spuse Darren.

– Poate, zise Lacy, dar i-am promis lui Betty că nu implicăm poliţia până când nu primim acordul ei.

– Nu aşa lucrăm aici, spuse Sadelle. Odată reclamaţia depusă, devine jurisdicţia noastră. Nu hotărăşte partea reclamantă cum procedăm. Iar tu ştii asta foarte bine.

– Aşa este, ştiu, dar mulţumesc pentru prelegere.

– Cu plăcere.

– Lacy, ne foloseşte, spuse Darren. Cum discutam şi săptămâna trecută. Betty se ascunde în spatele nostru şi vrea ca noi să fim cei care implică poliţia. Prin urmare, acesta e pasul următor.

– Vom vedea. Mergi la Miami, vorbeşte cu poliţia statală şi luni ne dai raportul.

În după-amiaza aceea, Lacy traversă oraşul până ajunse la un complex alcătuit din clădiri de birouri de câte două etaje. Apartamentul ocupat de R. Buford Furr era liniştit, elegant, bine amenajat, biroul unui avocat de succes. Nu erau clienţi în sala de aşteptare, unde un stagiar chipeş răspundea la telefoane. La ora 4.00 fix, acesta o însoţi pe Lacy într-o încăpere vastă, de unde Furr se lua la trântă cu lumea. El o îmbrăţişă călduros, ca şi cum ar fi fost prieteni de când lumea, şi o invită să ia loc pe o canapea care probabil costase mai mult decât maşina ei.

Furr era unul dintre cei mai buni avocaţi pledanţi din Florida şi se lăuda cu realizări impresionante. Pe care le afişa înrămate pe pereţi – articole din ziare, fotografii... Era foarte cunoscut printre avocaţi şi, când Lacy se hotărâse să intenteze proces în cazul accidentului înscenat, în care colegul şi prietenul ei, Hugo Hatch, îşi pierduse viaţa, nu avusese de ales.

Verna Hatch, văduva lui Hugo, îl angajase prima, intentând un proces pentru omor din culpă în care solicita despăgubiri de 10 milioane de dolari. O săptămână mai târziu, Furr o reprezenta şi pe Lacy. Procesele erau obstrucţionate de un obstacol neobişnuit – o abundenţă de numerar. Sindicatul crimei, care furase milioane de la un cazinou indian, își ascunsese prada în diverse conturi de prin lume. Agenții FBI continuau să descopere tot mai multe ascunzișuri și existența banilor atrăgea din ce în ce mai multe părți vătămate. Și pe avocații acestora. Instanțele statale și federale aveau agendele pline de revendicări.

Impedimentul cel mai serios în vederea soluționării procesului era un alt proces important, bazat pe revendicările amerindienilor care dețineau cazinoul. Până când nu se soluționa acel proces, nimeni nu știa ce bani aveau să rămână pentru celelalte părți vătămate, printre care Lacy și Verna Hatch.

Furr îi povesti ce se mai întâmplase în cazul procedurilor de confiscare a bunurilor și al altor litigii.

– Lacy, mă tem că vor să dai o declarație, spuse Furr încruntându-se.

– Nu vreau să trec prin asta, spuse ea. Ți-am zis deja.

– Știu. Însă ne confruntăm cu o problemă, și anume aceea că avocații numiți de Curte să aloce banii sunt plătiți cu ora, la un tarif foarte bun, așa că nu au niciun interes să grăbească lucrurile.

– Iisuse... Pe asta n-am mai auzit-o.

Furr râse.

– Noi vorbim despre tarife ca în Tallahassee. Tipii ăștia facturează opt sute de dolari pe oră. Suntem norocoși dacă mai rămâne ceva pentru noi.

– Nu poți face o plângere la judecător?

– Sunt foarte multe plângeri. Totul e atacat acum.

Lacy căzu pe gânduri, în timp ce Furr o privea așteptând.

– O depoziție nu sună chiar așa de rău, spuse el.

– Nu sunt sigură că pot face față... să retrăiesc accidentul, spuse ea. Să mă gândesc la Hugo plin de sânge. Trăindu-și ultimele clipe.

– Te vom pregăti. Oricum, dacă ajungem la proces, s-ar putea să ți se ceară să depui mărturie.

– Buford, nu vreau să se ajungă la proces. Ţi-am spus foarte clar. Sunt sigură că ţie ţi-ar plăcea spectacolul, o grămadă de infractori la masa apărării, juriul de partea ta, ca întotdeauna. Un alt verdict răsunător.

Furr râse.

– Pentru asta trăiesc, Lacy. Îţi dai seama ce ar însemna să-i aduci pe escrocii ăia din închisoare înapoi în sala de judecată? E visul oricărui avocat.

– Ei bine, nu e şi visul meu. Pot face faţă unei depoziţii, dar nu unui proces. Buford, vreau să ajungem la o înţelegere.

– Aşa vom face, îţi promit. Acum însă, trebuie să vorbim despre probe.

– Nu ştiu dacă sunt în stare.

– Vrei să renunţăm?

– Nu. Vreau să ne înţelegem, apoi să uit de întreaga poveste. Încă am coşmaruri, iar gândul la un proces nu mă face să mă simt mai bine.

– Înţeleg, Lacy. Ai încredere în mine. Am făcut asta de multe ori. Meriţi o compensaţie generoasă şi promit să ţi-o obţin.

Lacy îl privi cu recunoştinţă.

21

Sergentul Faldo indexa din nou trusele de viol când îi sună telefonul aflat în buzunar. Era șeful lui, șeful cel mare, șeful poliției din Pensacola, scurt și la obiect ca întotdeauna. Îi spuse că judecătorul Ross Bannick avea nevoie în după-amiaza aceea de un dosar mai vechi. Avea să fie în tribunal până la ora 4.00, cel târziu, dar urma să se întâlnească cu Faldo la 4.30, niciun minut mai devreme sau mai târziu. Faldo trebuia să facă orice îi cerea judecătorul.

– Fă-i pe plac, ai înțeles?

– Da, domnule, răspunse Faldo imediat.

Nu avea nevoie să i se spună cum să-și facă meseria.

Își aminti vag că Bannick mai fusese acolo cu niște ani în urmă. Era neobișnuit pentru un judecător să vină la depozitul de probe. Aproape întotdeauna erau polițiștii care anchetau cazuri, aducând probe pentru a fi depozitate până la proces sau căutând prin dosarele mai vechi. Însă Faldo înțelesese, cu mulți ani în urmă, că dovezile prețioase lăsate în grija lui atrăgeau mulți curioși. Primise vizita detectivilor particulari, a reporterilor, a scriitorilor, a familiilor disperate căutând răspunsuri, chiar și a unui medium și a cel puțin unei vrăjitoare.

La 4.30, își făcu apariția judecătorul Bannick. Îl salută cu un zâmbet plăcut. Părea sincer încântat să-l vadă pe sergent și îi puse întrebări legate de cariera lui remarcabilă în cadrul forțelor de ordine. Politician până în măduva oaselor, îi mulţumi lui Faldo pentru activitatea sa şi-i spuse să îl caute fără să şovăie dacă avea nevoie de ceva.

Motivul pentru care se afla acolo era un dosar mai vechi, din anul 2001. Un caz ajuns în instanţă, un caz închis, o chestiune fără importanţă, care nu era altceva decât un serviciu pe care i-l făcea unui prieten pensionat din Tampa. Cel puţin, aşa suna povestea pe care i-o spuse.

Pe când se afundau în adâncurile depozitului, vorbind despre fotbal, Faldo păru să-şi amintească de dosarul cu pricina. Găsi lunile aprilie, mai, iunie şi scoase întreg sertarul.

– Numele acuzatului e Verno, spuse Bannick în timp ce Faldo căuta printre dosare.

– Acesta este, spuse Faldo, întinzându-i dosarul cu mândrie.

– S-a mai interesat cineva de el recent? întrebă Bannick, potrivindu-şi ochelarii de citit.

Faldo îşi aminti.

– Da, domnule. Cu câteva săptămâni în urmă, a venit un domn. Am copia permisului lui de conducere. Ar trebui să o găsiţi acolo.

Bannick scoase pagina respectivă şi studie chipul lui Jeff Dunlap din Conyers, Georgia.

– Ce voia?

– Nu ştiu, doar a cerut dosarul. I-am făcut o copie. Un dolar pagina. A costat patru dolari, dacă nu mă înşel.

Faldo îşi mai aminti şi că Dunlap lăsase o bancnotă de cinci dolari, pentru că nu avea card, dar păstră amănuntul acesta pentru sine. Era o infracţiune minoră, o mită nesemnificativă pentru un agent de poliţie cu vechime, care fusese dintotdeauna plătit foarte puţin.

Bannick studie conţinutul dosarului cu ochelarii sprijiniţi elegant pe vârful nasului.

– Cine a ascuns numele reclamantului? întrebă el fără să aştepte cu adevărat un răspuns.

„Probabil, dumneavoastră, domnule. Conform registrului meu, doar două persoane au cerut acces la dosarul acesta, în ultimii treisprezece ani. Dumneavoastră, cu douăzeci și trei de luni în urmă, și recent, tipul acesta, Dunlap."

Însă Faldo citi corect situația și spuse:

– Habar nu am, domnule.

– În regulă. Fă-mi o copie după permisul de conducere al individului acestuia.

– Da, domnule.

Judecătorul Bannick plecă în Fordul său, o mașină discretă, care nu atrăgea atenția. Niciodată.

Un detectiv particular din Georgia venise până în Pensacola ca să se uite la un dosar neînsemnat, la treisprezece ani după ce cazul fusese închis. Astfel, găsise un raport succint de arestare și de prezentare în instanță a lui Lanny Verno, odihnească-se în pace! Ciudat și greu de explicat altfel decât prin faptul, evident, că îi scormonea cineva trecutul.

De douăzeci și patru de ore, Bannick simțea că o ia razna și mânca ibuprofen ca pe bomboane, ca să alunge durerile de cap. Era vital să își limpezească mintea, să gândească la rece, inteligent, să anticipeze ceea ce avea să urmeze, dar multe lucruri îi erau neclare. Merse cu mașina în nordul orașului Pensacola și opri la un centru comercial, unul dintre cele două al căror proprietar era. Într-un capăt funcționa un supermarket Kroger, iar în celălalt, un cinematograf, iar între ele erau alte opt magazine mai mici, toate cu chiria la zi. Parcă mașina în apropierea unei săli de gimnastică, una pe care o frecventa aproape zilnic, și porni pe trotuar ca oricare alt cumpărător. Între sala de gimnastică și un studio yoga, intră pe o alee acoperită și opri în fața unei uși nemarcate, unde scană un card de acces, apoi așteptă privind neclintit un aparat de recunoaștere facială. Ușa se deschise și intră grăbit. Opri alarmele în timp ce ușa se închidea în urma lui.

Acolo era celălalt cabinet al lui, sanctuarul, refugiul, adăpostul lui. Nu avea ferestre; avea o singură intrare, sisteme de alarmă și camere de supraveghere în fiecare ungher, mereu active. Nu exista nicio dovadă scrisă a existenţei sale, nici autorizaţie de funcţionare sau facturi de utilităţi, şi nimeni altcineva nu avea acces. Curentul electric, apa, canalizarea, internetul şi cablul le sustrăgea de la sala de gimnastică cu care împărţea un perete gros și chiria era ajustată corespunzător printr-o înţelegere verbală cu chiriaşul. Practic, încălca nişte legi şi reglementări minore şi, judecător fiind, nu-i plăcea să comită o infracţiune. Dar nimeni nu avea să afle. Iar discreţia pe care i-o oferea atârna mai greu decât sentimentele de vinovăţie.

Locuia la 16 kilometri distanţă, în Cullman, într-o casă mare cu birou, birou ce putea fi oricând percheziţionat de oamenii legii. Iar biroul lui profesional se afla la etajul doi al Tribunalului din Chavez County, un spaţiu ce le aparţinea cetăţenilor şi, deşi nu era deschis publicului, şi acela putea face obiectul unei percheziţii.

Să vină. Să îi ridice toate dosarele şi toate calculatoarele din birourile oficiale şi tot nu vor găsi nimic împotriva lui. Puteau să-l urmărească pe internet, să-i caute în calculatoare și pe servere, să-i verifice toate e-mailurile trimise din acele calculatoare şi tot nu vor găsi nimic.

Aproape întreaga viaţă de adult şi-o trăise cu teama de arest, de mandate, de detectivi, cu teama că va fi prins. Teama aceea îl consuma de atâta vreme, încât rutina lui zilnică includea câteva mişcări preventive. Drept urmare, reuşise să rămână mereu cu un pas înaintea copoilor.

Teama că va fi prins nu venea din teama că va trebui să plătească pentru faptele lui. Venea mai degrabă din teama că va fi nevoit să înceteze.

Pasiunea lui pentru tehnologie, pază, supraveghere, ştiinţă, spionaj chiar îşi avea rădăcinile într-un film al cărui nume îl uitase de mult. Îl văzuse când era doar un băiat de treisprezece ani, speriat şi distrus, în subsolul casei, singur, într-o noapte, după ce părinţii săi se duseseră la culcare. Protagonistul erau un puști sfrijit, marginalizat, ținta preferată a băieților răi din cartier. În loc să se apuce de ridicat greutăți și să învețe karate, băiatul s-a retras într-o lume bizară a științei, spionajului, armamentului, balisticii și chiar a armelor chimice. A fost primul din oraș care și-a cumpărat un calculator și a învățat să programeze. La momentul potrivit, s-a răzbunat pe cei care-l abuzaseră, apoi a dispărut fără urmă. Nu era cine știe ce film, dar îl inspirase pe tânărul Ross Bannick să îmbrățișeze lumea științei și tehnologiei. Își implorase părinții să-i cumpere de Crăciun și de ziua lui un calculator Apple II. Contribuise chiar cu 450 de dolari din economiile lui. Pe timpul liceului și în facultate, fiecare cec, fiecare bănuț – îl investise în modernizarea și actualizarea acestuia. În tinerețe, ascultase telefoane, își filmase colegii făcând sex cu iubitele lor, înregistrase prelegeri la care nu avea acces, dezactivase camere de supraveghere, forțase încuietori, intrase în birouri securizate și își asumase sute de alte riscuri prostești, dar nu regreta nimic. Nu fusese niciodată prins, nici măcar bănuit.

Apariția internetului îi deschisese calea către posibilități nelimitate.

Își scoase cravata și sacoul și le lăsă pe o canapea de piele unde dormise de multe ori. În spatele camerei avea un dulap de haine și un frigider mic pentru apă și sucuri de fructe. Nu departe, lângă cinematograf, era o cafenea unde mânca adeseori, singur, când lucra până târziu. Merse în dreptul unei uși metalice, introduse codul și așteptă ca ușa să se deschidă, apoi pătrunse și mai adânc în lumea lui secretă. Camera blindată, cum îi plăcea să o numească, dar numai în discuțiile cu el însuși, era un birou pătrat de 4,5 pe 4,5 metri, etanș, izolat fonic, împotriva focului, împotriva a orice. Nimeni nu îi pășise pragul și nimeni n-avea s-o facă. În centrul încăperii era un birou cu două monitoare de calculator de 76 de centimetri. Un perete era acoperit cu camere de supraveghere IP, care furnizau imagini de acasă, de la birou, de la tribunal și din clădirea în care se afla. Pe un alt perete era un televizor de un metru cincizeci și doi de centimetri. Ceilalți doi pereți erau goi, fără diplome, premii sau alte lucruri măgulitoare. Toate prostiile acelea erau expuse pe pereți care puteau fi văzuți. În încăperea în care se găsea, nu exista niciun indiciu care să dezvăluie cui îi aparținea locul acela. Numele Ross Bannick nu apărea nicăieri.

Dacă murea a doua zi, calculatoarele și telefoanele lui așteptau cuminți patruzeci și opt de ore, apoi se ștergeau singure.

Se așeză la birou și porni calculatorul. Scoase cele două scrisori din servietă și le întinse înaintea lui. Una venise într-un plic cu ștampila poștei din PENSACOLA și îl informa despre ancheta CCJ. Cealaltă, un poem idiot, sosise într-un plic cu ștampila poștei din MONTGOMERY. Ambele trimise de aceeași persoană, aproape simultan.

Deschise calculatorul, activă VPN-ul și se conectă la internetul întunecat, unde își făcea veacul Rafe, la pândă. Ca angajat al statului, Bannick intrase de mult în bazele de date ale autorităților din Florida. Folosindu-se de propriul lui program de spionaj, denumit Maggotz, își crease propriul detectiv virtual, un trol pe care îl botezase Rafe, care cutreiera sistemele și rețelele complet anonim. Pentru că Rafe nu comitea nicio infracțiune, nu fura informații și nici nu le folosea pentru vreo răscumpărare, ci doar își vâra nasul peste tot pentru a colecta informații secrete, era practic imposibil de depistat.

Spre exemplu, Rafe putea citi notele interne pe care le circulau între ei cei șapte membri ai Curții Supreme din Florida și grefierii acestora, iar Bannick știa ce verdict urmau să primească la apel cazurile lui. Dat fiind că nu putea face absolut nimic ca să schimbe rezultatul, informația era practic inutilă, dar era, fără îndoială, interesant să știe la ce să se aștepte.

Rafe accesa totodată schimbul confidențial de corespondență dintre procurorul general și guvernator. Citea comentariile avocaților procuraturii la adresa judecătorilor. Accesa dosarele poliției ca să vadă progresul făcut de aceasta într-o anchetă sau faptul că nu făcea niciun progres.

Şi, cel mai important lucru la momentul respectiv, putea vedea ce se întâmpla la Comisia pentru Conduită Judiciară. Verifica pentru a doua zi consecutiv şi numele lui nu era nicăieri de găsit. Situaţia îl deruta şi îl îngrijora.

La naiba, totul devenise îngrijorător.

Mai înghiţi nişte ibuprofen şi se gândi că ar fi băut o votcă. Însă nu era un mare băutor şi ar fi vrut să meargă la sală. Avea nevoie de două ore de tras de fiare ca să alunge stresul.

Îl amuza să vadă ce reclamaţii ancheta Comisia de Conduită Judiciară. Se bucură să vadă ce acuzaţii li se aduceau colegilor lui judecători, dintre care pe unii îi cunoştea bine, iar pe câţiva îi dispreţuia. Însă bucuria nu putea ţine mult.

Bannick era impresionat de propriile sale fărădelegi. Celelalte reclamaţii depuse la CCJ erau nimicuri pe lângă faptele lui. Acum însă, altcineva îi cunoştea secretele. Şi, dacă fusese depusă o reclamaţie la adresa lui, de ce era ascunsă?

Persoana care îi trimisese scrisoarea şi poemul ştia adevărul. Persoana respectivă îi numise pe Kronke, Verno, Dunwoody şi lăsase să se înţeleagă că ştia şi de alţii. Cât de multe ştia? Dacă persoana aceea depusese reclamaţia la CCJ, o făcuse sub anonimat, cel puţin pentru cele patruzeci şi cinci de zile regulamentare de evaluare.

Merse într-o încăpere mică din spate, făcu duş, apoi îmbrăcă hainele de sport. Se aşeză din nou la birou şi-l trimise pe Rafe să caute prin dosarele secrete ale poliţiei statale, dosare atât de bine protejate, încât Rafe le dădea târcoale deja de trei ani. Găsi dosarul lui Perry Kronke, din oraşul Marathon, şi fu uimit să descopere o înregistrare nouă, aparţinând detectivului Grimsley, şeful anchetei:

Azi am primit telefonul şefului poliţiei din Marathon, comisarul Turnbull; pe 31 martie l-au vizitat doi avocaţi de la Comisia de

Conduită Judiciară, Lacy Stoltz şi Darren Trope; aceştia şi-au manifestat interesul în cazul Kronke; au spus că e posibil să aibă un suspect, dar nu au dezvăluit mai multe; nu au dat nume; au vizitat locul aproximativ al crimei; nu au descoperit nimic; au plecat cu promisiunea că vor reveni; Turnbull nu a fost impresionat şi susține că nu vom mai auzi de ei; a spus chiar că nu se impune nicio acțiune din partea noastră.

Nu lăsase urme când îl ucisese pe Kronke. Se spălase el însuși în ocean.

„E posibil să aibă un suspect", își repeta fără încetare. După douăzeci și trei de ani în care fusese invizibil, era posibil să îl considere cineva, în sfârșit, „suspect"? Dacă da, cine? Nu erau Lacy Stoltz sau Darren Trope. Ei erau niște simpli funcţionari care investigau o reclamaţie, reclamaţie depusă de aceeași persoană care acum îi scria lui.

Respiraţiile profunde și meditaţia nu îl ajutau să alunge stresul. Dădu să își toarne o votcă, dar alese să meargă la sală. Închise cu grijă ușa în urma lui, mereu atent, privind în jur, analizând fiecare persoană. Deși era tulburat și înspăimântat, își impuse să se liniștească și să gândească la rece. Ajunse la sala de sport și intră la o ședinţă de hot yoga pentru douăzeci de minute de transpirat, înainte să treacă la ridicat greutăţi.

22

Vineri-dimineaţă, pe 11 aprilie, Norris Ozment abia ajunsese la biroul amplasat lângă recepţia principală a hotelului Pelican Point când primi un telefon prin centrala hotelului.

– Un judecător Bannick, din Cullman, vrea să vorbească cu tine.

Intrigat să audă numele judecătorului din nou, atât de curând, Ozment acceptă convorbirea. Amândoi susţinură că îşi aminteau unul de celălalt din vremurile de demult, de când Ozment lucra la poliţia din Pensacola; apoi, uşa către trecut fiind deschisă, Bannick spuse:

– Urmăresc o pistă pentru un prieten din Tampa şi am nevoie de câteva informaţii cu privire la un individ, Lanny Verno, un netrebnic după toate aparenţele, care a fost ucis acum câteva luni, în Biloxi. A fost implicat într-un proces cu nişte ani în urmă, iar tu ai fost ofiţerul care l-a arestat. Îţi sună cunoscut?

– Domnule judecător, în mod obişnuit, nu mi-ar spune nimic, dar întâmplarea face să îmi amintesc.

– Serios? S-a întâmplat cu treisprezece ani în urmă.

– Da, domnule. Dumneavoastră aţi cerut un mandat de arestare, iar eu l-am ridicat pe Verno.

– Adevărat, spuse Bannick râzând zgomotos. Tipul m-a ameninţat cu arma în casa mea, iar judecătorul l-a lăsat să plece.

– A trecut mult timp, domnule judecător. Nu îmi e dor de vremurile acelea, ba chiar am încercat să le uit. Sunt sigur că nu mi-aş fi amintit, dar un detectiv particular m-a căutat luna trecută; avea întrebări în legătură cu Verno.

– Nu mai spune!

– Da, domnule.

– Ce voia?

– A zis că era curios.

– Dacă nu te deranjează că te întreb, în legătură cu ce anume era curios?

În realitate, pe Ozment îl deranja, dar Bannick era judecător și avea jurisdicţie penală. Dacă voia, putea obţine mandat de verificare a tuturor documentelor hotelului. Era totodată implicat în urmărirea penală a lui Verno în calitate de presupusă victimă. Gândurile acestea îi trecură prin cap în timp ce se întreba cât de mult să-i dezvăluie.

– A zis că Verno a fost ucis și că era angajat de familia acestuia din Georgia, ca să verifice niște zvonuri privind eventuale progenituri.

– De unde era individul?

– A zis că era din Georgia, din zona Atlantei, Conyers.

– I-ai făcut o copie după un act de identitate?

– Nu, domnule. Nu mi-a oferit o carte de vizită. Nu i-am cerut. Nu i-am oferit-o pe a mea. Dar camerele de supraveghere din parcare i-au surprins numărul de înmatriculare. Era o mașină închiriată în Mobile.

– Interesant.

– Presupun. Atunci, m-am gândit că poate tipul venise cu avionul din Atlanta în Mobile și închiriase acolo o mașină. Vă spun sincer, domnule judecător, nu i-am acordat prea multă atenţie. Era vorba de un caz minor, judecat cu un veac în urmă, iar acuzatul, Verno, a scăpat. Acum l-au găsit mort în Mississippi. Nu era treaba mea.

– Înţeleg. I-ai văzut mașina?

– Da, domnule. O avem pe înregistrare.

– Ai putea să mi-o trimiţi?

– Păi, va trebui să vorbesc cu superiorul meu. Din motive de securitate.

– Discut eu bucuros cu superiorul tău.

Afirmaţia avea un ton uşor ameninţător. Era judecător, prin urmare, obişnuit să obţină ceea ce dorea.

După o pauză, în care aruncă o privire împrejur, în biroul pustiu, Ozment spuse:

– Desigur, domnule judecător. Daţi-mi adresa dumneavoastră de e-mail.

Judecătorul îi dădu o adresă de e-mail temporară, una din multele de care se folosea, şi o jumătate de oră mai târziu, se uita la două imagini: una cu spatele unei berline Buick cu număr de Louisiana; cea de-a doua, surprinsă de aceeaşi cameră, cu Jeff Dunlop în cadru. Bannick îi răspunse lui Ozment cu un e-mail de mulţumire, la care ataşă o broşură inutilă în care erau prezentate misiunea şi îndatoririle judecătorilor şi reprezentanţilor legii din Circumscripţia Judiciară 22, Florida. Când Ozment deschise şi descărcă prezentarea, Maggotz îşi făcu discret intrarea, virusând reţeaua hotelului Pelican Point. Nu era că Bannick ar fi avut nevoie să tragă cu ochiul, dar căpătă astfel acces la evidenţele hotelului, clienţi, situaţii financiare, dosare de personal, informaţii privind mii de carduri de credit şi alte date bancare. Şi nu doar de la Pelican Point. Acesta făcea parte dintr-un lanţ hotelier cu 20 de locaţii, aşa că Rafe avea ce explora, dacă ar fi vrut.

Însă avea lucruri mult mai importante de făcut. Bannick sună la birou şi vorbi cu grefierul. Cu excepţia unei întâlniri cu avocaţii, la ora unsprezece, nu avea nimic important în program.

În Atlanta erau şapte Jeff sau Jeffrey Dunlap, însă numai doi în oraşul Conyers. Unul era un învăţător a cărui soţie avea vocea unei copile de cincisprezece ani. Cel de-al doilea, un şofer de autobuz ieşit la pensie care îi spuse că nu fusese niciodată în Mobile. Amândoi confirmară ceea ce Bannick bănuise din capul locului – Jeff Dunlap era un nume fictiv de care detectivul se folosise. Avea să-i caute şi pe ceilalţi cinci mai târziu, doar ca să fie liniştit.

Sună agenția de închirieri automobile Hertz din Mobile, unde vorbi cu o tânără pe nume Janet, care se dovedi deosebit de îndatoritoare și îi oferi detalii privind cererea de închiriere pentru weekendul solicitat. Îi trimise lui Bannick confirmarea pe una dintre adresele lui de e-mail, iar acesta răspunse cu următorul mesaj: „Mulțumesc, Janet. Între oferta pe care am primit-o și confirmarea trimisă de tine e o diferență de 120 de dolari. Te rog, verifică și rezolvă situația". Imediat ce Janet deschise documentul atașat, Rafe pătrunse în sistemul companiei Hertz North America. Lui Bannick nu-i făcea plăcere să spargă rețelele unor companii de anvergură, pentru că acestea dispuneau de sisteme de securitate sofisticate, dar atâta timp cât Rafe nu fura și nu se folosea de informații, probabil că avea să scape nedetectat. Bannick urma să aștepte câteva ore, apoi să anuleze cererea de închiriere. Între timp, îl trimise pe Rafe să verifice informațiile autovehiculelor închiriate de Hertz în Louisianna.

Din experiență, știa că Hertz închiria o jumătate de milion de autovehicule pe teritoriul Statelor Unite, în toate cele cincizeci de state. Enterprise, cea mai mare companie de închirieri auto, proceda la fel cu peste 600 000 de autoturisme.

Se dovedi o sarcină nu foarte ușoară pentru Rafe, deși acesta nu se plângea niciodată și nu se oprea. Era programat să lucreze nonstop, zilnic, oricât era necesar. În timp ce el lucra din umbră, Bannick dădu telefoane, verificându-i și pe ceilalți Jeff Dunlop.

La ora 10.30 își îndreptă cravata, se examină în oglindă și găsi că părea destul de obosit și de îngrijorat – și pe bună dreptate. Dormise foarte puțin și simțea că se prăbușea cerul pe el. Pentru prima oară în viață, el era cel urmărit. Parcurse drumul de cincisprezece minute cu mașina până la tribunalul din Escambia County, Pensacola, pentru întâlnirea programată. Avocații erau toți din oraș și stabilise întâlnirea în funcție de disponibilitatea acestora. Reuși să pară amabil și plăcut ca întotdeauna. Ascultă toate părțile și le promise o rezolvare rapidă. Apoi se grăbi să ajungă la biroul lui secret și se încuie înăuntru.

Pe 11 martie, autoturismul Buick fusese închiriat de Rollie Tabor, un detectiv privat din Alabama. Acesta returnase mașina a doua zi, după o călătorie de 677 de kilometri.

Prezenţa lui Tabor online era destul de redusă, lucru specific detectivilor. Aceştia au tendinţa de a se face cunoscuţi doar cât să atragă clienţi, fără să dezvăluie lucruri despre ei. Pe pagina lui de internet se spunea că provenea din rândurile poliţiei, avea experienţă, era discret și de încredere. Ce altceva era să fi spus? Se ocupa de cazuri de persoane dispărute, divorţuri, custodii, investigaţii de rutină, lucrurile obișnuite. Mai prezenta adresa biroului din Mobile, număr de telefon și e-mail. Fără fotografie.

Comparând imaginea surprinsă de camera de supraveghere de la hotel cu copia permisului de conducere trimisă de Faldo, reieșea clar că același individ, cel care pretindea că era Jeff Dunlap, fusese în ambele locuri încercând să afle mai multe despre Lanny Verno. Omul era Rollie Tabor, prin urmare, de ce minţea cu privire la identitatea lui?

Bannick complotă și își făcu planuri o oră întreagă, renunţând pe rând la toate stratagemele. Când, în sfârșit, avu un moment de inspiraţie, creă un cont nou de e-mail și-i scrise lui Tabor:

> Stimate domnule Tabor. Sunt un doctor din Birmingham şi am nevoie de serviciile unui detectiv privat în regiunea oraşului Mobile. O chestiune de familie. Mi-ați fost recomandat călduros. Sunteți disponibil? Dacă da, care este tariful dumneavoastră pe oră? Dr. Albert Marbury"

Bannick trimise e-mailul, îl urmări și așteptă. Treizeci și unu de minute mai târziu, Tabor îl deschise și răspunse:

> Domnule doctor Marbury. Mulțumesc. Sunt disponibil. Tariful meu este de 200 de dolari pe oră. R.T.

Bannick pufni la vederea sumei. Evident, îl taxa ca pe un doctor. Îi răspunse informându-l că accepta tariful și îi trimise un link către un hotel din Gulf Shores, unde bănuia că se cazase soția lui. Când Tabor accesă linkul, Rafe îi pătrunse în calculator și se puse pe treabă. Începu prin a căuta clienții curenți. Evidența pe care o ținea Tabor era rudimentară, în cel mai bun caz – cel puțin cea din calculator. Bannick știa prea bine că majoritatea detectivilor particulari țineau o evidență dublă – una pentru fisc, alta pentru ei. Banii numerar erau în continuare mijlocul preferat de tranzacționare. După o oră de căutări, nu aflase nimic. Nicio mențiune referitoare la Lanny Verno, Jeff Dunlap sau vreo călătorie în Pensacola și Seagrove Beach, cu o lună mai devreme. Și, firește, niciun indiciu cu privire la identitatea clientului din spatele căutărilor.

Luă un ibuprofen și niște valium ca să își astâmpere agitația. Își dădu seama că îi era foame, dar întreg trupul îi era tensionat și nu voia să își ispitească stomacul cu mâncare. Se săturase și de camera secretă; voia să se așeze la volan și să conducă, să pornească încotro vedea cu ochii, să plece din oraș peste weekend. Poate se întorcea de la malul mării sau din munți cu mintea limpezită și reușea să înțeleagă mai multe.

Cineva știa – și știa destule.

Merse în camera mică din spate și se îmbrăcă în haine sport. Avea nevoie de aer, de o plimbare prin pădure, dar nu putea pleca. Momentul era crucial. Găsi o portocală în frigider și o mâncă, sorbind dintr-o cafea.

Maggotz pândea din ascunzișurile întunecate ale departamentului de poliție din Harrison County încă de când fuseseră uciși Lanny Verno și Mike Dunwoody. După ce cadavrele fuseseră descoperite, Rafe se trezise la viață și începuse căutările.

După ce termină portocala, Bannick îl trimise pe Rafe la dosarele detectivului Napier, șeful anchetei din Biloxi. Pe 25 martie, detectivul făcuse următoarea înregistrare într-un jurnal zilnic:

M-am întâlnit cu Lacy Stoltz şi Darren Trope de la Comisia de Conduită Judiciară din Florida, în legătură cu uciderea lui Verno/ Dunwoody. Le-am permis accesul la dosare, dar nu au copiat sau păstrat vreun document. Au făcut o referire vagă la existența unui suspect, fără a oferi detalii. Ştiu mai multe decât vor să spună. Păstrăm legătura. ENapier.

Bannick înjură şi se ridică de la birou. Se simţea ca un animal rănit, hăituit, alergând prin pădure, cu copoii apropiindu-se tot mai mult.

Eileen era numărul patru. Eileen Nickleberry. Treizeci şi doi de ani la momentul crimei. Divorţată, conform necrologului.

Îi plăcea să adune necrologurile. Le avea pe toate la dosar.

O găsise treisprezece ani mai târziu. La treisprezece ani după ce îl batjocorise în dormitorul din casa aceea a frăţiei, la treisprezece ani după ce coborâse poticnit scările, beată ca toţi ceilalţi, și anunţase cu glas tare că lui Ross „nu i se scula". Nu fusese în stare de nimic. Râsese și le povestise tuturor, deşi a doua zi dimineaţă aproape nimeni nu-și mai amintea întâmplările nopţii. Însă ea continuase să spună și zvonul se răspândise. Bannick are o problemă. Bannick nu e în stare să facă sex.

Șase ani mai târziu, își găsise prima victimă, șeful cercetașilor. Uciderea acestuia se petrecuse conform planului. Nu avusese nicio urmă de remușcare, nu simţise niciun fel de milă când făcuse un pas înapoi și privise cadavrul lui Thad Leawood. În realitate, fusese cuprins de euforie, un sentiment de putere, control și – cel mai plăcut – răzbunare. Din momentul acela, știuse că nu se va putea opri.

Șapte ani mai târziu și cu trei crime în palmares, o găsise pe Eileen. Vindea proprietăţi la nord de Myrtle Beach; zâmbetul ei plăcut era afișat pe toate pancartele publicitare, ca al unui candidat la primăria locală. Avea proprietăţi într-un complex de patruzeci de apartamente de pe malul mării. Bannick închiriase unul în vara anului 1998, înainte să devină judecător. Într-o dimineață de duminică, o ademenise într-un apartament, unul din cele pe care încerca să le vândă, LA PREȚ REDUS, și în clipa în care aceasta încremenise, recunoscându-l, îi crăpase țeasta cu Leddie. În timp ce sfoara îi pătrundea adânc în piele și își dădea ultima suflare, îi șuierase în ureche, amintindu-i batjocura pe care o îndurase din pricina ei.

Trecuseră cinci ore până la descoperirea cadavrului. În timp ce oamenii se agitau și strigau, el privea relaxat, cu o bere în mână, de pe terasa apartamentului închiriat, aflat peste drum. Sunetul sirenelor îl făcuse să zâmbească. Rămăsese acolo o săptămână întreagă așteptând să apară poliția, întrebând din ușă în ușă dacă văzuse cineva ceva. Polițiștii însă nu veniseră. Achitase chiria și plecase.

Crima se petrecuse în Sunset Beach, Brunswick County, North Carolina. Trecură nouă ani până când orașul reuși să își digitalizeze arhivele și, când o făcu, Bannick era pregătit cu prima generație de programe de spionaj. Ca și în cazul celorlalte secții de poliție, urmărea constant actualizările, întotdeauna la pândă cu cele mai recente echipamente.

Cazul lui Eileen rămăsese nesoluționat. Nu existau suspecți. Cazul stârnise ocazional interesul unor scriitori de romane polițiste, reporteri, membri de familie și al altor secții de poliție.

Vineri după-amiază, Bannick îl trimise pe Rafe să afle noutăți, pentru prima oară după multe luni. Conform înregistrărilor digitale, dosarul nu fusese atins de trei ani, de când un reporter sau cineva care pretindea că era reporter dorise să-l vadă.

23

Portocala îi rămase în stomac. Vru să tragă un pui de somn, dar era prea agitat. Își luă geanta cu echipamentul sportiv și merse la sală, unde își petrecu două ore pe bicicletă și pe bandă, trăgând de fiare și ridicând greutăți. Epuizat, vârî capul pe ușa saunei. Văzând că nu mai era nimeni, intră, se dezbrăcă și se întinse pe un prosop.

Fusese o greșeală să-l sune pe Norris Ozment, dar nu avusese de ales. Acum, acesta făcea o legătură directă între el și Verno, la fel cum făcuse și Tabor. Însă îi venea greu să creadă că autoritățile din Mississippi i-ar fi dat de urmă lui Ozment și încă și mai puțin probabil i se părea ca acesta să meargă la poliție. De ce ar fi făcut-o?

Judecătorul își masă tâmplele și încercă să respire lent, lăsând aburul să-i alinte plămânii. Persoana care înregistrase reclamația la Comisia de Conduită Judiciară o făcuse sub anonimat și cu condiția să nu existe înregistrări digitale. Toate informațiile aveau să se păstreze doar în format fizic. Persoana care îl angajase pe Rollie Tabor să afle mai multe despre un dosar vechi din instanță îi ceruse să nu înregistreze nimic digital. Persoana care îi expediase cele două scrisori își luase măsuri de precauție să nu lase urme.

Persoana aceea știa despre Eileen Nickleberry.

Era vorba de una și aceeași persoană. Pur și simplu, nu exista o altă explicație. Dovezile depășeau o simplă coincidență. Trebuia să afle cine era persoana aceea.

Și, dacă o găsea, ce avea să facă bunul judecător? O putea ucide, ar fi fost destul de ușor. Dar oare era prea târziu? Oare doamna Stoltz de la CCJ adunase destule probe ca să meargă la poliție? Își zise că nu și se convinse singur. Să îl acuze era ușor, să-l condamne, imposibil. Prezidase cazuri de crimă, studiase probe, știa mai multe decât experții și mai ales știa de ce era nevoie pentru o condamnare. De mult mai mult! Dincolo de orice îndoială. De mult mai mult decât reușise să afle un polițist prost plătit.

Pe lista lui se aflau douăsprezece persoane. Mai mult sau mai puțin. De zece se ocupase, prin urmare mai erau doi. Poate trei. Dunwoody nu conta, pentru că el nu fusese pe listă. Apăruse la momentul nepotrivit și era singura victimă care încă îl tulbura pe judecător. Acela nu meritase să moară, la fel ca ceilalți. Însă, deși îl deranja, nu mai era nimic de făcut.

Apăruseră probleme mai serioase.

Un ucigaș își trăiește viața privind mereu peste umăr - astfel, ani la rând se temuse de momentul judecății. De fapt, se gândise atât de mult la asta, încât își pregătise câteva reacții posibile. Una era să plece, să dispară pur și simplu, pentru a evita umilința punerii sub acuzare, a arestării, a unui proces. Avea bani destui și lumea era mare. Călătorise mult și știa câteva locuri unde i s-ar fi pierdut ușor urma. Prefera țările cu care Statele Unite nu avea acorduri de extrădare.

O altă strategie era să stea și să lupte. Să se declare nevinovat, persecutat chiar, și să își angajeze un avocat bun pentru proces. Știa exact pe cine să aleagă să îl reprezinte. Niciun juriu nu l-ar fi putut condamna, pentru că poliția nu avea dovezi. Era ferm convins că niciun procuror nu l-ar fi acuzat, din același motiv. În istoria Americii, nu exista niciun caz în care un judecător în funcție să fi fost judecat pentru crimă, iar o astfel de situație ar fi dat naștere unui circ mediatic de proporții epice. Și cel mai ambițios procuror ar fi șovăit la gândul cumplit că ar fi putut pierde în fața unei asemenea audiențe.

Care dintre crimele lui ar fi fost cel mai ușor de dovedit în instanță? Aceasta era întrebarea cea mai importantă, întrebarea la care se gândea zilnic. Din cauza isteţimii și vicleșugului de care dăduse dovadă, credea cu tărie că niciuna nu ar fi trecut de faza acuzării. Să stea și să lupte era varianta care îl atrăgea.

Astfel, avea ocazia să-i elimine pe toţi cei aflaţi pe listă.

Ultima strategie era și cea mai ușoară. Putea pune capăt jocului el însuși, ducând secretele cu el în mormânt.

Judecătorul Bannick se răsfăţa cu câte un martini în fiecare vineri după-amiază, de obicei în compania altor judecători, și existau câteva baruri preferate în împrejurimi. Unul dintre acestea era amplasat pe plajă, cu vedere către golf. În vinerea aceea însă, nu avea dispoziţie să socializeze, dar nici nu voia să renunţe la martini. Și-l pregăti în camera secretă și, în timp ce îl savura, se întrebă cum era și firesc: „Cine este persoana aceasta?"

Un poliţist nu s-ar fi deranjat să trimită scrisori anonime. De ce să fi pierdut timpul? De ce să-l alerteze pe suspect? La ce i-ar fi folosit să se joace? În plus, poliţia nu mai ancheta. Intrase în bazele de date ale secţiilor de poliţie și știa de când renunţaseră să mai caute. Șeriful din Biloxi și detectivul lui, Napier, încă lucrau, dar asta pentru că aveau două victime, iar una dintre ele era un localnic. Nu descoperiseră nimic și, după șase luni, erau în aceeași situaţie ca poliţiștii de dinaintea lor.

Un detectiv privat era scump. Dincolo de tariful orar, era vorba de foarte multă muncă pentru a găsi legătura dintre uciderea lui Eileen, în 1989, în North Carolina, și uciderea lui Perry Kronke, în 2012, apoi, cu uciderea lui Verno și a lui Dunwoody în Biloxi, cu câteva luni în urmă. Nimeni nu își permitea un proiect de o asemenea anvergură. Își cunoștea foarte bine victimele, precum și familiile acestora. Perry Kronke era, de departe, cel mai înstărit dintre toţi, dar starea de sănătate a văduvei acestuia era precară și nu credea că era dispusă să își risipească averea încercând să-l descopere pe ucigașul soțului ei. Cei doi fii ai acestuia erau oameni de afaceri în Miami, cu realizări modeste.

Bannick merse într-un colț al camerei și trase de covor. Sub el, în podea, era un seif. Îl deschise și scoase un stick de memorie. Îl vârî în calculator și accesă câteva fișiere până ajunse la cel intitulat Kronke. Întrucât el însuși adăugase toate informațiile la dosar, știa pe dinafară conținutul acestuia, dar revizuirea constantă a trecutului era parte integrantă din viața lui. Vigilența permanentă era la fel de importantă ca o planificare atentă.

Averea îi fusese evaluată în Monroe County, la patru luni de la uciderea sa. Fiul lui cel mare, Roger, fusese numit executor în instanță. Inventarul bunurilor fusese depus la timp. Nu se înregistrau ipoteci sau datorii, cu excepția cardurilor obișnuite de credit. La momentul morții sale, Kronke și soția lui erau proprietarii casei în care locuiau, evaluată la 800 000 de dolari, ai altor două case închiriate, evaluate la 200 000 de dolari fiecare, deținând în același timp un portofoliu de acțiuni evaluat la 2,6 milioane de dolari, un cont cu 340 000 de dolari și alte câteva însumând 90 000 de dolari. Împreună cu mașinile, ambarcațiunea și alte câteva bunuri, inventarul ajungea la 4,4 milioane de dolari.

Dosarul era public. Să spargă calculatorul judecătorului care evalua moștenirea fusese floare la ureche mulțumită lui Maggotz, precum și faptului că Bannick cunoștea sistemul instanțelor din Florida. Rafe o spiona totodată pe doamna Kronke, dar și cheltuielile acesteia de proaspătă văduvă. Îi urmărea extrasele de cont și știa că primea un ajutor social de 2 000 de dolari pe lună, o pensie de 4 500 de dolari pe lună și alți 3 800 de dolari dintr-un fond de pensii 401 (k).

Ideea era că avea destui bani la dispoziție, dar nu găsi niciun indiciu că ar fi făcut plăți unor detectivi particulari. Nu trimitea prea multe e-mailuri, dar comunica des cu cei doi fii ai ei. Se gândea să vândă casa și să se mute într-un centru de lux pentru pensionari.

E-mailurile dintre cei doi băieţi exprimau îngrijorările obişnuite cum că mama lor cheltuia prea mult, afectându-le moştenirea.

Nu existase nicio discuţie referitoare la alocarea de timp şi de bani pentru aflarea ucigaşului tatălui lor.

Bannick se convinse că „persoana" nu era pe urmele lui la cererea familiei Kronke.

La capătul opus al ierarhiei financiare era Lanny Verno. Neavând avere, nu existase nicio evaluare. Nu lăsase în urmă bunuri, nici copii, nu avea familie, nimic de investigat. Nu avusese decât o iubită care venea şi pleca. Verno era ultimul din lista lui care ar fi trimis pe cineva să ancheteze.

Bannick trecu la un alt fişier, intitulat EILEEN NICKLEBERRY.

Era la fel de puţin probabil ca familia acesteia să fi avut o asemenea iniţiativă. Femeia murise cu şaisprezece ani în urmă, fără testament şi cu o avere modestă. Mama ei fusese numită executor în instanţă. Apartamentul şi maşina îi fuseseră amanetate şi vândute pentru a-i achita datoriile. După aceea, părinţii ei, care erau divorţaţi, şi cei doi fraţi împărţiseră restul de 4 000 de dolari.

Interesant însă era faptul că tatăl ei angajase un avocat ca să investigheze posibilitatea acţionării în instanţă a proprietarului complexului de apartamente unde fusese ucisă, pentru omor din culpă. Rafe urmărise corespondenţa acestora vreme de un an, până când lucrurile se stinseseră. Bannick era intrigat de faptul că avocaţii, iar nu poliţiştii, anchetau crimele. Poliţiştii fuseseră bulversaţi din capul locului, ca şi avocaţii de altfel, iar anchetele nu duseseră nicăieri. Cu excepţia unui meseriaş fără cazier şi cu un alibi solid, nu existase niciodată un suspect. O altă crimă perfectă.

Ultimul menţionat de „persoană" era Mike Dunwoody. Bannick accesă fişierul acestuia, fiind deja convins că familia lui nu angajase detectivi particulari. Abia trecuseră cinci luni de la uciderea lui, iar şeriful Black şi detectivul Napier făceau şi spuneau exact ceea ce trebuia ca să convingă publicul că avansau cu ancheta. Familia părea mulţumită să îşi trăiască durerea în particular şi să aibă încredere în autorităţi. Prin testament, Dunwoody îi lăsase întreaga avere soţiei sale, numind-o executoare. Trecuseră cinci luni şi ea nu demarase încă procedurile de evaluare. Conform extraselor lor bancare, personale şi ale companiei, firma se încadra în modelul tipic firmelor de construcţii imobiliare – le mergea bine un an, prost în următorul, dar era considerată o afacere de succes în ansamblu, deşi nimeni nu se îmbogăţea. Era imposibil de crezut că aveau zeci de mii de dolari de cheltuit pe anchete particulare.

„Persoana" nu era poliţist şi nici detectiv particular. Se folosea însă de indivizi ca Rollie Tabor ca să se intereseze. Cine ar fi angajat un detectiv din Mobile?

Cineva aflat în căutarea unei poveşti, cum ar fi un scriitor sau un reporter, nu ar fi avut răbdarea să urmărească ani întregi un asemenea proiect. Scopul acelora era să facă bani şi cine supravieţuia zeci de ani fără să fie recompensat?

Îşi pregăti un alt martini şi merse să se aşeze pe canapea, unde rămase căzut pe gânduri în întuneric. Sorbi pe îndelete, simţind ginul cum îşi croieşte drum prin creierul lui înceţoşat. Preţ de câteva clipe, durerea dispăru. Era sătul de locul acela, dar se simţea în siguranţă acolo. Nu îl vedea nimeni. Nimeni nu ştia unde era. Pentru cineva care îşi urmărise victimele ani la rând, era îngrozit la gândul că exista cineva care îl urmărea pe el. Victimele lui însă nu ştiuseră nimic. Pe când el cunoştea adevărul cumplit, şi anume acela că era cineva cu ochii pe el.

Pierdu noţiunea timpului, iar telefonul îi rămăsese în camera secretă. Se întinse pe canapea şi căzu într-un somn adânc.

Cât el dormi, Rafe îşi continuă treaba, scotocind prin reţeaua modestă şi incoerentă a companiei Atlas Finders, aparţinându-i detectivului particular Rollie Tabor. Astfel, îşi croi drum în calculatorul unei secretare care lucra cu program redus, pe nume Susie, unde găsi niște fotografii. Una dintre acestea o înfățișa alături de șeful ei, domnul Tabor.

Câteva ore mai târziu, Bannick privea chipul zâmbitor al lui Rollie, același cu cel din imaginea trimisă de Ozment și din permisul de conducere fals al lui Dunlap. Bănuiala îi fu astfel confirmată: Rollie Tabor, un detectiv de duzină din Mobile, fusese angajat de cineva ca să sape în trecutul lui.

Însă Rafe nu mai descoperi nimic altceva la Atlas. Trebuia să-i intre în telefon, sarcină pentru care Bannick nu se simțea pregătit. Cu studiu atent și practică îndelungată, învățase cum să acceseze neștiut calculatoarele, dar telefoanele erau o cu totul altă poveste. Învăța, dar mai avea cale lungă.

Era întuneric, sâmbătă dimineața, la ora 6.00, când își părăsi ascunzișul. Sala de sport, deschisă nonstop, era pustie, la fel și parcarea. Voia să ajungă cât mai curând acasă, așa că plecă în grabă. Era singur pe șosea. Când intră pe stradă, se surprinse privind în oglinda retrovizoare și îi veni să râdă de absurdul situației.

Douăzeci de minute mai târziu, intra pe porțile cartierului său și parca în fața garajului, tocmai când soarele își făcea loc printre nori la răsărit. Opri motorul, își scoase telefonul, accesă programul de pază și verifică ultimele înregistrări ale camerelor de securitate. Asigurându-se că totul era cum trebuie, coborî din mașină și intră în casă, apoi aprinse luminile și puse de cafea. Așteptând, încercă să alunge mahmureala. Își turnă o cană și porni încet către ușă. O deschise, ieși pe terasă, privi de-a lungul străzii, apoi descuie cutia poștală instalată pe perete, lângă ușă.

Găsi încă un plic alb, fără adresa expeditorului.

părea o joacă de copii
un alt parc de distracții pe plajă
distruge şi reclădeşte
o nouă comoară, doar să întinzi mâna

ai încercat să te ascunzi
să-ți protejezi numele
te-ai pitit în spatele altora,
complotând

ah, frumusețea libertății de exprimare,
descoperirea adevărului, dezvăluirea minciunii
escrocii să nu ajungă la putere
judecătorii să fie imparțiali şi înțelepți
te-a durut să pierzi în fața celui în vârstă
mândria ta enormă n-a îndurat,
aşa că m-ai acuzat pe mine pentru nevolnicia ta
şi te-ai bucurat când am murit.

24

Nici nu apucă să pună de cafea, că dimineața liniștită de sâmbătă a lui Lacy fu tulburată de două ori. Primul telefon o trezi la ora 8.03. Număr necunoscut, probabil spam. Cu alte cuvinte, nu răspunde! Însă ceva o îndemnă să o facă, gândindu-se că, dacă se întâmpla să fie un mesaj înregistrat, avea să închidă, cum făcea întotdeauna.

– Bună dimineața, auzi vocea blândă a lui Jeri.

Pentru o clipă o cuprinse furia, dar se stăpâni.

– Bună dimineața, Jeri, ce s-a întâmplat?

– Nimic, m-am gândit mult la tine zilele acestea. Ce mai faci?

– Păi, dormeam, Jeri, când ai sunat. E sâmbătă, zi liberă, nu lucrez. Credeam că ți-am explicat deja.

– Lacy, îmi pare rău, spuse Jeri pe un ton care nu conținea nicio urmă de remușcare. De ce trebuie să consideri asta ca pe o muncă? De ce nu putem vorbi ca niște prietene?

– Pentru că deocamdată nu suntem prietene, Jeri. Ne-am cunoscut acum o lună. Poate vom ajunge să fim prietene într-o bună zi, după ce chestiunea de care ne ocupăm se va fi încheiat, dar până atunci mai este.

– Înțeleg.

– Cuvântul „prieten“ a ajuns să fie folosit cu prea mare ușurință, nu crezi?

– S-ar putea.

– Iar cât priveşte motivul acestui telefon, nu are nicio treabă cu prietenia. Probabil are legătură cu cazul nostru.

– Da, Lacy, aşa este. Şi îmi pare rău că te deranjez.

– Jeri, e sâmbătă dimineaţa şi dormeam.

– Am înţeles. Ascultă, închid imediat, dar dă-mi voie să îţi spun de ce te-am sunat. Bine?

– În regulă.

– E foarte posibil ca Bannick să fi aflat că s-a depus o reclamaţie împotriva lui şi să ştie că îl anchetezi. Nu pot dovedi, dar am ajuns să cred că are un fel de superputeri, ceva extrasenzorial, nu ştiu. Dar este deosebit de inteligent şi de atent şi, ei bine, e posibil să fiu şi eu puţin paranoică. Trăiesc cu el de atâta timp, încât am impresia că e peste tot. Să ai grijă, Lacy! Dacă bănuieşte că eşti pe urmele lui, e în stare de orice.

– M-am gândit la asta, Jeri.

– Bine. La revedere!

Închise şi Lacy se simţi prost că fusese atât de dură. Biata femeie era distrusă de ani întregi, iar ea ar fi trebuit să dea dovadă de mai multă înţelegere.

Dar era sâmbătă dimineaţa.

Închise ochii şi se gândi să mai doarmă, dar câinele făcea gălăgie. Se gândi la Allie şi la cât de plăcut ar fi fost să fie lângă ea. Apoi, complet trează, se gândi la Jeri Crosby şi la tristeţea din viaţa acesteia.

Nu se gândi însă la fratele ei mai mare, singurul ei frate. Când Gunther o sună, la nici zece minute după Jeri, Lacy avu o bănuială că ziua ei liberă n-avea să fie atât de liniştită pe cât îşi propusese. Îi spuse că avea un avion nou cu care voia să se laude şi, cum vremea era perfectă, se gândise să vină acolo, să-şi scoată surioara la masă.

– Sunt pe pistă, mă pregătesc de decolare. În optzeci şi patru de minute, sunt în Tallahassee. Ne vedem la aeroport.

Tipic pentru Gunther. Lumea se învârtea în jurul lui, iar toţi ceilalţi erau figuranţi. Dădu de mâncare câinelui, apoi îl lăsă afară; își puse o pereche de blugi, se spălă pe dinţi și porni către aeroport – sâmbăta ei liniștită se dusese pe apa sâmbetei. Însă nu putea spune că era surprinsă. Nimic din ceea ce făcea fratele ei nu era surprinzător. Era un pilot pasionat, care schimba avioanele aproape cu aceeași viteză cu care cumpăra și vindea modele vechi de mașini sport. La fel proceda și cu femeile, bancherii și investitorii. Când piaţa era în creștere, cheltuia fără măsură, când se prăbușea, se împrumuta până când nu mai avea de unde. Chiar și când cererea era mare pentru mall-uri sau locuinţe accesibile, el era la limita dezastrului. Pentru că îi cunoștea apetitul pentru exagerare, ba chiar minciună pe faţă, Lacy pierduse șirul situaţiilor în care Gunther declarase faliment. Vreo trei, alături de cele două divorţuri și o situaţie în care aproape fusese pus sub acuzare.

Însă, în ciuda numeroaselor lui probleme, Gunther dormea neîntors și își începea fiecare zi cu entuziasm și încredere. Iubirea lui pentru viaţă era contagioasă și, dacă își propusese să zboare ca să ia prânzul cu sora lui, nimic nu avea să îl oprească, nici măcar planurile ei.

Așteptând în terminalul pentru curse private, privind aeronavele de mici dimensiuni venind și plecând și sorbind dintr-o cafea de calitate inferioară, Lacy era nerăbdătoare și totodată îngrozită la gândul întâlnirii cu Gunther. Rămași fără ambii părinţii, aveau nevoie unul de celălalt. Amândoi erau necăsătoriţi, fără copii, astfel că numele familiei lor părea că se va stinge odată cu ei. Trudy, sora mamei lor, încerca să devină matroana familiei și se amesteca prea mult în vieţile lor. Lacy și Gunther făceau front comun împotriva ei.

Însă nu era foarte bucuroasă să-l revadă, pentru că Gunther avea prea multe păreri despre aproape orice. De la accidentul ei, nu mai înceta să comenteze în legătură cu procesul, cu avocatul, cu strategiile lor. Era de părere că își pierdea vremea la CCJ. Nu-i plăcea prea mult nici Allie Pacheco, deşi Lacy se gândea că spunea asta doar pentru că nici ei nu-i plăcuse vreuna dintre prietenele lui. Spunea despre Tallahassee că era un oraş de provinciali şi că trebuia să se mute în Atlanta. Nu era de acord cu maşina pe care o conducea. Şi aşa mai departe.

Sosise şi cobora sprinten din aeronava elegantă, fără bagaj, fără servietă, un playboy ieşit să se plimbe şi să ia prânzul în oraş. Se îmbrăţişară de cum se întâlniră şi părăsiră terminalul împreună.

Cum urcă în maşină, Gunther spuse:

– Tot n-ai schimbat sărăcia asta de maşină?

– Ascultă, Gunther! Mă bucur să te văd, ca întotdeauna. Dar nu am nevoie să te ascult criticând constant orice lucru din viaţa mea. Asta include şi maşina. Ai înţeles?

– Uau, surioară, te-ai trezit cu faţa la cearceaf?

– Da.

– Mi-ai văzut avionul? Aşa-i că e o frumuseţe?

– L-am văzut. E frumos pentru un avion.

– L-am cumpărat luna trecută de la un tip pe care l-a prins nevasta înşelând-o. Păcat!

Gunther nu părea câtuşi de puţin trist.

– Ce marcă e? îl întrebă, dar numai pentru că era nevoită.

– Socata TMB 700 cu turbopropulsor şi ultimele dotări. Imaginează-ţi un Ferrari cu aripi. 483 de kilometri pe oră. Am făcut o afacere.

O afacere pentru Gunther însemna că mai convinsese un bancher să-i acorde un împrumut.

– Sună bine. Pare cam mic.

– Patru scaune e suficient pentru mine. Vrei să dai o tură?

– Credeam că luăm prânzul.

Lacy călătorise cu el cu avionul de două ori şi îi era de ajuns. Gunther era un pilot serios, nu îşi asuma riscuri, dar era totuşi Gunther.

– Da, spuse el, verificându-și dintr-odată telefonul. Ce face Allie? spuse apoi. Mai sunteţi împreună?

– Da, sigur. Cine e noua ta prietenă?

– Care dintre ele? Ascultă, cred că e timpul ca tipul ăsta să facă o mișcare sau să-și vadă de treabă. Au trecut... câţi ani, doi?

– Vrei să zici că știi totul despre căsnicii acum?

Gunther izbucni în râs și, peste o clipă, râdea și Lacy. Ideea că tocmai el îi dădea sfaturi despre relaţii era realmente amuzantă.

– În regulă, gata cu asta. Ai mai vorbit cu mătușa Trudy? Unde mergem?

– Acasă, să mă spăl pe dinţi și să fac un duș. N-am apucat.

– Cum poţi să pierzi vremea într-o sâmbătă atât de frumoasă?

– Nu, nu am vorbit cu Trudy. Trebuie să o sun. Tu?

– Nu. Și eu o evit. Biata de ea! E pierdută fără mama. Erau prietene, iar acum a rămas cu soţul acela al ei.

– Ronald e de treabă.

– E un ciudat și tu o știi prea bine. Nu se suportă unul pe celălalt, dar după cincizeci de ani presupun că nu prea mai au de ales.

– Hai să vorbim despre altceva! Cum îţi merge afacerea?

– Prefer să vorbesc despre Ronald.

– Așa de rău?

– Nu, de fapt îmi merge grozav. Am nevoie de ajutor, Lacy, vreau să vii în Atlanta să lucrezi cu mine. Oraș mare, lumini strălucitoare, sunt atâtea de făcut... Vom face avere și sunt o grămadă de tipi mișto pe care ţi i-aș putea prezenta.

– Nu sunt așa de sigură că vreau să mă întâlnesc cu amicii tăi.

– Haide, Lacy, ai încredere în mine. Tipii ăștia sunt plini de bani și au cariere strălucite. Cât câștigă Allie pe an la FBI?

– Nu știu și nici nu-mi pasă.

– Nu mult. E funcţionar la stat.

– Și eu la fel.

– Asta și spun. Poți mai bine. Majoritatea tipilor de care-ți vorbesc sunt milionari deja, au companiile lor. Au totul.

– Da, inclusiv pensii alimentare de plătit.

Gunther râse și recunoscu:

– Da, și asta.

Bineînțeles că îi sună iar telefonul și se lansă într-o discuție tensionată pe marginea unei linii de credit. *Sâmbătă dimineața?*

Când parcă mașina, în apropierea apartamentului, Gunther era tot la telefon. Intrară și îl lăsă în sufragerie, iar ea urcă la etaj.

Luară prânzul pe terasa umbroasă a unui restaurant de lux, de la marginea orașului. Lacy îl convinsese pe cel care făcea rezervările să-i primească mai devreme, căci spera să-și salveze măcar câteva ore după-amiază, doar pentru ea. La 11.30 erau deja la masă. Terasa era pustie.

Lacy se grăbi să comande ceaiuri cu gheață. Dacă Gunther apuca să ceară obișnuita lui sticlă de vin, nu mai pleca după-amiază. Fu ușurată când îl văzu că ignoră băuturile și comentează în schimb meniul. De obicei, când luau masa în orașul ei, găsea tot timpul ceva de zis cu privire la calitatea slabă a restaurantelor. Din nou, Atlanta era superioară. De data aceea însă renunță și alese salata de crab. Lacy comandă creveți la grătar.

– Tot ca o vrăbiuță mănânci, spuse el cu admirație. Arăți foarte bine, Lacy.

– Mersi! Hai să nu vorbim despre cum arăt! Știu unde bați.

– Serios, n-ai pus un kilogram pe tine de douăzeci de ani.

– Nu și nici nu intenționez. Despre ce ai vrea să mai vorbim?

– Normal că după accident erai doar piele și os. I-am zis accident, dar nu a fost chiar un accident, nu-i așa?

O introducere subtilă în chestiunea procesului ei, pe care o anticipase.

Zâmbi și-i spuse:

– După ce am dat jos ghipsul și pansamentele, cântăream 45 de kilograme.

– Îmi amintesc și cred că te-ai recuperat foarte bine de-atunci. Sunt mândru de tine, Lacy. Mai faci terapie?

– Fizică sau cealaltă?

– Fizică.

– Da, de două ori pe săptămână, dar suntem aproape gata. M-am împăcat cu gândul că voi avea mereu dureri, mobilitate redusă pe ici, pe colo, dar cred că am avut noroc.

Gunther amesteca niște suc de lămâie în ceai, cu privirea în altă parte.

– N-aș zice chiar noroc, dar ai sfârșit mult mai bine decât Hugo. Bietul de el! Ai păstrat legătura cu văduva lui... cum o cheamă?

– Verna. Și, da, suntem în continuare prietene bune.

– Are același avocat, așa-i?

– Da. Discutăm și ne susţinem una pe cealaltă. Nimeni nu vrea să ajungem la proces. Nu cred că ar face faţă.

– Nu se va ajunge acolo. Gorilele vor dori să ajungeţi la o înţelegere.

Gunther avea experienţă în litigii civile, deși disputele lui aveau de-a face cu contracte încălcate și împrumuturi neonorate. Lacy nu știa ca el să se fi confruntat vreodată cu un caz de vătămare corporală.

– Presupun că lucrurile s-au blocat la probe, spuse el, încercând să pătrundă și mai adânc în subiect.

– Așa se pare. Avocatul zice că s-ar putea să fiu nevoită să dau o declaraţie. Tu știi cum e.

Gunther pufni dezgustat.

– O, da. E foarte distractiv. Stai în faţa a cinci avocaţi care îţi pândesc fiecare cuvânt, fiecare silabă, salivând cu gândul la banii pe care ţi-i vor lua. De ce nu reușește avocatul tău să negocieze o înţelegere? Povestea asta trebuia încheiată de luni bune.

– E complicat. Da, e vorba despre mulţi bani, iar asta atrage tot mai mulţi vulturi, tot mai mulţi avocaţi înfometaţi.

– Înţeleg asta. Dar ce înţelegere vei face? Care e suma?

– Nu ştiu. Nu am ajuns încă acolo.

– Ţi se cuvin milioane, surioară. Nemernicii aceia au plănuit să intre cu maşina în voi. Tu...

– Te rog! Gunther, ştiu toate astea, să nu mai discutăm.

– Bine, iartă-mă, dar îmi fac griji pentru tine. Nu sunt sigur că ai avocatul potrivit.

– Gunther, după cum am mai spus, am singură grijă de mine şi de avocatul meu. Nu trebuie să-ţi pierzi tu timpul făcându-ţi griji.

– Ştiu. Iartă-mă. Sunt fratele tău mai mare şi nu mă pot abţine.

Sosi mâncarea şi amândoi părură bucuroşi de întrerupere. Mâncară în linişte. Era clar că pe el îl frământau nişte gânduri pe care îi era greu să le articuleze.

Teama ei cea mai mare era că el avea să îi ceară o sumă considerabilă când primea compensaţia. Nu i-ar fi cerut niciodată banii pur şi simplu, degeaba, ci ar fi pretins că avea nevoie de un împrumut urgent. Dacă se întâmpla aşa, Lacy era hotărâtă să îl refuze. Ştia că el se împrumuta într-o parte ca să plătească în alta, că îşi amaneta toate bunurile şi că trăia la limita dintre bunăstare şi faliment. N-avea să îi permită să se atingă de banii ei, când sau dacă îi primea, iar dacă asta ducea la o ruptură între ei, era pregătită să o accepte. Prefera să îşi păstreze banii şi să suporte consecinţele unei despărţiri urâte decât să-i dea banii, să-l vadă cum îi pierde şi să se trezească în faţa unui viitor plin de promisiuni deşarte.

Gunther abandonă procesul şi începu să vorbească despre subiectul lui preferat: cel mai recent proiect al lui. Era vorba despre un cartier alcătuit din locuinţe mixte, cu o piaţă centrală în care existau un tribunal, biserici şi şcoli, surse de apă, trasee, precum şi nelipsitul teren de golf. O adevărată utopie. Un proiect de 50 de milioane de dolari, fireşte, alături de alţi investitori. Lacy se forţa să pară interesată.

Terasa începu să se umple de oameni și nu peste multă vreme deveni aglomerată. Gunther se gândea să ia un pahar de vin la desert, dar se răzgândi când Lacy ceru un espresso. La ora 1.00, el achită nota și îi spuse că trebuia să pornească spre aeroport. Era așteptat în Atlanta, unde o altă afacere atârna de un fir de ață.

Lacy îl îmbrățișă în terminal și îl privi îndepărtându-se. Îl iubea din tot sufletul, dar trase adânc aer în piept și se relaxă când îl văzu plecat.

25

Din dulapul plin cu haine, judecătorul Bannick alese un costum de firmă din lână, gri-deschis, o cămașă albă cu manșete franțuzești și o cravată bleumarin. Se admiră în oglindă, găsind că avea un aer european. Sâmbătă după-amiază, târziu, plecă de acasă, din Cullman, și conduse până în centrul orașului Pensacola, într-un cartier istoric cunoscut sub numele de North Hills. Străzile erau umbrite de stejari falnici, ale căror crengi groase erau acoperite de mușchi spaniol. Multe case fuseseră ridicate cu două sute de ani în urmă și trecuseră prin uragane și recesiuni. Copil fiind, în Pensacola, Ross și prietenii lui se plimbau cu bicicletele prin North Hills, admirând casele frumoase. Nu se gândise niciodată că ar putea ajunge să fie bine primit acolo.

Intră pe aleea pietruită a unei frumoase vile victoriene și parcă mașina lângă un Mercedes strălucitor, apoi traversă terasa din spatele casei și bătu la ușă. Melba, slujnica vârstnică a lui Helen, îl întâmpină cu zâmbetul ei cald dintotdeauna și-i spuse că doamna se pregătea. Îl întrebă dacă voia ceva de băut. El ceru o bere fără alcool și se așeză în fotoliul lui preferat din sala de biliard.

Helen era văduvă și era un fel de iubită a lui, deși nu era câtuși de puțin interesat de o relație romantică. Nici ea, de altfel. Cel de-al treilea sau al patrulea soț al ei murise de bătrânețe, lăsând-o bogată, iar ea prefera banii. Se gândea că toți bărbații eligibili de vârsta ei îi vânau averea. Prin urmare, relaţia lor era una de convenienţă. Adora să se afişeze în oraş la braţul unui bărbat mai tânăr – şi judecător pe deasupra. Lui îi plăcea că era isteaţă şi scandaloasă şi nu reprezenta o ameninţare.

Pretindea că avea şaizeci şi patru de ani, dar nimeni nu o credea. Intervenţiile chirurgicale repetate îi mai netezisera din riduri, îi rotunjiseră bărbia şi-i făcuseră ochii mai strălucitori, dar el bănuia că avea pe puţin şaptezeci. Haremul lui, cum îi zicea în sinea lui, includea câteva femei cu vârste începând de la patruzeci şi unu de ani şi până la Helen. Pentru a se califica, acestea trebuiau să fie femei bogate sau cu influenţă, singure şi fericite să rămână aşa. Nu îşi căuta nevastă şi, de-a lungul anilor, scăpase de cele care se dovediseră complicate.

Melba îi aduse băutura şi se retrase. Cina era la 7.30 şi era clar că n-aveau să ajungă la timp. Pentru un judecător care cerea punctualitate în mai toate chestiunile, să aştepte după Helen era un exerciţiu de răbdare. Prin urmare, aşteptă, relaxându-se între mobilele rafinate din piele şi admirând covoarele persane, lambriurile, biblioteca de stejar cu rafturile încărcate de cărţi vechi, candelabrul magnific dintr-un secol trecut. Casa acoperea 929 de metri pătraţi, având patru niveluri, iar Helen şi Melba se foloseau de o mică parte.

Închise ochii şi recită poemul primit recent. Acesta îl lega de uciderea lui Danny Cleveland, fostul reporter de la *Ledger*. Îl ucisese în 2009, cu doar cinci ani în urmă. Înaintea lui fusese Eileen Nickleberry, în 1998. După aceea, Perry Kronke, în 2012, apoi Verno şi Dunwoody, cu mai puţin de un an în urmă. Avea impresia că victimele lui se ridicau din morminte şi se aliniau ca să vină după el, ca nişte zombi. Trăia într-o stare de nedumerire şocată, iar mintea îi fremăta de gânduri imaginând strategii ce se schimbau cu fiecare oră.

Închise ochii din nou, respiră adânc, vârî mâna în buzunar şi scoase o pastilă de Xanax, pe care o înghiţi cu bere. Lua prea multe pastile. Acestea ar fi trebuit să-i alunge angoasele şi să îl relaxeze, dar nu mai aveau efect.

Era posibil ca viaţa lui îndestulată şi privilegiată să ia sfârşit? Era pe cale să fie expus într-un fel de neimaginat? Trecutul pe care se străduise atât de genial să-l ascundă îl prindea din urmă. Prezentul şi statutul lui erau în pericol. Viitorul se anunţa atât de îngrozitor, încât nu voia să se gândească.

– Bună, dragule, spuse Helen intrând în încăpere.

Bannick sări în picioare şi întinse braţele pentru o îmbrăţişare, trimiţând în aer sărutări lipsite de orice nuanţă sexuală.

– Helen, arăţi minunat!

– Mulţumesc, scumpule, spuse ea, privindu-şi rochia roşie fără mâneci. Îţi place? Chanel.

– Minunată, răpitoare...

– Mulţumesc, dragule.

Era dintr-un orăşel din Georgia şi se credea o reprezentantă autentică a Sudului. Vorbea cu un accent afectat.

Se apropie de el şi se încruntă.

– Domnule judecător, se vede că eşti obosit. Ai cearcăne. Te lupţi iar cu insomnia?

Nu avusese niciodată insomnii, dar spuse:

– Presupun. Am un program încărcat.

Era prea politicos ca să spună, la rândul lui: „Ei bine, Helen, în cazul acesta constat şi eu un colăcel suplimentar în jurul taliei. Nu eşti atât de suplă pe cât te crezi!"

Un lucru care-i plăcea la Helen – pe care îl admira nespus – era faptul că aceasta nu renunţa. Întotdeauna era la dietă, făcea sport, cumpăra cele mai recente articole la modă, investiga cele mai noi descoperiri chirurgicale, achiziţiona cele mai scumpe farduri şi le folosea cu entuziasm. Pretindea că aştepta să apară Viagra pentru femei ca să se lanseze în aventuri sexuale ca o adolescentă. Râseseră amândoi, pentru că sexul era un subiect pe care îl ocoleau în egală măsură.

Se străduia atât de mult să arate bine, încât nu putea spune nimic care i-ar fi rănit orgoliul uriaş. Îi privi picioarele, întotdeauna interesante, şi zâmbi la vederea pieilor de leopard.

– Îmi plac pantofii tăi de cocotă, spuse râzând. Jimmy Choo?

– Întotdeauna, dragule.

Își luară rămas-bun de la Melba și plecară. Ca de obicei, luară Mercedesul Helenei, pentru că, fiind cu desăvârșire snoabă, ar fi fost umilită să apară la club într-un Ford. Bannick îi deschise portiera, apoi se așeză la volan. Ceasul era deja 7.40, iar până la club făceau cincisprezece minute. Vorbiră despre săptămâna lui aglomerată și despre nepoții ei din Orlando – o adunătură lamentabilă de răsfățați, cu probleme pe care doar banii le puteau isca – și, după zece minute în trafic, Helena spuse:

– Domnule judecător, pari preocupat. Ce s-a întâmplat?

– Nimic. Aștept cu nerăbdare cina fabuloasă compusă din pui cu gust de cauciuc și mazăre rece.

– Nu e chiar așa de rău. Dar se pare că nu reușim să păstrăm niciun bucătar.

Amândoi erau membri ai clubului și știau care era adevărul. Fiecare *chef* nou-venit lucra cam șase luni, după care era concediat. Cu toții găseau că era imposibil să îndeplinești cerințele unui grup de bogătași care se credeau cunoscători de mâncăruri și vinuri rafinate.

Escambia Country Club avea o sută de ani și cinci sute de membri, cu o listă de așteptare pe care se găseau alți o sută. Era cel mai important Country Club din Pensacola, locul căruia voiau să-i aparțină toate familiile de vază. Și toți parveniții. Era amplasat într-un golf, iar sala mare era înconjurată de apă pe trei laturi. Pasaje navigabile îngrijite porneau în toate direcțiile. Locul, de la aleea umbroasă la cele 80 de hectare înverzite, perfect întreținute, mirosea a bani și a elitism.

Intrarea se făcea în dreptul unui portic cuceritor, unde membrii soseau în mașini nemțești și erau întâmpinați de valeți în livrea. Nu lipsea decât covorul roșu.

– Bună seara, Hubert!

Helen adora să spună asta în timp ce valetul îi deschidea portiera, îi lua mâna și o ajuta să coboare din mașină, cum făcea de ani întregi. După aceea, luă braţul judecătorului Bannick şi păşiră în foaierul impresionant, unde ospătarii mişunau cu tăvi încărcate cu şampanie. Helen aproape că-l asaltă pe unul ca să ia un pahar, care nici măcar nu era primul pahar al zilei. Judecătorul alese un pahar cu apă minerală. Îl aştepta o noapte lungă şi o duminică încă şi mai lungă.

În curând fură înconjuraţi de bogătaşi, bărbaţii în costume şi purtând cravată, femeile în ţinute de seară, de firmă. Cele în vârstă se încăpăţânau să poarte haine mulate, cu decolteuri adânci şi fără mâneci, hotărâte să expună cât mai multă piele îmbătrânită pentru a dovedi că încă mai aveau ce. Cele tinere, în minoritate, păreau mulţumite de siluetele lor şi nu simţeau nevoia să demonstreze ceva. Cu toţii râdeau şi vorbeau în acelaşi timp, avansând încet de-a lungul unui hol imens acoperit cu covoare groase, pe lângă pereţii împodobiţi cu tablouri. În sala de festivităţi, îşi croiră drum printre mese până când îşi găsi fiecare locul desemnat. În seara aceea nu se ţineau cuvântări, nu se aranjase podiumul, nu se amenajaseră mese pentru sponsori. În capătul îndepărtat al sălii, o trupă îşi acorda instrumentele lângă ringul de dans.

Judecătorul şi Helen erau aşezaţi lângă alţi opt oameni pe care îi cunoşteau foarte bine, cupluri căsătorite, dar nimănui nu-i păsa unde stătea. Un doctor, un arhitect, un om de afaceri din domeniul extracţiei de pietriş, toţi cu soţiile lor. Şi un alt bărbat, cel mai vârstnic de la masa lor, care lua cina la club în fiecare seară cu soţia lui, despre care se ştia că moştenise mai mulţi bani decât toţi ceilalţi la un loc. Vinul începu să curgă şi conversaţiile erau animate.

Judecătorul Bannick se prefăcu o vreme cât putu de bine, reuşind să râdă, să zâmbească şi să discute chestiuni lipsite de importanţă. Din când în când însă, simţea apăsarea viitorului, nesiguranţa zilei de luni, teama de a fi expus şi de a deveni vulnerabil, şi atunci cădea pe gânduri. Îi era imposibil să privească în jur, către oamenii pe care îi cunoştea şi admira, şi să nu se întrebe: „Oare ce vor spune?"

El, îmbrăcat în Zegna, așezat la masă cu cei bogați, era un judecător respectat și admirat de oameni importanți și, totodată, cel puțin în opinia lui, cel mai inteligent criminal din istoria Americii. Îi studiase pe ceilalți. Huligani de rând, toți. Unii erau complet ignoranți.

Se forță să își alunge gândurile și răspunse unei întrebări privind o scurgere de petrol în Golf. Pata se apropia de Pensacola și alarmele erau activate. Da, își dădu el cu părerea, se aștepta la numeroase litigii în viitorul apropiat.

– Doar știți cum sunt reclamanții, spuse, vor declanșa procese imediat ce vor zări pata, poate chiar înainte ca aceasta să se zărească.

Presa vorbea numai despre asta și, pentru o vreme, toți cei din jurul mesei îi adresară diverse întrebări cu privire la cine pe cine va da în judecată. Subiectul se stinse repede; femeile își pierdură interesul și inițiară propriile conversații în timp ce cina era servită.

Personalul era bine pregătit și nimeni nu rămânea cu paharul de vin gol, mai ales Helen. Ca de obicei, bea Chardonnay și devenea gălăgioasă. Până la 10.00 să se îmbete, iar el trebuia să o ducă acasă și să o vâre în pat cu ajutorul Melbei.

Era bucuros să-i lase pe ceilalți să vorbească. Privi prin sală, zâmbi și salută câțiva prieteni. Atmosfera era festivă, animată, și toată lumea era îmbrăcată frumos. Femeile erau coafate impecabil. Cele peste patruzeci de ani aveau același nas și aceeași bărbie, mulțumită doctorului Rangle, cel mai căutat chirurg plastician din Florida Panhandle. Acesta stătea la două mese distanță alături de soția lui, o blondă superbă cu o vârstă nedeterminată, deși se zvonea că avea treizeci și ceva de ani. Când nu sculpta femei, Rangle se culca cu ele; acestea îl găseau irezistibil, iar escapadele lui amoroase erau o sursă inepuizabilă de bârfe în oraș.

Bannick îl detesta, ca majoritatea bărbaților căsătoriți de altfel, dar în sinea lui îi invidia libidoul. Și soția.

În sală se aflau doi indivizi pe care și-ar fi dorit să îi ucidă. Rangle era cel de-al doilea. Primul era un bancher care îi refuzase un împrumut pe când avea treizeci de ani și încerca să-și cumpere prima clădire de birouri. Motivase că situația lui financiară era precară și că avea șanse slabe să facă bani ca avocat. Orașul era plin de avocați mediocri care abia își plăteau facturile. Bancher tipic, își imagina că știa cel mai bine cum stătea treaba. Bannick cumpărase o clădire, pe care o închiriase, apoi mai cumpărase una. Cum biroul lui de avocatură mergea foarte bine, se înscrisese în club și nu se mai gândise la bancher. Când ajunsese judecător, la treizeci și nouă de ani, bancherul suferise un atac cerebral și se pensionase.

Acum era așezat la o masă din colț, îmbătrânit și ofilit. Cu greu mai putea vorbi, singura care reușea să îi înțeleagă gângăvelile fiind soția lui. Era trist și vrednic de milă, sentimente străine lui Bannick.

Era însă mult prea riscant să-l ucidă pe el sau pe Rangle. Crime locale, într-un oraș mic. Iar fărădelegile lor era minore în comparație cu ale celorlalți. Nu se gândise niciodată serios să-i adauge pe listă.

Cina se apropia de sfârșit și trupa începu să intoneze cântece vechi pe care mulțimea le îndrăgea. La desert, câteva perechi se grăbiră spre ringul de dans. Lui Helen îi plăcea să danseze, iar Bannick se descurca binișor. Refuzară desertul, își făcură intrarea și se mișcară pe ritmurile câtorva piese de Stevie Wonder și Smokey Robinson. După câteva cântece însă, lui Helen i se făcu sete și vru să bea ceva. O lăsă la masă lângă prietenii ei, iar el ieși pe terasă, unde bărbații fumau trabucuri și sorbeau din paharele cu whisky.

Se bucură să-l vadă pe Mack McGregor, singur, tras deoparte, cu paharul într-o mână și telefonul în cealaltă. După zece ani pe banca judecătorilor, Bannick îi cunoștea pe toți avocații din Pensacola și Jacksonville – și nu numai –, iar Mack fusese dintotdeauna unul dintre preferații lui. Amândoi se alăturaseră unor case mari de avocatură cam în același timp, apoi își deschiseseră propriile birouri. Lui Mack îi plăcea în instanță și devenise rapid un avocat pledant priceput și căutat. Era unul dintre puținii avocați din zonă care puteau lua un caz de la bun început, de vătămare sau omucidere, obținând un verdict favorabil. Era un avocat pledant pur, nu unul care vâna cazuri de prejudiciu colectiv, și pledase inclusiv în cazuri de crimă. Bannick îl văzuse în acțiune, dar nu se gândise niciodată că ar putea veni ziua în care să aibă nevoie de serviciile lui Mack.

În ultimele trei zile, se surprinsese gândindu-se deseori la Mack. Dacă ajungea să se prăbușească cerul peste el, deși Bannick continua să creadă că asta n-avea să se întâmple, Mack ar fi fost primul la care ar fi apelat.

– Bună seara, domnule judecător, îl salută Mack lăsând telefonul. Ți-ai pierdut doamna?

– E la toaletă. Tu cu cine ești în seara asta?

– Una nouă, e foarte drăguță. Secretarea mea ne-a făcut cunoștință.

Mack era divorțat de vreo zece ani și se știa că era vânător.

– E foarte frumoasă.

– Doar atâta e, crede-mă.

– E suficient, corect?

– Da. Cine va lua cazul acela cu incidentul de la barul tiki[1] din Fort Walton?

– Nu știu. Judecătorul Watson decide. Îl vrei?

– Poate.

Cu o lună în urmă, doi motocicliști din Arizona făcuseră scandal într-un bar din Fort Walton Beach, de pe malul mării. Scandalul escaladase de la pumni la cuțite, apoi la arme, iar când se așternuse tăcerea, trei oameni erau morți. Motocicliștii încercaseră să scape cu fuga, dar fuseseră reținuți în apropiere de Panama City Beach.

Fideli principiului că orice individ acuzat de infracțiuni grave avea dreptul la un avocat bun, Mack și partenerul lui se ofereau să reprezinte cel puțin un acuzat de crimă pe an. Astfel, făceau lucrurile mai interesante și la birou. Lui Mack îi plăcea o crimă bună,

[1] Bar amenajat în stil exotic, cel mai adesea polinezian, unde se servesc cocktailuri (n.tr.)

violentă. Îi plăceau vizitele la închisoare. Îi plăcea să cunoască oameni capabili să ucidă.

– Pare genul tău de caz.

– Da, viaţa mea a alunecat în rutină în ultima vreme.

„Ei bine, Mack, situaţia s-ar putea schimba destul de curând, pentru noi amândoi", se gândi Bannick.

– Dacă te oferi voluntar, aş putea aranja.

– Lasă-mă să discut la birou mai întâi. Te sun eu luni. Nu cred că vor cere pedeapsa cu moartea, nu-i aşa?

– Nu. E clar că nu a fost un atac premeditat. Se pare că doi idioţi s-au îmbătat şi s-au luat la bătaie. Luaţi cazuri legate de scurgerea petrolieră?

– Vom lua câteva, răspunse Mack râzând. Jumătate dintre avocaţi sunt în Golf acum, căutând pata. O să fie o adevărată nebunie.

– Şi un nou dezastru ecologic.

Mai vorbiră o vreme despre avocaţi cunoscuţi şi cazurile acestora. Mack scoase o tabacheră de piele şi-i oferi o Cohiba. Aprinseră câte una şi îşi luară câte un pahar cu whisky. Renunţară la discuţia despre avocaţi în favoarea aceleia, mult mai plăcute, despre femeile mai tinere. După o vreme, judecătorul ştiu că partenera lui avea să vină să-l caute. Îşi luă rămas-bun de la avocat, sperând să nu îl revadă prea curând.

26

Ca întotdeauna, să o conducă pe Helen acasă se dovedi extrem de complicat. Chiar și desculță, abia se ținea pe picioare în timp ce traversau terasa din spatele casei sale.

– Intră să bem ceva, dragule, gânguri ea.

– Nu, Helen, e foarte târziu și mă chinuie o durere îngrozitoare de cap.

– Așa-i că trupa a fost grozavă? Ce seară plăcută!

Melba aștepta în dreptul ușii, pe care o deschise pentru ei. Bannick îi încredință pantofii, apoi pe Helen, după care se întoarse și plecă.

– Trebuie să plec, scumpo, te sun mâine-dimineață.

– Dar vreau să bem ceva!

Bannick scutură din cap, apoi se încruntă către Melba și se grăbi să ajungă la mașină. Se întoarse la centrul comercial și lăsă mașina între celelalte parcate în apropierea cinematografului. Se îndreptă spre camera lui secretă, trecu de sistemele de securitate și, odată ajuns înăuntru, se schimbă în haine sport. La o jumătate de oră după ce se despărțise de Helen, sorbea dintr-o cafea și urmărea cele mai recente descoperiri ale lui Rafe.

Operațiunea era consumatoare de timp și, de obicei, nu dădea rezultate. Folosindu-se de Maggotz și de Rafe, continua să supravegheze fișierele poliției cu privire la cazurile lui. Până în momentul acela, nicio secție de poliție nu reușise să-l țină la distanță. Unele fuseseră mai ușor de spart decât altele, dar niciuna nu-i pusese probleme reale. Continua să se minuneze de gradul scăzut de protecție de care beneficiau instituțiile statului în mai toate orașele. Nouăzeci la sută din breșe puteau fi prevenite cu eforturi modeste. Parolele precum „administrator" sau „parolă" erau în continuare folosite.

Mult mai dificil era să țină pasul cu victimele. Erau zece grupuri, zece familii pe care el le distrusese. Părinți, soți, copii, frați și surori, unchi și mătuși. Nu îi era milă de nimeni. Voia doar ca aceștia să stea deoparte.

Persoana care îl urmărea nu era nici polițist, nici detectiv particular, nici scriitor de romane polițiste în căutarea unei povești adevărate. Era una dintre victime, una care se strecurase neștiută pe urmele lui, pândindu-l, adunând informații.

Apăruse o nouă realitate, iar el, cu inteligența lui strălucită, avea să o confrunte. Avea să găsească victima și să pună capăt scrisorilor. Și poeziilor acelora stupide.

Eliminase familiile lui Eileen Nickleberry, Perry Kronke, Lanny Verno și Mike Dunwoody. Se întoarse la începuturi, la victoria lui cea mai importantă. Deschise fișierul lui Thad Leawood și se uită la fotografii. Unele erau alb-negru, din timpul excursiilor, altele cu întreaga echipă, o reuniune, una făcută de mama lui la o festivitate de premiere – Ross stătea mândru, în uniformă, cu insigna de merit colorată, Leawood cu un braț în jurul lui. Studie chipurile celorlalți cercetași, prietenii lui apropiați, și se întrebă, ca de fiecare dată, câți dintre ei fuseseră la rândul lor abuzați de Leawood. Fusese prea speriat ca să-i întrebe, să facă schimb de informații. Walt Sneed spusese la un moment dat că lui Leawood îi plăcea să atingă și să îmbrățișeze prea mult pentru gusturile unui copil de doisprezece ani, îl numise „ciudat", dar lui îi fusese mult prea teamă să dezvolte discuția.

Cum putea un bărbat care părea normal să violeze un copil, un băiat? Trecuseră atâția ani, dar încă îl ura pe Leawood. Nu își imaginase niciodată că un bărbat putea face asemenea lucruri.

Trecu mai departe, peste fotografiile care îi stârneau mereu amintiri dureroase, și ajunse la arborele genealogic. Necrologul succint al lui Leawood îi menționa familia: părinții, un frate mai mare; nu avea soție. Tatăl lui murise în 2004. Mama lui avea nouăzeci și patru de ani, își pierduse mințile și trăia la un azil modest în Niceville. Se gândise de multe ori să-i facă felul, doar așa, pentru satisfacția de a se fi răzbunat pe femeia care îi dăduse naștere lui Thad Leawood.

Fuseseră foarte multe ținte la care se gândise de-a lungul anilor.

Fratele, Jess Leawood, părăsise zona la scurtă vreme după ce zvonuri despre abuzuri apăruseră în Salem, Oregon, unde locuise în ultimii douăzeci și cinci de ani. Avea șaptezeci și opt de ani, era pensionar, văduv. Cu șase ani mai devreme, Bannick îl sunase de pe un telefon cu cartelă, pretinzând că era un scriitor de romane polițiste și consultase niște dosare mai vechi ale poliției. Îl întrebase dacă știa că fratele lui abuzase copii. Jess îi închisese fără o vorbă. Nu folosise la nimic altceva decât că se răzbunase pe un Leawood.

Din câte reușise Bannick să afle, Jess nu păstrase nicio legătură cu orașul natal. Cine l-ar fi putut acuza?

Cel mai recent poem era despre Danny Cleveland, reporterul care lucrase pentru *Pensacola Ledger.* Avea patruzeci și unu de ani când fusese ucis, era divorțat și avea doi copii adolescenți. Familia îl adusese acasă, în Akron, pentru înmormântare. Conform rețelelor de socializare, fiica lui era studentă în anul trei la Western Kentucky, iar fiul lui intrase recent în armată. Era imposibil de crezut că vreunul dintre ei concepuse planul elaborat prin care să fi dat de urma unui criminal genial. Iar fosta lui soție nu părea prea interesată de cine îl omorâse.

Verifică celelalte fișiere. Ashley Barasso, singura femeie pe care o iubise. Se cunoscuseră în facultate și trăiseră o idilă minunată, una care se încheiase subit când ea îl părăsise pentru un jucător de fotbal. Fusese distrus și purtase cu el suferința aceea timp de șase ani, până îi dăduse de urmă. Când ea își dăduse ultima suflare, durerea lui dispăruse subit, iar inima i se vindecase. Balanţa fusese echilibrată. Soţul ei acordase interviuri şi oferise o recompensă de 50 000 de dolari, dar timpul trecuse, nimeni nu oferise informaţii, iar el mersese mai departe. Se recăsătorise patru ani mai târziu, făcuse alţi copii şi locuia în apropiere de DC.

Preston Dill fusese unul dintre primii lui clienţi. El şi soţia lui voiau să divorţeze pe cale amiabilă, dar nu reuşiseră să adune onorariul de 500 de dolari. Cei doi se detestau şi aveau deja parteneri noi cu care aşteptau să se recăsătorească, dar avocatul Bannick refuzase să-i aducă în faţa judecătorului până când nu achitau onorariul. Atunci, Preston îl acuzase pe Bannick că se culca cu nevasta lui şi lucrurile scăpaseră de sub control. Depusese o reclamaţie la barou, una din multe altele, trimise de-a lungul anilor. Schema lui era să angajeze un avocat pe care să nu-l plătească, apoi să îl acuze că nu îşi făcuse treaba. Toate reclamaţiile lui Dill fuseseră respinse ca fiind nefondate. Patru ani mai târziu, îi descoperiseră cadavrul într-o groapă de gunoi din apropiere de Decatur, Alabama. Familia acestuia era împrăştiată, neînsemnată şi probabil lipsită de bănuieli.

Profesorul Bryan Burke fusese ucis la şaizeci şi doi de ani, iar trupul îi fusese descoperit lângă o potecă îngustă, aproape de cabana lui îndrăgită de lângă Gaffney, South Carolina. Era în anul 1992. Privind fotografia din albumul şcolar, Bannick aproape îi auzea glasul baritonal răsunând în amfiteatru.

„Vorbiţi-ne despre cazul acesta, domnule..." Făcea întotdeauna o pauză, pentru ca ei să se frământe şi să se roage ca numele altcuiva să fie rostit. Studenţii ajungeau în cele din urmă să-l admire pe profesor, dar Bannick nu rămăsese alături de ei. După căderea nervoasă pentru care îl acuza întru totul pe Burke, se transferase la Universitatea din Miami şi începuse să-şi plănuiască răzbunarea.

Burke avea doi copii adulţi. Fiul acestuia, Alfred, lucra pentru o companie de tehnologie din San Jose, era căsătorit şi avea trei copii. Cel puţin, aceasta era situaţia la ultima verificare, cu aproape un an și jumătate în urmă. Bannick căută informații, dar nu putu confirma locul de muncă actual al lui Alfred. La adresa cunoscută locuia altcineva. Era clar că își schimbase serviciul și se mutase. Bannick se mustră că nu verificase mai recent. Îi luă o oră să-l găsească în Stockton, dar locul de muncă era tot necunoscut.

Fiica lui Burke era Jeri Crosby, patruzeci și șase de ani, divorțată, cu un copil. Conform celor mai recente informații, locuia în Mobile și preda științe politice la Universitatea South Alabama. Accesă pagina de internet a universității și văzu că lucra încă acolo. Un aspect care îi atrase atenția era acela că universitatea afișa fotografiile profesorilor de la catedra de științe politice și drept penal, dar nu și pe a ei. Era clar că era o persoană foarte discretă.

Informații anterioare arătau că avea o diplomă de licență de la Stetson, un master de la Howard, în DC, și un doctorat în științe politice de la Universitatea din Texas. Se căsătorise cu Roland Crosby în 1990, avuseseră un copil în primul an de la căsătorie și divorțaseră șase ani mai târziu. În 2009 se angajase la Universitatea din South Alabama.

Îl intrigă legătura cu Mobile. Detectivul particular angajat de persoana aflată pe urmele lui, Rollie Tabor, era stabilit în Mobile.

Bannick îl trimise pe Rafe să verifice din nou înregistrările companiei de închirieri auto Hertz și adormi pe canapea.

Îl trezi alarma la ora 3.00 dimineața, după două ore de somn. Se spălă pe față, își spălă dinții, se schimbă în blugi și adidași și părăsi camera secretă. Ieși din oraș pe autostrada 90, de-a lungul țărmului, și opri să alimenteze la un magazin nonstop, unde plata numerar era în continuare acceptată și unde nu exista decât o cameră de supraveghere. După aceea, parcă într-un colț întunecos și schimbă plăcuțele de înmatriculare. Majoritatea șoselelor cu plată din Florida fotografiau autovehiculele. O luă apoi pe un drum de țară spre nord, după care intră pe autostrada 10; mergea cu 120 de kilometri pe oră și era pregătit pentru o călătorie lungă. Avea de parcurs 966 de kilometri și timp destul să reflecteze. Sorbind cafea tare dintr-un termos, luă o pastilă cu amfetamină și încercă să se bucure de liniștea înconjurătoare.

Parcursese milioane de kilometri noaptea. Nouă ore erau nimic. Cafea, amfetamină, muzică bună. Când avea ce-i trebuia, putea conduce zile la rând.

Dave Attison fusese coleg cu el în frăția de la Universitatea din Florida, unul care știa să petreacă și care terminase totodată printre primii din clasa lui. Fuseseră colegi de cameră timp de doi ani și trecuseră prin multe mahmureli împreună. După facultate, drumurile li se despărțiseră, unul studiase Dreptul, celălalt stomatologia. David devenise un stomatolog renumit în Boston. Cu cinci ani în urmă, se săturase de zăpadă și de iernile lungi și revenise acasă; cumpărase un cabinet în Fort Lauderdale și îi mergea bine.

Nu îl mai văzuse pe Ross de șapte ani, de la reuniunea de douăzeci de ani organizată în Palm Beach. Cei mai mulți dintre foștii colegi păstrau legătura pe e-mail sau prin mesaje, însă nu toți. Ross nu se număra printre cei care păstraseră legătura. Dintr-odată însă, trecea prin oraș și-l invita să bea ceva. Într-o duminică după-amiază. Se cazase la Ritz-Carlton și stabiliră să se vadă la barul de lângă piscină.

Când ajunse Dave, Ross era deja acolo. Se îmbrățișară ca doi foști colegi de cameră, apoi își examinară părul încărunțit și burțile. Fiecare spuse despre celălalt că arăta încă bine. După alte câteva insulte prietenești, veni un ospătar și comandară de băut.

– Ce te aduce aici? îl întrebă Dave.

– Mă uit la niște blocuri de apartamente în East Sawgrass.

– Cumperi proprietăți imobiliare?

– Cumpărăm. Suntem un grup de investitori. Cumpărăm tot felul de proprietăți.

– Credeam că ești judecător.

– Ales prin votul cetăţenilor în Districtul Douăzeci şi Doi. De zece ani deja. Însă, în Florida, un judecător face patruzeci şi şase de mii de dolari pe an, nu e cine ştie ce. Am început să cumpăr proprietăţi cu douăzeci de ani în urmă. Compania noastră a crescut treptat şi ne merge bine. Ţie cum îţi merge?

– Foarte bine, mulţumesc. Nu ducem lipsă de clienţi.

– Nevastă şi copii?

Ross voia să deschidă subiectul familiei înaintea lui Dave, pe de o parte ca să arate că nu se temea să o facă. Încă din anii studenţiei, bănuise că tovarăşii lui aveau îndoieli în ceea ce-l privea. Întâmplarea cu Eileen devenise legendară. Deşi ulterior minţise, spunând că avusese iubite, simţise tot timpul că nu îi convinsese. Faptul că nu se căsătorise nu îl ajuta.

– Suntem bine. Fiica mea e studentă la Universitatea din Florida, iar fiul meu e la liceu. Roxie joacă tenis de cinci ori pe săptămână şi nu mă deranjează.

Conform spuselor altui coleg, căsnicia lui cu Roxie nu fusese una stabilă. Când unul, când altul părăsiseră domiciliul conjugal. Când fiul lor avea să plece la facultate, probabil că aveau să renunţe şi ei.

Sosiră berile şi ciocniră. O tânără frumoasă în costum de baie trecu pe lângă ei şi o urmăriră cu privirea.

– Au trecut vremurile acelea, spuse Ross cu admiraţie.

– Avem aproape cincizeci de ani, îţi dai seama?

– Mă tem că da.

– Crezi că vom ajunge vreodată să nu ne mai uităm?

– Dacă respir, continui să mă uit, rosti Ross ca pe o mantră.

Sorbi lent din berea care se încălzea. Nu voia să bea mai mult de una. Drumul spre casă îi lua tot nouă ore.

Vorbiră despre unul şi altul, în special despre câţiva dintre tovarăşii lor din vremurile de glorie. Râseră de prostiile pe care le făcuseră, de farsele pe care le puseseră la cale, de cât de aproape fuseseră uneori să fie prinşi. Eternele discuţii de colegi de frăţie.

Ross începu apoi să își țească povestea.

– Anul trecut am avut parte de o întâlnire stranie. O mai știi pe Cora Laker, Phy Mu?

– Sigur, era simpatică. A devenit avocat, nu?

– Da. Eram la un congres al baroului în Orlando și m-am întâlnit cu ea. E partener la o casă de avocatură importantă din Tampa, îi merge bine. Arată bine. Am băut un pahar, apoi încă unul. A adus vorba despre Eileen, cred că fuseseră prietene, și i-au dat lacrimile. Spunea că nu vor soluționa niciodată cazul. Mai zicea că a căutat-o un detectiv care voia să discute cu ea despre Eileen. Îi închisese și asta fusese tot, dar era iritată că îi dăduse cineva de urmă.

Dave pufni ferindu-și privirea.

– Și pe mine m-a sunat cineva.

Bannick înghiți cu noduri. Călătoria lui, oricât de dificilă, părea să nu fie zadarnică.

– În legătură cu Eileen?

– Da, acum trei sau patru ani. Locuiam încă aici, poate a fost chiar cu cinci ani în urmă. Doamna de la telefon era o autoare de romane polițiste și voia să afle despre cum fusese Eileen în studenție. A zis că scria o carte despre cazuri nerezolvate. Despre femei care fuseseră hărțuite sau ceva de genul ăsta.

– O femeie te-a sunat?

– Da. A zis că mai scrisese niște cărți, s-a oferit să-mi trimită una.

– Ți-a trimis?

– Nu. Am închis. A trecut o viață de atunci, Ross. E foarte trist ce s-a întâmplat cu Eileen, dar nu aveam cu ce să o ajut.

O femeie. Care studia cazurile lui nerezolvate. Călătoria lungă meritase efortul.

– Ciudat, spuse Ross. A sunat o singură dată?

– Da. Am scăpat de ea. Și realmente nu aveam ce să îi spun. Pe vremea aceea, o țineam din petrecere în petrecere, nici nu îmi mai amintesc tot ce s-a întâmplat. Prea mult alcool și iarbă.

– Frumoase vremuri!

– Vino diseară la cină! Roxie e aceeaşi bucătăreasă execrabilă, dar putem comanda ceva.

– Mersi, Dave, dar iau cina cu nişte investitori.

O oră mai târziu, Bannick era din nou pe drum, luptându-se cu traficul de pe autostrada 95, cu 966 de kilometri de parcurs.

27

Sadelle ajunse cu zece minute mai târziu la întâlnirea de luni și, când sosi, părea că sfârșitul îi era tot mai aproape. Își ceru scuze și spuse că era bine. Lacy îi propusese în câteva rânduri să își ia liber câteva zile, să se odihnească. Sadelle se temea de odihnă. Munca o ținea în viață.

Darren vorbi primul.

– Am făcut tot ce s-a putut în privința informațiilor privind deplasările. Am primit în sfârșit și datele de la Delta, după ce i-am amenințat din nou cu citația, iar acum avem toți transportatorii. Delta, Southwest, American și Silver Air. Am verificat toate zborurile din Pensacola, Mobile, Tallahassee, chiar și din Jacksonville, cu destinația Miami și Fort Lauderdale. Rezultatul este următorul: cu o lună înainte de uciderea lui Perry Kronke, nimeni cu numele de Ross Bannick nu a zburat în sud.

– Presupui că s-a folosit de numele lui real, spuse Lacy.

– Firește. Doar nu cunoaștem niciunul dintre pseudonimele de care s-ar fi folosit, nu-i așa?

Lacy îl ignoră și sorbi din cafea. Darren continuă:

– Cu mașina, e un drum de unsprezece ore de la Pensacola la Marathon și, nu e nevoie să vă mai spun, nu avem cum să-i identificăm mașina.

– Înregistrările de pe drumurile cu taxă?

– Sunt păstrate timp de șase luni, apoi sunt distruse. Și drumurile cu taxă sunt ușor de ocolit.

– Hoteluri?

Sadelle gemu, încercând să-și umple plămânii cu aer, apoi spuse:

– Un alt ac în alt car cu fân. Știți câte hoteluri sunt în Florida de sud? Mii. Am ales o sută din gama de mijloc și nimic. Unsprezece dintre acestea sunt amplasate în și împrejurul orașului Marathon. Nimic.

– Ne pierdem timpul căutând așa, spuse Darren.

– Asta înseamnă să anchetezi, zise Lacy. Unele dintre cele mai cumplite crime au fost soluționate datorită unor indicii minore care la început păreau insignifiante.

– Ce știi tu despre rezolvarea unor crime cumplite?

– Nu prea multe, dar citesc despre criminali în serie. E fascinant.

Sadelle trase aer în piept și, oarecum înviorată, întrebă:

– Plecăm de la premisa că pentru uciderea lui Verno a condus până în Biloxi și înapoi?

– Și a lui Dunwoody. Da, aceasta este premisa cu care lucrăm. Cât să fie, două ore distanță?

– Cam așa, spuse Darren. Este fascinant. Dacă ne uităm la opt crime, și știu că nu ne uităm la opt, ci la trei, toate sunt aproape de Pensacola, dacă mergi cu mașina. Danny Cleveland în Little Rock, la opt ore distanță. Thad Leawood în Chattanooga, la șase ore. Bryan Burke în Gaffney, South Carolina, la opt ore. Ashley Barasso în Columbus, Georgia, la patru ore. Perry Kronke, în Marathon, și Eileen Nickleberry, lângă Wilmington, sunt amândoi la douăsprezece ore distanță. Nu era necesar să zboare sau să închirieze camere la hotel, putea să meargă cu mașina.

– Acestea sunt doar cele despre care știm, spuse Lacy. Pun pariu că sunt mai multe. Și fiecare crimă a fost comisă într-un alt stat.

– Știe mai multe despre crime decât noi, spuse Sadelle.

– Presupun că are mai multă experiență, adăugă Darren. Și e mai inteligent.

– Așa e, recunoscu Lacy. Dar noi o avem pe Betty, iar ea i-a dat de urmă. Ia gândiți-vă! Dacă are dreptate, a identificat criminalul, lucru pe care o armată de detectivi nu a reușit să-l facă.

– Și pe care nici noi nu suntem echipați să-l facem, nu-i așa? întrebă Sadelle.

– Așa este, dar am știut asta de la început. Să continuăm căutările!

– Așadar, când mergem la poliție? vru să știe Darren.

– Curând.

Cei doi detectivi de la poliția statală sunară la ușă la ora 8.00 dimineața, conform solicitării. Purtau costume închise la culoare, veniseră într-o mașină neagră, aveau ochelari de soare identici și oricine i-ar fi văzut își dădea seama că erau oamenii legii.

Fuseseră chemați la un judecător acasă, o situație cam neobișnuită. Cunoscuseră mulți judecători, dar nu la aceștia acasă, ci în sălile de judecată.

Judecătorul Bannick era numai zâmbet când îi pofti în bucătăria lui spațioasă și le turnă câte o cafea. Pe masă era un plic alb adresat judecătorului, sosit la adresa la care se aflau în acel moment. Judecătorul arătă către plic și le spuse:

– A venit sâmbătă, l-am găsit în cutia poștală de la intrare. Este cel de-al treilea într-o săptămână. Fiecare conține o scrisoare scrisă de o persoană cu probleme psihice, asta e clar. Pentru moment, voi păstra scrisorile pentru mine. Cea de-a treia este, de departe, cea mai amenințătoare. Când am primit-o, după ce le-am deschis pe primele două, am fost mai atent. Am folosit mănuși și am avut grijă să ating cât mai puțin atât scrisoarea, cât și plicul. Sunt sigur că poștașul le-a atins pe toate trei.

– Mai mult ca sigur, spuse locotenentul Ohler.

– Cine știe ce veți găsi, dar cu siguranță vor fi amprentele poștașului, nu și ale mele, iar dacă avem noroc, ceva lăsat în urmă de această persoană tulburată mental.

– Desigur, domnule judecător.

Locotenentul Dobbs scoase o pungă de plastic şi introduse cu grijă plicul în ea.

– Ne vom ocupa în cel mai scurt timp. Cât de urgent este, dacă nu vă supăraţi?

– Cât de serioasă e ameninţarea? întrebă şi Ohler.

– Păi, nu voi pleca de-acasă înarmat, dar mi-ar plăcea să ştiu cine e în spatele acestor acţiuni.

– Bănuiţi pe cineva? întrebă Dobbs.

– N-aş putea spune. Adică, judecătorii primesc întotdeauna astfel de scrisori, dar nu mă gândesc la cineva anume.

– Bun. Vom duce plicul la laborator chiar azi. Mâine vom şti dacă s-au putut preleva amprente. Dacă da, vom căuta să le identificăm.

– Mulţumesc, domnilor.

Pe drum, Ohler reflectă cu voce tare:

– Te întrebi şi tu de ce nu ne-a arătat scrisorile?

– La asta mă gândeam, răspunse Dobbs. E clar că nu vrea să le vadă cineva.

– Şi celelalte două plicuri?

– Le-a atins, prin urmare conţin amprentele lui.

– Pe care le avem, nu?

– Sigur. Înainte să primească autorizaţie de funcţionare, toţi avocaţii sunt amprentaţi.

În câteva secunde, ieşeau pe porţile cartierului. Când intrară pe autostradă, Ohler întrebă:

– Ce şanse crezi că sunt să găsim amprente?

– Zero, aş zice. Scrântiţii care trimit scrisori anonime sunt suficient de deştepţi încât să folosească mănuşi şi alte metode de precauţie. Nu e foarte greu.

– Am o bănuială, zise Ohler.

– Grozav. Încă una. Să auzim.

– Ştie cine i le-a trimis.

– Pe ce te bazezi?

– Pe nimic. E o bănuială. Bănuielile nu trebuie să se bazeze pe ceva anume.

– Mai ales ale tale.

O oră mai târziu, judecătorul Bannick parca pe locul rezervat din parcarea tribunalului din Chavez County și intra pe ușa din spate. Vorbi cu Rusty și cu Rodney, cei doi îngrijitori bătrâni gemeni, îmbrăcaţi ca întotdeauna în salopete identice, apoi urcă pe scara din spate la etajul doi, domeniul lui de zece ani. Își salută personalul și o chemă în birou pe Diana Zhang, secretara și singura lui confidentă. Închise ușa, îi ceru să se așeze, apoi îi vorbi pe un ton grav.

– Diana, am vești îngrozitoare, spuse el. Am fost diagnosticat cu cancer de colon în stadiul patru și situaţia nu arată bine deloc.

Femeia era prea uluită ca să poată vorbi. Începu imediat să lăcrimeze.

– Există o șansă, în plus, tot timpul se petrec miracole.

– Când aţi aflat? reuși ea să îngaime.

Îl privi printre lacrimi și abia atunci văzu cât era de obosit și de tras la faţă.

– Cu vreo lună în urmă. În ultimele două săptămâni am vorbit cu numeroși doctori din ţară și am hotărât să urmez un tratament alternativ la o clinică din New Mexico. Asta e tot ce îţi pot spune acum. Am vorbit cu judecătorul-șef Habberstam și i-am spus că îmi voi lua șaizeci de zile de concediu începând de azi. Va realoca procesele mele pentru moment. Tu și ceilalţi veţi continua să fiţi plătiţi, dar veţi avea mai puţin de lucru.

Îi zâmbi, dar ea era prea șocată ca să-i întoarcă zâmbetul.

– Ar trebui să fie liniște aici în următoare două luni. Te voi suna din când în când, să mă asigur că sunteţi bine.

Diana era pierdută. Judecătorul nu avea soţie, nici copii, nu avea pe nimeni la care să dea fuga cu mâncare, cadouri și înţelegere.

– Veţi fi aici sau acolo? bâigui ea.

– Când aici, când acolo. După cum am spus, păstrăm legătura şi mă poţi suna oricând. Voi mai trece pe aici ca să văd ce faceţi. Şi dacă nu scap cu viaţă, mai am câteva luni bune de trăit.

– Nu spuneţi asta!

– Ok, ok. Nu mor curând, dar următoarele luni ar putea fi dificile. Vreau să-mi suni toţi avocaţii şi să le aduci la cunoştinţă că dosarele lor vor fi repartizate altor judecători. Dacă întreabă de ce, spune-le doar că sunt bolnav. După ce plec, te rog, spune-le tu celorlalţi! Nu mă simt în stare să o fac eu.

– Nu pot să cred.

– Nici eu. Dar viaţa e nedreaptă, nu-i aşa?

O lăsă suspinând şi se retrase în grabă. Merse la o reprezentanţă General Motors, în Pensacola, şi schimbă maşina cu un Chevrolet Tahoe. Semnă teancul de documente, completă un cec pentru diferenţă folosindu-se de unul din numeroasele lui conturi şi aşteptă să-i schimbe plăcuţele de înmatriculare. Detesta culoarea argintie, dar, ca întotdeauna, avea nevoie de o maşină care să treacă neobservată.

Se aşeză în scaunul confortabil din piele şi inspiră adânc mirosul de maşină nouă. Se jucă cu GPS-ul, verifică aplicaţiile, îşi conectă telefonul şi plecă la drum spre vest, pe autostrada 10. Îi bâzâi telefonul – primise un mesaj de la un alt judecător. Îl citi pe monitorul maşinii: „Domnule judecător Bannick. Îmi pare rău să aflu că sunteţi bolnav. Sunt aici, dacă aveţi nevoie de ceva. Aveţi grijă. TA".

O nouă notificare, un nou mesaj. Vestea se răspândea cu repeziciune şi, până la prânz, toţi avocaţii, secretarele, grefierii şi judecătorii ştiau că era bolnav şi că îşi luase concediu.

Nu-i suporta pe cei care se foloseau de problemele de sănătate. Detesta că îşi acoperea urmele pretextând că era bolnav. Ca funcţionar al statului ales prin votul cetăţenilor, peste doi ani trebuia să candideze din nou, dar nu voia să se gândească la asta. Faptul că se declarase bolnav de cancer putea încuraja un posibil oponent să-şi facă planuri, dar avea să se ocupe de asta mai târziu. Deocamdată, trebuia să se facă nevăzut, să se ocupe de chestiunea urgentă a înlăturării persoanei aflate pe urmele lui și să evite o anchetă a Comisiei de Conduită Judiciară. Chicoti la gândul că o agenţie modestă ca aceea încerca să rezolve cazuri pe care poliţia nu reușea să le soluţioneze de câţiva ani. Doamna Stoltz și cei din echipajul ei pestriţ operau cu un buget modest și câteva legi precare.

Din rândurile celor pe care-i ucisese, rezultau aproximativ șaptezeci de victime, înrudite prin sânge sau alianţă. Îi analizase pe toţi, eliminându-i pe rând, până când rămăsese cu cinci nume, iar dintre aceștia, de patru se îndoia. Era convins că-și găsise asupritorul. Era o femeie cu multe secrete, foarte retrasă, care se crezuse prea deșteaptă ca să fie depistată.

Deși Mobile nu era departe, își petrecuse puţin timp acolo și nu cunoștea bine orașul. Îl traversase de sute de ori, dar nu își amintea când oprise ultima oară.

Sistemul de navigaţie al mașinii funcţiona perfect și găsi ușor strada unde locuia Jeri. Avea să inspecteze cartierul mai târziu. Apartamentul ei era la o oră distanţă de casa lui din Cullman.

O găsise, era practic sub nasul lui.

28

Informaţia era prea importantă pentru a fi comunicată la telefon. Era mai bine să se vadă, îi explică şeriful Black. El era în Biloxi, la patru ore distanţă, dar propuse să se întâlnească la jumătatea drumului. Stabiliră să se vadă la un restaurant fast-food de lângă autostrada 10, în orăşelul DeFuniak Springs, Florida, la ora 3 după-amiaza, miercuri, 16 aprilie.

Când plecară din Tallahassee, Darren o rugă pe Lacy să conducă, pentru ca el să termine de corectat un raport. Fireşte, nu era bine scris şi-l luă somnul după nici treizeci de kilometri. Când se trezi, după treizeci de minute bune de somn, îşi ceru scuze, recunoscând că petrecuse până târziu cu o noapte în urmă.

– Care să fie informaţia? spuse Lacy. Atât de importantă încât să nu poată fi comunicată la telefon sau pe e-mail.

– Nu mă întreba pe mine. Tu faci pe detectivul.

– Doar pentru că obişnuiesc să citesc despre criminali în serie nu înseamnă că sunt detectiv.

– Dar ce înseamnă?

– Nu ştiu. Sunt lucruri îngrozitoare. Nişte oameni foarte bolnavi.

– Şi crezi că Bannick face parte din aceeaşi categorie?

– Nu există o categorie. Fiecare caz e diferit, fiecare criminal are scrânteala lui. Însă nu am întâlnit încă unul cu răbdarea lui Bannick şi care să fie motivat exclusiv de dorinţa răzbunării.

– Care e motivul cel mai întâlnit?

– Nu există unul, însă sexul e de obicei un factor. E șocant să descoperi cât de perverși sunt unii dintre ei.

– Cărțile astea pe care le citești au și imagini?

– Unele, da. Mult sânge și mutilări. Vrei să le împrumuți?

– Nu cred.

Telefonul îi bâzâi și citi mesajul.

– Interesant, spuse. E Sadelle. A verificat programul lui Bannick de azi și se pare că a anulat tot. La fel ieri, la fel și mâine. A sunat și i s-a spus că onorata instanță și-a luat concediu de boală.

Lacy se gândi o vreme, apoi spuse:

– Îmi place cum și-a ales momentul. Crezi că ne urmărește?

– Ce să urmărească? Nu există nicio informație online și habar nu are de ceea ce facem noi.

– Doar dacă nu cumva urmărește poliția...

– Presupun că e posibil. Darren își scărpină bărbia, căzut pe gânduri. Dar, chiar și așa, nu are ce să afle pentru că nici noi nu știm nimic, nu?

Următoarea bucată de drum o parcurseră în tăcere.

În parcare se afla o singură mașină, o berlină fără însemne. În restaurant, șeriful Black și detectivul Napier beau câte o cafea, privind și așteptând. Erau îmbrăcați în haine civile. Se așezaseră în locul cel mai îndepărtat de tejghea. Erau singuri în restaurant. Lacy și Darren comandară cafele, apoi îi salutară. Se așezară toți patru la o masă. Nimeni nu avea servietă.

– Nu durează mult, spuse Black. Pe de altă parte, s-ar putea să dureze.

Îi făcu semn lui Napier, care își drese glasul și privi în jur ca și cum o persoană invizibilă ar fi putut trage cu urechea.

– După cum știți, două telefoane mobile au fost luate de criminal de la locul faptei și depuse într-o cutie poștală în orașul vecin, aflat la o oră distanță.

– Pe adresa fiicei dumneavoastră, în Biloxi, corect? întrebă Lacy.

– Da, confirmă Black.

– Ei bine, continuă Napier, FBI analizează de o lună telefoanele. Sunt convinşi că au o amprentă parţială de pe telefonul lui Verno. Sunt câteva aspecte bizare, unul dintre acestea fiind faptul că nu există alte amprente, nici măcar ale lui Verno, prin urmare, ucigaşul a avut grijă să şteargă telefoanele. Pe telefonul lui Mike Dunwoody nu s-a găsit nimic. Din nou, individul a fost foarte atent, lucru deloc surprinzător dacă ne gândim la scena crimei. Ce ştiţi despre analiza amprentelor?

– Haideţi să presupunem că nu ştim mai nimic, spuse Lacy.

Darren dădu din cap, confirmându-şi ignoranţa.

Aşteptându-se la asta, Napier continuă:

– Ok, aproximativ douăzeci la sută din populaţia ţării a fost amprentată şi majoritatea datelor sunt stocate în baza de date a FBI. După cum vă puteţi imagina, ei dispun de cele mai noi programe de calculator, cu tot felul de algoritmi şi altele asemenea, care mă depăşesc, şi pot verifica orice amprentă în câteva secunde. În cazul de faţă, au început cu Florida.

Şeriful se aplecă spre ei.

– Presupunem că suspectul vostru e din Florida.

Genial, se gândi Lacy, dar se mulţumi să dea din cap.

– Presupunerea voastră e îndreptăţită.

Darren, dornic să vorbească şi el, spuse:

– Înainte să fii admis în barou, ţi se iau amprentele. Valabil în fiecare stat.

– Da, ştim asta, spuse Napier. La fel şi analiştii FBI. În fine, nu au găsit nicio potrivire în Florida ori în altă parte. Au făcut toate testele posibile şi au ajuns la concluzia că... ei bine, că amprenta a fost modificată.

Napier tăcu, dându-le timp să proceseze informaţia. Şeriful Black preluă ştafeta şi continuă:

– Prin urmare, prima întrebare, prima dintr-un șir lung de întrebări, este următoarea: suspectul nostru e capabil să-și modifice amprentele?

Lacy nu își găsea cuvintele, așa că vorbi Darren:

– Amprentele pot fi modificate?

– Pe scurt, răspunsul e da, deși este aproape imposibil, îi răspunse Napier. Pietrarii și zidarii își pierd uneori amprentele din cauza anilor de muncă grea.

– Omul nostru nu e zidar, spuse Lacy.

– E judecător, corect? întrebă Black.

– Da.

– Cu timpul, continuă Napier, din cauza frecării, e posibil ca pielea de pe vârful degetelor, papile dermice e denumirea, să se tocească, dar asta se întâmplă extrem de rar. Înseamnă ani de frecat buricele degetelor cu șmirghel. În fine. Nu cu asta ne confruntăm. Amprenta prelevată dispune de papile dermice bine delimitate, dar e posibil să fi fost modificate chirurgical.

– I-ar putea aparţine iubitei lui Verno sau altcuiva din anturajul lui apropiat? întrebă Lacy.

– Au verificat. Deloc surprinzător, femeia a fost arestată de câteva ori și amprentele ei sunt în baza de date. Nu se potrivesc. Am discutat ore întregi cu ea și nu ne-a putut indica pe nimeni altcineva care ar fi putut atinge telefonul lui Verno. Nici nu știa când l-a atins ea ultima oară.

Toţi patru sorbiră din cafele, evitând să se privească. După o clipă, Darren spuse:

– Alterate chirurgical? Cum se face așa ceva?

– Ei bine, zâmbi Napier, unii experţi susţin că e imposibil, dar au existat câteva cazuri. Cu niște ani în urmă, poliţia olandeză a primit un pont și a percheziţionat un apartament din Amsterdam. Suspectul era un adevărat profesionist, un infractor de carieră specializat în furtul operelor de artă contemporană, multe dintre acestea fiind descoperite îngropate în pereţii casei lui. Valorau milioane. Amprentele lui anterioare nu se potriveau cu cele actuale. Dat fiind că fusese prins cu prada asupra a lui, a încheiat o înţelegere şi a mărturisit. A spus că exista un chirurg plastician fără autorizaţie, în Argentina, cunoscut pe piaţa neagră drept omul la care mergeai dacă voiai un chip nou sau un set proaspăt de cicatrici. Totodată, se specializase în modificarea amprentelor digitale. Doar aşa, de amuzament, intraţi pe internet şi tastaţi „modificarea amprentelor". O să vedeţi că veţi găsi anunţuri publicitare. Adevărul este că modificarea amprentelor nu este o activitate ilegală.

– Chiar mă gândeam să îmi fac un lifting facial, spuse Lacy.

– De ce? întrebă şeriful zâmbind.

– În fine, interveni Napier, este un lucru care poate fi făcut în timp. Cât de răbdător este suspectul vostru?

– Destul de răbdător, spuse Darren.

– Bănuim că e activ de douăzeci de ani, adăugă Lacy.

– Activ?

– Da. Presupunem că Verno şi Dunwoody nu sunt singurele lui victime.

Cei doi poliţişti primiră informaţia sorbind din cafele.

– Credeţi că dispune de fonduri pentru o asemenea intervenţie? întrebă Napier.

Lacy şi Darren dădură din cap. Dispunea.

– Presupun că, de-a lungul anilor, ar fi putut să-şi modifice chiar toate cele zece degete, spuse Lacy.

– Asta da angajament, spuse Black.

– Păi, este dedicat, hotărât şi foarte inteligent.

Mai băură cafea, îşi mai rumegară gândurile. Să aibă în sfârşit noroc, după atâtea piste false?

– Nu are niciun sens, serios, spuse şeriful. Dacă tipul acesta e atât de inteligent, de ce n-a aruncat telefoanele într-un râu sau într-un lac? De ce să facă pe interesantul şi să le depună la poştă, pe adresa fiicei mele? Trebuie să-și fi dat seama că le vom descoperi în câteva ore. Crimele s-au petrecut într-o vineri. Era imposibil să rămână nedescoperite până luni.

– Nu cred că vom înțelege vreodată ce-l motivează sau cum gândește, spuse Lacy.

– O mișcare stupidă, dacă mă întrebați pe mine.

– Face greșeli. A fost cât pe ce să fie prins de Mike Dunwoody. După aceea, camioneta i-a fost depistată la oficiul poștal, când a depus telefoanele. Și se pare că mănușa i-a alunecat sau s-a rupt când ștergea telefoanele și astfel avem o amprentă.

– Așa este, avem, spuse șeriful, iar întrebarea este ce facem cu ea. Pasul următor e clar – obțineți amprentele suspectului vostru. Dacă se potrivesc, avem despre ce vorbi.

– Ce șanse aveți să-i luați amprentele? întrebă Napier.

Lacy îi aruncă lui Darren o privire lipsită de expresie, iar acesta clătină din cap ca și cum nu avea nici cea mai mică idee.

– Un mandat de percheziție? i se adresă el șerifului.

– Pe ce bază? întrebă Lacy. Momentan, nu avem motive întemeiate. Suspectul nostru este un judecător care știe totul despre administrare probelor. Va fi imposibil să convingem un judecător să emită mandat.

– Așadar, îl vor proteja?

– Nu. Vor cere să vadă probe pe care nu le avem.

– Ne spuneți numele lui?

– Încă nu. Curând, dar nu acum.

Șeriful Black își încrucișă brațele peste piept și o privi încruntat. Lui Napier i se citea frustrarea pe chip.

– Suntem în aceeași echipă, credeți-mă, adăugă ea.

Polițiștii abia se stăpâneau să nu răbufnească.

– Mă tem că nu înțeleg, spuse Napier în cele din urmă.

Lacy zâmbi.

– Ascultați, avem un informator, o sursă, persoana care ne-a adus cazul. Persoana aceasta știe mult mai multe decât noi și trăiește cu teamă de ani întregi. I-am promis că vom proceda cu atenţie. Asta e tot ce vă pot spune deocamdată. Trebuie să fim foarte atenţi.

– Şi noi ce ar trebui să facem acum? întrebă şeriful.

– Aşteptaţi. Vom încheia ancheta şi ne vom revedea.

– Vreau să mă asigur că am înţeles bine. Aveţi un suspect indubitabil într-o dublă omucidere, deşi recunoaşteţi că nu anchetaţi crime. Iar suspectul este un judecător în funcţie din Florida, care a comis şi alte crime, corect?

– Aşa este, deşi nu l-am numit un suspect indubitabil. Până azi, nu am avut nicio dovadă fizică a implicării lui în vreo crimă. Există în continuare posibilitatea, domnilor, să ne înşelăm în privinţa lui. Ce facem dacă amprenta aceea parţială nu se potriveşte?

– Haideţi să aflăm!

– O vom face, dar nu chiar acum.

Întâlnirea luă sfârşit cu zâmbete şi strângeri de mână forţate.

Locotenentul Ohler din Florida îl sună să-i spună, după cum se aştepta, că analiza plicului nu produsese niciun rezultat. Fuseseră identificate două seturi de amprente, ambele aparţinându-i poştaşului.

29

Până joi se plictisise de urătorii de bine, de mesajele lor scrise și vocale, de grijile pe care și le făceau cu privire la sănătatea lui. Așteptă până la prânz, când venea poștașul. Își puse mănuși, luă corespondența și văzu un nou plic alb. Înăuntru, un alt poem:

salutări din mormânt
e frig şi întuneric aici
şoapte, gemete, voci
şi alte lucruri care înspăimântă

crimele tale n-au fost curajoase
o lovitură, sfoara, nodul,
eşti un laş dement
cel mai rău dintre toți.

un jalnic student la Drept
cel mai încrezut dintre ei
ți-am citit înfrângerea pe chip de la început
incompetent bâlbâit şi arogant.

„Acum scrie despre tatăl ei", își zise, holbându-se la hârtia de pe masa lui de bucătărie.

Geanta era pregătită. Porni către Pensacola, spre centrul comercial, și lăsă mașina în fața sălii de sport. Merse în camera secretă, puse plicul într-un dosar, făcu puțină ordine, verifică înregistrările camerelor de securitate și, după ce se asigură că lumea lui era în continuare sigură, merse la aeroport și așteptă trei ore pentru zborul către Dallas. Acolo schimbă avionul și, după lăsarea întunericului, ateriză în Santa Fe. Rezervările pentru zboruri, mașină, hotel fuseseră făcute pe numele lui real și plătise cu cardul.

Comandă cina în cameră. Încercă să urmărească un meci de baseball, dar schimbă pe canalul porno. Adormi și reuși să doarmă câteva ore înainte să-l trezească alarma, la ora 2.00 dimineața. Făcu un duș, înghiți o pastilă de amfetamină, își puse instrumentele în geanta cu echipamentul pentru sală și plecă. Până în Houston făcea cincisprezece ore.

La ora 9.00 o sună pe Diana Zhang și-i spuse că se afla la centrul de tratare a cancerului din Santa Fe. Îi zise că se simțea bine, că era pregătit să lupte cu boala. Părea optimist și îi promise să revină la lucru înainte să i se simtă lipsa. Ea îi transmise urările de bine ale celorlalți, spunându-i că erau cu toții îngrijorați. El îi explică din nou că motivul pentru care alesese să se trateze departe de casă era tocmai acela de a evita toată agitația din jur. Pornea într-o călătorie lungă și anevoioasă, pe care trebuia să o întreprindă singur. Vocea ei tremura când închise.

Era o femeie devotată.

Bannick închise telefonul și-i scoase bateria.

În zori, opri la o benzinărie și înlocui plăcuțele de înmatriculare. Acum conducea o Kia cu patru uși, înregistrată pe numele unui texan inexistent. Conduse cu grijă, fără să depășească limita de viteză, respectând cuminte toate regulile de circulație. O amendă sau, ferească Dumnezeu, un accident i-ar fi stricat planurile. Ca de fiecare dată, purta o șapcă trasă pe ochi, una din multele pe care le avea, și nu-și scotea niciodată ochelarii de soare. Cumpără benzină și ceva de mâncare și plăti cu un card emis pe un alt nume. Extrasele lunare de cont erau trimise la o căsuță poștală din Destin.

Asculta rareori muzică sau cărți și nu suporta discuțiile radiofonice. În schimb, întotdeauna își punea la punct planurile în tăcerea care îl însoțea la drumurile lungi. Adora să se gândească la detalii, la complot, la elementele neprevăzute. Devenise atât de eficient, de priceput și de neîndurător, încât ani la rând crezuse că n-avea să fie niciodată prins. Alteori, revizuia crimele mai vechi, pentru a le păstra proaspete în amintire și a se asigura că nu îi scăpase nimic.

„În cazul comiterii unei crime, se fac zece greșeli. Dacă poți identifica șapte dintre acestea, ești un geniu." Unde citise asta? Sau o auzise într-un film?

Ce greșeală făcuse el?

Cum se întâmplase? Trebuia să afle.

Trăise până atunci cu certitudinea că n-avea să fie nevoit să-și planifice Ieșirea.

În anul 1992, la doi ani după ce terminase Facultatea de Drept, casa de avocatură din Pensacola unde lucra se desființase în urma unui conflict dintre parteneri, conflict iscat de un onorariu important, cea mai frecventă sursă a neînțelegerilor. Se trezise pe drumuri. Împrumutase 5 000 de dolari de la tatăl lui, își deschisese propriul birou de avocatură și se declarase pregătit de acțiune. Nu murea de foame, dar nici nu prospera. Avea mereu de lucru, redactând testamente pentru oameni cu o avere nesemnificativă și pledând în instanță pentru infractori mărunți. Marea lui oportunitate apăru când o ambarcațiune pe care avea loc o petrecere se scufundase în Golf și șase domnișoare de onoare se înecaseră. În frenezia care urmase după eveniment, toți avocații se luptaseră să primească un caz. Unul ajunse la el, mulțumită unui testament de 50 de dolari pe care îl redactase pentru un client.

Un avocat specializat în accidente soldate cu decese, pe nume Mal Schnetzer, convinse trei familii îndurerare să i se alăture și iniție prima acţiune în instanţă, practic înainte să se termine înmormântările. Fără rezerve şi fără respect pentru subtilităţi etice, merse apoi acasă la clientul lui Bannick, încercând să i-l sufle. Bannick îl ameninţă; îşi aruncară vorbe grele şi îşi păstrară ranchiună până când Bannick conveni să se alăture acţiunii. El nu avea experienţă în cazuri de deces, iar Schnetzer era bun de gură.

Ulcica cu aur se dovedi mai mică decât visaseră avocaţii reclamanţilor. Compania care deţinea vasul pe care se desfăşurase petrecerea nu deţinea alte bunuri şi declară faliment. Compania de asigurări respinse iniţial orice responsabilitate, dar Schnetzer îi ameninţă şi obţinu nişte bani. Apoi, fără ştirea lui Bannick, îi abordă clientul şi-i spuse că-i putea oferi pe loc un cec de 400 000 de dolari, dacă renunţa la avocat şi declara că nu-l voise din capul locului. Înainte ca Bannick să se dezmeticească, Schnetzer căzuse la înţelegere şi distribuise banii către clienţi, sieşi şi celorlalţi avocaţi, mai puţin, fireşte, începătorului care fusese complet depăşit de situaţie. Bannick nu semnase o înţelegere cu echipa victimelor, iar înţelegerea cu clientul lui fusese una verbală. Conveniseră ca el să primească o treime din compensaţii.

O treime din 400 000 de dolari era o sumă uriaşă pentru un avocat tânăr, dar banii dispăruseră. Bannick i se plânse judecătorului, care nu avu înţelegere pentru situaţia lui. Se gândi să-l dea în judecată pe Schnetzer, dar se răzgândi din trei motive. Primul era că se temea să se pună cu escrocul. Al doilea, se îndoia că ar fi văzut vreun ban. Cel de-al treilea şi cel mai important, voia să evite umilinţa unui proces public, în care el era avocatul neexperimentat care fusese păcălit de un vânător de senzaţional. Îi ajungea că povestea devenise cunoscută în tot tribunalul.

Prin urmare, îl adăugă pe Mal Schnetzer pe listă.

Spre încântarea lui, Mal mai înşelă câţiva clienţi, apoi fu prins, acuzat, condamnat, eliminat din barou şi trimis doi ani la închisoare. După eliberare, se retrase în Jacksonville, unde căuta cazuri pentru un grup de avocaţi specializaţi în accidente. Făcu nişte bani şi avu îndrăzneala să îşi deschidă propriul cabinet în Jacksonville Beach, unde se ocupa de accidente auto, deşi nu mai avea autorizaţie de practică. Acuzat că practica avocatura fără autorizaţie, închise biroul şi părăsi statul.

Bannick îl urmărise peste tot.

După câţiva ani apăruse în Atlanta, lucrând ca asistent într-un birou de avocatură specializat în divorţuri. În 2009 îl găsise în Houston, unde lucra pe post de consultant la o firmă cunoscută, specializată în litigii cu prejudiciu.

Cu două luni înainte, Bannick închiriase o rulotă de 24 de metri într-un parc de lux situat la două ore distanţă de Houston. Era un parc vast, cu opt sute de rulote identice amplasate în şiruri ordonate, străbătut de alei largi. Regulile erau stricte şi respectate: nu mai mult de două autoturisme pentru fiecare rulotă, fără ambarcaţiuni sau motociclete, fără sârme de rufe, pancarte sau zgomot. Peluzele mici erau bine întreţinute de administraţia parcului. Mobilierul de exterior şi grătarele erau depozitate în barăci identice, în spatele rulotelor. Mai fusese acolo de două ori şi, deşi nu se gândise vreodată să locuiască într-un parc de rulote, găsea că experienţa era relaxantă. Nimeni nu ştia cine era sau cu ce se ocupa.

Se odihni puţin, apoi merse la un magazin din apropiere şi cumpără un telefon Nokia cu cartelă, cu şaptezeci şi cinci de minute incluse. Achită numerar 58 de dolari. Nefiind vorba despre un contract, vânzătorul nu îi ceru date personale. Dacă ar fi făcut-o, avea în portmoneu o colecţie de acte de identitate false. Uneori, aceştia cereau să vadă un document, dar de obicei nu le păsa. Cumpărase nenumărate telefoane cu cartelă de care scăpase ulterior.

Când se întoarse la rulotă, sună la birou şi ceru să vorbească cu Mal Schnetzer. Află că era plecat peste weekend. Îi spuse secretarei că era vorba despre o chestiune urgentă şi că trebuia neapărat să dea de el. Secretara, evident bine pregătită, ceru amănunte, aşa că îi spuse că era vorba despre un tânăr care suferise arsuri grave într-un accident de pe o platformă petrolieră aparţinând Exxon Mobile. Femeia se oferi să-l pună în legătură cu un alt avocat, dar domnul·Butler refuză – un prieten îl îndrumase către domnul Schnetzer, îi spusese că era omul cel mai potrivit.

Zece minute mai târziu, îi sună telefonul şi îl recunoscu imediat. Îşi subţie vocea.

– Fiul meu e în spital, în Lake Charles, cu arsuri pe optzeci la sută din corp, domnule Snitcher.

– Schnetzer. Şi ziceţi că accidentul a avut loc pe o platformă petrolieră?

Toate accidentele petrecute pe platforme marine erau acoperite de Legea Jones, o mină de aur pentru avocaţi.

– Da, domnule, acum trei zile. Nu ştiu dacă va supravieţui. Încerc să ajung la el, dar sunt invalid şi nu pot conduce.

– Şi sunteţi în Sugar Land acum?

– Da, domnule. Şi mă sună tot felul de avocaţi, nu pot să scap de ei.

– Nu mă mir.

– Tocmai i-am închis unuia.

– Nu vorbiţi cu ei. Câţi ani are fiul dumneavoastră?

– Nouăsprezece. E un copil bun, muncitor, ne ajută pe mine şi pe mama lui. E singur. Nu îl avem decât pe el, domnule Schnetzer.

– Înţeleg. Şi ziceţi că nu puteţi veni la birou.

– Nu, domnule. Dacă era aici, mă aducea soţia mea, dar e pe drum, vine din Kansas. De acolo suntem. Trebuie să ajungem la spital. Nu ştiu ce să fac, domnule. Avem nevoie de ajutorul dumneavoastră.

– Bine, ascultaţi, pot să ajung acolo într-o oră, dacă vă convine.

– Puteţi veni aici?

– Da, cred că pot să dau o fugă.

– Ar fi grozav, domnule Schnetzer. Trebuie să ne ajute cineva.

– Stați liniștit, în regulă?

– Îi puteți face pe ceilalți avocați să ne lase în pace?

– Sigur, mă ocup eu, nicio problemă. Care e adresa dumneavoastră?

Printre lamelele jaluzelelor, Bannick urmărea fiecare mașină. În cele din urmă, își făcu apariția o camionetă Ford strălucitoare, cu anvelope supradimensionate. Încetini, dădu cu spatele și parcă lângă rulota lui.

Timpul nu fusese îngăduitor cu domnul Mal Schnetzer. Se îngrășase, burta îi atârna peste curea și-i întindea cămașa, iar chipul rotund se sprijinea pe o bărbie dublă. Părul deși cărunt era legat la spate. Coborî din mașină, se uită împrejur, măsură rulota cu privirea, apoi duse mâna la pistolul automat din tocul de la șold.

Bannick nu mai întâlnise o victimă înarmată și elementul inedit îi spori entuziasmul. Mișcându-se repede, apucă un baston de pe canapea, deschise ușa și păși pe prispă aplecat de spate, ca un om suferind.

– Bună ziua, zise el, în timp ce Schnetzer venea spre rulotă, pe lângă mașina lui închiriată.

– Salutare, răspunse acesta.

– Eu sunt Bob Butler. Mulțumesc că ne ajuți. Am bere rece înăuntru. Vrei una?

– Sigur.

Văzându-l pe Butler adus de spate și inofensiv, Schnetzer păru să se relaxeze.

Trecuseră douăzeci și unu de ani de când se văzuseră ultima oară, pe când erau amândoi avocați în Pensacola. Bannick se îndoia că avea să fie recunoscut, cu șapca trasă pe ochi și ochelarii ieftini. Era convins că Schnetzer habar nu avea de nimic. Deschise ușa și intrară amândoi în spațiul înghesuit al rulotei.

– Mulțumesc că ați venit, domnule Schnetzer.

– Nicio problemă.

Mal se întoarse, căutând cu privirea un loc în care să se așeze și, în secunda aceea, Bannick îl scoase pe Leddie din buzunar, îl desfăcu și-l lansă către ceafa lui Mal. Bila de plumb îl lovi cu putere, crăpându-i capul. Acesta ridică o mână, gemu și dădu să se întoarcă. Leddie îl izbi din nou peste tâmpla stângă și omul se prăbuși peste o măsuță ieftină de cafea. Bannick îi deschise cu repeziciune tocul, scoase pistolul, apoi închise ușa. Schnetzer se zbătea și, privindu-l, dădu să spună ceva. Bannick îl izbi iar și iar, zdrobindu-i țeasta.

– O sută treizeci și trei de mii de dolari, spuse, aproape scuipând cuvintele. Un onorariu frumos pe care mi l-ai furat. Bani pe care îi meritam și de care aveam disperată nevoie. Ce escroc, Mal, ce șarpe nemernic ai fost ca avocat! M-am bucurat teribil când te-au băgat la închisoare.

Mal gemu și Bannick îl lovi din nou. Sângele țâșni din nou, stropind canapeaua și un perete.

Bannick trase aer în piept și-l privi cum se chinuia să respire. Își puse mănușile și luă frânghia, răsucindu-i-o de două ori în jurul gâtului, apoi îl privi în ochii injectați în timp ce strângea. Se sprijini cu un picior în pieptul lui, pe care încercă să-l strivească în timp ce strângea și mai tare, văzând sfoara cum îi sfâșia pielea. Trecu astfel un minut, apoi încă unul. Uneori, mureau cu ochii deschiși, aceia erau preferații lui. Legă sfoara și se ridică să-și admire lucrarea.

– O sută treizeci și trei de mii de dolari, luați de la un copil, furați de la un alt avocat. Jigodie!

Dându-și ultima suflare, Mal rămase cu ochii deschiși. Părea că voia să asiste la curățarea scenei. Chipul îi era acoperit de sânge și pe mocheta ieftină se întindea o baltă. Ce mizerie!

Bannick făcu o pauză și respiră adânc. Trase cu urechea la zgomotele de afară, dar nu se auzea nimic neobișnuit. Merse în dormitor și se uită pe fereastră. Doi copii trecură pe biciclete.

Rareori făcea lucrurile în tihnă, dar de data aceasta nu avea nicio grabă. Căută în buzunarele lui Mal și-i găsi cheile. Dintr-un buzunar îi scoase telefonul. I-l așeză pe stomac, unde avea să îl lase. Într-un dulap avea un aspirator ieftin, pe care îl cumpărase cu o lună în urmă cu numerar, de la un magazin cu articole de duzină. Îl porni și aspiră, având grijă să ocolească sângele. Când termină, schimbă sacul cu unul nou. Luă apoi niște șervete de bucătărie și îl șterse pe Leddie și pistolul. Își puse o pereche de mănuși noi, iar pe cele vechi le lăsă într-o sacoșă veche de cumpărături. Șterse clanțele, masa din bucătărie, pereții, toate suprafețele din baie, deși nu atinsese mai nimic. Trase apa la toaletă, apoi opri alimentarea. Se dezbrăcă până la chiloți și vârî hainele în mașina de spălat. Așteptând, luă o cutie cu suc din frigider și se așeză la masa din bucătărie, la câțiva metri de vechiul lui prieten Mal.

O nemulțumire veche, care-l sâcâia de douăzeci de ani, dispăruse. Se simțea împăcat.

Când rufele fură spălate, le vârî în uscător și mai așteptă o vreme. Telefonul lui Mal bâzâia. Cineva voia să știe unde era. Se făcuse aproape ora 7.00, iar peste încă o oră era întuneric.

Știindu-l pe Mal, nu credea că acesta spusese cuiva de la birou unde mergea. Nu lăsase în urmă nicio notiță cu numele sau cu adresa noului client potențial. Se putea foarte bine chiar ca Mal să nici nu fi trecut pe la birou, ci să fi venit direct la Sugar Land ca să încerce să încheie o afacere știută numai de el, să fure încă un onorariu.

Se putea totodată să-i fi spus ceva secretarei. Așteptarea devenea plictisitoare și, odată cu trecerea timpului, creșteau și riscurile.

Când rufele se uscară, le îmbrăcă, apoi își puse lucrurile în sacoșa de cumpărături – Leddie, șervețelele folosite, sacul aspiratorului, pistolul. După lăsarea întunericului, merse la camioneta Ford. Pe stradă, câțiva copii se jucau cu o minge de fotbal. Cu mâinile încă înmănușate, deschise mașina, porni și plecă. Trei străzi mai departe, opri în parcarea unui centru comercial, unul care includea o benzinărie, un supermarket, câteva magazine ieftine și birourile administrației. Lăsă cheile în contact și se făcu nevăzut în noapte. Zece minute mai târziu, era înapoi în parcul de rulote. Intră să-și ia sacoșa cu lucrurile și să-i arunce o ultimă privire lui Mal, care era tot mort.

Își închise telefonul pe cartelă, îi scoase bateria, apoi plecă.

O oră mai târziu, opri la un popas pentru camioane de pe autostrada 45, la sud de Huntsville, și parcă în spatele unor tiruri. Schimbă plăcuțele de înmatriculare, le puse pe cele false în sacoșă și aruncă totul într-un tomberon mare, murdar. Nu putea risca să fie prins cu pistolul lui Mal asupra lui.

Dintr-odată, i se făcu foame. Intră și mâncă împreună cu șoferii de camioane. Santa Fe era la douăsprezece ore de mers și abia aștepta să pornească la drum.

30

Avionul cu care călătorea Jeri ateriză pe aeroportul Detroit International la ora 2.40 după-amiaza. Traversând terminalul aglomerat, se simţi liberă, uşurată să se afle departe de Mobile şi de Florida, precum şi de grijile ei de acolo. Pe timpul zborului îşi repetase până la convingere că urgia ei se apropia de sfârşit, că făcuse primii paşi întru aflarea dreptăţii pentru tatăl ei şi că nimeni nu o urmărea. Găsi maşina pe care o închiriase şi porni către Ann Arbor.

Denise, singurul ei copil, termina anul doi de studii postuniversitare la Facultatea de Fizică din Michigan. Crescuse în Athens, Georgia, unde Jeri fusese profesoară universitară. Denise studiase trei ani acolo şi obţinuse o bursă frumoasă la Universitatea din Michigan. Tatăl ei, fostul soţ al lui Jeri, lucra pentru Departamentul de Stat, în Washington. Acesta se recăsătorise şi Jeri vorbea rar cu el, dar păstrase o legătură strânsă cu fata.

Jeri nu o mai văzuse de la Crăciun, când petrecuseră o săptămână la plajă, în Cabo. În Ann Arbor mai fusese de două ori şi îi plăcea oraşul. Trăia singură de ani buni şi ajunsese să invidieze viaţa socială activă a fiicei ei şi cercul de prieteni al acesteia. Denise o aştepta în faţa blocului în care locuia, în Kerrytown. Se îmbrăţişară şi se priviră una pe cealaltă părând mulţumite de ceea ce vedeau. Amândouă erau în formă şi se îmbrăcau bine, deşi Denise era în avantaj. Arăta grozav în orice, chiar şi în blugi şi adidaşi, cum o întâmpină. Urcară cu bagajele în apartamentul mic în care Denise locuia singură. Clădirea era ocupată de studenţi masteranzi şi studenţi la Drept şi, de obicei, dintr-un apartament sau altul răsunau muzică şi voci. Mai ales într-o zi de vineri, în aprilie. Lângă piscină era un butoi cu bere, iar ele îşi croiră drum până în curte. Denise o prezentă prietenilor ei, numind-o uneori Doctor Crosby. Jeri se simţea bine sorbind bere dintr-un pahar de plastic şi ascultând discuţiile şi râsetele tinerilor.

Un student la Drept se apropie de ele, părând mai atent la conversaţie decât ceilalţi. Denise menţionase ceva la telefon despre un băiat şi Jeri era în alertă. Îl chema Link, era un tânăr chipeş din Flint şi nu îi luă mult până să îşi dea seama că tânărul nu era un simplu prieten. În sinea ei, Jeri se bucură că băiatul era afro-american. Denise avusese iubiţi de tot felul, iar Jeri nu avusese nimic împotrivă, dar la urma urmei era şi ea la fel ca toţi ceilalţi. Îşi dorea nepoţi care să-i semene.

Fără să o întrebe pe Jeri, Denise îl invită pe Link să bea ceva cu ele. Cei trei plecară împreună. Găsiră o masă în aer liber, la Grotto Watering Hole, şi se aşezară să urmărească studenţii care se plimbau fără ţintă. Jeri se stăpâni cu greu să nu-l interogheze pe Link despre familia lui, despre studii, preocupări şi planuri de viitor. Ştia că şi-ar fi indispus fiica şi promisese că vor avea un weekend liniştit. Ea şi Denise comandară vin, iar Link îşi luă o bere. Un punct în favoarea lui. Jeri ştia destule, mai ales despre studenţii de sex bărbătesc, încât să-i privească oarecum circumspect pe cei care îşi începeau seara cu băuturi tari.

Link era fermecător, râdea uşor şi părea interesat de activitatea profesoarei Crosby. Jeri îl citi imediat, dar îi făcea plăcere. De câteva ori îi surprinse pe îndrăgostiţi privindu-se cu adoraţie. Sau poate era doar dorinţă.

După o oră petrecută în compania lui, Jeri simţea că era pe cale să se îndrăgostească ea însăşi de el.

La un moment dat, Denise dădu semnalul de plecare, semnal care lui Jeri îi scăpă, iar Link spuse că trebuia să se retragă. Echipa de softball a facultăţii avea meci în campionatul şcolilor şi, fireşte, el era vedeta echipei. Jeri îl invită la cină, dar el spuse că nu putea ajunge. Poate a doua zi.

Cum plecă, Jeri se aplecă spre Denise.

– Ok, cât de serioasă e treaba?

– Haide, mama, nu vorbim despre asta.

– Nu sunt chioară. Spune-mi!

– Nu destul de serioasă încât să vorbim acum despre asta.

– Te culci cu el?

– Sigur că da. Tu nu te-ai culca?

– Nu mă întreba aşa ceva.

– Tu cu cine te culci?

– Cu nimeni, tocmai asta e problema.

Râseră amândouă, deşi oarecum forţat.

– Acum, ca să schimbăm subiectul, Alfred m-a sunat acum două zile, spuse Denise. Vorbim uneori.

– Drăguţ din partea lui. Mă bucur că sună şi el pe cineva.

Alfred era fratele mai mare al lui Jeri, unchiul lui Denise, iar Jeri nu îl mai văzuse de cel puţin trei ani. Fuseseră apropiaţi până la moartea tatălui lor, apoi încercaseră să se sprijine unul pe celălalt. Însă obsesia lui Jeri de a prinde criminalul sfârşise prin a-i îndepărta. După părerea ei, Alfred renunţase prea curând. După ce acceptase că moartea tatălui lor n-avea să fie soluţionată, încetase să mai vorbească despre asta. Cum ea nu vorbea decât despre asta, mai ales atunci, o îndepărtase. Ca să scape, să ia viaţa de la capăt, se mutase în California şi nu avea de gând să se întoarcă. Avea o soţie pe care Jeri o detesta şi trei copii pe care Jeri îi adora, dar era prea departe pentru a se implica efectiv în vieţile lor.

Rămaseră în tăcere câteva minute, sorbind din paharele cu vin şi privind studenţii. Apoi Jeri spuse:

– Sunt sigură că și tatăl tău te sună periodic.

– Mama, ascultă, hai să vorbim despre familie și să terminăm cu asta, bine? Tata îmi trimite o sută de dolari pe lună și mă sună o dată la două săptămâni. Ne trimitem mesaje și e-mailuri, păstrăm legătura. Aș vrea să înceteze să îmi mai trimită bani. Nu am nevoie. Am bursă, lucrez, mă descurc.

– Se simte vinovat, Denise. Ne-a părăsit când erai copil.

– Știu, mama. Și cu asta am încheiat discuția despre familie. Hai să mâncăm!

– Ți-am zis că sunt mândră de tine?

– Cel puțin o dată pe săptămână. Și eu sunt mândră de tine.

Luară cina la Café Zola, un restaurant popular dintr-o clădire de cărămidă roșie, aflat în apropiere. Denise rezervase o masă în față și se pregătiră pentru o cină pe îndelete. Comandară din nou câte un pahar de vin, apoi salate și pește. La întrebarea lui Jeri, Denise îi vorbi despre cursuri și laboratoare, folosind termeni științifici care depășeau înțelegerea mamei ei. Moștenise de la tatăl ei înclinația către matematică, iar de la mama ei pe cea către istorie și literatură.

La jumătatea cinei, Jeri deveni serioasă.

– Am ceva important să îți spun.

– Ești însărcinată?

– Imposibil, din mai multe puncte de vedere.

– Glumesc, mama.

Denise bănuia că informațiile aveau legătură cu crima, un subiect despre care vorbeau rar.

– Știu.

Jeri lăsă furculița și ridică paharul ca să își facă puțin curaj.

– Știu cine l-a ucis pe tata.

Denise se opri din mestecat și o privi stupefiată.

– Vorbesc serios, continuă Jeri. După douăzeci de ani de căutări, l-am găsit.

Fără cuvinte, Denise înghiți, apoi sorbi din pahar. După aceea îi făcu semn din cap să continue.

– Am anunțat autoritățile și, ei bine, e posibil ca acest coșmar să se apropie de sfârșit.

Denise expiră și continuă să dea din cap, dar îi era greu să își găsească cuvintele.

– Ar trebui să mă bucure vestea asta? Iartă-mă, dar nu știu cum ar trebui să reacționez. E posibil să fie arestat?

– Așa cred. Să sperăm și să ne rugăm pentru asta.

– Și unde e?

– Pensacola.

– E foarte aproape de Mobile.

– Destul de aproape.

– Nu-mi spune numele lui. Nu sunt sigură că sunt pregătită.

– Nu am mai spus nimănui, cu excepția autorităților.

– Ai mers la poliție?

– Nu. Există și alte instituții cu drept de anchetă în Florida. Ei se ocupă de caz și presupun că vor anunța poliția în viitorul apropiat.

– Ai dovezi? De necontestat, cum se spune?

– Nu. Mă tem că e dificil de dovedit și asta mă îngrijorează peste măsură.

Denise sorbi din nou, golind paharul. Ospătărița tocmai trecea printre mese și mai ceru unul. Privi în jur și coborî vocea.

– Bine, mama, dar dacă nu există dovezi, cum îl vor prinde?

– Denise, nu am toate răspunsurile. Asta vor stabili poliția și procuratura.

– Prin urmare, va fi un proces și așa mai departe?

– Din nou, așa sper. Nu voi putea dormi liniștită până când nu va fi condamnat și închis.

Denise își făcea adesea griji din cauza obsesiei mamei ei. Alfred părea să creadă că sora lui trăia într-o amăgire continuă. O obsesie ca aceea, mai ales ceva atât de traumatizant ca o crimă, nu era o atitudine sănătoasă. Denise și Alfred vorbiseră mult despre asta, deși nu în ultima vreme. Își făceau griji pentru Jeri, deși nu puteau face nimic ca să o schimbe.

– Va trebui să depui mărturie în instanță?

Era clar că gândul o tulbura.

– Presupun. De obicei, un membru al familiei victimei este printre primii martori chemați de acuzare.

– Și ești pregătită pentru asta?

– Da, sunt gata să înfrunt criminalul în sala de judecată. Nu voi pierde nicio secundă din procesul acesta.

– Nu te voi întreba cum i-ai dat de urmă.

– E o poveste lungă și complicată și ți-o voi spune cândva, dar nu acum. Acum să ne bucurăm de clipa aceasta și să vorbim despre lucruri mai plăcute. M-am gândit că s-ar putea să vrei să știi.

– Lui Alfred i-ai spus?

– Încă nu. Dar o voi face curând.

– Presupun că ar trebui să fiu mulțumită. Sunt vești bune, nu?

– Doar dacă e condamnat.

Dimineața de sâmbătă începu lent, cu micul dejun, un iaurt, luat pe canapea – patul lui Jeri peste weekend –, astfel că rămaseră în pijamale până după prânz. În cele din urmă făcură duș și ieșiră din casă. Prima oprire, o cafenea de pe Huron Street. Era o zi de primăvară perfectă și se așezară la o masă de afară, vorbind despre viață, despre viitor, modă, spectacole de televiziune, filme, băieți, tot ce le trecu prin minte. Jeri savura timpul petrecut cu Denise, știind cât erau de prețioase momentele acelea. Fiica ei devenea o femeie inteligentă și ambițioasă, cu un viitor promițător ce avea probabil să o ducă departe de Mobile, unde nu locuise oricum.

Denise își făcea griji că viața mamei ei trecea pe lângă ea în singurătate. La patruzeci și șase de ani, era încă frumoasă, atrăgătoare și avea atâtea de oferit, dar alesese să își dedice viața descoperirii criminalului, pentru a-i face dreptate tatălui ei. Obsesia ei făcea imposibilă o relaţie amoroasă, chiar şi una de prietenie. Era un subiect pe care îl evitară.

Facultatea de Drept avea meciuri întreaga zi. Douăsprezece echipe jucau într-un turneu cu dublă eliminare. Cu Denise la volanul maşinii ei, o Mazda micuţă, ajunseră la complexul sportiv, despachetară două scaune pliante şi o cutie frigorifică şi se instalară la umbra unui copac în partea stângă a terenului. Link le văzu şi veni să se aşeze pe pătură, lângă ele. Bău o bere înainte să înceapă meciul – cei mai mulţi jucători făceau asta, chiar şi pe teren – şi Jeri îl întrebă despre planurile lui de viitor. Pentru început, visa să lucreze la Ministerul de Justiţie, în Washington, apoi voia să se lanseze în domeniul privat. Se ferea de casele mari de avocatură şi ar fi vrut să apere drepturile civile ale persoanelor cu dizabilităţi. Tatăl lui suferise un accident de muncă şi ajunsese în scaun cu rotile.

Cu cât îl vedea mai mult în preajma fiicei ei, cu atât Jeri era mai convinsă că Link era viitorul. Şi era mulţumită. Tânărul era plăcut, inteligent şi vizibil îndrăgostit de Denise.

Când plecă, pentru că începea meciul, Denise spuse:

– Bine, mama, vreau să îmi spui cum l-ai găsit pe tipul ăsta.

– Care tip?

– Pe criminal.

Jeri zâmbi, clătină din cap şi în cele din urmă rosti:

– Întreaga poveste?

– Da. Vreau să ştiu.

– O să dureze ceva.

– Şi ce altceva avem de făcut în următoarele ore?

– Bine.

31

Sâmbătă dimineața, târziu, Lacy și iubitul ei plecară din Tallahassee într-o călătorie de trei ore cu mașina, până în Ocala, la nord de Orlando. Allie conducea, iar Lacy era responsabilă cu divertismentul. Începură cu o carte audio de Elmore Leonard, dar Lacy hotărî repede că se săturase de crime și de cadavre și schimbă cu o emisiune despre politică. Și aceasta se dovedi în curând depresivă, așa că alese NPR[1] și se amuzară ascultând un episod din *Stai așa... lasă-mă să ghicesc.* Întâlnirea lor cu Herman Gray era stabilită pentru ora 2.00 după-amiaza.

Domnul Gray era o legendă în cadrul FBI. Fusese directorul Departamentului de Psihologie Comportamentală de la Quantico timp de peste două decenii. Acum, la aproape optzeci de ani, se retrăsese în Florida și trăia liniștit alături de soție și trei câini. Un superior i-l recomandase lui Allie, care făcuse aranjamentele necesare. Herman îi spusese că avea timp din belșug, mai ales dacă voia să vorbească despre criminali în serie. Îi urmărise și studiase pe parcursul întregii lui cariere și, conform legendei, știa mai multe despre ei decât oricine altcineva. Publicase două cărți în domeniu, pe care ei le citiseră, dar niciuna nu le fusese de vreun ajutor semnificativ. Ambele

---

[1] National Public Radio – post public de radio (n.tr.)

erau culegeri de povestiri din timpul războiului, pline de imagini sângeroase și cam multe laude de sine.

Îi întâmpină călduros, părând realmente încântat că avea musafiri. Soția lui îi invită la prânz, dar refuzară. Le oferi ceai cu gheață fără zahăr și rămaseră la discuții pe verandă vreme de o jumătate de oră, cu câinii lingându-le gleznele. Când începu să le vorbească despre cariera lui, Lacy îl întrerupse politicos.

– V-am citit cărțile, vă cunoaștem activitatea.

Omul se simți flatat și spuse:

– Cele mai multe lucruri sunt adevărate. Am mai înflorit pe ici, pe colo.

– E fascinant, spuse ea.

– Cum am zis și la telefon, interveni Allie, Lacy ar dori să vă povestească despre fiecare caz și să vă afle părerea.

– Sunt la dispoziția voastră toată după-amiaza, spuse Herman zâmbind.

– Discuția este confidențială și nu vom folosi nume reale, spuse Lacy.

– Înțeleg importanța confidențialității, doamnă Stoltz, credeți-mă.

– Lacy și Allie, vă rog.

– În regulă, iar eu sunt Herman. Văd că aveți o servietă, prin urmare presupun că aveți documente, fotografii chiar.

– Da.

– Poate ar fi mai bine să mergem în bucătărie, să le întindem pe masă.

Îl urmară în casă, cum făcură și câinii, iar doamna Gray le umplu paharele. Herman rămase lângă masă, cu Allie și Lacy de cealaltă parte. Ea trase adânc aer în piept și începu:

– Sunt opt crime, din câte știm noi. Prima s-a petrecut în 1991, iar cele mai recente au avut loc cu mai puțin de un an în urmă. Primele șapte au fost executate în același mod, prin strangulare, cu același tip de sfoară, aceeași metodă, dar în cazul ultimei victime nu s-a folosit sfoara, ci doar câteva lovituri la nivelul capului.

– Douăzeci și trei de ani.

– Da, domnule.

– Putem renunța la „domnule"?

– Da.

– Mulțumesc. Peste două luni împlinesc optzeci de ani, dar refuz să accept bătrânețea.

Uscat ca un vrej, părea capabil să meargă 16 kilometri prin arșița soarelui.

– Firește, bănuim că suspectul nostru a comis cele opt crime. Șase bărbați și două femei.

– E posibil să fie mai mulți, vă dați seama?

– Da, dar nu știm.

Herman luă un pix și un carnețel.

– Haideți să începem cu prima victimă!

Allie scoase din servietă un dosar și i-l întinse lui Lacy.

– Prima victimă, începu Lacy, a fost un bărbat alb, în vârstă de patruzeci și unu de ani – cu o singură excepție, toate victimele sunt albe –, care a fost găsit lângă o potecă în Signal Mountain, Tennessee.

Îi întinse lui Herman o coală de hârtie pe care o pregătise dinainte și pe care scria „Numărul unu". Includea data, locul, vârsta victimei, cauza morții și o fotografie color cu trupul lui Thad Leawood zăcând în tufișuri.

Herman studie documentul și imaginea și luă notițe. Ei îl priveau cu atenție, fără să spună nimic. După ce termină de scris, întrebă:

– Cu excepția cadavrului, s-a mai găsit ceva la locul crimei?

– Poliția nu a găsit nimic. Nici amprente, nici fibre, nici păr sau sânge, altul decât cel al victimei. Același lucru e valabil pentru toate crimele.

– Nodul e ciudat, pare nod de foarfecă.

– Nod de foarfecă dublu, unul foarte rar întâlnit.

– Ce e drept, e rar. Dacă l-a folosit de fiecare dată, e clar că este semnătura lui. Câte lovituri la cap?

– Două. Aparent cu același instrument.

– Rezultatele autopsiilor?

– Traumatism cranian. Poliţia din Wilmington, North Carolina, unde a avut loc una dintre crime, e de părere că instrumentul folosit a fost un ciocan sau o bilă metalică.

– Foarte eficient, deși face multă mizerie. Sângele e împroșcat în toate direcţiile, sunt convins că a ajuns și pe hainele suspectului.

– Care, firește, nu au fost niciodată găsite.

– Firește. Motiv?

– Teoria este că Numărul unu l-a abuzat sexual pe criminal pe când acesta era copil.

– Ăsta da motiv. Dovezi?

– Nu.

– În regulă. Victima Numărul doi?

Lacy îi întinse pagina cu informaţiile referitoare la Bryan Burke.

– Anul următor, 1992.

– South Carolina, spuse Herman citind.

– Da. Fiecare crimă a fost comisă în alt stat.

Herman zâmbi și luă notiţe.

– Motiv?

– Drumurile li s-au intersectat în facultate, pe când ucigașul era student. Numărul doi i-a fost profesor.

Lacy avu grijă să nu menţioneze Facultatea de Drept. Dezvăluirea aceasta avea s-o facă mai târziu. Allie nu-i spusese prea multe despre ea, unde lucra și pe cine ancheta. Din nou, aceste lucruri urmau să fie dezvăluite mai târziu.

Numărul trei fusese Ashley Barasso.

– Patru ani mai târziu, în Columbus, Georgia, continuă Lacy. Nu cunoaștem motivul, știm doar că au fost colegi.

– La facultate?

– Da.

– A fost abuzată sexual?

– Nu. Cadavrul a fost găsit îmbrăcat, nimic nu era nelalocul lui, nu s-au găsit semne de molestare.

– Asta e neobişnuit. De obicei, sexul este un factor în optzeci la sută dintre crimele în serie.

Numărul patru fusese Eileen Nickleberry, în 1998.

Când ajunse la Numărul cinci, Danny Cleveland, Lacy spuse:

– Omul nostru a făcut o pauză timp de unsprezece ani, cel puţin din câte ştim noi.

– E o pauză serioasă, spuse Herman analizând fotografia. Acelaşi nod. Nu vrea să fie prins, e prea deştept pentru asta, dar vrea să se ştie că există. Ceea ce nu e deloc neobişnuit.

Mai făcu nişte însemnări, timp în care soţia lui intră şi le oferi biscuiţi. Nu zăbovi în bucătărie, dar Lacy bănuia că rămânea undeva în apropiere, probabil trăgând cu urechea.

Numărul şase era Perry Kronke, în Marathon.

– De unde le aveţi? îi întrebă Herman studiind fotografiile.

– Ni le-a pus la dispoziţie un informator care lucrează la asta de ani întregi. Le-a obţinut în baza Legii Libertăţii Accesului la Informaţie, din arhiva FBI – canalele obişnuite. Avem imagini de la locul primelor şase crime, dar nu şi de la ultimele două.

– Sunt prea recente, presupun. Bietul om era la pescuit, îşi vedea de treburile lui. În plină zi.

– Am fost acolo, locul e destul de izolat.

– Ok. Motiv?

– S-au cunoscut la un loc de muncă, motivul cel mai probabil e o ofertă de lucru ce nu s-a materializat.

– Aşadar, îl cunoştea şi pe acesta.

– Cunoştea toate victimele.

Herman era vizibil impresionat.

– În regulă, haideţi să o vedem şi pe ultima!

Lacy îi întinse documentele cu Numărul șapte și Numărul opt, prezentându-i teoria lor, conform căreia prima victimă fusese ținta ucigașului, iar cea de-a doua apăruse la momentul nepotrivit. Herman studie fotografiile vreme îndelungată, apoi se întoarse către ei zâmbind larg.

– Ei bine, asta e tot?

– Asta e tot ce știm.

– Puteți fi siguri că e mai mult de-atât și că nu a terminat.

Amândoi dădură din cap și mușcară din câte un biscuit.

– Și acum vreți un profil? întrebă Herman.

– Sigur, acesta e unul dintre motivele pentru care suntem aici, spuse Allie.

Herman lăsă pixul, își îndreptă spatele și se scărpină gânditor în bărbie.

– Bărbat alb, cincizeci de ani, și-a început fărădelegile pe la douăzeci și ceva de ani. Burlac, probabil nu a fost căsătorit niciodată. Cu excepția primelor două victime, ucide vinerea sau în weekend, semn că are o slujbă importantă. Ați menționat că are facultate, e clar că e inteligent, sclipitor chiar, și răbdător. Crimele nu au componentă sexuală, prin urmare, probabil că e impotent. Cunoașteți motivul, e mânat de o nevoie nesănătoasă de răzbunare. Nu are remușcări, așa cum se întâmplă de obicei. Tendințe sociopate, pe puțin spus. Antisocial, dar, educat fiind, probabil reușește să păstreze aparențele. Șapte crime în șapte state diferite, de-a lungul a douăzeci de ani. Foarte neobișnuit. Știe că poliția nu va săpa suficient încât să găsească legătura dintre crime. Și FBI nu s-a implicat?

– Încă nu, răspunse Allie. Acesta este un alt motiv pentru care suntem aici.

– Are cunoștințe de criminalistică și proceduri polițienești și stăpânește foarte bine legea, spuse Lacy.

Herman se așeză și se uită peste notițe.

– Foarte neobişnuit, unic, aş zice. Sunt impresionat de individul ăsta. Ce ştiţi despre el?

– Ei bine, categoric se potriveşte profilului tău. E judecător, spuse Lacy.

Herman expiră adânc, copleşit. Clătină din cap şi rămase o bucată de timp pe gânduri.

– În funcţie?

– Ales de cetăţeni.

– Oh... Foarte neobişnuit. Narcisist, personalitate dublă, capabil să ducă o viaţă respectabilă şi productivă, pe de o parte, iar în timpul liber să îşi plănuiască următoarea crimă. Va fi greu să-l prindeţi. Doar dacă nu...

– Doar dacă nu face o greşeală, corect? spuse Allie.

– Corect.

– Credem că a făcut deja una, la ultima crimă, spuse Lacy. Ai întrebat despre FBI. Nu sunt implicaţi în anchetă, dar au un indiciu. O amprentă parţială de pe un telefon mobil. Laboratorul Quantico a petrecut luni întregi făcând teste. Problema este că nu există nicio potrivire. FBI crede că e posibil să-şi fi modificat amprentele.

Herman scutură din cap uimit.

– Nu mă pricep, dar ştiu că e aproape imposibil fără intervenţii chirurgicale extinse.

– Își permite și a avut timp, spuse Lacy.

– M-am interesat, am discutat cu câţiva dintre experţii noştri, zise Allie. Au fost câteva cazuri de amprente schimbate.

– Dacă spui tu... Mă îndoiesc.

– Și noi avem îndoieli, spuse Lacy. Dacă nu identificăm amprenta, nu avem nicio șansă. Cu excepţia motivului, nu avem probe, iar motivul e insuficient, nu-i așa?

– Nu știu. Bănuiesc că nu aveţi cum să-i obţineţi amprentele, cele curente...

– Nu fără mandat, spuse Lacy. Avem bănuiala, dar nu e suficient să convingem un judecător să ne semneze mandatul.

– Herman, ne trebuie un sfat, spuse Allie. Ce ar trebui să facem în continuare?

– Unde locuieşte individul?

– În Pensacola.

– Iar amprenta e în Mississippi?

– Da.

– Autorităţile din Mississippi ar implica Biroul?

– Sunt sigur că da. Vor cu disperare să rezolve crimele.

– În cazul acesta, acolo trebuie să începeţi. După ce se implică băieţii noştri, va fi mai uşor să convingeţi un judecător federal să emită un mandat de percheziţie.

– Şi unde să căutăm? întrebă Lacy.

– Acasă, la birou, oriunde e posibil să fi lăsat amprente.

– Sunt câteva probleme cu planul acesta, spuse Allie. Prima este aceea că individul e capabil efectiv să nu lase urme. O alta este că, dacă bănuieşte ceva, e posibil să dispară.

– Lasă-i pe băieţii noştri să-şi facă griji în privinţa amprentelor. Le vor găsi. Nimeni nu e în stare să cureţe totul acasă sau la birou. Cât priveşte dispariţia, e un risc pe care trebuie să vi-l asumaţi. Nu îl puteţi aresta până când nu identificaţi amprenta, corect? Nu aveţi alte probe?

– Până acum, nimic altceva, spuse Lacy.

– Ar putea să mai existe o problemă, spuse Allie. E posibil ca Biroul să refuze să se implice.

– De ce?

– Din cauza şanselor mici de reuşită. Primele şase crime nu au oferit niciun indiciu. Cazurile acelea sunt nerezolvate de ani întregi. Ştiţi care e politica la Quantico. Şi ştiţi că Departamentul de Analiză Comportamentală duce lipsă de personal. E posibil să analizeze situaţia şi să refuze.

Herman îi alungă temerea.

– Nu, nu cred. Am urmărit ani la rând criminali în serie fără să-i prindem. Unele cazuri de acum treizeci de ani, la care am lucrat, sunt încă nerezolvate şi aşa vor rămâne. Asta nu-i va descuraja pe agenţi. Pentru asta trăiesc. Şi, reţineţi, nu trebuie să rezolvaţi toate crimele. Vă trebuie una singură ca să-l prindeţi.

Herman lăsă pixul şi îşi încrucişă braţele peste piept.

– Nu aveţi altă soluţie decât să implicaţi Biroul. Îmi dau seama că şovăiţi.

Lacy îi spuse povestea lui Betty Roe şi îi descrise eforturile ei de douăzeci de ani de a-l găsi pe criminalul tatălui ei. Herman o întrerupse spunând:

– Îşi caută cumva de lucru? Biroul ar avea nevoie de cineva ca ea.

Lacy râse, apoi răspunse:

– Are o carieră. A depus o plângere la Comisia de Conduită Judiciară. Acolo lucrez eu. E foarte vulnerabilă şi speriată, iar eu i-am promis să nu implic poliţia până când biroul nostru nu încheie ancheta iniţială.

– Păcat, spuse Herman. Dar ea nu mai contează. Aveţi un criminal periculos în libertate şi e timpul să implicaţi Biroul. Cu cât aşteptaţi mai mult, cu atât vor apărea mai multe cadavre. Individul acesta nu se va opri.

32

Marţi, *Pensacola Ledger* publică un articol scurt în pagina cinci, la rubrica de ştiri locale. Mal Schnetzer, un avocat care lucrase în zonă cu ani în urmă, fusese ucis duminică, într-o rulotă, în Sugar Land, Texas, la vest de Houston, unde locuia. Poliţia divulgase foarte puţine detalii, spunând doar că fusese strangulat într-o rulotă închiriată de o persoană pe care o căutau. Articolul menţiona perioada în care acesta lucrase ca avocat în Panhandle, înainte să fie exclus din barou şi trimis la închisoare pentru că îşi furase clienţii. Era şi o fotografie cu Mal din vremuri mai bune.

Jeri văzu ştirea online, dimineaţa, pe când îşi bea cafeaua. Căută imediat celelalte ştiri: Danny Cleveland, fostul reporter de la *Ledger*, care fusese sugrumat în apartamentul lui din Little Rock, în 2009; Thad Leawood, sugrumat în 1991, în apropiere de Signal Mountain, Tennessee; şi Lanny Verno, ucis în Biloxi, cu un an în urmă. Schnetzer, Cleveland şi Leawood fuseseră cunoscuţi în Pensacola şi *Ledger* scrisese despre ei. Verno fusese în trecere, nu era de-al locului, prin urmare, nu se scrisese despre el. Găsi şi alte articole în presa din Little Rock, Chattanooga, Houston şi Biloxi şi le adună pe toate într-un fişier pe care îl trimise apoi dintr-un cont nou de e-mail unei reporteriţe pe nume Kemper, femeia care scrisese despre uciderea lui Schnetzer. Adăugă un mesaj criptic:

„Patru crime prin strangulare nerezolvate. Toţi aceşti oameni aveau legături cu Pensacola. Verno a locuit acolo în 2001. Fă-ţi temele!"

Nu auzise despre uciderea lui Schnetzer și nu avea de gând să facă săpături. Era epuizată și pur și simplu nu mai avea energie pentru o nouă investigație. Ca întotdeauna, îl bănuia pe Bannick, dar altcineva trebuia să se ocupe.

A doua zi de dimineață, pe prima pagină a ziarului apăruse o știre senzațională despre cei patru bărbați din Pensacola care fuseseră uciși în alte state. Poliția nu comenta și evitase să răspundă la întrebări pentru că nu știa nimic. Crimele nu se petrecuseră în jurisdicția lor. Nici poliția statală nu comenta.

Jeri citi încântată articolul, apoi îl trimise, criptat ca întotdeauna, lui Lacy Stoltz. Câteva minute mai târziu, expedie un mesaj cu codul de decriptare.

Lacy era la birou, citind evaluările altor reclamații, când primi e-mailul și deschise fișierul. Nu conținea niciun mesaj. Cine îi trimitea ei un e-mail privat, urmat de un cod? Cine avea articole vechi publicate în *Ledger* și în alte ziare? O dată în plus, se minună de abilitățile și de tenacitatea lui Jeri și chicoti amintindu-și comentariul lui Herman, cum că Biroului i-ar fi prins bine cineva ca ea.

Închise ușa și citi articolele cu privire la crime, pe cele vechi și pe cele noi. Se gândi la impactul articolului abia apărut și ajunse la concluzia că nu putea anticipa ce avea să se întâmple. Se îndoia însă că ar fi schimbat ceva. Bannick urma să îl citească, dacă nu cumva o făcuse deja. Cine i-ar fi putut ghici mișcarea următoare?

*

Judecătorul Bannick era într-o cameră de hotel din Santa Fe când văzu articolul. Ca întotdeauna, citea *Ledger* online pentru știrile locale și, când îl văzu, se puse pe înjurat.

Singura persoană care știa că Lanny Verno locuise în Pensacola era Jeri Crosby. Și, probabil, fostul polițist Norris Ozment, dar el nu era la curent cu cele petrecute.

Câțiva avocați și-ar fi putut aminti de disputa lui cu Schnetzer din 1993. Poate vreun reporter de la *Ledger* și-ar fi amintit de articolul scandalos scris de Cleveland cu ocazia candidaturii lui Banner, deşi se îndoia. Cleveland urmărise mai mulţi investitori dubioşi. Din câte ştia, nu mai era nimeni care să-şi amintească de faptul că îl cunoscuse pe Thad Leawood. Nimeni nu făcuse acuzaţii împotriva lui, iar copiii înspăimântaţi se ascundeau în spatele părinţilor care nu ştiau ce să facă.

Avea treisprezece ani şi ajunsese la nivelul Viaţă[1], cu optsprezece insigne de merit, printre care toate cele necesare. Scopul lui era să devină Şoim[2] înainte să împlinească paisprezece ani, după cum îl încurajase tatăl lui, pentru că apoi începea liceul şi cercetăşia nu mai era la fel de importantă. Era liderul grupei rechinilor, cea mai tare dintre toate. Adora activitatea de cercetaş în toate aspectele ei – weekendurile în pădure, antrenamentele de înot, reuniunile, provocarea de a deveni Şoim, căutarea insignelor de merit, ceremoniile de premiere, activităţile în folosul comunităţii.

După atac, lipsise de la o întrunire pentru prima oară. Când lipsi şi de la următoarea, părinţii deveniră curioşi. Nu putea să ducă singur povara, aşa că le spuse. Aceştia, îngroziţi şi distruşi, nu ştiură cui să ceară ajutor. În cele din urmă, tatăl lui se adresă poliţiei şi află cu durere că mai exista o plângere, din partea unui băiat care dorise să rămână anonim.

Bănui că era vorba despre Jason Wright, un băiat care părăsise subit trupa cu două luni mai devreme.

Poliţiştii voiau să vorbească cu Ross, pe care gândul îl îngrozea. Dormea la picioarele patului părinţilor lui şi nu mai voia să iasă din casă. Aceştia hotărâră că era mai important să îşi protejeze copilul decât să îl pedepsească pe răufăcător. Coşmarul deveni şi mai teribil

---

[1] Life (în lb. engleză în original) – cel de-al şaselea dintre cele şapte niveluri de dezvoltare în cadrul grupelor de cercetaşi în America (n.tr.)

[2] Eagle (în lb. engleză în original) – cel de-al şaptelea şi ultimul nivel de dezvoltare în cadrul grupelor de cercetaşi în America (n.tr.)

când în *Ledger* apăru un articol în care se vorbea despre o anchetă a poliției cu privire la „comportamentul sexual inadecvat“ al lui Thad Leawood, în vârstă de douăzeci și opt de ani. După părerea doctorului Bannick, poliția trimisese informația către presă, punând orașul pe jar.

Leawood părăsi orașul. Trecură paisprezece ani până când ajunse să plătească pentru fărădelegile sale.

Miercuri după-amiaza, târziu, Lacy nu mai avea scuze și era sătulă să tot amâne. Încuie ușa biroului și sună pe rând la toate numerele de telefon cunoscute ale lui Betty Roe. Nu răspunse nimeni la niciunul dintre ele, după cum i se mai întâmplase. Câteva minute mai târziu, primi un mesaj de la un număr necunoscut: „Vorbește pe linia verde“. Acela era codul pentru „folosește telefonul cu cartelă“. Lacy luă telefonul, care sună după un minut.

– Ce zici de articolul acela din *Ledger?* începu Betty veselă.

– Interesant, cel puțin. Mă întreb cum de au pus lucrurile cap la cap așa de repede.

– A, nu știu. Sunt sigură că au primit un e-mail anonim, din partea cuiva care cunoaște bine crimele, nu crezi?

– Ba chiar asta cred.

– Mă întreb cum o fi reacționat băiatul nostru.

– Cred că i-a stricat ziua.

– Sper că a avut un atac cerebral și s-a înecat cu propria vomă. Oricum, umblă vorba că are probleme de sănătate. Cancer de colon, dar nu cred. Mai degrabă, un pretext ca să plece din oraș.

– Pari în formă.

– Sunt într-o dispoziție foarte bună, Lacy. Am fost în Michigan și am petrecut weekendul cu fiica mea. A fost o vizită minunată.

– Mă bucur, pentru că am niște vești care s-ar putea să nu îți placă. Am încheiat evaluarea reclamației tale și suntem de părere că e fondată. Vom înainta informațiile poliției de stat și Biroului Federal de Investigații. Decizia noastră este definitivă.

La capătul firului se aşternu liniştea. Lacy continuă:

– Betty, nu ar trebui să fii surprinsă. Asta ţi-ai dorit dintotdeauna. Ai apelat la noi ca să punem lucrurile în mişcare, să dăm credibilitate cazului în timp ce tu îţi păstrezi anonimatul. E în regulă şi te asigur că nu ţi-am dezvăluit numele. Vom continua să îţi protejăm identitatea, în măsura în care e posibil.

– Ce înseamnă asta... în măsura în care e posibil?

– Înseamnă că nu ştiu ce turnură va lua ancheta. Nu ştiu dacă agenţii de la FBI vor dori să discute cu tine, dar, dacă o vor face, sunt sigură că ştiu cum să protejeze un martor-cheie.

– Nu voi dormi liniştită până când nu e arestat şi închis. Şi tu ar trebui să ai grijă, Lacy. Te-am avertizat.

– Aşa este şi am grijă.

– Lacy, el e mai inteligent decât noi şi e mereu la pândă.

– Crezi că ştie ceva despre ancheta noastră?

– E mai bine să presupui că ştie, înţelegi? Aşteaptă-te la ce e mai rău. A ucis iar, Lacy.

Lacy închise ochii, pregătită să încheie convorbirea. Paranoia lui Betty o irita uneori.

33

Administrarea reţelelor de calculator şi telefonie ale secţiei de poliţie din Harrison County îi fusese încredinţată lui Nic Constantine, un student de douăzeci de ani, angajat cu normă redusă. Îi plăcea ce făcea şi mai ales îi plăcea să-şi petreacă timpul în preajma ofiţerilor de poliţie, majoritatea nu foarte pricepuţi la tehnologie. Tânărul era cu adevărat talentat şi se pricepea atât la programare, cât şi la remedierea defecţiunilor. Le cerea constant să modernizeze echipamentele, dar întotdeauna se loveau de buget.

Nic ştia că investigaţia în cazul Verno/Dunwoody era secretă. Vulturii din presă continuau să dea târcoale, iar şeriful Black interzisese orice comunicare, păstrând majoritatea informaţiilor în regim offline. Spre marea lui încântare, Nic fusese la locul crimei şi, ulterior, îi însoţise pe şerif şi pe adjunctul Mancuso la recuperarea telefoanelor, în orăşelul Neely, Mississippi. O treabă uşoară pe care şi un copil de doisprezece ani ar fi făcut-o.

Nic verifica permanent reţeaua de viruşi, dar nu reuşise să îi detecteze pe Rafe şi pe tovarăşii lui malefici de la Maggotz. În majoritatea timpului, aceştia erau inactivi. Detectivul Napier fu cel care comise greşeala, trimiţându-i un e-mail şerifului Black în care îi confirma întâlnirea cu biroul FBI din Pensacola, vineri, 25 aprilie. Napier îi numea pe agenţi „Hoovies", menţionând că venea o echipă de la Washington cu un expert, numărul de telefon şi abrevierea AP. Napier își dădu seama imediat de greșeală, așa că șterse e-mailul și apelă la Nic, ca să îl elimine din sistem. Acesta îl căută pe serverul intern al secției de poliție și fu convins că problema fusese rezolvată.

Napier și Nic merseră apoi la șerif și-i spuseră ce se întâmplase. Nic visa să lucreze pentru FBI și se bucură aflând de întâlnire. Propuse să participe, avertizând că prezența lui putea fi necesară, în caz că se făceau și alte greșeli. Șeriful Black nu păru impresionat.

Rafe, inactiv, dar prezent, văzu e-mailul. Treizeci de minute mai târziu, judecătorul Bannick îl văzu la rândul lui și fu cuprins de panică. Știa cât de mult iubea FBI-ul acronimele. Cunoștea limbajul la fel de bine ca agenții din teren. AP – amprentă parțială.

Verifică rapid înregistrările camerelor de supraveghere de acasă, de la birou și de la camera secretă. Nu găsi nimic. Rezervă un bilet la următoarea cursă către casă și se pregăti de plecare.

Călătoria i se păru interminabilă, dar cel puțin avu timp să se gândească. Era convins că nu lăsase nicio amprentă, dar dacă totuși se înșela? Știa că amprenta prelevată de pe telefoanele mobile nu putea fi identificată. După ani întregi de modificări succesive, singura confirmare o aveau doar dacă găseau un articol pe care îl atinsese în ultima decadă.

Ajunse acasă la 3.00 dimineața. Avea nevoie de somn, dar amfetaminele îi dădeau energie. Lăsă luminile stinse, pentru ca vecinii să-l creadă încă plecat, și lucră pe întuneric. Își puse mănuși de unică folosință și umplu mașina de spălat. Așeză câteva pahare într-un sac mare de gunoi.

Ștersul suprafețelor, chiar dacă nu îndepărtează complet, deformează amprentele făcându-le greu de identificat. Cu toate acestea, planul lui era să le îndepărteze. Amestecă apă cu alcool și zeamă de lămâie și șterse suprafețele și aparatele electrocasnice cu o lavetă. Apoi întrerupătoarele, pereții, rafturile din cămară. Scoase din frigider borcanele, cutiile cu suc, sticlele și cutiile de plastic și le goli, iar recipientele le aruncă la gunoi. Nu gătea, așa că frigiderul era aproape gol.

Amprentele rezistă ani întregi. În timp ce se afurisea singur, continua să bombăne – AP.

În baie, frecă bine suprafețele, pereții, toaleta, robinetele, podeaua. Goli dulăpiorul, păstrând doar periuța de dinți, un aparat de ras de unică folosință, crema de ras și tubul de pastă de dinți pe jumătate folosit. Amprentele erau practic imposibil de prelevat de pe articolele textile, dar el umplu mașina de spălat cu prosoapele de baie și de mâini.

În sufragerie, aruncă telecomanda și șterse ecranul televizorului. Aruncă revistele și câteva ziare mai vechi. Apoi frecă pereții și fotoliile din piele.

În birou, șterse tastatura, un laptop mai vechi, două telefoane mobile depășite și un teanc de plicuri și hârtie de scris. Se holbă la un dulap plin cu dosare vechi și hotărî că avea să se ocupe de acelea mai târziu.

Curățenia urma să îi ia ore, poate chiar zile, și știa că aceea era doar prima fază. Trebuia să existe o a doua și, dacă avea timp, și o a treia. În zori, înainte să înceapă să iasă vecinii, încărcă trei saci mari de gunoi în mașină și se așeză să tragă un pui de somn.

Nu reuși să doarmă. La 8.00 se spălă și își schimbă hainele, aruncând prosoapele și hainele pe care le purtase. Deschise dulapul și se gândi la lucrurile pe care trebuia să le arunce. Umplu mașina de spălat cu lenjerie și haine și dublă cantitatea de detergent.

Se îmbrăcă de stradă și ieși. O sună pe Diana Zhang și îi spuse că era în oraș; se simțea bine și voia să treacă pe la birou să îi salute. Când ajunse, la ora 9.00, angajații îl primiră ca pe un erou. Vorbi puțin cu ei, spunându-le că prima rundă de tratament trecuse cu bine și că doctorii erau încrezători. Peste câteva zile, se întorcea în Santa Fe.

Oamenii îl găsiră obosit, slăbit.

Se așeză la birou și-i dictă secretarei o listă cu lucruri de rezolvat. Apoi îi ceru să plece pentru că avea de dat niște telefoane. Încuie ușa şi se uită împrejur. Biroul, scaunele din piele, masa de lucru, fişetele, rafturile pline de volume şi tratate... Din fericire, pe cele mai multe nu le atinsese de ani întregi. Părea o sarcină imposibilă, dar nu avea de ales. Deschise servieta, îşi puse mănuşile, scoase trei pachete cu şerveţele umede şi se puse pe treabă.

După două ore, le zise oamenilor că mergea acasă să se odihnească. Îi rugă să nu îl sune. În schimb, merse la camera lui secretă, în Pensacola. Se îndoia că persoanele interesate de amprentele lui ar fi reuşit vreodată să găsească locul acela, dar nu îşi permitea să rişte. Îl proiectase cu cea mai mare grijă, atent să nu lase niciun indiciu în caz de vreo urgenţă. Totul era digitalizat – nu avea cărţi, dosare, chitanţe, nimic care să lase urme.

Se întinse pe canapea şi reuşi să doarmă două ore.

*

Conform orarului publicat pe pagina universităţii, Jeri preda un curs de politică de la ora 2.00, în clădirea Facultăţii de Ştiinţe Umaniste. Bannick merse o oră cu maşina până în Mobile şi găsi clădirea după o hartă a campusului pe care o memorase.

Maşina ei, o Toyota Camry din 2009, era parcată alături de alte sute de maşini în parcarea comună, pentru studenţi şi profesori, pentru care însă era necesară autorizaţie. Plecă, merse câteva străzi mai departe, la o spălătorie auto, spălă maşina cea nouă, apoi opri lângă aspiratoare şi deschise toate uşile. În timp ce curăţa maşina, îi înlocui plăcuţele de înmatriculare. Acum avea numere de Alabama. Când termină şi maşina strălucea de curăţenie, se întoarse în campus şi căută cel mai apropiat loc de parcare de Camry. Deschise portbagajul, scoase cricul şi o roată de rezervă şi se prefăcu ocupat cu înlocuirea unei anvelope în perfectă stare.

Un paznic al campusului, într-un Ford Bronco vechi, apăru printre şirurile de maşini în spatele lui.

– Aveţi nevoie de ajutor? îl întrebă îndatoritor, fără însă să se dea jos din maşină.

– Nu, mulţumesc, spuse Bannick. Mă descurc.

– Nu văd autocolantul care vă dă dreptul să parcaţi aici.

– Nu, domnule. Am făcut pană acolo. Făcu un gest către stradă. Plec imediat.

Paznicul se îndepărtă fără o vorbă.

La naiba! O greşeală ce nu putea fi evitată.

Cu maşina ridicată pe cric şi fără să atingă o bucşă, scoase un dispozitiv de urmărire GPS BlueCloud TS-180, cu montaj magnetic. Cântărea aproape patru sute de grame şi avea dimensiunile unei cărţi. Se apropie nonşalant de Camry, privind în toate direcţiile de la adăpostul ochelarilor de soare. Văzu trei studenţi intrând în clădire, dar aceştia nu păreau să-i acorde vreo atenţie. Se aplecă rapid şi ataşă dispozitivul pe o parte a rezervorului de benzină. Bateria avea o durată de viaţă de 180 de ore şi se activa la mişcare; când maşina stătea pe loc, era inactiv. Se întoarse la maşina lui, o coborî de pe cric, închise portbagajul şi părăsi parcarea. Paznicul nu se vedea nicăieri.

Două ore mai târziu, Camry-ul era în mişcare. Îl urmări pe telefon şi nu peste mult timp îl zări. Jeri opri la curăţătorie, apoi merse acasă.

Dispozitivul de urmărire funcţiona impecabil.

Bannick se întoarse în Cullman, aşteptă până la ora 5.30, când se închidea tribunalul, şi intră pe o uşă din spate cu propria lui cheie. Venea şi pleca după pofta inimii de zece ani şi rareori întâlnise pe cineva după orele de program. Nu comitea nicio infracţiune, venise doar să îşi facă ordine în birou.

Curăţă din nou şi plecă după lăsarea întunericului cu două serviete pline cu dosare şi blocnotesuri. Un judecător zelos.

34

Vineri-dimineaţă, Lacy şi Darren ajungeau la o clădire de birouri din centru la ora 9.45, pentru o întâlnire programată la ora 10.00, un fel de reuniune la nivel înalt. Biroul FBI era amplasat la etajul şase şi fură întâmpinaţi lângă lifturi de agentul special Dagner, din Pensacola.

Dintr-o cameră de hotel aflată la etajul al treilea, judecătorul Bannick supraveghea parcarea cu ajutorul unui telescop monocular. Îi văzu pe Lacy şi pe Darren intrând în clădire. Zece minute mai târziu, văzu un sedan cu numere de Mississippi parcând şi doi bărbaţi coborând din maşină. Erau îmbrăcaţi în haine civile, cu sacou şi cravată, pentru marea întâlnire. Următoarea maşină era un jeep negru. Cele patru portiere se deschiseră în acelaşi timp şi coborâră patru agenţi federali, trei bărbaţi şi o femeie, în costume mai elegante. Şi aceştia se grăbiră să intre. Ultimii doi sosiră într-o maşină cu numere de Florida. Alţi indivizi la costum.

La 10.10, când sosise toată lumea, Bannick se aşeză pe marginea patului şi îşi masă tâmplele. FBI-ul era acolo, băieţii de la biroul cel mare din Washington, împreună cu poliţia statală şi băieţii din Mississippi.

Nu putea afla ce se discuta. Rafe nu reuşise să spargă reţeaua.

Însă judecătorul îşi imagina cu uşurinţă ce se petrecea acolo şi ştia cum să facă să afle.

Se adunară în jurul unei mese largi, în cea mai mare încăpere a apartamentului, iar secretarele aduseră cafele și gustări. După ce făcură cunoștință – atât de multe nume pe care Darren încercă să le noteze –, șeful declară ședința deschisă. Era Clay Vidovich, agentul special șef, care se așezase în capul mesei. La dreapta lui stăteau agenții speciali Suarez, Neff și Murray. La stânga ședeau șeriful Black și detectivul Napier din Biloxi. Lângă ei, doi detectivi ai poliției statale din Florida, Harris și Wendel. Lacy și Darren erau în capătul opus al mesei, ca și cum locul lor nu ar fi fost alături de polițiștii adevărați.

Firește, lipseau reprezentanții poliției din Pensacola. Suspectul era o figură locală importantă, cu conexiuni. Discreția era recomandată. Polițiștii de la oraș mai mult i-ar fi încurcat.

Vidovich vorbi primul.

– S-au întocmit documentele necesare, s-au stabilit protocoalele, iar FBI este oficial implicat în cazul acesta. Avem aici o echipă operativă comună, deci vom colabora. Domnule șerif, ce ne spuneți despre poliția din Mississippi?

– Sunt la curent cu situația, dar mi s-a cerut să nu îi informez cu privire la întâlnirea aceasta. Presupun că vor interveni dacă vom avea nevoie de ei.

– Nu acum, poate mai târziu. Locotenent Harris, ați informat poliția din Marathon?

– Nu, domnule, dar o voi face dacă vom avea nevoie.

– Bun. Să începem fără ei. Am citit cu toții informațiile prezentate și suntem la curent cu situația. Doamnă Stoltz, dat fiind faptul că totul a început cu dumneavoastră, ce ziceți să faceți o scurtă recapitulare a elementelor principale?

– Desigur, spuse Lacy zâmbind.

În încăpere mai era o singură femeie, agenta Agnes Neff, o veterană cu chipul aspru care nu părea să zâmbească ușor.

Lacy se ridică și împinse scaunul.

– Totul a început cu o reclamaţie la adresa judecătorului Bannick, depusă de o anume Betty Roe, un pseudonim.

– Când îi vom afla numele real?

– Ei bine, este cazul vostru acum, prin urmare oricând doriţi. Eu una prefer să nu o implic până nu devine absolut necesar.

– Prea bine. Şi cum de a ajuns să fie implicată?

– Tatăl ei a fost ucis în 1992, lângă Gaffney, South Carolina. Cazul nu prezenta niciun indiciu, iar poliţia nu avea nicio pistă, aşa că s-a hotărât să îl găsească pe criminal ea însăşi. A fost obsedată de caz ani la rând.

– Şi vorbim despre opt crime, corect?

– Opt despre care ştie ea. Ar putea fi mai multe.

– Cred că putem fi siguri că sunt mai multe. Iar ea se bazează exclusiv pe motiv, aşa este?

– Şi metodă.

Vidovich se uită la Suarez, care încuviinţă.

– E acelaşi individ. Foloseşte acelaşi tip de sfoară, iar nodul este semnătura lui. Avem fotografii de la locul crimei din Texas, cazul lui Schnetzer. Aceeaşi sfoară, acelaşi nod. Am analizat rapoartele autopsiilor, aceeaşi lovitură la cap, acelaşi instrument. Ceva asemănător unui ciocan de dulgher care loveşte craniul într-un punct şi provoacă fracturi în direcţii multiple.

Vidovich se uită la locotenentul Harris.

– Şi ucigaşul l-a cunoscut într-o altă viaţă, corect?

– Aşa este, confirmă Harris. Au fost amândoi avocaţi aici, în oraş, cu mulţi ani în urmă.

– Şi nu îl cunoaşteţi pe acest judecător, am dreptate, domnişoară Stoltz?

– Nu, n-am avut plăcerea. Nu am primit nicio altă reclamaţie la adresa lui. Nu are antecedente şi se bucură de o reputaţie frumoasă.

– Remarcabil, spuse Vidovich şi toţi cei din jurul mesei se încruntară în semn de aprobare. Doamnă Stoltz, continuă el, ce credeţi că ar face dacă i-am cere să vină să ne răspundă la câteva întrebări? E un judecător cunoscut, un reprezentant al legii. Nu știe că avem o amprentă parțială. De ce n-ar accepta să coopereze?

– Ei bine, dacă e vinovat, de ce ar coopera? După părerea mea, fie ar dispărea, fie și-ar chema avocatul. Dar nu se va pune la dispoziția dumneavoastră.

– Și riscăm să plece din țară?

– După părerea mea, da. E inteligent și dispune de fonduri. A reușit să treacă neobservat vreme de douăzeci de ani. Cred că ar dispărea într-o secundă.

– Vă mulțumesc.

Lacy se așeză privind chipurile celor de la masă.

– E clar că trebuie să-i verificăm amprentele, continuă Vidovich. Cele actuale. Agnes, spune-ne cum să facem să obținem un mandat de percheziție.

Din nou fără să zâmbească, Agnes își drese vocea și se uită într-un carnețel.

– Am discutat ieri cu departamentul juridic din Washington, iar ei sunt de părere că se poate obține. Avem un suspect principal într-o crimă, în două mai precis, cazul din Biloxi, precum și o amprentă parțială misterioasă, neidentificată. Cei de la juridic spun că putem solicita mandat. Procurorul general din Mississippi a fost informat și are un judecător pregătit să semneze.

– Pot să întreb unde veți căuta? interveni Lacy.

– Acasă și la birou, răspunse Vidovich. Trebuie să fie amprente peste tot. Găsim potrivirea, stop joc. Nu o găsim, ne cerem scuze și ne întoarcem acasă. Betty Roe se poate juca în continuare de-a detectivul.

– Înțeleg, dar omul e obsedat de sisteme de pază și de securitate. Va fi alertat din clipa în care îi pătrunde cineva în casă. Și atunci, va dispărea.

– Știm cumva unde e acum?

Clătinară din cap la unison. Vidovich îl privi încruntat pe Harris.

– Nu, nu l-am pus sub urmărire. Nu am avut motiv. Nu avem niciun caz, niciun dosar. Deocamdată, nu e suspect.

– Totodată, şi-a luat concediu medical, adăugă Lacy. Pretinde că se tratează de cancer, conform unei surse din Pensacola. De la biroul lui ni s-a comunicat că nu va lucra cel puţin două luni. Pagina de internet a tribunalului afişează aceeaşi informaţie.

Vidovich se încruntă şi se scărpină în bărbie, în vreme ce toţi ceilalţi aşteptau.

– În regulă, spuse. Haideţi să-l dăm în urmărire şi să-l găsim! Între timp, să obţinem un mandat de percheziţie de la judecătorul din Mississippi; îl prezentăm judecătorului de aici şi aşteptăm până când îl găsim. Atunci, nu va mai putea fugi şi executăm mandatul.

În următoarea oră, discutară despre punerea sub urmărire. Cine, unde, cum. Lacy şi Darren se plictisiră, iar entuziasmul iniţial dispăru. În cele din urmă, cerură voie să se retragă.

Vidovich promise să-i ţină la curent, dar era clar că intervenţia lor luase sfârşit.

Pe când ieşeau din oraş, Darren o întrebă:

– Îi vei spune lui Betty despre asta?

– Nu. Nu trebuie să ştie ce se întâmplă.

– Am terminat cu ea? Putem considera cazul închis?

– Nu ştiu sigur.

– Păi, nu eşti tu şefa?

– Ba sunt.

– Atunci, de ce nu poţi să-i spui că partea Comisiei de Conduită Judiciară s-a încheiat?

– Te-ai săturat deja?

– Lacy, suntem avocaţi, nu poliţişti.

*

Drumul de trei ore înapoi în Tallahassee era o adevărată uşurare. Era vineri, aproape prânzul, o zi răcoroasă de primăvară, aşa că hotărâră să uite de serviciu.

În timp ce i se hotăra soarta, Bannick merse la centrul comercial și dispăru în adâncurile camerei lui secrete. Șterse calculatoarele, înlătură unitățile de disc, adună unitățile de stocare de prin seifuri, apoi șterse din nou peste tot. La plecare, resetă camerele de supraveghere și senzorii de mișcare, apoi porni către Mobile.

Își petrecu după-amiaza plimbându-se printr-un centru comercial, bând câteva cafele la un Starbucks și apă minerală într-un bar, relaxându-se prin port și conducând până se lăsă întunericul.

35

În plicul alb erau copiile celor trei poeme ale ei. Plicul era lipit, iar pe el scrisese, cu litere de mână, îngroșate, ***Jeri Crosby.*** Adresa nu era trecută, nici nu era nevoie. Sub nume scrisese „Predare personală". Așteptă până la ora 9.00 seara, apoi parcă mașina la câteva străzi distanță.

Jeri petrecea o seară de vineri obișnuită, schimbând canalele la televizor și abținându-se cu greu să nu intre pe internet ca să caute informații despre crime. După prânz, Lacy sunase ca să-i spună că agenții FBI erau în oraș și preluaseră investigația. Jeri trebuia să se simtă mai bine acum, că treaba ei se încheiase și Bannick era urmărit de profesioniști. Învăța însă că obsesiile pier greu și că era imposibil să se desprindă subit și să meargă mai departe. Fusese atât mult de timp implicată în viața lui, încât nu putea să-l înlăture pur și simplu. Nu avea niciun alt scop, cu excepția serviciului, pe care îl neglijase, și a fiicei ei adorabile. Și era în continuare speriată. Se întrebă cât avea să mai țină frica. Când avea să înceteze să se mai uite întruna peste umăr?

Soneria o făcu să tresară. Căută telecomanda, opri sonorul televizorului, apoi apucă pistolul cel mai apropiat de pe o masă de lângă ușă și trase cu ochiul printre lamelele jaluzelei. Un felinar ilumina peluzele din fața celor patru apartamente aflate pe același rând cu al ei și nu se vedea nimic. Nu avea de gând să deschidă ușa, nu la ora 9.00 seara, într-o zi de vineri, și nu își putea imagina cine ar fi venit neanunțat. Nici candidații politici nu mai lucrau așa târziu. Așteptă să audă din nou soneria, strângând pistolul și abținându-se cu greu să nu se uite pe vizor. Trecură astfel câteva minute și faptul că, indiferent cine era acolo, nu sună din nou, părând să nu țină neapărat să o vadă, făcea situația și mai insuportabilă. Să fi fost oare niște copii care făceau farse? Așa ceva nu se întâmplase niciodată, strada ei era una liniștită. Încercă să respire adânc, dar inima îi bătea nebunește.

Încet, se apropie de ușă și întrebă suficient de tare încât să fie auzită pe verandă.

– Cine e?

Bineînțeles că nu primi niciun răspuns. Își adună curajul și se uită pe vizor, așteptându-se să vadă un ochi injectat de sânge privind-o la rândul lui, dar nu văzu nimic. Făcu un pas înapoi, respiră din nou adânc, păstră pistolul în mâna dreaptă și cu stânga descuie. Cu lanțul pus, întredeschise ușa și privi, dar nu văzu pe nimeni. Oare auzea din nou lucruri? I se păruse că sunase cineva?

Camera de supraveghere, neroado! Soneria ei era folosită atât de rar, încât uitase de cameră. Merse în bucătărie, luă telefonul și cu mâinile tremurânde reuși să găsească aplicația. Se holbă la ecran. Camera de supraveghere de lângă ușă era activată de mișcare, de la un metru și jumătate, și filmarea începea cu cineva care părea să iasă dintre tufe. Omul păși pe terasă, înfipse un plic în tocul ușii de plasă, apoi dispăru. Privi filmarea iar și iar, simțind că i se face rău.

Un bărbat cu părul nisipiu, lung până la umeri. O șapcă fără însemne trasă pe ochi. Ochelari cu rame groase și sub ei o mască de culoarea pielii, cu cicatrice și urme ca de pojar. O imagine desprinsă dintr-un film de groază.

Aprinse luminile și se așeză pe canapea cu arma și cu telefonul. Se uită din nou la videoclip. Filmarea avea șase secunde, deși individul apărea doar în jumătate din timp. Trei secunde erau suficiente. Începu să plângă, lucru pe care îl detesta, dar lacrimile nu erau de tristețe. Erau de groază. Stomacul i se întoarse pe dos și simți că îi venea să vomite. Tremura din tot trupul și inima îi bătea nebunește.

Iar lucrurile erau pe cale să se înrăutățească.

În cele din urmă, își adună curajul ca să se ridice și să meargă până la ușă. O descuie și o întredeschise, apoi deschise ușa de plasă. Plicul căzu pe prag. Îl înșfăcă, încuie totul și se întoarse pe canapea, unde rămase zece minute uitându-se la plic.

Când îl deschise și văzu poemele scrise de ea, duse instinctiv mâna la gură ca să își înăbușe țipătul.

Polițiștii erau iritați de un apel atât de frivol. Le luă douăzeci de minute ca să ajungă, din fericire fără luminile de semnalizare, iar Jeri îi întâmpină pe verandă.

– Un intrus? întrebă unul dintre ei.

Ca să-i facă pe plac, cel de-al doilea ilumină cu lanterna răsadurile de flori dimprejur și, firește, nu văzu nimic.

Jeri le arătă filmarea.

– E o farsă, doamnă, spuse primul polițist scuturând agasat din cap. Cineva încearcă să vă sperie.

Era vineri noaptea și, într-un oraș mare, se confruntau cu probleme mai serioase, precum crime violente, traficanți de droguri și adolescenți beți.

– Ei bine, a funcționat, spuse ea.

Un vecin, domnul Brammer, se apropie și unul dintre polițiști îi adresă câteva întrebări. Jeri nu vorbise de săptămâni întregi cu el și nici cu ceilalți vecini. Aceștia știau că era retrasă și nu foarte prietenoasă.

Polițistul îi spuse să sune dacă intrusul revenea. Echipajul se pregăti să plece, promițându-i că avea să patruleze prin zonă în următoarele câteva ore. După plecarea polițiștilor, încuie toate ușile și se întoarse pe canapea. Lăsă luminile aprinse. Se gândea la ceea ce nu îndrăznise să se gândească până atunci.

Bannick ştia că ea fusese. Fusese la ea acasă, sunase la sonerie, îi lăsase poemele. Şi avea să revină.

Se gândi să o sune pe Denise, dar ce rost avea să o sperie? Era la mii de kilometri distanţă şi nu putea face nimic. Se gândi apoi să o sune pe Lacy, ca să spună cuiva. Lacy era la trei ore distanţă şi probabil nu ar fi răspuns la telefon la o oră aşa de târzie.

La miezul nopţii, stinse luminile şi rămase în întuneric, aşteptând.

O oră mai târziu, împachetă câteva lucruri într-o geantă mică şi, cu pistolul în mână, ieşi pe uşa din spate şi merse la maşină. Plecă cu privirea în oglinda retrovizoare, dar nu văzu nimic care să-i dea de bănuit. Traversă cartierele liniştite şi o luă spre est, pe autostrada 10, iar când luminile oraşului rămaseră în urmă, se relaxă, uşurată să părăsească oraşul. Se încadră apoi către sud, pe autostrada 59, spre Golf. La ora aceea şoseaua era pustie şi era sigură că nu o urmărea nimeni. Traversă oraşele Robertsdale şi Foley. Parcă maşina lângă un magazin deschis pe timp de noapte şi privi strada pe care tocmai o părăsise. Trecea câte o maşină la zece minute. Autostrada se oprea la plajă, în Gulf Shores. Avea de ales între est şi vest. Se gândi că Bannick era probabil încă în Mobile, la pândă, aşa că făcu stânga şi porni prin oraşele de lângă litoral, prin Alabama, şi intră în Florida. Făcu o oră pe autostrada 98, apoi opri la un semafor din Fort Walton Beach. De câţiva kilometri, o maşină mersese în urma ei, lucru ciudat având în vedere că erau foarte puţine maşini. Dintr-un impuls, o luă spre nord, pe autostrada 85, dar maşina nu veni după ea. O jumătate de oră mai târziu, traversă autostrada 10 şi văzu indicatoare pentru restaurante fast-food, benzinării şi cazare.

Avea nevoie de odihnă şi o atraseră luminile strălucitoare şi parcarea pe jumătate pustie a motelului Bayview. Parcă, vârî pistolul în geantă şi intră să ia o cameră.

Douăzeci de minute mai târziu, în parcare apăru Bannick. Rămase cu laptopul în maşina cu numere – din nou – de Alabama şi rezervă online o cameră. Când primi confirmarea, răspunse pretinzând că era o problemă cu rezervarea și le ceru să verifice documentul atașat. Când funcționarul de la recepție deschise documentul, Rafe se strecură în sistemul slab protejat al motelului și își începu căutările.

De la ora 9.28, din ziua anterioară, un singur client se cazase, o anume Margie Frazier, care achitase, desigur, cu un card de credit preplătit.

„Ce drăguț, își zise judecătorul. Îi place să folosească nume false."

Rafe o găsi în camera 232. De cealaltă parte a culoarului, camera 233 părea să fie liberă. În capătul culoarului erau o ușă și scara pentru ieșirea de urgență.

Motelul utiliza cartele electronice de acces și avea un comutator pentru activarea ieșirilor în caz de incendiu. Rafe găsi panoul de control și, ca să se amuze, judecătorul stinse luminile în sala de recepție, cufundă motelul în întuneric, iar peste câteva secunde le reaprinse. Nu se produse nicio mișcare.

Intră în recepția pustie și apăsă pe clopoțel. Într-un final, un tânăr somnoros își făcu apariția și îl salută. Executară rapid formalitățile pentru rezervarea unei camere pentru o singură persoană, pentru o noapte. Judecătorul vorbi întruna. Ceru camera 233, spunând că mai stătuse acolo cu șase luni în urmă și dormise neîntors, nouă ore, un record. Era superstițios și așa mai departe. Tânărului nu-i păsa.

Luă liftul până la etajul doi, se strecură fără zgomot în camera 233 și inspectă ușa. Avea și o încuietoare normală pe lângă yala electronică. Camera nu era cine știe ce, dar, la urma urmei, nu era decât un motel pentru turiști care închiria camere cu 99 de dolari pe noapte. Își puse o pereche de mănuși de unică folosință de culoarea pielii, deschise laptopul, se conectă cu Rafe și inspectă sistemele de securitate și de iluminat ale motelului.

Margie se afla în camera 232, în fața camerei lui. Camera alăturată, 234, era liberă. Ca să se pregătească, îl trimise pe Rafe să descuie toate ușile, apoi merse la camera 234 și deschise ușa cu o apăsare de clanţă. Se întoarse în camera lui, blocă din nou uşile, apoi îşi aranjă instrumentele pe servanta ieftină, aşezând cu atenţie o sticluţă cu eter, o lavetă din microfibră, o lanternă mică şi o lamă pentru deblocat uşi. Vârî toate articolele în buzunarele din faţă ale unei veste pe care o mai folosise în asemenea ocazii speciale. Lângă geanta cu instrumente mai aşeză o seringă şi o sticluţă de ketamină, un anestezic puternic.

Îşi îndreptă spatele, respiră adânc de câteva ori, reamintindu-şi două adevăruri importante: primul – nu avea de ales, şi al doilea – nu avea voie să rateze.

Era sâmbătă, 26 aprilie, ora 3.18 dimineaţa. Folosindu-se de laptop, îi ceru lui Rafe mai întâi să deblocheze toate uşile, apoi să stingă luminile. Motelul se cufundă în întuneric. Cu lanterna între dinţi, deschise uşa camerei lui, traversă culoarul, apăsă încet pe clanţa camerei 232 şi strecură lama ca să deschidă uşa. Se lăsă în genunchi, stinse lanterna şi intră târâş în cameră. Din câte îşi dădea seama, nu făcuse niciun zgomot.

Femeia dormea. Îi ascultă respiraţia zgomotoasă, zâmbi şi ştiu că restul avea să fie uşor. Înaintând pe pipăite, se apropie de pat, scoase laveta de microfibră, o îmbibă cu eter, aprinse lanterna şi atacă. Jeri dormea pe o parte şi habar nu avu de nimic până când o mână grea îi acoperi gura, apăsând atât de puternic, încât cu greu mai putea respira. Ameţită, uimită, îngrozită, încercă să scape, dar atacatorul era puternic şi în avantaj. Ultimul lucru pe care îl simţi fu gustul dulceag al unei substanţe de pe o cârpă.

Verifică holul – cufundat în beznă şi în linişte. O târî în camera lui şi o aşeză pe pat, apoi merse lângă laptop şi restabili alimentarea cu electricitate.

Nu o mai văzuse până atunci. De înălţime medie, subţirică, drăguţă, deşi era greu de spus cum era cu ochii închişi. Se băgase în pat în pantaloni de yoga negri şi cu un tricou spălăcit, albastru, pregătită să plece în grabă la nevoie. Trase în seringă 500 de miligrame de ketamină şi i le injectă în braţul stâng. Medicamentul avea efect trei-patru ore. Merse în grabă în camera ei și îi luă adidașii și jacheta, văzu pistolul de pe noptieră, unul automat, de 9 milimetri, și preț de-o clipă se gândi că fusese norocos că nu apucase să îl folosească. Ieși din cameră închizând ușa după el.

Parcase mașina cât mai aproape de scara exterioară. Aruncă geanta înăuntru, deschise portbagajul și privi în parcare, dar nu văzu nimic; apoi reveni în camera lui. Merse lângă laptop, opri din nou luminile, se asigură că oprise camerele de supraveghere, apoi o ridică pe Jeri de pe pat, o aruncă peste umăr, gemu și se grăbi să străbată holul și să coboare scările. Opri din nou ca să mai arunce o privire, dar nici de data aceasta nu văzu vreo mișcare sau vreo lumină; apoi se grăbi printre umbrele întunecate să ajungă la mașină.

Transpirat și respirând cu greutate, se întoarse din nou în cameră ca să își ia laptopul – dar și adidașii și jacheta ei – și să se asigure că nu lăsa nimic în urmă. La 3.38 părăsea parcarea motelului Bayview și se îndrepta spre est, de-a lungul țărmului.

36

Se trezi înconjurată de beznă și cu capul acoperit de o pânză groasă, care făcea respirația dificilă. Avea mâinile legate la spate și o dureau brațele din cauza poziției chinuite. Și gleznele îi erau legate. Zăcea pe o pătură. În spate, simțea că atinge o suprafață de piele, probabil o canapea. Aerul era cald, cu iz de fum.

Era în viață, cel puțin pentru moment. Mintea i se limpezi încet și, când se mai dezmetici puțin, desluși trosnetul molcom al lemnelor arzând. Nu departe, un bărbat tuși. Nu îndrăznea să facă nicio mișcare. Dar o dureau umerii și se foi fără să vrea.

– Era și timpul să te trezești, spuse bărbatul.

Vocea îi părea cunoscută.

Ea se smuci și reuși să se ridice în capul oaselor.

– Mă dor brațele îngrozitor, spuse. Cine ești?

– Cred că știi.

Mișcarea bruscă îi făcu rău și se temu că avea să vomite.

– Îmi e rău, bâigui în timp ce gura i se umplea cu acid.

– Apleacă-te și vomită cât vrei!

Înghiți repede. Respirația îngreunată o făcea să transpire.

– Am nevoie de aer, te rog. Mă sufoc.

– Unul dintre cuvintele mele preferate.

Se apropie, se aplecă spre ea și-i smulse învelitoarea de pe cap. Jeri dădu cu ochii de masca palidă cu semne de pojar și cicatrice și ţipă. Apoi se înecă, se opinti și vomită pe podea. Când termină, el se aplecă delicat în spatele ei și îi dezlegă mâinile. Ea și le scutură pentru a-și pune sângele în mișcare.

– Mulţumesc, ticălosule!

El merse lângă șemineu, unde aștepta un teanc de dosare, și le aruncă încet, unul după altul, în flăcări.

– Îmi dai niște apă? îl întrebă ea.

Îi făcu semn cu capul către o sticlă cu apă așezată lângă o veioză. Jeri se repezi și bău, încercând să nu îl privească. El o ignora și continua să pună dosarele pe foc.

Încăperea era întunecată, obloanele erau trase, iar cele două ferestre fuseseră acoperite cu pături. Nu pătrundea niciun fir de lumină. Tavanul era jos, iar pereţii alcătuiţi din bușteni erau fixaţi cu ipsos. Pe o măsuţă de cafea văzu câţiva metri de sfoară de nailon, colorată în albastru și alb. Alături, două bucăţi erau tăiate și expuse, pentru ca ea să le admire.

– Unde suntem? îl întrebă ea.

– Chiar crezi că îţi voi spune?

– Nu. Scoate-ţi masca, Bannick! Știu cine ești. Îţi recunosc vocea.

– Ne-am mai văzut?

– Nu, slavă Domnului! Nu până acum. Eu te-am văzut pe scenă, în piesa *Moartea unui comis voiajor.*

– De când mă urmărești?

– Douăzeci de ani.

– Cum m-ai găsit?

– Dar tu pe mine?

– Ai făcut niște greșeli prostești.

– Și tu la fel. Mi-au amorţit gleznele și picioarele.

– Asta e. Ai noroc că ești încă în viaţă.

– Și tu la fel. De ani buni mă gândesc să te ucid.

El zâmbi auzind asta și se așeză pe un taburet înaintea ei. Ea nu suporta să vadă masca aceea, așa că privea în schimb către foc.

Continua să respire cu dificultate, iar inima îi bubuia în piept. Dacă n-ar fi fost atât de speriată, s-ar fi certat singură fiindcă fusese atât de neroadă încât să se lase prinsă de omul pe care îl ura. Îi veni iar să vomite.

– De ce nu m-ai ucis? întrebă el.

– Pentru că nu sunt o criminală.

– Să ucizi e o artă, atunci când o faci cum trebuie.

– Tu trebuie să știi.

– O, da.

– Eu urmez?

– Nu știu.

Se ridică încet, își scoase masca și o aruncă în flăcări, apoi mai azvârli câteva dosare în foc. Se așeză din nou pe scăunel în fața ei, de data aceasta cu genunchii aproape atingându-li-se.

– De ce nu m-ai ucis încă, Bannick? Aș fi a câta, a noua, a zecea, a unsprezecea?

– Pe puțin. De ce ți-aș spune?

– Prin urmare, mi-au scăpat vreo doi.

Un val de greață îi răscoli stomacul și se strâmbă încercând să nu vomite. Închise ochii, să nu-l mai vadă privind-o.

El se întoarse lângă șemineu, luă alte câteva dosare și le puse pe foc. Voia să-l întrebe ce distrugea, dar nu era problema ei. Nimic nu conta mai mult decât să rămână în viață, deși avea îndoieli în legătură cu deznodământul. Gândul îi fugi la Denise, singura persoană de pe lume care i-ar fi simțit lipsa.

El se așeză din nou pe scăunel și se uită la ea.

– Doamnă Crosby, am câteva opțiuni...

– O, te rog, nu mi te adresa respectuos. Nu țin să am respectul tău. Să rămânem la Jeri și Bannick, ok?

– Cu cât îmi spui mai multe, cu atât șansele tale se îmbunătățesc, pentru că vreau să știu ce știi și, mai ales, vreau să știu ce știe poliția. Jeri, pot pleca, pot să dispar pentru totdeauna... Ce i-ai spus lui Lacy Stoltz?

– Nu o amesteca.

– Serios? Ciudat că spui asta! Ai mers la ea cu o reclamaţie, i-ai menţionat pe Verno, pe Dunwoody şi pe Kronke, ai insinuat că mai există şi alţii, ai făcut-o să se implice în ce naiba s-o fi implicat şi acum îmi ceri să nu o amestec. Nu numai asta, dar mi-ai trimis o scrisoare anonimă în care mă informai că mă anchetează oficial pentru crimele comise. Una dintre greşelile pe care le-ai făcut, Jeri. Ştiai că nu va avea de ales, că va trebui să se adreseze poliţiei, lucru pe care tu te-ai temut să îl faci. De ce ţi-a fost teamă să mergi la poliţie, Jeri?

– Poate că nu am încredere în poliţie.

– Inteligent. Aşadar, m-ai pasat lui Lacy, ştiind că nu va avea de ales, că va trebui să ancheteze un magistrat. Ştiai că se va adresa poliţiei. Te-ai ascuns în spatele ei şi acum vrei să nu o amestec. Corect?

– Nu ştiu.

– Ce ştie Lacy?

– De unde să ştiu eu? Îşi desfăşoară singură ancheta.

– Aşadar, ce i-ai spus? Sau, presupun, întrebarea corectă ar fi: tu ce ştii?

– Ce mai contează? Oricum mă vei ucide. Însă ştii ceva, Bannick? Eu te-am prins.

El nu răspunse; se întoarse la dosare şi puse, metodic, alte câteva pe foc, aşteptând până se aprindea unul înainte să-l arunce pe următorul. În încăpere era cald şi mirosea a fum. Singura sursă de lumină era focul, care arunca umbre pe pereţi şi pe tot ce se mai afla în spatele ei. El ieşi, apoi se întoarse cu o ceaşcă.

– Vrei o cafea? o întrebă.

– Nu. Ascultă, mă dor gleznele şi mi-au amorţit picioarele. Fii înţelegător dacă vrei să vorbim.

– Nu. Şi, ca să ştii, nu există decât o uşă, cea de-acolo, şi e încuiată. Cabana asta e în adâncul pădurii, departe de orice aşezare omenească, aşa că, dacă ai chef, poţi să zbieri până răguşeşti. Dacă reuşeşti să scapi de-aici, mult noroc. Să ai grijă la şerpii cu clopoţei, la vipere, urşi şi coioţi, ca să nu mai zic nişte tovarăşi înarmaţi până-n dinţi cărora nu le plac oamenii de culoare.

– Şi ar trebui să mă simt mai în siguranţă aici, cu tine?

– Nu ai telefon, nici portmoneu, bani sau pantofi. Ţi-am lăsat pistolul în camera de motel, dar am alte două ascunse pe aici. N-aş vrea să le folosesc.

– Te rog să n-o faci.

– Ce știe Lacy?

Jeri rămase cu privirea fixată asupra flăcărilor, încercând să-şi facă ordine în gânduri. Dacă spunea adevărul, o punea pe Lacy în pericol. Dar, dacă spunea adevărul şi îl convingea că Lacy şi, acum, FBI-ul ştiau tot, poate chiar pleca pentru totdeauna. Avea mijloacele, banii, legăturile şi inteligenţa să dispară.

– Ce ştie Lacy? repetă el rar întrebarea.

– Ştie ce i-am spus despre Verno, Dunwoody şi Kronke. Mai mult de-atât... nu ştiu ce ştie.

– Minţi. E clar că ştie şi despre tatăl tău, despre Eileen şi despre Danny Cleveland. Te aştepţi să cred că nu i-ai spus?

– Nu pot dovedi că i-ai ucis şi pe ei.

– Nu poţi dovedi că am ucis pe nimeni. Nimeni nu poate.

Luă o bucată de sfoară şi i-o răsuci în jurul gâtului. Ţinea capetele cu ambele mâini şi strânse puţin. Jeri se zbătu, dar nu putea să scape. Practic, era deasupra ei, cu chipul la o jumătate de metru de al ei.

– Ascultă-mă bine, şuieră el. Vreau să mi-i spui pe rând, unul după altul, începând cu tatăl tău.

– Te rog, dă-te jos!

El strânse şi mai tare.

– Nu mă obliga s-o fac.

– Bine, bine. Tata nu a fost primul, nu-i aşa?

– Aşa e.

– Thad Leawood a fost primul, apoi tata.

Închise ochii și începu să plângă tare, sfâșietor, incontrolabil. El se retrase, lăsând sfoara atârnată de gâtul ei. Ea își îngropă capul în palme și plânse până când, în cele din urmă, putu să respire din nou.

– Te urăsc, murmură. Nici nu știi cât de mult.

– Cine a fost următorul?

Își șterse obrajii cu brațul, apoi închise ochii.

– Ashley Barasso, 1996.

– Nu am ucis-o pe Ashley.

– Greu de crezut. Aceeași sfoară, același nod, nodul de foarfecă dublu pe care probabil l-ai învățat la cercetași, nu, Bannick? Thad Leawood te-a învățat nodul de foarfecă dublu?

– Nu am ucis-o pe Ashley.

– Nu sunt în măsură să te contrazic.

– Și ți-a scăpat unul.

– Mă bucur.

Se ridică, merse lângă șemineu și mai puse câteva dosare pe foc. Când era cu spatele spre ea, Jeri își scoase frânghia din jurul gâtului și o aruncă departe de ea. El o ridică și veni lângă ea jucându-se cu sfoara.

– Continuă, spuse. Cine a fost următorul?

– Cine mi-a scăpat?

– De ce ți-aș spune?

– Ai dreptate. Bannick, nu îmi mai pasă!

– Continuă.

– Eileen Nickleberry, 1998.

– Cum ai dat de ea?

– Săpând în trecutul tău, la fel cum am aflat și despre ceilalți. Cineva e găsit mort, strangulat cu același tip de sfoară, legată strâns cu un nod inedit. În cele din urmă, informația ajunge în arhiva FBI. Pe care știu cum să o accesez. Cunosc niște oameni. Fac asta de douăzeci de ani, Bannick, și am învățat multe. Plec de la un nume și sap. De multe ori, nu ajung nicăieri. Dar perseverența e întotdeauna răsplătită.

– Nu-mi vine să cred că m-ai descoperit.

– Ţi-am spus suficient?

– Continuă. Următorul?

– Ai făcut o pauză de câţiva ani, ceea ce nu e chiar neobişnuit în universul vostru bolnav, şi ai încercat să te porţi frumos. N-ai reuşit. Danny Cleveland a fost găsit mort în apartamentul lui din Little Rock, în 2009.

– Şi-a căutat-o.

– Sigur că şi-a căutat-o. Să dezvălui corupţia e o crimă capitală. L-ai învăţat minte. Ai mai pedepsit un răufăcător.

– Mai departe. Următorul?

– Cu doi ani în urmă, Perry Kronke a fost găsit mort pe vasul lui de pescuit, în arşiţa soarelui, într-o baltă de sânge. Te-a enervat pe când aveai douăzeci de ani, fiindcă nu ţi-a oferit o slujbă precum celorlalţi stagiari. O altă crimă capitală.

– Iar ţi-a scăpat unul.

– Să mă ierţi!

– Continuă.

– Verno şi Dunwoody, anul trecut, în Biloxi. Verno te-a înfrânt în instanţă, pe când erai mare avocat, prin urmare merita să moară. Dunwoody a apărut în momentul nepotrivit. Nu ai nicio remuşcare când te gândeşti la familia lui? Soţie, doi copii, trei nepoţi, era un om bun care avea mulţi prieteni. Nimic, Bannick?

– Altcineva?

– Păi, articolul acela din *Ledger* îl pomenea pe Mal Schnetzer, o realizare recentă. Ucis cu doar o săptămână în urmă, în apropiere de Houston. Se pare că drumurile vi s-au intersectat cândva, la fel ca în cazul celorlalte victime. Nu am avut timp să mă uit peste cazul lui Schnetzer. Eşti atât de eficient, că nu pot să ţin pasul.

Făcu o pauză şi-l privi. El o asculta amuzat. „Continuă să vorbeşti“, îşi zise.

– Ia spune-mi, Bannick, de ce, spre final, criminalii în serie ucid din ce în ce mai des? Citeşti despre ei, despre ceilalţi? Eşti curios cum procedează? Înveţi ceva de la ei, din poveştile scrise după ce au fost prinşi sau ucişi, aş adăuga? Ei bine, eu am citit despre toţi şi adesea, evident nu tot timpul, pentru că, Dumnezeu ştie, nu există o metodă în toată nebunia lor, se simt încolţiţi şi se dezlănţuie ucigând tot mai frecvent. Kronke, apoi Verno şi Dunwoody, iar acum Schnetzer. Patru în numai doi ani.

– Doar trei, în evidenţele mele.

– Fireşte. Dunwoody nu contează, pentru că el nu te-a insultat, nu te-a ameninţat cu arma, nu te-a făcut de râs în clasă.

– Taci!

– Tu mi-ai cerut să vorbesc.

– Iar acum îţi cer să taci.

– Nu vreau să tac, Bannick. Am trăit în lumea ta infectă atât de mult, fără să-mi imaginez vreodată că voi avea ocazia să vorbesc cu tine și să-ţi spun ce nemernic mizerabil cred că ești. Ești un laș. Crimele tale sunt lipsite de curaj.

– Ai zis asta într-unul dintre poemele tale caraghioase.

– Eu le găsesc mai degrabă ingenioase.

– O prostie. De ce te-ai obosit cu ele?

– Bună întrebare, Bannick. Nu știu ce să-ţi răspund. Cred că am vrut să mă dezlănţui și eu. Poate ca să te chinui, la rândul meu. Vreau să suferi. Și acum, că se apropie sfârșitul, nu-mi vine să cred că tu ești cel fugărit, că te ascunzi în pădure, plănuind o nouă crimă. Jocul tău a luat sfârșit, Bannick. Și viaţa ta la fel. De ce nu te predai, ca un bărbat, să îţi accepţi pedeapsa?

– Am zis să taci.

– Am atâtea lucruri pe care vreau să ţi le spun...

– Nu le spune. Sunt sătul să te ascult. Dacă vrei să mai vorbești și peste o săptămână, taci acum.

Se ridică brusc, veni lângă ea și se așeză pe scăunel, din nou atât de aproape încât genunchii aproape li se atingeau. Ea se trase înapoi, convinsă că avea să o atace. El vârî mâna în buzunar și scoase două telefoane pe cartelă.

– O voi chema pe Lacy. Vreau să vină aici. Vom avea o discuţie lungă toţi trei și voi afla tot ce știe.

– Las-o în pace! Și-a făcut datoria, atâta tot.

– Serios? A implicat FBI-ul!

– Las-o în pace! Dă vina pe mine, nu pe ea. Nu auzise de tine până când nu am intrat eu în viaţa ei.

El îi arătă telefoanele.

– Sunt ale tale. Nu știu care dintre ele funcţionează, dar vreau să o suni ca să stabilești o întâlnire. Spune-i că ai o dovadă care va demonstra dincolo de orice îndoială că eu sunt ucigașul, dar nu poţi vorbi despre asta la telefon. E urgent și trebuie să vină imediat.

– Omoară-mă și gata!

– Ascultă, femeie neroadă! Nu te voi ucide, în orice caz nu acum, poate niciodată. Vreau să vină Lacy. Vreau să vorbim și, după ce aflu totul, e foarte posibil să plec într-un orășel exotic, la mare sau la munte, undeva unde nu se vorbește engleza. Nu mă vor găsi niciodată. Am fost deja acolo, înţelegi? E totul pus la punct.

Ea respiră adânc, cu inima bubuindu-i în piept.

– Care e telefonul? spuse el.

Ea luă un telefon la întâmplare. Ca din senin, în mâna lui apăru un pistol, unul destul de mare, pe care îl așeză lângă el pe scăunel.

– Îi spui să vină la motelul Bayview, în apropiere de Crestview, cum iese de pe autostradă. Îţi cunoaște mașina?

– Da.

– Bun. Mașina e încă acolo. Spune-i să parcheze lângă ea. Ai stat în camera 232. Am reţinut-o încă o noapte, pe numele Margie Frazier, așa că va crede că ești încă acolo. I-am cerut managerului să nu se ocupe de curăţenie în camera ta. Lucrurile tale sunt probabil încă acolo.

– Nu-mi pasă.

– Îţi pasă de pistolul tău? Era pe noptieră.

– Îmi pare rău că n-am apucat să-l folosesc.

– Şi mie.

Tăcură amândoi; ea se uita la flăcări, el la podea. Încet, el ridică pistolul, dar nu îl îndreptă către ea.

– Sun-o! Spune-i că o aştepţi la motel diseară, la ora 9.00. Să fii convingătoare, ne-am înţeles?

– Nu mă pricep să mint.

– Prostii! Eşti o mincinoasă nemaipomenită. La poezii n-ai talent.

– Promite-mi că nu îi faci niciun rău.

– Nu îţi promit nimic. În afară de faptul că, dacă mă întorc fără Lacy, voi folosi asta.

Aruncă o bucată de sfoară către ea. Jeri ţipă încercând să se ferească.

37

Meciul începu la ora 9.00, o oră teribilă pentru nişte copii de zece ani, obligaţi să fie deja în uniformă, cu încălzirea făcută, gata de joc. Cei de la Royals intrară primii pe teren şi câţiva părinţi aplaudară politicos din tribune. Câţiva strigară mesaje de încurajare, pe care jucătorii nu le auziră. Antrenorii bătură din palme, încercând să le insufle entuziasm.

Diana Zhang stătea singură într-un scaun pliant, lângă prima bază, cu o pătură peste genunchi şi o cafea în mână. Aerul dimineţii era surprinzător de rece pentru o zi de sfârşit de aprilie, în Panhandle. Mai încolo, în apropierea celei de-a treia baze, fostul ei soţ se sprijinea de gard, privindu-şi copilul în timp ce alerga spre centrul terenului. Divorţul lor era prea proaspăt ca să se poarte civilizat.

Din spate, răsună o voce de femeie:

– Doamnă Zhang, dacă îmi permiteţi...

Privi spre dreapta şi dădu cu ochii de o insignă lucioasă într-un portmoneu de piele neagră.

– Agent Agnes Neff, FBI. Pot să te reţin un minut?

Speriată, cum ar fi fost oricine, Diana spuse:

– Păi, mă pregăteam să urmăresc meciul fiului meu.

– Şi noi la fel. Haide, să mergem! Nu durează nici zece minute.

Diana se ridică şi se uită spre tribune, ca să se asigure că nu privea nimeni. Apoi, când se răsuci, mai văzu un individ care nu putea fi decât un alt agent. Acesta le conduse până în dreptul stâlpului de fault, unde se opriră.

– Acesta este agentul special Drew Suarez, spuse Neff.

Diana îl privi iritată, iar bărbatul o salută cu un semn din cap.

– Nu te reţinem mult, continuă Neff. Îl căutăm pe şeful tău şi nu dăm de el. Ai idee unde e judecătorul Bannick?

– Păi, nu. Presupun că este acasă, doar e sâmbătă.

– Nu este.

– În cazul acesta, nu ştiu. Ce s-a întâmplat?

– Când l-ai văzut ultima oară?

– A trecut pe la birou joi dimineaţă, acum două zile. De atunci n-am mai vorbit cu el.

– Am înţeles că face tratament.

– Da. Cancer. Are probleme?

– Nu, nici vorbă. Avem câteva întrebări de rutină pentru el, privind acuzaţii dintr-o altă anchetă.

Nu îi spuseseră practic nimic, dar Diana înţelese că nu avea sens să insiste. Încuviinţă cu un semn din cap.

– Prin urmare, nu ştii unde ar putea fi? spuse Neff.

– Sunt sigură că aţi verificat la tribunal. Are cheie, vine şi pleacă după cum pofteşte.

– Urmărim. Nu e acolo. Nici acasă. Ai idee unde altundeva ar putea fi?

Preţ de câteva secunde, Diana urmări meciul, neştiind cât să le dezvăluie.

– Are o căsuţă pe malul mării, deşi merge rar acolo.

– O supraveghem şi pe aceea, nu e nici acolo.

– Ok, aţi zis că nu are probleme. De ce supravegheaţi toate adresele?

– Trebuie să vorbim cu el.

– Asta e clar.

Suarez făcu un pas către ea, privind-o ameninţător.

– Doamnă Zhang, vorbești cu reprezentanții FBI. E nevoie să îți reamintesc că e împotriva legii să nu spui adevărul?

– Mă faceți mincinoasă?

– Nu.

Neff clătină din cap.

– Nu, spuse și ea. Dar e important să dăm de el cât mai repede.

Diana se uită urât la Suarez, apoi se întoarse către Neff.

– E posibil să se fi întors în Santa Fe. Acolo se tratează pentru cancerul la colon. Ascultați, e un om foarte discret și își face singur aranjamentele de călătorie. Și-a luat concediu și nu discută cu nimeni. Sincer vorbind, nu am nici cea mai mică idee unde ar putea fi.

– Nu a rezervat niciun zbor în ultimele patruzeci și opt de ore, spuse Neff.

– Cum ziceam, nu mă ocup de planurile lui de călătorie.

– Știi cum se numește clinica din Santa Fe?

– Nu.

Neff și Suarez schimbară o privire și dădură din cap în semn că o credeau.

– Am dori ca discuția aceasta să rămână între noi, spuse Neff.

– Cu alte cuvinte, dacă vorbești cu domnul judecător, nu-i spune nimic, adăugă Suarez. În regulă?

– Desigur.

– Dacă îi spui, poți fi acuzată de favorizarea infractorului.

– Parcă ziceați că n-a făcut nimic!

– Nu încă. Să nu spui nimic.

– Am înțeles.

Nu știa decât că Allie era undeva în Caraibe, la o pândă. Lăsase să-i scape că era o misiune în colaborare cu cei de la Narcotice. Era ceva important, dar așa erau toate. Nu o interesa decât să-l știe în siguranță, însă trecuseră opt zile și abia vorbiseră. Începea să o obosească munca lui, ca şi pe el, şi nu se vedea căsătorită cu un om care dispărea mereu. Momentul se apropia, mai erau câteva săptămâni. Marea conversaţie în care aveau să vorbească deschis. Era complicat, dar totodată simplu. Fie ne dedicăm unul altuia şi, împreună, unui altfel de viitor, fie renunţăm şi nu ne mai pierdem timpul.

Avea dureri şi era în mijlocul unei şedinţe de yoga şi de gimnastică medicală, o rutină de treizeci de minute pe care trebuia să o execute de două ori pe zi, când îi sună telefonul. Era 10.04. Se gândi că era Jeri, care voia să ştie ce se mai întâmplase cu ancheta.

În schimb, auzi vocea nu foarte plăcută a lui Clay Vidovich, noul ei amic de la întâlnirea din Pensacola cu agenţii FBI, din urmă cu o zi. Bărbatul îşi ceru scuze că o deranja într-o zi de sâmbătă, deşi nu părea să-i pese cu adevărat.

– Lacy, nu-l găsim nicăieri. Ai vreo idee unde ar putea fi?

– Păi, nu, domnule Vidovich...

– Clay, te rog. Credeam că am stabilit să renunţăm la formalităţi.

– Da, Clay. Nu-l cunosc pe individ, nu l-am văzut niciodată, nu ştiu unde ar putea fi. Îmi pare rău.

– Ştie că eşti implicată, că Biroul de Conduită Judiciară îl anchetează?

– Nu l-am contactat, nu suntem obligaţi să o facem până la finalizarea evaluării, dar e posibil să ştie despre noi.

– Cum ar putea să ştie?

– Betty Roe, sursa noastră, e de părere că Bannick are ochi şi urechi peste tot. Până acum nu s-a prea înşelat. Ori de câte ori anchetăm un judecător, se află. Oamenilor le place să vorbească, mai ales avocaţilor şi grefierilor. Prin urmare, e foarte posibil ca Bannick să ştie că îl investigăm.

– Dar nu ştie că v-aţi adresat poliţiei statale şi FBI-ului, nu?

– Clay, nu ştiu ce ştie Bannick.

– Ai dreptate. Uite ce e, nu vreau să îţi stric ziua, dar eşti într-un loc sigur?

Lacy privi în jurul ei, în apartament. Se uită la câine. Apoi la uşa de la intrare, convinsă că o încuiase.

– Sigur. Sunt acasă. De ce?

– Eşti singură?

– Acum eşti indiscret.

– Aşa e, sunt indiscret, dar aş da dovadă de neglijenţă dacă nu ţi-aş spune că ne-am simţi mai bine dacă nu ai sta singură, cel puţin până îl găsim.

– Vorbeşti serios?

– Foarte serios. Lacy, tipul ăsta, judecătorul, a dispărut pur şi simplu de treizeci şi şase de ore. Ar putea fi oriunde şi e periculos. Îl vom găsi, dar până atunci ar trebui să iei nişte măsuri de precauţie.

– Nu voi păţi nimic.

– Sigur că nu. Te rog să mă anunţi dacă afli ceva.

– Aşa voi face.

Lacy rămase cu privirea la telefon, apoi merse la uşă ca să se asigure că era încuiată. Era o dimineaţă superbă de primăvară, răcoroasă şi cu cer senin, şi îşi propusese să meargă la o seră ca să aleagă nişte azalee pentru grădină. Se mustră că se lăsa speriată într-o zi atât de frumoasă.

Allie era plecat, jucându-se de-a poliţia. Darren plecase cu o nouă iubită la plajă. Bombănind, se plimbă prin apartament şi verifică uşile şi ferestrele. Ca să se relaxeze, se aşeză pe covoraşul de yoga în poziţia bebeluşului. După două respiraţii, telefonul îi sună din nou, făcând-o să tresară. De ce era aşa de speriată?

Era cel de-al treilea bărbat din viaţa ei şi se bucură să-l audă pe Gunther. Acesta îşi ceru iertare că nu o sunase ca de obicei, marţi; fireşte, fusese din cauza unei întâlniri importante cu o nouă echipă de arhitecţi.

Lacy se întinse pe canapea şi vorbiră o vreme. Recunoscură amândoi că se plictiseau. Iubita lui Gunther, dacă avea cu adevărat una, era plecată. Când înţelese că şi Lacy era singură, Gunther se învioră şi, în cele din urmă, îi propuse să ia prânzul împreună.

Nu trecuseră decât două săptămâni de când se văzuseră ultima oară, astfel că faptul că era dispus să zboare din nou la ea era trist. Mai mult ca sigur creditorii erau pe urmele lui şi încerca să scape.

– Fac o oră până la aeroport şi zborul durează optzeci de minute. Să zicem ora două?

– Sigur.

Deşi Gunther era dificil, se bucura să îl aibă lângă ea, cel puţin în următoarele douăzeci şi patru de ore. Avea să îl convingă să rămână şi la cină, apoi peste noapte, iar la un moment dat, aveau să vorbească şi despre proces – era inevitabil.

Poate chiar era bine să discute şi să încheie odată subiectul.

38

Primele două apeluri rămaseră fără răspuns. Nu era neobișnuit într-o zi de sâmbătă. Îi spuse să sune din nou.

– Vrei să lași pistolul, te rog? îi ceru ea.

– Nu.

Stătea acolo, la numai câțiva metri de ea, cu spatele la foc și cu sfoara atârnată de gât.

– Sună din nou!

Nu își mai simțea deloc gleznele și picioarele, iar asta era probabil un lucru bun. Erau amorțite, astfel că, dacă erau rupte, măcar nu simțea durerea. Însă amorțeala începea să-i urce pe picioare și se simțea ca paralizată. Ceru voie la baie. El refuză. Nu se mișcase de ore întregi și nu știa cât era ceasul.

La al treilea apel, Lacy răspunse.

– Lacy, bună, ce mai faci, draga mea? o întrebă cât putu de vesel, cu țeava unei arme îndreptate asupra ei.

El ridicase pistolul câțiva centimetri.

Vorbiră puțin despre vreme, despre cât era de plăcută, apoi ajunseră la eforturile zadarnice ale agenților FBI de a-l găsi pe Bannick.

– Nu îl vor găsi, spuse Jeri, privind în ochii goi ai lui Bannick.

Închise ochii și începu să spună povestea: un informator anonim îi oferise probe incontestabile ale vinovăției lui Bannick. Nu putea să-i spună mai multe la telefon – trebuia să se vadă urgent. Se ascundea într-un motel, la două ore de oraş, şi nu-i păsa că îşi făcuse planuri pentru seară. Să le anuleze.

– Maşina mea e în parcarea motelului, în partea de sud, mai spuse. Parchează lângă ea. Te voi vedea. Şi, Lacy, te rog, vino neînsoţită. Se poate?

– Sigur – nu e niciun pericol, nu-i aşa?

– Nu mai mult decât de obicei.

Conversaţia se încheie repede şi, când închise telefonul, Bannick spuse:

– Vezi? Te pricepi să minţi.

Ea îi întinse telefonul.

– Te rog, îngăduie-mi o ultimă fărâmă de demnitate şi lasă-mă să merg la baie.

El lăsă telefonul şi arma şi se aplecă să-i dezlege gleznele. Încercă apoi să o ajute să se ridice, dar ea îl împinse cu furie.

– Lasă-mă o clipă, ok?

Rămase în picioare în timp ce sângele reîncepu să circule, redeşteptând durerea. El îi întinse un baston, pe care îl acceptă. O ispiti gândul să-l trosnească cu el, măcar o lovitură pentru toate victimele, dar abia se ţinea pe picioare. În plus, ar fi supus-o rapid şi urmările n-ar fi fost plăcute. Se târî până la baie, unde el rămase să o aştepte, cu pistolul la îndemână. Reuşi să încuie uşa. Era o baie mică, fără cadă sau duş. Şi fără fereastră. Lumina era foarte slabă. Făcu pipi şi rămase aşa vreme îndelungată, mulţumită că era singură.

Mulţumită? Era ca şi moartă şi o ştia. Dar ce îi făcuse lui Lacy?

Trase din nou apa, deşi nu era necesar. Orice ca să tragă de timp. În cele din urmă, el bătu în uşă.

– Haide, timpul a expirat.

În dormitor, făcu semn către pat.

– Poţi să te odihneşti aici. Eu voi fi alături. Fereastra e închisă şi oricum nu se deschide. Fă vreo prostie şi ştii ce te aşteaptă!

Fu cât pe ce să-i mulţumească, dar se abţinu la timp şi se întinse pe pat. Era momentul perfect pentru un atac sexual, dar nu îşi făcea griji. Evident, lui nici nu îi trecuse prin minte aşa ceva.

Deşi în cabană era cald, se înveli cu o pătură prăfuită şi în curând adormi. Oboseala, frica şi probabil ultimele resturi ale medicamentului îşi făceau efectul.

Când o văzu adormită, Bannick înghiţi o pastilă cu amfetamină şi încercă să rămână treaz.

Întotdeauna dornic să impresioneze o tânără drăguţă, chiar şi când aceasta era sora lui, Gunther veni cu ideea să zboare pentru a lua prânzul într-un loc unde se serveau fructe de mare. Spuse că toţi piloţii de aeronave mici de prin părţile acelea cunoşteau un loc numit Beau Willie's Oysters, aflat într-un golf de lângă Houma, Louisianna. Pista de 1 200 de metri era înconjurată din trei părţi de apă şi făcea din aterizări nişte experienţe foarte intense. Restaurantul era la zece minute de mers pe jos. În timpul zilei, majoritatea clienţilor erau piloţi care voiau să se distreze și să mănânce bine.

După aterizare, când coborî din avion, Lacy îşi verifică telefonul. Jeri sunase de două ori. Câteva secunde mai târziu sună iar şi vorbiră în timp ce ea îşi urma fratele către restaurant. Deşi discuţia era învăluită în mister, veştile erau surprinzătoare. Probe incontestabile împotriva lui Bannick.

Nu mai avea poftă de mâncare, dar reuşi cumva să înghită șase stridii crude, în timp ce Gunther se înfruptă cu nesaţ dintr-o porţie dublă, atacând apoi un sandvici cu stridii prăjite. Vorbiră despre mătuşa Trudy. O întrebă apoi despre relaţia ei cu Allie, oferindu-i, din nou, prea multe sfaturi nesolicitate. Trebuia să îşi găsească un soţ şi să se aşeze la casa ei, să renunţe la viaţa de femeie singură. Ea îi reaminti că era, probabil, ultimul om de la care ar fi acceptat sfaturi privind relaţiile de durată. Întotdeauna observaţia provoca râsete, iar Gunther nu se supăra. Îl întrebă şi ea despre fata cu care se vedea, iar el reacţionă cu acelaşi dezinteres cu care o făcuse cu două săptămâni în urmă.

– Am o întrebare, zise ea sorbind din ceaiul cu gheaţă.

Gunther se gândise să ceară o bere, spunând că nu mâncase niciodată stridii fără să bea bere, dar, la urma urmei, avea un avion de pilotat.

– Orice.

– Tocmai am primit un telefon care îmi schimbă planurile. Cam la o oră de mers cu maşina, la est de Pensacola, e un orăşel, Crestview, cu douăzeci de mii de locuitori. Trebuie să mă văd cu un martor important diseară, la ora 9.00. Putem zbura acolo, pentru ca apoi să închiriez o maşină?

– Probabil. Un oraş de mărimea aceasta trebuie să aibă un aeroport. Ce se petrece?

– E un caz important.

Privi împrejur. Erau pe terasă, lângă apă, iar celelalte mese erau libere. Era aproape 5.00 după-amiaza, într-o zi de sâmbătă, prea târziu pentru prânz, prea devreme pentru cină. Barul era plin de localnici care beau bere.

– Ultima dată când am vorbit, ţi-am zis că anchetăm un judecător suspect de crimă.

– Da, un caz inedit.

– Exact. Ei bine, martora m-a sunat susţinând că are informaţii importante. Trebuie să o văd.

– În Crestview?

– Da. E în drum spre casă. Putem opri acolo?

– Se pare că nu mă întorc în Atlanta în seara asta.

– Te rog. Mi-ai face un mare serviciu şi, în plus, n-aş vrea să fiu singură.

Gunther scoase telefonul şi se conectă la internet.

– Nicio problemă. Văd că putem închiria o maşină. Şi zici că ar putea fi periculos?

– Mă îndoiesc. Dar nu strică să fim prevăzători.

– Îmi place.

– Și, Gunther, e strict confidențial.

El râse și se uită împrejur.

– Cui aș putea să-i spun?

– Te rog, să rămână între noi.

Stătea lângă ea, pe întuneric, ascultându-i respirația zgomotoasă. Instinctul îi spunea să ia sfoara care îi atârna în mâna stângă și să termine cu ea. Ar fi fost cea mai ușoară crimă dintre toate. O făcea rapid, fără efort, apoi curăța în cabană și pleca. Nu i-ar fi găsit trupul decât după câteva zile.

Pe de o parte, o ura pentru ceea ce-i făcuse. Îi întorsese viața cu susul în jos, îi distrusese universul. Îl urmărise singură și îl găsise, iar jocul lui se încheiase. Pe de altă parte însă, nu putea să nu-i admire curajul, inteligența, tenacitatea. Femeia aceea făcuse o treabă mai bună decât sute de polițiști din câteva state, iar el devenise fugar.

Aruncă sfoara pe pat, apoi luă o lavetă îmbibată cu eter și i-o ținu peste gură. În timp ce ea se zvârcolea, îi cuprinse gâtul cu un braț, apăsând și mai tare cârpa. Jeri se zbătu și lovi din toate puterile, dar era depășită. Peste un minut, trupul i se înmuie. Când nu mai mișcă, îi dădu drumul și lăsă cârpa. Încet, metodic, luă seringa și i-o înfipse în braț. Cinci sute de miligrame de ketamină, suficient să o țină inconștientă câteva ore. Se gândi să-i mai administreze o doză, dar era riscant. Prea mult și era posibil să nu se mai trezească. Dacă tot ajungea să o ucidă, prefera să o facă așa cum se cuvenea.

Merse în încăperea alăturată, mai puse niște dosare pe foc, luă cătușele și lanțul și se întoarse cu ele în dormitor. Îi duse mâinile la spate și le încătușă, apoi îi legă picioarele și, ca să se amuze, îi așeză sfoara în jurul gâtului. Ca întotdeauna, purta mănuși, dar ca să fie sigur, șterse bine suprafețele. Verifică încă o dată ferestrele – nu se deschideau. Era o cabană veche, neîntreținută, iar ferestrele, nefolosite, se înțepeniseră. Arse și ultimele dosare și, după ce se asigură că focul nu risca să se întindă, încuie singura ușă a cabanei, păși pe verandă și se uită la ceas. Era 7.10. Se afla la aproximativ o oră distanță de Crestview, în nord, aproape de lacul Gantt, în Alabama.

Drumul de pământ șerpuia printre copaci, doar din când în când lăsând să se zărească lacul. Uneori, trecea pe lângă câte o alee, dar celelalte cabane nu se vedeau. Intră pe un drum de pietriș și le făcu semn cu mâna unor adolescenți pricăjiți, pe ATV-uri. Tinerii opriră și-l urmăriră cu privirea.

Nu îi plăcea să fie văzut și se gândi să se întoarcă la cabană, să se asigure că puștii nu erau curioși. Însă nu o făcu, zicându-și că era paranoic. Drumul de pietriș făcu loc în cele din urmă unui drum de țară asfaltat și nu peste mult intră pe autostradă, îndreptându-se către sud.

39

Când Lacy zări Camry-ul alb în parcarea motelului, se lăsase întunericul. După cum îi ceruse Jeri, parcă lângă mașina ei și coborî. Gunther rămase înăuntru.

Intră în motel cu câteva minute mai devreme și se plimbă prin magazinul de suvenire, uitându-se la cărţile poștale. La 9.01 intră și Gunther și îl salută pe recepţionist. Lacy luă liftul până la etajul doi. Gunther urcă pe scări. Coridorul era scurt, câte zece camere de o parte și de alta, iar în capăt strălucea indicatorul roșu al ieșirii de urgenţă. Opri în dreptul camerei 232 și trase aer în piept. Ciocăni de trei ori și, în clipa aceea, luminile din motel se stinseră.

De cealaltă parte a holului, Bannick oprise luminile și camerele de supraveghere folosindu-se de laptop. Lăsă computerul pe pat, luă cârpa îmbibată cu eter și deschise ușa. Lacy îl auzi și se întoarse exact când acesta se repezea spre ea. Apucă să strige „hei!", apoi fratele ei se năpusti din beznă asupra lor. Toţi trei se prăbușiră grămadă. Lacy încercă să se ridice, în vreme ce Bannick se lupta cu atacatorul. Reuși să-l lovească în coaste cu piciorul și Gunther gemu. Continuară să se izbească unul pe celălalt, iar Lacy o rupse la fugă ţipând. Se deschise o ușă și cineva zbieră: „Hei, ce se întâmplă?"

– Cheamă poliţia! strigă Lacy.

Bannick reuși să-l izbească pe Gunther peste faţă, năucindu-l. Acesta se târî, căutând să-l prindă, însă zadarnic. Bannick se strecură în cameră, își luă laptopul și se grăbi spre ieșire.

Lacy și Gunther găsiră scările și coborâră în recepția cufundată în întuneric. Recepționerul aprinsese o lanternă și le explica unor musafiri:

– Nu știu, nu știu... Același lucru s-a petrecut și noaptea trecută.

– Cheamă poliția, spuse Lacy. Am fost atacați la etajul doi.

– Cine v-a atacat?

„E o poveste lungă", își zise Lacy, dar cu voce tare spuse:

– Habar nu am. Repede, până nu fuge.

Apărură mai mulți oameni cu lanterne. Gunther găsi un scaun și se așeză să își îngrijească rănile.

– Afurisitul, lovește ca un măgar! spuse încă uluit. Cred că mi-a rupt coastele.

Lacy se așeză lângă el în așteptarea poliției.

– Trebuie să o sun pe Jeri, spuse. Mă tem că e în pericol.

– Cine e Jeri?

– Betty Roe. Fata noastră. Sursa. Îți explic mai târziu.

Jeri nu răspunse, ceea ce nu era neobișnuit. Lacy căută printre apelurile recente și sună la numărul lui Clay Vidovich. Acesta răspunse aproape imediat și ea îi spuse unde era și ce se întâmplase, spunându-i că era sigură că fuseseră ademeniți acolo de Ross Bannick. Nu îl putea identifica, dar lucrurile se legau. Fugise. Nu, nu văzuse ce mașină conducea. Vidovich lua cina cu echipa lui, în Pensacola, la o oră distanță. Zise că va informa poliția statală din Florida și le va cere autorităților din Mobile să o caute pe Jeri. Lacy ea sigură că nu o vor găsi acasă. Vidovich îi mai spuse că pornea către ea și îi ceru să le transmită celor de la motel să nu intre nimeni în cele două camere.

Câteva minute mai târziu, apărură echipajele de poliție. Găsiră motelul cufundat în haos, cu oaspeții umblând de colo până colo în semiîntuneric. Panoul electric și sistemul de securitate le fusese atacat și nimeni dintre angajații motelului nu știa ce să facă. Lacy le povesti ce se petrecuse, oferindu-le o descriere sumară a lui Bannick.

Nu, nu ştia ce maşină conducea. Aceştia sunară la poliţia statală, dar neavând o descriere a maşinii, nu ştiau cum să procedeze.

Un angajat al motelului veni cu două pungi de gheaţă pentru Gunther. Una pentru coaste, alta pentru falca tumefiată, dar, probabil, nefracturată. Gunther era încă puţin ameţit şi respira cu dificultate, dar refuza să se plângă şi voia să se întoarcă la avionul lui. Un îngrijitor reuşi să pornească generatorul şi, dintr-odată, în recepţie se făcu lumină. Generatorul nu avea suficientă putere şi pentru aerul condiţionat, iar temperatura crescu rapid. Câţiva oaspeţi ai motelului ieşiră în parcare, plimbându-se pe lângă maşini.

Bannick îşi stăpâni impulsul de a goni pe autostradă şi rămase în limita legală. Dacă îşi pierdea cumpătul, dădea naştere la şi mai multe probleme, aşa că se forţă să respecte viteza legală în timp ce încerca să înţeleagă ce se petrecuse. Fusese încolţit pentru prima dată în carieră şi era sigur că făcuse greşeli. Însă avusese mănuşi şi era sigur că nu lăsase nicio urmă, nicio dovadă. Intrase în cameră cu un laptop şi un telefon şi ambele erau pe fundul unui lac, lângă Crestview. Umărul drept îl durea în urma încăierării sau orice ar fi fost aceea. Nu îl văzuse pe bărbat, nici nu îl auzise venind. Abia pusese mâna pe Lacy, apoi fusese atacat şi trântit. După aceea, ea începuse să ţipe.

Probabil fusese Darren Trope, colegul ei. Afurisitul!

Intră în Alabama şi făcu un ocol prin Pădurea Naţională Conecuh. Se apropia de oraşul Andalusia, cu 9 000 de locuitori, şi hotărî să îl ocolească. Era aproape 10.30 noaptea, într-o zi de sâmbătă, iar poliţia era cu siguranţă pe străzi, căutându-l. Nu avea nevoie de GPS, memorase drumurile şi şoselele. Văzu indicatoarele pentru lacul Gantt şi îşi croi drum în direcţia lui. Traversă liniştitul oraş Antioch, fără să zărească vreun suflet de om, apoi străzile se îngustară. Cu mai puţin de doi kilometri înainte să intre pe drumul de pietriş, descoperi şocat în urma lui luminile albastre ale unei maşini de poliţie ce se apropia în viteză. Vitezometrul arăta 80 de kilometri, limita legală, și știa că nu depășise viteza. Nu trecuse pe lângă semafoare. Încetini și mai mult, privind echipajul de poliție care trecu pe lângă el în viteză. Era sâmbătă noaptea, probabil se grăbeau spre vreo încăierare dintr-un bar. Luminile albastre dispărură înaintea lui.

O va ucide rapid, apoi va pleca. Cabana era curată, nu conținea niciun indiciu. Va încheia totul cu un nod perfect, foarte potrivit având în vedere că era atât de curioasă în privința lui.

Drumul de pietriș se afunda în pădure, în întuneric, unde se afla cabana. Dintr-odată, o altă mașină de poliție răsună în urma lui. Aproape că fu nevoit să oprească, să îi facă loc. Echipajul trecu pe lângă el, extrem de aproape, stârnind un nor de praf. Ceva nu era în regulă.

Intră pe drumul de pământ ce ducea la cabana ridicată atât de adânc în miezul pădurii, încât nu putea fi văzută. Văzu un luminiș cu o spărtură în gard și ieși de pe drum. Lăsă mașina în niște tufe dese, coborî și alergă până la cabană. La o cotitură a drumului, în fața ochilor i se înfățișă o scenă terifiantă. Cabana era locul unei infracțiuni, fiind înconjurată de poliție și de lumini albastre.

Cei doi băieți, de cincisprezece și șaisprezece ani, ajunseră cu ATV-urile înainte de lăsarea întunericului. Văzură fumul înălțându-se pe coș și înțeleseră că era cineva acolo peste weekend, dar jeepul argintiu tocmai plecase. Supravegheară cabana, supravegheară drumul, dar nu forțară ușa decât după ce se lăsă întunericul. Căutau arme, articole de pescuit, orice lucru de valoare. Nu găsiră nimic, decât cadavrul unei femei de culoare zăcând pe pat, cu mâinile și picioarele legate.

Se speriară și fugiră, oprind abia când ajunseră la un magazin, închis peste noapte. Sunară la 112 de la un telefon public, raportând cadavrul unei femei în cabana Sutton, lângă Crab Hill Road. Când operatorul le ceru numele, închiseră și porniră în grabă spre casă.

Jeri fu transportată cu ambulanța la un spital din Enterprise, Alabama. Era trează, amețită, deshidratată și pe jumătate inconștientă, dar își revenea cu repeziciune. La miezul nopții, vorbea cu poliția statală, oferindu-le informații. Fusese atât de drogată de Bannick, încât nu apucase să-i vadă mașina, așa că nu aveau o descriere. O căutare rapidă însă le puse la dispoziție tipul mașinii, modelul și numerele de înmatriculare.

La ora 1.00 dimineața, un polițist o sună pe Lacy. Era acasă, în Tallahassee, în siguranță, se îngrijea de fratele ei, căruia îi făcuseră radiografii și primise medicamente. Polițistul zâmbi, îi întinse telefonul lui Jeri și, când se auziră una pe cealaltă, amândouă izbucniră în plâns.

*

În momentul acela, Bannick străbătea orașul Birmingham, cu numere false de Texas. Lăsă mașina în parcarea cu termen lung a aeroportului internațional, își luă geanta de voiaj și intră în terminalul principal. Luă o cafea și așteptă o vreme. Se așeză pe un scaun dintr-un șir cu vedere către pistă și încercă să doarmă – un alt călător ostenit. Când se deschise biroul Avis, la ora 6.00, se ridică și vorbi cu un angajat. Folosindu-se de un permis de conducere fals și de un card preplătit, închirie o Honda, una cu numere de California, și părăsi aeroportul, îndreptându-se către vest. În următoarele douăzeci de ore conduse aproape neîntrerupt, oprind doar ca să alimenteze, plătind numerar, înghițind pastile cu amfetamină și bând nenumărate cafele negre.

40

Duminică dimineaţă, la 7.30, două echipe de agenţi şi de tehnicieni FBI, cu sprijinul poliţiei locale, pătrundeau în universul lui Bannick. Prima echipă intră în casă forţând uşa cu un levier şi dezactivând sistemele de alarmă, nu însă înainte de a-i tulbura pe vecini. Cea de-a doua echipă intră în biroul tribunalului din Chavez County cu ajutorul Dianei Zhang şi a unui îngrijitor şi purcese imediat să caute pe birou, printre dosare, cărţi şi oriunde ar fi putut exista amprente. Înţeleseră rapid că fişetele erau golite, la fel ca şi sertarele biroului. Diana fu surprinsă să vadă că multe dintre lucrurile lui personale dispăruseră. Fotografii în ramă, diplome şi certificate, deschizătoare de corespondenţă, pixuri, caiete, prespapieruri... Merse la biroul ei ca să ia nişte dosare la care lucraseră împreună şi găsi sertarele goale. Calculatorul de pe birou nu pornea şi văzură că hard-diskul lipsea. Îl ridicară pentru a-l trimite la laborator.

Acasă, tehnicienii găsiră un frigider practic gol. Goale erau şi coşurile de gunoi. Grămezi de haine şi de prosoape spălate zăceau pe pat. În biroul de acasă nu găsiră telefoane sau laptopuri. Nici calculatorul de birou de acasă nu putea fi accesat, aşa că îl ridicară. Unitatea de disc a acestuia fusese îndepărtată.

Căutările aveau să le ia ore bune, dacă nu zile, dar deveni clar destul de repede că atât casa, cât şi biroul fuseseră curăţate minuţios. După două ore de pudrat suprafeţele cele mai utilizate, nu găsiră nicio amprentă. Tehnicienii însă continuară să caute metodic, convinși că eforturile lor aveau să fie răsplătite. Nu era posibil să locuiești și să lucrezi undeva ani la rând și să nu rămână urme.

Jeri fu externată la prânz. Încă suferea de amețeli și nu putea mânca, însă doctorii nu mai puteau face nimic altceva decât să-i dea medicamente. O durea capul și ibuprofenul nu-i alina suferința. Încheieturile și gleznele îi erau amorțite, dar își reveneau treptat în simțiri. Vorbise în două rânduri cu Denise și o asigurase că era bine, sănătoasă, și nu era necesar să vină. Plecă însoțită de doi agenți FBI tineri și simpatici, unul la volan, celălalt, extrem de vorbăreț, pe bancheta din spate. Ea însă nu avea chef de vorbă și, după o vreme, o lăsară în pace. Privea pe geam, gândindu-se la ultimele patruzeci și opt de ore, nevenindu-i să creadă că era încă în viață.

Iar Bannick nu fusese prins. Bănuise de mult că omul era capabil de orice, inclusiv să se deplaseze nedetectat. Se lăudase că putea pleca undeva, departe. Pe măsură ce străbăteau kilometrii și orele se scurgeau, o realitate terifiantă începu să o macine. Dacă scăpa? Dacă nu era adus niciodată în fața justiției? Dacă toate acele crime monstruoase rămâneau nerezolvate? Dacă eforturile ei solitare pentru aflarea ucigașului tatălui ei fuseseră zadarnice?

Mobile ieșea din discuție. Fusese la ea acasă, sunase la sonerie, știa unde stătea. O urmărise la motel și o răpise fără să fie văzut și fără să fi lăsat vreo urmă. Ca de fiecare dată. Se întrebă dacă se va mai putea întoarce vreodată acasă.

Două ore mai târziu intrau în Tallahassee și își croiau drum pe străzile orașului. Când opriră în dreptul depozitului renovat, Lacy aștepta pe prispă. Se îmbrățișară, plânseră și în cele din urmă intrară.

Allie se întorsese de câteva ore și fusese informat de Lacy. Și de Gunther, care se bucura să joace rolul eroului. Lacy știa că, pe măsură ce repeta povestea, atacul lui neînfricat asupra unui criminal în serie avea să capete noi și noi detalii, devenind legendar.

Lacy îi ceru unui agent să meargă să le cumpere niște pizza. Celălalt rămase de pază. Înăuntru, cei patru se așezară la povești. În cele din urmă, își regăsiră umorul, mai ales când Gunther, întotdeauna înflăcărat, se oprea la jumătatea unei propoziţii ca să se ţină de coaste. Falca umflată nu-l făcea să vorbească mai puţin.

Pentru binele ei, Jeri le relată discuţia pe care o avusese cu Bannick. Acesta nu recunoscuse făţiș crimele, dar acceptase refractar o parte dintre explicaţiile ei. Negase că o ucisese pe Ashley Barasso, deși era greu de crezut. Încă și mai tulburătoare erau afirmaţiile lui cum că existau și alte victime, care lui Jeri îi scăpaseră.

La ora 5.00, merseră împreună la biroul FBI din clădirea guvernului. Clay Vidovich îi întâmpină și se așezară împrejurul mesei din sala mare de conferinţe. Informaţia de ultimă oră era aceea că recuperaseră două amprente din garajul lui Bannick. Vestea mai puţin bună era că nu erau amprentele degetului mare. Însă era încrezător că aveau să mai găsească și alte amprente, deși recunoscu că erau surprinși de eforturile lui Bannick de a curăţa totul. Telefonul lui nu mai era activ din Crestview. Probabil îl aruncase. Nimeni nu rezervase bilete de avion pe numele Ross Bannick în ultimele șaptezeci și două de ore. Nu luase legătura cu secretara lui. Nu avea familie în zonă, doar o soră care locuia departe și cu care, de asemenea, nu luase legătura.

Cu toate acestea, Vidovich era sigur că aveau să îl prindă. Declanșaseră o urmărire la nivel naţional, deci era doar o chestiune de timp.

Jeri nu era la fel de convinsă, dar își păstră părerile pentru ea. Când în sfârșit se relaxă, începu să vorbească despre ultimele două zile. Însă nu se simţea bine și promise să le spună mai multe luni.

Slavă Domnului că forţase cineva intrarea în cabană!

41

Bannick opri în Amarillo cât să lase un plic la cutia poştală a FedEx. La expeditor trecu datele lui şi adresa tribunalului din Chavez County. Destinatarul era Diana Zhang, la aceeaşi adresă. Dacă totul se desfăşura conform planului, plicul urma să fie ridicat luni după-amiază şi livrat în jurul orei 8.00 şi 10.30 a doua zi.

Luni, la opt dimineaţa, parcă maşina în faţa ansamblului Pecos Mountain Lodge şi rămase o clipă ca să admire munţii maiestuoşi din depărtare. Clinica de reabilitare de lux era ascunsă la poalele unui deal şi se zărea cu greu de pe drumul şerpuit de ţară. Înlocui mănuşile şi şterse volanul, mânerele uşilor, consola, ecranul. Purta mănuşi de douăzeci şi patru de ore şi ştia că maşina era curată, dar nu voia să rişte. Îşi luă geanta mică de voiaj, păşi în holul luxos al clinicii şi o salută pe recepţionistă.

– Am o programare la doctorul Joseph Kassabian, spuse el politicos.

– Numele dumneavoastră, vă rog?

– Bannick, Ross Bannick.

– Luaţi loc, vă rog. Îl anunţ.

Se aşeză pe o canapea de piele şi admiră operele de artă contemporană de pe pereţi. La 50 000 de dolari pe lună, beţivii înstăriţi meritau un decor plăcut. Pecos funcţiona mulţumită vedetelor muzicii rock, starurilor de la Hollywood şi îmbogăţiţilor umblaţi prin lume și, în ciuda faptului că era atât de cunoscută, clinica se mândrea cu discreția pe care o practica. Provocarea consta tocmai în aceea că numeroși foști pacienți nu se puteau abține să nu îi ridice osanale.

Doctorul Kassabian veni în hol, apoi se retraseră în biroul lui. Doctorul avea în jur de cincizeci de ani și era fost dependent.

– Nu așa suntem cu toții? spusese el la telefon.

Se așezară la o măsuță și sorbiră din paharele cu apă scumpă.

– Spuneți-mi povestea dumneavoastră, îl invită el cu un zâmbet cald, plăcut.

Coșmarul tău a luat sfârșit. Ai venit în locul potrivit.

Bannick își trecu palmele peste față, părând gata să plângă.

– E vorba de alcool, nu consum droguri. Votcă, cel puțin un litru pe zi, ani la rând. Îmi fac treaba. Sunt judecător și responsabilitățile sunt mari, trebuie să mă las de băut.

– Un litru pe zi e mult.

– Nu îmi ajunge, e din ce în ce mai rău. Pentru asta sunt aici.

– Când ați băut ultima dată?

– Acum trei zile. Întotdeauna am reușit să mă las pe termen scurt, dar nu pot să o fac de tot. Mă distruge.

– Prin urmare, nu aveți nevoie de detoxificare.

– Nu cred. Am mai făcut asta, domnule doctor. Aceasta este cea de-a treia tentativă din ultimii cinci ani. Aș vrea să rămân aici o lună.

– Cât ați stat în celelalte centre?

– O lună.

– Domnule Bannick, treizeci de zile e puțin. Vă rog să mă credeți. Treizeci de zile vă vor ajuta, vă veți simți grozav, dar vă trebuie cel puțin șaizeci. Recomandarea noastră este să rămâneți nouăzeci.

„Cred și eu. La 50 000 de dolari pe lună..."

– Poate. Deocamdată, mă rog să rezist treizeci de zile. Ajutați-mă! Vă rog!

– Sigur. Suntem foarte buni la ceea ce facem. Credeți-mă!

– Vă mulțumesc.

– Vă voi conduce la directorul de internări, ca să completaţi documentele necesare. Aveţi asigurare sau plătiţi?

– Plătesc. Îmi permit, domnule doctor.

– Grozav.

– Bun. Ascultaţi, sunt ales în funcţie, prin urmare confidenţialitatea este prima mea grijă. Nimeni nu trebuie să ştie că sunt aici. Nu sunt căsătorit, nu am familie, doar câţiva prieteni, dar nu am spus nimănui. Nici secretara mea nu ştie.

Doctorul zâmbi – de câte ori nu auzise asta?

– Domnule Bannick, vă rog să mă credeţi, înţelegem importanţa discreţiei. Ce aveţi în geantă?

– Câteva lucruri, haine, periuţa de dinţi. Nu mi-am luat telefonul, laptopul, nimic altceva.

– Bun. Peste o săptămână, veţi putea folosi telefonul, dar nu mai devreme.

– Ştiu. Am mai făcut asta.

– Înţeleg. Însă tot va trebui să vă iau geanta, să inventariem conţinutul. Pentru primele două săptămâni, vă punem la dispoziţie pijamale de in Ralph Lauren.

– Desigur.

– Aţi venit cu maşina?

– Închiriată. Am sosit aici cu avionul.

– În regulă. După internare, vom face un examen medical complet. Asta ne va lua aproape toată dimineaţa. Vom lua prânzul împreună, doar noi doi, vom vorbi despre trecut şi despre viitor. Apoi vă voi face cunoştinţă cu terapeutul.

Bannick încuviinţă din cap cu un aer înfrânt.

– Mă bucur că aţi venit treaz, spuse Kassabian. Nu aveţi idee câţi vin aici abia ţinându-se pe picioare, bieţii de ei.

– Nu mă simt treaz, domnule doctor. Deloc.

– Aţi venit unde trebuie.

Merseră într-un birou alăturat, unde îi aștepta directorul de internări. Bannick achită 10 000 de dolari cu cardul și semnă un angajament de plată pentru diferența de 40 000. Doctorul Kassabian îi păstră geanta. Când terminară cu formalitățile de internare, fu condus într-o cameră spațioasă de la etajul doi. Doctorul Kassabian se retrase, spunându-i că aveau să se revadă la prânz. Rămas singur, Bannick își scoase cureaua tactică de nailon și extrase niște punguțe de plastic din buzunarele ascunse ale acesteia. Punguțele conțineau două tipuri de pastile de care urma să aibă nevoie ulterior. Le ascunse sub un dulap.

Un intendent bătu la ușă și-i înmână un teanc proaspăt de haine și prosoape. Așteptă ca Bannick să se dezbrace în baie, apoi se retrase cu hainele cu care acesta venise, inclusiv cureaua și pantofii.

Bannick făcu duș, se îmbrăcă în hainele confortabile de in, se întinse pe pat și adormi.

Lacy, Jeri și Allie îl conduseră pe Gunther la aeroport și-l priviră decolând. Imediat după aceea, simțiră nevoia să sărbătorească. Se întoarseră la biroul FBI, unde îi aștepta Clay Vidovich împreună cu alți doi agenți. Jeri semnă o declarație care cuprindea cele petrecute cu Bannick. Fusese emis un mandat de arestare pentru infracțiunea de răpire și trimis tuturor autorităților, cu excepția celor din Pensacola. Erau convinși că Bannick părăsise Panhandle și nu voiau să-i alerteze prietenii sau cunoștințele.

Vidovich le comunică rezultatele căutărilor de la birou și de-acasă, nemulțumit că nu găsiseră și alte amprente. Echipa FBI îi verificase toate proprietățile, dar nu găsise nimic folositor.

Începură apoi să sosească și alți agenți. Cravatele erau slăbite, mânecile suflecate, gulerele descheiate. Se vedea că lucraseră cu toții peste weekend. Lacy îl sună pe Darren, cerându-i să li se alăture. Secretarele aduseră tăvi cu cafea, apă și produse de patiserie.

La ora 10.00, Vidovich declară ședința deschisă și se asigură că ambele camere video înregistrau.

– Aceasta este o şedinţă de informare, începu el. Jeri, întrucât nu eşti considerată suspect, nu îţi vom citi drepturile.

– Aşa sper, răspunse ea, stârnind râsete.

– Vreau să spun de la bun început că nu am fi aici dacă nu erai tu. Munca de cercetare pe care ai desfăşurat-o timp de peste douăzeci de ani este impecabilă. De-a dreptul miraculoasă! Nu am mai întâlnit aşa ceva până acum. Prin urmare, ţin să îţi mulţumesc în numele familiilor victimelor şi al forţelor de ordine.

Ea dădu din cap stânjenită şi îi aruncă o privire lui Lacy.

– Nu a fost prins încă, spuse.

– Îl vom prinde.

– Curând, sper.

– Să începem cu începutul. Ştiu că ne-ai mai spus anumite lucruri, dar te rog să ne faci pe plac.

Jeri începu cu moartea tatălui ei și cu perioada care urmase, povestind despre lipsa probelor, lunile în care poliţia practic nu avusese nimic să le spună şi ancheta care bătuse pasul pe loc. Și care să fi fost motivul crimei? Își petrecuse luni întregi încercând să afle răspunsul la întrebarea aceasta. Spusese cineva ceva rău despre Bryan Burke? Rudele nu, colegii nu, poate câţiva studenţi. Nu era implicat în afaceri, nu avea parteneri, nici amante, prin urmare nici vreun soţ gelos care să îl pândească. În cele din urmă, se oprise la Ross Bannick, deşi ştia că se baza exclusiv pe presupuneri. Șansele erau slabe. Nu avea nicio dovadă, nimic în afară de imaginaţia ei bogată. Îi investigă trecutul, îi urmări cariera de avocat aflat la început de drum în Pensacola și, treptat, deveni obsedată. Știa unde trăia, unde lucra, unde crescuse, la ce biserică mergea și unde juca golf.

Apoi dăduse de un articol mai vechi, în *Ledger,* despre uciderea lui Thad Leawood, un localnic care părăsise oraşul în împrejurări dubioase. Găsise legătura cu Bannick consultând registrele cercetașilor pe care le solicitase sediului central. Când, în cele din urmă, văzuse imagini de la locul crimei, lucrurile începuseră să se lege.

Vorbind, Jeri își masa întruna încheieturile, fără să se poată opri.

– Conform cercetărilor mele, următoarea victimă a fost Ashley Barasso, în 1996. Cu toate acestea, sâmbăta trecută, Bannick a susţinut că nu el a ucis-o.

Vidovich clătină din cap. Privi către agentul Murray, surprins la rândul lui.

– Minte, spuse acesta. Avem dosarul. Aceeaşi frânghie, acelaşi nod, aceeaşi metodă. În plus, o cunoştea de la facultate, din Miami.

– Asta i-am spus şi eu, zise Jeri.

– De ce ar nega? li se adresă Vidovich tuturor.

– Am o teorie, spuse Jeri sorbind din cafea.

– Sunt convins că ai, răspunse Vidovich zâmbind. Să auzim!

– Ashley avea treizeci de ani, fiind cea mai tânără dintre victimele lui, mama a doi copii mici, de trei ani, respectiv optsprezece luni. Erau în casă când a fost ucisă. Poate i-a văzut. Poate, pentru prima oară în viaţa lui, a avut remuşcări. Poate e singura dintre crime care îl bântuie.

– Are sens, cred, spuse Vidovich. În măsura în care ceva din toate astea are vreun sens.

– În mintea lui bolnavă, totul are sens. Nu a recunoscut făţiş niciuna dintre crime, dar a menţionat că mi-au scăpat câteva.

Murray răsfoi câteva pagini.

– S-ar putea să fi găsit noi una dintre cele care ţi-au scăpat, spuse el. În 1995, un bărbat pe nume Preston Dill a fost ucis în apropiere de Decatur, Alabama. Scena crimei seamănă. Nu există martori, nici probe, aceeași sfoară, acelaşi nod. Facem săpături, dar se pare că Dill a locuit cândva în Pensacola.

Jeri clătină din cap.

– Mă bucur că mi-a scăpat unul.

– Asta înseamnă cel puţin cinci victime care au legătură cu Pensacola – şi niciuna nu mai locuia în zonă la momentul crimei, spuse agentul Neff.

– Cu excepţia lui Thad Leawood, toţi ceilalţi erau în trecere, dar au locuit în zonă suficient cât să li se intersecteze drumurile cu ale omului nostru, spuse Vidovich.

– Vreme de douăzeci de ani, adăugă Neff. Mă întreb dacă altcineva, altcineva cu excepţia ta, Jeri, ar fi văzut legătura dintre crime.

Jeri nu răspunse şi nimeni nu comentă. Răspunsul era clar pentru toţi.

42

Ultima masă o luă singur. Bucătăria se deschidea la ora 7.00 și el sosi câteva minute mai târziu. Comandă pâine prăjită și omletă, își turnă un pahar cu suc de grapefruit și ieși să mănânce pe terasă, unde se așeză sub o umbrelă ca să admire răsăritul magnific peste crestele munților din depărtare. Dimineața era liniștită. Ceilalți pacienți, pe care nu se obosise să-i cunoască, se pregăteau pentru o nouă dimineață minunată, cu privirile limpezi și sângele curat.

El era împăcat, o seninătate la care contribuiseră cele două tablete de valium pe care le luase înainte de micul dejun. Când termină de mâncat, duse tava în bucătărie și se întoarse în camera lui. Un îngrijitor îi lipise pe ușă programul zilei. O drumeție în grup, la ora 9.00, terapie la 10.30, prânzul și așa mai departe.

Își organiză documentele și trecu la treabă. Își puse mănușile de unică folosință și șterse toate suprafețele din cameră și din baie. Recuperă pungulețele cu pastile de sub dulap, merse în baie și încuie ușa. Puse dopul și lăsă apa să curgă la chiuvetă până când se umplu câțiva centimetri, apoi aruncă în apă două cutii cu tablete de acid clorhidric. Acestea începură imediat să sfârâie și să se dizolve, făcând apa să clocotească. Din alte două cutii scutură în palmă patruzeci de tablete de oxicodonă de 30 de miligrame fiecare, pe care le mestecă și le înghiți cu apă dintr-un pahar de hârtie. Aruncă paharul, cutiile de medicamente și mănușile în vasul de toaletă și trase apa. Luă un prosop de faţă şi şi-l îndesă în gură, ca să înăbuşe strigătele care i-ar fi putut scăpa, apoi îşi scufundă mâinile în acidul învolburat. Durerea îl săgetă imediat. Gemu şi se strâmbă, dar ţinu mâinile scufundate în timp ce acidul îi măcina primul strat de piele şi trecea la al doilea. Avea impresia că ţinea mâinile în foc şi se simţea cuprins de slăbiciune. Când i se înmuiară genunchii, se sprijini de chiuvetă, ridică dopul şi deschise uşa. Se prăbuşi pe pat, scuipă prosopul din gură şi vârî mâinile sub cearşafuri. Durerea dispăru, iar el îşi pierdu cunoştinţa.

Diana era la serviciu când sosi plicul FedEx, la ora 10.35. Când văzu numele şi adresa expeditorului, merse imediat cu plicul în birou şi închise uşa în urma ei. Pentru a treia zi consecutiv, biroul le era invadat de tehnicieni FBI nedelicaţi, ba chiar obraznici, şi voia puţină intimitate.

Deschise plicul cu mâinile tremurânde. În interior, erau patru scrisori. Prima îi era adresată.

Dragă Diana, când vei citi aceste rânduri, eu voi fi mort. Îmi pare rău că te fac să treci prin asta, dar nu am cui să mă adresez. Te rog, ia legătura cu dr. Joseph Kassabian de la Pecos Mountain Lodge, de lângă Santa Fe, şi informează-l că eşti asistenta, executoarea şi unica mea moştenitoare. Conform instrucțiunilor detaliate în testamentul ataşat, îți cer ca trupul să îmi fie incinerat, iar cenuşa să fie împrăştiată aici, în munții Pecos, New Mexico. Sub nicio formă nu vei permite ca trupul meu să fie trimis în Florida şi autopsiat. Mâine, te rog trimite-i un comunicat de presă lui Jane Kemper, la Pensacola Ledger. Te rog, amână cât poți de mult să informezi poliția. Ross.

Şocată, îşi înăbuşi un strigăt şi scăpă hârtiile. Când le ridică, pe obraji îi curgeau lacrimi. Cea de-a doua scrisoare era comunicatul de presă.

Judecătorul Ross Bannick a murit în această dimineață, la o clinică din apropiere de Santa Fe, New Mexico, unde se trata de cancer la colon. Avea patruzeci şi nouă de ani. Judecătorul Bannick i-a servit cu mândrie, timp de zece ani, pe cetățenii Circumscripției Judiciare numărul Douăzeci şi Doi. S-a născut în Pensacola şi locuia în Cullman. Absolvent al Universității din Florida şi al Facultății de Drept din Miami, a lucrat ca avocat în domeniul privat, în Pensacola, vreme de cincisprezece ani, înainte să fie ales judecător, în anul 2004. Nu a fost căsătorit. Părinții, doamna şi domnul Herbert Bannick, s-au stins înaintea lui şi lasă în urmă o soră, domnişoara Katherine LaMott, din Savannah, Georgia. În loc de flori, familia vă roagă să depuneți donații către Societatea Americană de Cancer. Nu se vor organiza funeralii.

Cea de-a treia scrisoare era testamentul lui Ross L. Bannick.

„Eu, Ross L. Bannick, în deplinătatea facultăţilor mintale, declar că acesta este ultimul meu testament, revocând astfel orice testament anterior. Documentul este întocmit de mine şi exprimă voinţa mea finală.

1. Pe Diana Zhang, buna mea prietenă, o numesc executor testamentar şi îi cer să se ocupe de succesiune în cel mai scurt timp.

2. Executoarea mea va cere incinerarea de urgență a cadavrului meu şi va împrăştia cenuşa în munții Pecos, lângă Santa Fe.

3. Îi las toată averea mea Dianei Zhang.

4. Cu excepția facturilor de utilități, nu am datorii. Ataşat, găsiți inventarul bunurilor pe care le dețin.

Semnat, Ross L. Bannick.

Capsată de testament era ultima coală de hârtie. Lista menţiona opt conturi bancare şi soldurile aproximative; casa din Cullman, estimată la 700 000 de dolari; o casă la mare, cu o valoare de 550 000 de dolari; două centre comerciale deţinute de nişte corporaţii; acţiuni în valoare de 240 000 de dolari.

Diana rămase neclintită multă vreme, prea uluită ca să poată vorbi sau face ceva. Orice interes faţă de averea lui era anulat de groaza momentului.

În cele din urmă, căută pe internet şi găsi Pecos Mountains Lodge. O clinică de tratare a dependenţei? Nu avea niciun sens. Sună la numărul afişat şi i se spuse că doctorul Kassabian nu era disponibil. Diana insistă că era o chestiune urgentă. Când, în cele din urmă, doctorul preluă apelul, îi spuse cine era şi de ce suna. Acesta îi confirmă decesul, spuse că părea să fie vorba de o supradoză şi îi ceru să revină, dacă se putea. Nu, nu se putea. Astfel, doctorul se mai linişti şi purtară o conversaţie care se încheie odată cu sosirea medicului legist.

Diana găsi cartea de vizită a agentului special Neff şi sună la FBI.

*

Clinica era o aşezare plăcută unde oamenii cu probleme veneau să-şi ia viaţa de la capăt, nu să moară. Doctorul Kassabian se confrunta pentru prima oară cu moartea unui pacient şi nu ştia ce să facă. Ultimul lucru de care avea nevoie era ca întâmplarea să-i tulbure pe ceilalţi pacienţi. În cea de-a doua discuţie pe care o avu cu doamna Zhang, aceasta îi comunică dorinţa decedatului de a fi incinerat şi instrucţiunile precise pe care le lăsase cu privire la rămăşiţele sale lumeşti. Bunul simţ însă dicta ca atât cadavrul, cât şi camera în care se afla acesta să aştepte neatinse sosirea autorităţilor. Când doi agenţi FBI din Santa Fe îşi făcură apariţia la clinică, doctorul nu se bucură la vederea lor, dar se simţi uşurat că altcineva lua deciziile în continuare. Când i se spuse că judecătorul Bannick era căutat pentru răpire, le spuse:

– Mă tem că aţi sosit prea târziu.

Agenţii intrară în camera lui Bannick şi se uitară la cadavru.

– Tehnicienii noştri sunt pe drum, spuse un agent. Va trebui să-i luăm amprentele.

– Nu cred că e posibil.

Kassabian ridică încet un colţ al cearşafului. Mâinile lui Bannick erau umflate, degetele înnegrite, iar unghiile topite îi căzuseră. Hainele şi cearşafurile erau pătate de un lichid ruginiu.

– Se pare că ştia că veţi veni, spuse Kassabian.

– În regulă, zise celălalt agent. Nu atingeţi nimic.

– Staţi fără grijă!

43

Terminau de luat prânzul la un restaurant când sună Clay Vidovich, spunându-le că era vorba despre o urgență. Porniră în grabă către biroul FBI și așteptară în sala de conferințe. Vidovich, însoțit de agenții Neff și Suarez, sosi grăbit, fiind clar că avea noutăți.

Fără să se așeze, Vidovich le spuse:

– Ross Bannick e mort. Pare să fie vorba de o supradoză, la o clinică de lângă Santa Fe.

Jeri își îngropă fața în palme. Lacy era prea șocată ca să poată vorbi.

– S-a internat ieri-dimineață, continuă Vidovich, și l-au găsit mort cu trei ore în urmă. Agenții noștri sunt la fața locului.

– Amprente? întrebă Allie.

– Nu cred. Unul dintre agenți ne-a trimis o filmare.

– Ce filmare? întrebă Lacy.

– Cu omul nostru. E și o parte destul de explicită.

Jeri își șterse lacrimile, își mușcă buzele și spuse:

– Vreau să văd.

Agentul Murray apăsă câteva taste pe o tabletă și pe ecranul din spatele lui Vidovich porni înregistrarea. Se trase într-o parte, în timp ce urmăreau cu toții imaginile filmate cu telefonul. Bannick nu fusese mișcat și zăcea pe spate cu ochii închiși, nebărbierit, cu gura întredeschisă. Dintr-un colț al gurii i se prelingea un lichid alb. Era mort. Camera se deplasa lent și se opri asupra mâinilor, care-i fuseseră așezate una lângă alta pe burtă.

– Probabil și-a scufundat mâinile în acid chiar înainte să moară, comentă Vidovich.

– Afurisitul naibii, murmură Allie, suficient de tare încât să fie auzit.

Camera mută cadrul pe mâinile lui și Lacy își feri privirea.

– Ați întrebat despre amprente, spuse Vidovich. Avem o problemă. Distrugerea e substanțială și rănile nu se vor vindeca. Nu curând, în orice caz. Se pare că știa exact ce face.

– Puteți opri filmarea aici? spuse Lacy.

Agentul Suarez puse clipul pe pauză.

– Haideți să vedem! spuse Lacy. Prin urmare, a încercat să își mutileze degetele pentru a evita prelevarea amprentelor, lucru care se poate face și post-mortem, presupun.

– Da, se poate, confirmă agentul Neff. Cu condiția ca mâinile și degetele să-și fi păstrat integritatea fizică.

– Bun. Așadar, presupunând că a vrut să-și distrugă amprentele și presupunând totodată că le modificase deja, e rezonabil să presupunem că știa de existența unei amprente parțiale?

Vidovich zâmbi.

– Exact, spuse el. Cumva, Bannick a știut că avem o amprentă.

Se uitară la Jeri, care clătină din cap.

– Nu știu.

– De ce i-ar mai fi păsat? se miră Allie. Dacă tot voia să se sinucidă, de ce i-ar mai fi păsat că era prins?

– Acum încerci să gândești ca el, spuse Jeri. Bannick își dorea să moară, lucru des întâlnit la ucigașii în serie. Nu se pot opri din proprie voință, așa că speră să fie prinși. Reputația le este distrusă. Memoria părinților, pângărită. Agoniseala de-o viață, pierdută.

– Unii dintre cei mai cunoscuți criminali în serie și-au dorit să moară, spuse Vidovich. Bundy, Gacy... Nu e deloc neobișnuit.

Filmarea luă sfârșit.

– Putem să mai vedem o dată începutul? îi rugă Jeri. Suarez derulă și se uitară din nou la chipul palid al lui Bannick. Oprește aici, spuse Jeri. Vreau să-l mai văd. Mi-am dorit atâta timp să-l văd mort...

Vidovich aruncă o privire către Lacy și Allie.

– E posibil să ne confruntăm cu o situație neplăcută, continuă el. Firește, a lăsat un testament și instrucțiuni precise. Vrea să fie incinerat imediat, iar cenușa să fie răspândită acolo, în munți. Ce drăguț! Noi, desigur, vrem să conservăm cadavrul, ca să încercăm tot posibilul să recuperăm o amprentă. Problema este că nu e în custodia noastră. Nu putem aresta un cadavru. Mandatul a expirat odată cu moartea lui. Tocmai am vorbit cu avocații, în Washington, și nici ei nu știu ce ar trebui să facem.

– Nu puteți permite să fie incinerat, spuse Lacy. Cereți un ordin judecătoresc.

– Nu e deloc simplu. Cui să ne adresăm? Instanței din Florida, New Mexico? Nu există nicio lege care să prevadă obligativitatea trimiterii unui cadavru acasă pentru înmormântare. Tipul ăsta a plănuit totul și i-a lăsat instrucțiuni executorului testamentar să-i incinereze cadavrul fără autopsie.

Jeri privea imagina încremenită pe ecran. Clătină din cap.

– Și din mormânt ne dă viețile peste cap.

– Dar s-a terminat, Jeri, spuse Lacy, așezându-i o mână pe braț.

– Nu s-a terminat, nu se va termina niciodată. Bannick nu va răspunde niciodată pentru faptele sale. A câștigat, Lacy.

– Ba nu. E mort și nu va mai face rău nimănui.

Jeri pufni și își feri privirea.

– Să plecăm de aici!

Allie le lăsă pe amândouă la apartamentul lui Lacy și merse acasă la el. Aveau nevoie de el în Orlando, dar, într-o convorbire nu tocmai plăcută, își informase șeful că își lua câteva zile libere.

Cele două femei rămaseră în sufragerie, gândindu-se la cele întâmplate. Oare ce mai urma? Ce putea să întreacă vestea morții lui Bannick?

Dacă nu reușeau să identifice amprenta aceea parțială, nu puteau avea o dovadă concretă care să-l lege de uciderea lui Verno și cea a lui Dunwoody.

În privința celorlalte crime, aveau doar metoda și motivul. Era imposibil să îl condamne doar în baza acestora. Iar acum, că murise, autoritățile – locale, statale sau federale – n-aveau să-și mai piardă vremea cu așa ceva. Cazurile erau oricum nerezolvate de peste zece ani. De ce s-ar mai fi agitat acum? Jeri era convinsă că aveau să se bucure să afle că Bannick era probabil vinovatul, apoi aveau să anunțe familiile și să închidă dosarele.

Observațiile, dezmințirile și distragerea atenției la care apelase în sâmbăta ce trecuse, într-o cabană din adâncurile pădurii, nu prezentau interes pentru poliție. Nimic din spusele lui nu era admisibil în instanță, iar el fusese atent să nu recunoască nimic. Nu degeaba era judecător.

Jeri oscila între emoții și suferință. Munca ei de-o viață se sfârșise brusc și nu cu rezultatele la care sperase. Deși murise, Bannick scăpa nepedepsit. Acuzația de răpire, dacă mai era luată în discuție, nu făcea decât să adauge și mai multă confuzie situației, fără a dovedi însă ceva. Amănuntele din spatele acuzației n-aveau să fie cunoscute. Nu fusese arestat. Numele lui nu putea fi legat de cel al victimelor.

Erau însă și momente de ușurare. Monstrul nu mai era pe urmele ei. Nu mai trăia în aceeași lume cu Ross Bannick, un om pe care îl urâse atâta vreme, încât devenise o parte din viața ei. N-avea să-i fie dor de el, dar ce punea în loc?

Citise undeva că oamenii ajung să admire – chiar să iubească – ceea ce urăsc cu obstinație. Devine parte din viața lor, ajung să conteze pe lucrul acela, să depindă de el. Să fie definiți de el.

La 2.30, un agent bătu în ușă, spunându-i lui Lacy că echipajul de pază era chemat la sediu. Pericolul dispăruse. Îi mulțumi și își luară rămas-bun.

Jeri îi ceru voie să mai rămână la ea o noapte. Avea să dureze un timp până să se relaxeze complet și voia să facă o plimbare singură prin cartier, prin campus, prin centrul orașului. Voia să guste libertatea de a umbla fără să privească peste umăr, fără să își facă griji, fără să se gândească la el măcar. Iar când Lacy venea de la birou, ar fi vrut să gătească împreună cina. Nu mai gătise de mulți ani, de când vânătoarea începuse să-i consume serile.

Lacy acceptă bucuroasă. După plecarea ei, Jeri se așeză pe canapea și începu să își repete că Bannick era mort.

Lumea devenise un loc mai bun.

44

Diana Zhang nu se gândise niciodată că ar putea fi executoarea testamentului și a averii cuiva. Mai mult, fiind asistenta unui avocat, știa suficient despre succesiuni încât să nu-și dorească așa ceva. Dat fiind că nu avea de ales, iar fostul ei șef o însărcinase cu o misiune ce părea, cel puţin la început, complicată și dificilă, dacă nu imposibilă, încercă să adopte o atitudine potrivită.

Pagina patru, cea care cuprindea inventarul bunurilor, îi stârnise interesul. Nu se gândise niciodată la moartea judecătorului Bannick – era în floarea vârstei – și categoric nu se gândise vreodată că ar putea fi inclusă în planurile lui cu privire la moștenire. Când își mai reveni din șoc, începu să se gândească la norocul ce dăduse peste ea.

Sincer vorbind, nu-i păsa dacă era incinerat sau unde era înmormântat, mai ales cu cei de la FBI suflându-i în ceafă. Aceștia îi cerură să amâne planurile de înmormântare și, de altfel, orice alte planuri. Nu era nicio grabă. Cadavrul avea să fie dus la morgă și, dacă FBI voia să mai aștepte, ea nu avea nicio problemă. Agenţii îi promiseră că n-aveau să facă autopsie, dar îi cerură permisiunea să-i fotografieze mâinile și degetele.

Ediţia de miercuri a ziarului *Ledger* o cita în detaliu. După o serie de comentarii elogioase aduse șefului ei, declarase că acesta fusese bolnav, însă nu dorise să vorbească public despre suferinţa lui. Colegii și colaboratorii erau „șocați și îndurerați". Articolul acoperea jumătatea inferioară a primei pagini și includea o fotografie din tinerețe a lui Bannick. Nu se făcea nicio mențiune la vreun mandat de arestare pentru răpire.

Miercuri, până la ora prânzului, FBI reținuse și verificase mașina pe care Bannick o lăsase în parcarea aeroportului din Birmingham, precum și pe cea închiriată, cu care mersese la Pecos Mountain Lodge. Deloc surprinzător, ambele mașini fuseseră curățate impecabil și nu găsiră amprente. Plicul FedEx trimis Dianei era plin de amprente, dar niciuna care să se potrivească cu amprenta parțială găsită pe telefonul lui Verno. Cabana de la lacul Gantt nu le oferi nici ea mai multe. Verificară de două ori fiecare centimetru din camera ocupată de el la clinică, fiecare suprafață pe care era posibil să o fi atins, dar degeaba. Un îngrijitor spuse că îl văzuse de câteva ori și că de fiecare dată purta mănuși.

O echipă de experți în amprente a FBI-ului analiză cadavrul, dar degetele îi erau complet distruse. Întrucât trupul mort al lui Bannick urma să fie incinerat, Vidovich hotărî să îi taie mâinile și să le trimită la laborator. O informă pe Diana Zhang, care, la început, se îngrozi. Cu toate acestea, Vidovich insistă, spunându-i că oricum mâinile, ca de altfel întreg trupul, urmau să devină cenușă, prin urmare care era problema? Văzând că femeia șovăia, o amenință că avea să se adreseze unui judecător federal.

Diana era deja obosită de noul ei rol. Cu cât cadavrul aștepta mai mult la morgă, cu atât crea mai multe probleme. N-avea să-l vadă niciodată, cu sau fără mâini. Era la kilometri distanță și tot nu era suficient de departe. Într-un final, își dădu acordul pentru amputări, iar mâinile lui Bannick ajunseră la laboratorul criminalistic din Clarksburg, West Virginia.

Restul cadavrului fu trimis la un crematoriu din Santa Fe, iar cenușa pusă la păstrare într-o pungă de plastic, până la noi instrucțiuni.

Lacy vorbi de mai multe ori cu Vidovich pe parcursul zilei, comunicându-i noutățile și lui Jeri, care, dintr-odată, voia să plece.

Echipa FBI îi verificase mașina și nu găsise nicio urmă, dar descoperiseră monitorul GPS lângă rezervor. Îl trimiseseră și pe acela în Clarksburg, la laborator.

Fără să știe cum, în haosul și teroarea răpirii, Bannick îi luase pistolul și geanta de voiaj, dar îi lăsase în urmă telefonul și laptopul. Ea se gândi că el nu voise să fie depistați, în caz că i le urmărea cineva. Totodată, îi lăsase geanta și cheile. Nu avea nevoie de banii sau de cardurile ei și avea mașina lui, chiar dacă Jeri nu o văzuse.

Cei doi agenți chipeși care o însoțiseră duminică de la spital îi aduseră mașina și lucrurile în Tallahassee. Primiseră ordin să o urmeze până acasă, în Mobile, și să aibă grijă să îi fie înlocuite încuietorile. Ea refuză politicos și aceștia plecară.

După cina luată devreme cu Lacy și cu Allie, Jeri îi îmbrățișă, le mulțumi călduros, promise să îi revadă curând și porni către Mobile, aflat la patru ore distanță. Întoarse oglinda retrovizoare într-o parte, ca să nu o privească întruna. Unele obiceiuri sunt greu de lepădat. Avea noroc să fie în viață și încheieturile, încă sensibile, îi aminteau constant că trecuse razant pe lângă moarte. Însă episodul acela, oricât de înfricoșător, luase sfârșit. Norocul o salvase de la o moarte sigură. Viața ei continua, dar care îi era menirea? Se simțea ca și cum proiectul ei era incomplet, însă care era sfârșitul? Zâmbi la gândul că Bannick nu mai trăia, însă apoi îi veni să înjure pentru că scăpase nepedepsit. N-avea să dea ochii cu victimele, nici să fie adus într-o sală de judecată, poate chiar sala în care prezidase el însuși, în salopetă portocalie, cu lanțuri la mâini și la picioare. N-avea să îndure umilința imensă de a își vedea fotografia pe prima pagină a ziarelor, de a fi disprețuit de prieteni, înlăturat din funcție, condamnat pentru crimele oribile săvârșite și închis. N-avea să intre în istorie drept primul judecător american condamnat pentru crimă, nici să fie ținut minte drept un criminal în serie legendar. N-avea să putrezească în închisoare, așa cum merita.

În lipsa altor probe, familiile victimelor nu puteau afla niciodată că el era vinovatul. Ea le știa numele, pe ale tuturor. Părinții și frații lui Eileen Nickleberry; copiii lui Ashley Barasso, care trecuseră, amândoi, de douăzeci de ani; văduva și cei doi fii ai lui Perry Kronke; familia lui Mike Dunwoody, singura victimă din întâmplare de care știa; copiii lui Danny Cleveland; familiile lui Lanny Verno și Mal Schnetzer.

Și ce avea să spună ea propriei sale familii – fratelui ei mai mare, Alfred, în California, și lui Denise, în Michigan? Îi putea necăji cu vestea, greu de crezut, că îl găsise pe ucigașul tatălui ei, dar acesta scăpase nepedepsit?

De ce să se deranjeze? Singurele dăți când vorbeau despre uciderea lui Bryan Burke erau atunci când ea, Jeri, aducea vorba.

Reuși să își schimbe dispoziția amintindu-și că dosarul nu era încă închis. FBI-ul continua ancheta și trebuia să apară ceva. Mai exista o șansă ca Bannick să fie legat de una sau de mai multe dintre crimele comise. Dacă puteau dovedi una singură, FBI-ul ar fi informat cu siguranță secțiile locale de poliție, care ar fi luat legătura cu familiile celorlalte victime. Nu li se făcea dreptate, dar poate câteva familii și-ar fi aflat astfel împăcarea.

Pentru Jeri, împăcarea nu părea posibilă.

45

Joi-dimineață, târziu, Lacy ținu ultima ședință cu echipa operativă. Pe când se pregăteau să trimită bucuroși dosarul Bannick în sertarul cu „Cazuri respinse", îi întrerupse Felicity cu un telefon urgent. Sadelle se înfrupta cu nesaț din tubul ei cu oxigen, iar Darren dezbătea ce cafele să meargă să aducă.

– E Betty Roe, spune că e important, anunță ea.

Lacy dădu ochii peste cap și oftă exasperată. Sperase că aveau să treacă măcar câteva zile fără să-i audă vocea, dar nu era surprinsă. Darren profită de moment ca să plece după cafele. Sadelle închise ochii ca și cum s-a fi pregătit de un pui de somn.

– Bună dimineața, Betty, spuse Lacy.

– Putem renunța la Betty acum, nu crezi?

– Desigur. Ce mai faci, Jeri?

– Minunat. Mă simt mai ușoară și zâmbesc întruna. Moartea lui e ca o greutate care mi s-a ridicat de pe suflet și de pe umeri. Nici nu am cuvinte să-ți spun cât e de bine.

– Mă bucur, Jeri. Așteptai de mult asta.

– De o viață, Lacy. Am trăit zeci de ani cu nemernicul ăsta în viața mea. În fine, tot n-am putut dormi. M-am gândit la ceva și am nevoie de tine – și de Allie, de preferat.

– Allie a plecat de dimineață, nu știu unde.

– Atunci, ia-l pe Darren! Presupun că el este următorul bărbat alb disponibil.

– Presupun. Unde să-l aduc?

– În Pensacola.

– Te ascult, dar să știi că am rezerve.

– Să nu ai. Ai încredere în mine. Mă gândesc că ți-am câștigat încrederea.

– Sigur.

– Bine. Te rog, lasă ce făceai și veniți în Pensacola.

– În regulă. Nu sunt convinsă, dar te ascult. Nu e chiar la îndemână.

– Știu, știu. Eu fac o oră, tu faci trei, dar ar putea fi important. Cu asta l-am putea înfunda.

– E un fel de-a spune. Practic, nu-i mai putem face nimic.

– Da. Ascultă, Lacy, am găsit camioneta.

– Ce camionetă?

– Cea pe care a condus-o când i-a ucis pe Verno și pe Dunwoody, în Biloxi. Cea pe care a văzut-o bătrânul acela din Neely, Mississippi, când Bannick a pus telefoanele la cutia poștală. Camioneta aceea.

– Așa, și? spuse Lacy rar.

– Și nu a fost verificată de amprente.

– Stai așa! Cred că Darren i-a dat de urmă.

– Da, într-un fel. E o camionetă din 2009, de culoare deschisă, pe care Bannick a cumpărat-o în 2012. A ținut-o doi ani, s-a folosit de ea ca să comită crimele din Biloxi și a vândut-o o lună mai târziu. Un individ pe nume Trager a cumpărat-o, a folosit-o două luni, până a fost lovit de un șofer beat. Mașina a fost distrusă, iar compania de asigurări l-a despăgubit. Apoi a vândut-o pe bucăți. Toate acestea le-am aflat de la tine, acum trei săptămâni.

– Da, îmi amintesc. Darren a spus că era o pistă moartă.

– Nu tocmai. Mașina nu a fost dată la fier vechi, ci vândută ca piese de schimb. Cred că am găsit-o într-un cimitir auto, lângă Milton, la nord de Pensacola. Ai Google Maps?

– Desigur.

– În regulă. Îți trimit linkul către Dusty's Salvage, lângă Milton. Cumpără rablele de la companiile de asigurări și le vinde ca piese de schimb. Treizeci și șase de hectare de mașini distruse. Am dat de funcționarul care s-a ocupat de cazul lui Trager și e sigur că mașina a ajuns la Dusty's.

– Și eu ce ar trebui să fac? întrebă Lacy, așteptându-se la ce era mai rău.

– Da, păi, noi trei – eu, tu și Darren – mergem să găsim mașina și să aruncăm o privire. Dacă Bannick s-a folosit de ea doi ani, trebuie să existe amprente. Nu cred să o fi curățat, pentru că nu știa de existența amprentei parțiale rămase pe telefonul lui Verno. O vânduse cu câteva luni înainte.

– Treizeci și șase de hectare?

– Haide, Lacy, acesta ar putea fi răspunsul. Sigur, căutăm acul în carul cu fân, dar știm că acul e acolo.

– Cât rezistă amprentele?

– Chiar și ani, în funcție de câțiva factori – suprafață, temperatură, calitatea urmei și așa mai departe.

Lacy nu se miră că Jeri știa atâtea lucruri despre amprente.

– Hai să informăm FBI-ul! spuse.

– Dumnezeule, pe asta n-am mai auzit-o! Le spunem mai târziu. Hai să găsim mașina, să aruncăm o privire și să stabilim după aceea cum facem!

Ar fi vrut să-i spună că era foarte ocupată, că în absența ei biroul ajunsese în haos, dar știa că Jeri n-ar fi acceptat nicio scuză. Prinsese un criminal în serie de a cărui existență poliția nu avea habar și reușise asta tocmai datorită încăpățânării sale. Lacy nu avea cum să scape.

Se uită la Sadelle, care moțăia.

– Nu reușim să ajungem înainte de patru, spuse.

– Dusty's închide la cinci. Grăbiți-vă! Să nu vii în rochie.

Ernie lucra la capătul unei tejghele lungi și era singurul dintre cei patru „asociați" care nu era la telefon. Fără să zâmbească, îi pofti pe teritoriul lui. Decorul era alcătuit din capace de roţi îndoite şi volane vechi, iar în spatele tejghelei erau aliniate cutii pline cu piese de schimb. Pe un perete văzură un raft impresionant plin de baterii uzate. Locul mirosea a ulei rânced şi toţi cei patru asociaţi aveau cel puţin câteva pete de grăsime pe cămăşi. Ernie le avea pe ale lui şi, în plus, din buzunarul de la spate al pantalonilor îi atârna o cârpă murdară. În colţul gurii avea o ţigară neaprinsă.

– Vă ajut cu ceva? mormăi el.

Era evident că făceau notă discordantă.

Lacy afişă un zâmbet larg.

– Da, mulţumim. Căutăm o camionetă Chevrolet, an de fabricaţie 2009.

– Am câteva mii aici. Trebuie să-mi dai mai multe amănunte, dulceaţă.

În alte împrejurări, apelativul „dulceaţă“ ar fi făcut-o să ia foc, dar acela nu era momentul potrivit.

– Căutaţi piese de schimb?

– Nu, nu chiar, spuse ea, din nou numai zâmbet.

– Doamnă, aici vindem piese de schimb la mâna a doua, nimic altceva. Avem peste o sută de mii de rable şi zilnic primim altele.

Lacy înţelese că nu ajungeau nicăieri astfel, prin urmare împinse către el o carte de vizită.

– Anchetăm nişte acuzaţii. Lucrăm pentru autorităţile din Florida.

– Eşti poliţistă? exclamă el îngrozit.

Dusty's lăsa impresia unui loc în care plăţile în numerar erau preferate, taxele erau evitate în mod curent şi, sub o aparenţă de legalitate, aveau loc tot felul de activităţi ilegale. Alţi doi asociaţi, aflaţi în continuare la telefon, priviră către ei.

– Nu, se grăbi Lacy să spună.

Jeri admira nişte capace de roţi, iar Darren era cu ochii în telefon.

– Nici vorbă. Dar trebuie să vedem camioneta aceasta.

Îi întinse o copie a actului de proprietate găsit de Jeri pe internet.

Ernie o luă și se uită pe ecranul mare al calculatorului, un model din anii '70. Și acela era pătat de ulei. Scrise ceva folosindu-se de un deget, apoi se încruntă și scutură tastatura veche. În cele din urmă, spuse:

– A venit în ianuarie. Lotul dinspre sud, rândul optzeci și patru. O privi pe Lacy și adăugă: Doamnă, aici vindem piese de schimb. Nu oferim tururi gratuite.

– Sigur, spuse ea ridicând vocea. Pot să revin cu un mandat.

După reacția lui, era clar că la Dusty's mandatele nu erau primite cu bucurie. Ernie le făcu semn către ușa din spate.

– Veniți după mine! zise el.

Pe o latură a curții, era o clădire metalică, lungă, cu hangare pline de mașini în diverse stadii de dezmembrare. De cealaltă parte, hectare întregi de rable. Făcu un gest cu mâna către dreapta și spuse:

– Acolo sunt mașinile. Apoi către stânga: Dincolo sunt camioane și dube. Sudul e într-acolo, mergeți cam opt sute de metri. Rândul optzeci și patru. Cu puțin noroc, o găsiți. La 5.00 închidem și nu vreți să rămâneți aici peste noapte.

Darren arătă spre un puști într-un golf cart.

– Putem împrumuta asta? îl întrebă pe Ernie.

– Tot ce vedeți aici e de vânzare, șefu'. Vorbiți cu Herman.

Fără să mai spună ceva, Ernie se întoarse și plecă. Pentru cinci dolari, Herman fu de acord să îi ducă la rândul optzeci și patru. Urcară și porniră imediat printre sutele de mașini distruse și deformate, cele mai multe fără acoperișuri, toate fără roți; pe unele crescuseră buruienile. Opri în fața unei camionete gri și coborâră.

Lacy îi întinse o nouă bancnotă de cinci dolari și-i spuse:

– Herman, ce zici, vii să ne iei de aici la ora închiderii?

Omul zâmbi, luă banii, mormăi ceva și plecă.

Camioneta era lovită lateral, pe partea pasagerului, și era afectată serios, dar motorul rămăsese intact și fusese deja înlăturat.

– Și acum ce facem? întrebă Lacy în timp ce se uitau cu toții la mașină.

– Să scoatem niște pistoane, spuse Darren ca unul care se pricepea.

– Nu chiar, zise Jeri, dar ești pe drumul cel bun. Gândiți-vă la lucruri pe care Bannick nu le-a atins, cum ar fi motorul. Apoi la lucruri pe care trebuie să le fi atins. Volanul, schimbătorul de viteze, comenzile de pe bord...

– Și ți-ai adus pudra pentru prelevarea amprentelor? o întrebă Lacy.

– Nu, dar știu cum să găsesc amprente. Planul de rezervă este să-i aducem aici pe cei de la FBI pentru o inspecție ca la carte. Acum, vreau doar să arunc o privire.

– Torpedoul, spuse Darren.

– Da, și sub scaun, și în spatele scaunului... Gândește-te la mașina ta și la toate lucrurile care alunecă peste tot. Mănuși?

Scoase mai multe perechi de mănuși de unică folosință din geantă. Cu toții luară câte una.

– Intru, spuse Jeri. Darren, tu verifică în spate. Lacy, vezi ce găsești în spatele scaunelor de pe partea cealaltă.

– Aveți grijă la șerpi, spuse Darren și femeile își înăbușiră un țipăt.

Jumătate din bancheta din spate era strivită și deformată, iar ușa pasagerului abia se mai ținea într-o balama. Lacy păși peste buruieni și reuși să o deschidă. În buzunarul scaunului nu găsi nimic. De altfel, nu descoperi nimic folositor pe partea pasagerului. Jeri îndepărtă cu atenție sticla spartă de pe scaunul șoferului și se așeză la volan. Se întinse să deschidă torpedoul, dar îl găsi înțepenit.

Prima căutare nu dădu niciun rezultat.

– Trebuie să deschidem torpedoul, spuse Jeri. Dacă avem noroc, găsim manualul de utilizare a vehiculului și alte documente de referință, ca în orice mașină, nu?

– Ce este manualul de utilizare? întrebă Lacy.

– Tipic, bombăni Darren.

Dintr-odată, Lacy își aminti ceva și i se înmuiară genunchii. Se aplecă, sprijinindu-se cu mâinile pe genunchi și chinuindu-se să respire.

– Eşti bine? o întrebă Jeri, aşezându-şi o mână pe umărul ei.

– Nu. Scuze. Lăsaţi-mă câteva secunde.

– E vorba de accidentul ei, spuse Darren, cel în care a murit Hugo. Nu a trecut foarte mult de-atunci.

– Îmi pare rău, Lacy, zise Jeri. Nu mi-am dat seama.

Lacy se ridică şi trase adânc aer în piept.

– Trebuia să fi luat nişte apă cu noi, spuse Jeri. Îmi pare rău.

– Nu-i nimic. Mi-am revenit. Să plecăm şi să anunţăm FBI-ul. Se ocupă ei de căutare.

– Bine, încuviinţă Jeri. Dar înainte de asta vreau să văd ce e în torpedou.

La un metru şi jumătate distanţă, era parcat un Ford cu acoperişul strivit. Darren căută în maşină şi găsi o bucată de metal de la pragul unei portiere. O desprinse şi se strecură pe scaunul camionetei. Încercă să forţeze uşa torpedoului, dar nu reuşi să o clintească. Torpedoul fusese lovit parţial şi era înţepenit.

– Te credeam mai puternic, spuse Lacy în timp ce ea şi Jeri îi urmăreau fiecare mişcare.

Darren îi aruncă o privire încruntată, îşi şterse fruntea şi atacă din nou torpedoul. Reuşi să înfigă bucata de metal în spaţiul dintre uşă şi compartimentul torpedoului şi să forţeze uşa, deschizând-o în cele din urmă.

Zâmbi către Lacy şi Jeri şi aruncă piesa de metal în buruieni. Îşi aranjă mănuşile şi apucă cu grijă o mapă de plastic; apoi o broşură referitoare la garanţia anvelopelor; o chitanţă pentru servicii de schimbare a uleiului, pe numele domnului Robert Trager; o cerere adresată AAA[1] şi două şurubelniţe ruginite.

Îi întinse mapa lui Jeri şi ieşi din maşină. Toţi trei priviră cu nesaţ prada.

– O deschidem? întrebă Lacy.

Jeri o ţinea cu ambele mâini.

---

[1] Asociaţia Americană de Automobilism (n.tr.)

– E foarte posibil ca Bannick să o fi atins la un moment dat. Sunt șanse mari să nu o fi șters de amprente, nu avea cum, mai ales în ultima lună, când a început să șteargă peste tot.

– Haideți să nu riscăm și să o predăm celor de la FBI! spuse Lacy.

– Da, categoric. Dar, înainte de asta, haideți să aruncăm o privire!

Deschise mapa cu grijă și scoase manualul de utilizare. Înăuntru erau garanția extinsă, o fișă de înmatriculare mai veche, pe numele Robert Trager, și două chitanțe de la un magazin de piese auto.

O carte de vizită alunecă și pluti către pământ. Jeri o ridică, o citi și zâmbi.

– Bingo, spuse apoi.

Era un card de asigurare emis pentru Waveland Shores, una dintre companiile lui Bannick. Acoperea șase luni, din ianuarie până în iulie 2013, și conținea numărul poliței, limitele de despăgubire, seria de șasiu și numele agentului de asigurări. Pe spate, erau detaliate instrucțiuni în caz de accident. Le-o arătă lui Lacy și lui Darren, care se temeau să o atingă, apoi o așeză cu grijă înapoi.

– Acum îmi plac șansele noastre, spuse Jeri.

– Îl sun pe Clay Vidovich, zise Lacy scoțând telefonul.

Merseră zece minute, până îl întâlniră pe Herman în mașinuța lui. Acesta îi duse în magazin, unde vorbiră cu Ernie, care, firește, le ceru zece dolari pentru manual. Lacy îl convinse să accepte cinci, plătiți din banii contribuabililor statului Florida, și plecară.

O oră mai târziu erau în Pensacola, în camera de conferințe a FBI, alături de Vidovich și de agenții Neff și Suarez. În timp ce ei povesteau prin ce trecuseră, doi tehnicieni verificau manualul, cardul de asigurare și tot ce mai găsiseră în torpedou.

– Da, plecăm mâine-dimineață, spuse Vidovich. Zborul e la ora 8.00. După-amiază vom fi în Washington. Mulțumită ție, Jeri, a fost o călătorie încununată de succes, nu-i așa?

– Așa și așa, spuse ea fără să zâmbească. Am găsit vinovatul, dar a scăpat. După cum și-a dorit.

– Crimele au încetat, iar asta nu se întâmplă mereu. Putem închide cazul acesta, dar avem altele.

– Câte, dacă îmi permiteţi? spuse Darren.

Vidovich se uită la Neff, care ridică din umeri vrând să spună că nu ştia.

– Vreo douăsprezece, de toate felurile.

– Vreunul ca Bannick? întrebă Lacy.

Vidovich zâmbi şi clătină din cap.

– Nu, din câte ştim, şi nu pretindem că-i ştim pe toţi. Cei mai mulţi ucid la întâmplare şi nu îşi cunosc victimele. Bannick a fost diferit. Avea o listă şi i-a urmărit ani la rând. Jeri, nu l-am fi găsit niciodată fără tine.

Se deschise uşa şi intră un tehnician.

– Avem două amprente clare, ambele de pe cardul de asigurare. Le-am trimis la laborator.

Apoi ieşi, urmat de Vidovich.

– Le vor acorda prioritate, spuse Suarez, apoi le vor verifica în bazele de date. Durează câteva minute să comparăm milioanele de amprente.

– Impresionant, spuse Darren.

– Aşa e.

– Şi dacă veţi găsi o potrivire? întrebă Lacy. Ce urmează?

– Nu prea multe, spuse Neff. Vom avea confirmarea că Bannick i-a ucis pe Verno şi pe Dunwoody, dar asta e tot.

– Şi dacă trăia?

– Tot dificil era. N-aş fi vrut să fiu în locul procuraturii.

– Şi în privinţa celorlalte crime? întrebă Jeri.

– Nici în privinţa aceasta nu se pot face prea multe, spuse Suarez. Ne vom întâlni cu agenţii poliţiei locale şi le vom comunica informaţiile. Aceştia se vor vedea apoi cu familiile, dacă acestea doresc. Nu toţi vor dori să afle. Tu cum faci cu ai tăi?

– O, le voi spune la un moment dat.

Conversaţia lâncezi în timp ce aşteptarea se prelungea. Darren merse la toaletă, Lacy aduse sucuri proaspete.

Vidovich se întoarse zâmbitor.

– Amprenta se potriveşte. Felicitări! Putem dovedi cu certitudine că judecătorul Bannick i-a ucis pe Lanny Verno şi pe Mike Dunwoody. Oameni buni, mai bine de-atât nu se putea!

– Vreau să beau ceva, spuse Lacy.

– Ei bine, mă gândeam să bem un pahar, urmat de o cină lungă, festivă. FBI face cinste.

Jeri încuviinţă cu un gest din cap, în timp ce îşi ştergea lacrimile.

46

Două săptămâni mai târziu, Lacy și Allie zburară la Miami, unde închiriară o mașină și străbătură autostrada 1 spre sud, prin Key Largo, până în Islamorada, unde făcură popas pentru un prânz pe îndelete, luat la marginea mării. Apoi își continuară drumul prin Marathon, mergând până la capăt, în Key West. Se cazară la Pier House Resort, într-o cameră cu vedere la ocean. Înotară, se plimbară pe plajă și admirară apusul, sorbind câte un cocktail.

A doua zi, într-o sâmbătă, părăsiră Key West, parcurseră drumul de o oră către Marathon și merseră la casa familiei Kronke, în Grassy Key, un cartier select amplasat pe malul mării. Întâlnirea lor fusese programată pentru ora 10.00 și ajunseră cu câteva minute mai devreme. Jane Kronke îi primi călduros și-i conduse pe terasă, unde așteptau cei doi fii ai ei, Roger și Guff. Aceștia veniseră din Miami cu o zi înainte. Câteva minute mai târziu, își făcu apariția șeriful Turnbull, reprezentantul poliției din Marathon. Allie se scuză, își luă cafeaua și se retrase.

După politețurile cuvenite, Lacy intră direct în subiect.

– Nu vă rețin mult, spuse ea. După cum v-am zis la telefon, sunt director interimar al Comisiei de Conduită Judiciară și datoria noastră este să anchetăm reclamațiile depuse la adresa judecătorilor de stat. În martie, am cunoscut o femeie al cărei tată a fost ucis în 1992 și care susținea că știe cine e ucigașul. A depus o plângere, iar noi suntem obligaţi prin lege să investigăm. Susţinea că suspectul, judecător în funcţie, era responsabil totodată pentru moartea domnului Kronke şi a altor doi cetăţeni din Biloxi, Mississippi. În mod obişnuit, nu anchetăm omucideri, dar nu am avut de ales. Împreună cu un coleg, am venit aici în martie şi am discutat cu şeful poliţiei, care a fost deosebit de cooperant. Nu am făcut niciun progres, pentru că, după cum bine ştiţi, dovezile sunt ca şi inexistente. În cele din urmă, am apelat la FBI şi la colegii de la Departamentul de Analiză Comportamentală, echipa de elită care urmăreşte criminalii în serie.

Făcu o pauză şi bău din limonadă. Ceilalţi o ascultau copleşiţi, sorbindu-i fiecare cuvânt. Îi părea rău pentru ei.

– Judecătorul despre care vorbim este Ross Bannick, din Pensacola. Bănuim că a comis cel puţin zece crime în ultimii douăzeci de ani, printre care şi domnul Kronke. Cu trei săptămâni în urmă, s-a sinucis într-o clinică de dezintoxicare de lângă Santa Fe. O amprentă îl plasează la locul crimelor din Biloxi, dar nu avem dovezi clare că l-a ucis pe domnul Kronke. Nu avem decât motivul şi metoda.

Jane Kronke îşi şterse lacrimile, iar Guff o mângâie pe braţ.

– Care e motivul? întrebă Roger.

– În 1989, Bannick a lucrat ca stagiar în biroul de avocatură al tatălui vostru. Din motive pe care nu le cunoaştem, Bannick nu a primit o ofertă de angajare după terminarea facultăţii. În anul respectiv, tatăl vostru era responsabil cu stagiarii şi el a fost cel care i-a scris lui Bannick, informându-l că nu va fi angajat. Evident, acesta a fost foarte afectat.

– Şi a aşteptat douăzeci şi trei de ani ca să-l ucidă? se miră Guff.

– Da. A avut răbdare şi a planificat totul foarte bine. Nu a ucis la întâmplare şi şi-a urmărit toate victimele aşteptând momentul potrivit. Nu vom cunoaşte niciodată toate detaliile, pentru că Bannick a distrus toate dovezile înainte de a-şi lua viaţa. Înregistrări, note, hard drive-uri, tot. Ştia că FBI-ul era pe urmele lui. A fost foarte meticulos şi extrem de inteligent. I-a impresionat pe agenţi.

Ascultau cu toţii uimiţi, dar nimeni nu zise nimic. După o pauză lungă, Turnbull spuse:

– Aţi menţionat metoda.

– Cu o singură excepţie, crimele au fost comise în acelaşi fel. O lovitură la cap, urmată de strangulare. De fiecare dată cu acelaşi tip de sfoară şi un nod deosebit, întâlnit destul de rar, numit nod de foarfecă dublu. E folosit uneori de marinari.

– Semnătura lui.

– Da, ceea ce nu este neobişnuit. Experţii FBI sunt de părere că nu voia să fie prins, dar voia ca opera lui să fie cunoscută. Aceştia cred totodată că îşi dorea să moară, fapt dovedit de sinucidere.

– Cum s-a sinucis? întrebă Roger.

– Supradoză. Nu ştim exact ce medicamente a folosit, pentru că nu s-a putut efectua o autopsie. Instrucţiunile lui. Autopsia însă nu ar fi folosit la nimic. Echipa FBI i-a analizat degetele, dar erau prea distruse pentru a obţine amprente.

– Tata a fost ucis de un judecător? exclamă Guff.

– Așa credem, dar nu o vom putea dovedi niciodată.

– Și nimeni nu va şti.

– Amprenta a fost găsită în cazul crimelor din Biloxi. Șeriful se va întâlni cu familiile victimelor şi vor decide ce e de făcut. E posibil să facă public faptul că omorurile au fost soluţionate şi că Bannick e vinovatul.

– Sper să o facă, spuse Roger.

– Dar nu va fi urmărit penal? întrebă Guff.

– Nu. E mort şi mă îndoiesc că vor încerca să îl condamne în lipsă. Șeriful crede că va exista cel puţin o familie care nu va dori ca procedurile să continue. Orice urmărire penală va fi dificilă, dacă nu de-a dreptul imposibilă, pentru că Bannick nu mai trăieşte ca să răspundă acuzaţiilor.

Jane Kronke strânse din dinţi.

– Nu ştiu ce să spun. Ar trebui să ne simţim uşuraţi sau furioşi? Sau cum?

Lacy strânse din umeri.

– Mă tem că nu vă pot răspunde.

– Dar nu va exista un comunicat de presă, ceva din care să se afle că individul ăsta ne-a ucis tatăl? întrebă Guff.

– Puteţi vorbi cu presa, dar, fără dovezi, nimic nu poate vedea lumina tiparului. E riscant să acuzăm un mort în lipsa dovezilor.

Din nou se aşternu tăcerea. În cele din urmă, Roger întrebă:

– Celelalte victime cine erau?

– Oameni pe care i-a cunoscut de-a lungul timpului, care l-au supărat într-un fel sau altul. Un profesor de Drept, un avocat care l-a înşelat lăsându-l fără onorariu, vreo două foste iubite, un fost client care a depus o reclamaţie împotriva lui, un reporter care a dezvăluit o afacere dubioasă în care era implicat, un şef de cercetaşi... Credem că Bannick a fost abuzat sexual de şeful grupei de cercetaşi, pe când avea cam doisprezece ani. Poate de aici a pornit totul. Nu vom şti niciodată.

Guff scutură exasperat capul, apoi se ridică, îşi vârî mâinile în buzunarele pantalonilor şi începu să se plimbe pe verandă.

– Dacă a fost atât de inteligent, cum de l-aţi prins? întrebă Jane.

– Nu l-am prins noi. Nici poliţia. Domnul Turnbull e aici, vă poate confirma că practic nu a lăsat urme.

– Atunci, cum?

– Ei bine, e o poveste lungă şi incredibilă. Voi trece peste amănunte. Cea de-a doua victimă – sau, cel puţin, bărbatul despre care credem că a fost cea de-a doua victimă – a fost profesorul lui Bannick la facultate. Acesta are o fată, care a devenit obsedată de uciderea tatălui ei. În cele din urmă, a început să-l bănuiască pe Bannick şi l-a urmărit timp de douăzeci de ani. Când s-a convins şi a reuşit să-şi adune curajul, ne-a adus nouă cazul. Nu l-am vrut, dar nu am avut de ales. Nu a mai durat mult şi am implicat FBI-ul.

– Vă rugăm să-i transmiteţi mulţumirile noastre, spuse Jane.

– Sigur. E o persoană deosebită.

– Ne-ar plăcea să o cunoaştem într-o bună zi, spuse Roger.

– Poate. Dar e destul de retrasă.

– A rezolvat cazul căruia noi nu i-am dat de capăt, spuse Turnbull. FBI-ul ar trebui să o angajeze.

– Ar face-o bucuroşi. Ascultaţi, îmi pare rău că vă aduc asemenea veşti, dar m-am gândit că aţi vrea să ştiţi. Aveţi numărul meu de telefon, dacă veţi avea întrebări.

– O, sunt sigur că vom avea foarte multe, spuse Guff.

– Oricând, dar nu sunt sigură că voi avea toate răspunsurile.

Lacy era gata de plecare. Îi mulţumiră din nou şi o conduseră la maşină, unde o aştepta Allie.

După-amiază, târziu, în hotel răsuna puternic muzica din baruri, pe nisip se desfăşura un meci zgomotos de volei, copiii se bălăceau în piscină. Sub palmieri, o trupă reggae îşi acorda instrumentele. Suprafaţa cristalină a apei era brăzdată de ambarcaţiuni.

Lacy se săturase de plajă şi ar fi vrut să facă o plimbare. Dădură astfel peste un ansamblu de nuntaşi adunaţi în jurul unei capele micuţe, pe nisip. Invitaţii începuseră să sosească şi sorbeau din cupele cu şampanie.

– Ce capelă drăguţă! spuse ea. Un loc foarte potrivit pentru o nuntă.

– Aşa e, recunoscu Allie.

– Am rezervat-o pentru 27 septembrie. Eşti ocupat?

– Ă, păi, nu ştiu. De ce?

– Greu te mai prinzi uneori... Pe 27 septembrie ne căsătorim. Chiar aici. Am depus deja avansul.

El o prinse de mână şi o trase lângă el.

– Cum rămâne cu cererea în căsătorie şi aşa mai departe?

– Tocmai te-am cerut. Evident, tu n-ai fost în stare. Şi acum, voi accepta inelul acela.

El râse și o sărută.

– Dacă tot dai dovadă de inițiativă, de ce nu ți-l cumperi singură?

– M-am gândit și la asta, dar te las pe tine. Îmi plac diamantele ovale.

– Bine. Mă ocup. Mai trebuie să știu ceva?

– Da. Am ales 27 septembrie pentru că mai sunt patru luni până atunci. Avem timp să ne încheiem carierele și să începem o nouă viață. Eu îmi dau demisia. Tu îți dai demisia. Ori eu, ori FBI-ul.

– Adică pot să aleg?

– Nu.

El râse, o sărută din nou, apoi izbucni iar în râs.

– Mă risc cu tine.

– Răspuns corect.

– Și sunt sigur că luna de miere e deja planificată.

– Sigur. Plecăm o lună. Începem de pe Coasta Amalfi, din Italia; ne cazăm și călătorim cu trenul în Portofino, Nisa, sudul Franței, poate ajungem chiar și la Paris. Ne orientăm din mers.

– Îmi place. Și când ne întoarcem?

– Dacă ne mai întoarcem, stabilim împreună care va fi următorul capitol din viața noastră.

Un cavaler de onoare desculț, în bermude și cu o cămașă roz cu papion, veni lângă ei cu două pahare de șampanie.

– Poftiți, ne mai trebuie câțiva invitați.

Luară paharele, se așezară pe scaune în ultimul rând și priviră firesc cum doi străini schimbau între ei jurăminte.

Lacy se gândea deja că ea avea să facă lucrurile diferit.

Nota autorului

Informatorul se încheie cu Lacy Stoltz recuperându-se în urma accidentului şi luptându-se cu incertitudinile privind viitorul. De atunci, m-am gândit la ea adesea, dorindu-mi să îi mai ofer o aventură. N-am reuşit să găsesc o poveste la fel de reuşită până când nu am dat peste cea a unui judecător care este totodată un ucigaş.

N-ai cum să nu iubeşti o poveste bună!

Aşa cum menţionez într-unul dintre puţinele fragmente cu informaţii reale din carte, fiecare stat gestionează în mod diferit reclamaţiile la adresa judecătorilor. În Florida, Comisia de Certificare Juridică face o treabă minunată încă din anul 1968. Comisia de Conduită Judiciară nu există.

Le mulţumesc lui Mike Linden, Jim Lamb, Tim Heaphy, Lauren Powlovich, Neal Kassel, Mike Holleman, Nicholas Daniel, Bobby Moak, Wes Blank şi Talmage Boston.

John Grisham

Ofertă completă
BIBLIOTECA RAO

Ficțiune pentru adulți

CLASICI CONTEMPORANI

Miguel Delibes	*Ereticul*
William Faulkner	*Hoțomanii • Iscoadă în țărână • O parabolă • Recviem pentru o călugăriță*
Gabriel García Márquez	*N-am venit să țin un discurs*
Witold Gombrowicz	*Jurnal – vol. I • Jurnal – vol. II*
Hermann Hesse	*Cele mai frumoase povestiri vol. 1 – Colecția Nobel • Cele mai frumoase povestiri vol. 2 – Colecția Nobel*
James Joyce	*Stephen eroul*
André Malraux	*Carnet din URSS 1934*
Thomas Mann	*Casa Buddenbrook vol. 1 – Colecția Nobel • Casa Buddenbrook vol. 2 – Colecția Nobel*
William Saroyan	*Aventurile lui Wesley Jackson • Nebunie în familie*
John Steinbeck	*Călătorii cu Charley*
Stefan Zweig	*Amoc. Obsedatul*

AUTORI CLASICI

Johann Wolfgang Goethe	*Poezii. Vol. 1*

LITERATURĂ CONTEMPORANĂ

Angela Becerra	*Ella*
Adrienne Celt	*Chemarea focului*
Carlos Franz	*Deșertul*
Jack Fernley	*America uber alles*
Carlos Franz	*Locul în care a fost paradisul*
DeSales Harrison	*Adâncuri sălbatice*
Nathan Hill	*Nix*
Howard Jacobson	*Chestiunea Finkler • J • Trăiește puțin*
Sarah Lark	*O speranță la capătul lumii • În țara norului alb • Cântecul maorilor • Aurul maorilor • În umbra arborelui Kauri*
Siegfried Lenz	*Un moment de reculegere*
Colum McCann	*Goana nebună a lumii*
Patrick Modiano	*Dora Bruder • Un pedigri*
Rosa Montero	*Nebuni din iubire • Cei iubiți nu mor niciodată • Noroc chior*
Tea Obreht	*Soția tigrului*
Sara Stridsberg	*Forța iubirii*

AUTORI ROMÂNI CONTEMPORANI

Anghel Andreescu	*Acțiunile separatiste*
Anghel Andreescu, Dan Andreescu, Dan Bardaș	*Efectul migrației asupra securității României și a Europei*

Vartan Arachelian	*Numele și umbra*
Augustin Buzura	*Absenții • Drumul cenușii • Nici vii, nici morți • Recviem pentru nebuni și bestii • Refugii*
Eugen Ovidiu Chirovici	*Cine a ucis-o pe Nora Jones? • Hoodoo Creek • O amintire de la Paris • Pulbere neagră • Cartea secretelor*
Eliza Ene Corbeanu	*Viața la curte vol. I • Viața la curte vol. II*
Adrian Eugen Cristea, Marius Marinescu, Mihai Mitran	*Cartierul interzis*
Corneliu Filip	*Ion Ghițulescu, omul de la microfonul radio*
Mircea Malița	*Istoria văzută prin ochii diplomatului*
Vanessa D. Mariș	*Imagini de Fado*
Eugen Mihăescu	*Rebel • Între linii • Strigăte în pustiu*
Ștefan Mitroi	*Atunci când era mereu duminică • Biblia pentru furnici • Dulce ca pelinul • Jocuri de nenoroc*
Doru Munteanu	*Viață de împrumut*
Adrian Năstase	*Sub zodia momentului: Blog'n Roll vol. 7 • Războiul lui Onoda: Blog'n Roll vol. 8*
Ionel Nițu	*Analiza de intelligence*
Adrian Onciu	*Templul negru*
Dan Ioan Panțoiu	*Mercenarul întunericului*
Dumitru Popescu	*Artemis sau Uzurparea sentimentului • Singurătatea mărilor*
Vlad T. Popescu	*Taina. O nouă incursiune în irealitatea imediată*
Flaviu George Predescu	*Softul Ge • Paraclis 1980*
Aurelian Silvestru	*Cel rătăcit*
Dinu Săraru	*Corrida • Jurnalul unui personaj controversat • Marele premiu la Monte Carlo • Ura din ochii vulpii*
Mirel Taloș	*Colecționarul de nuduri • Undeva în Transilvania*
Stelian Țurlea	*Trei femei*
Olimpian Ungherea	*Sayonara. Confesiunile unui criminalist*

COLECȚIA ICEBERG FICTION

Jussi Adler-Olsen	*Camera groazei • Culpa • Vânătorii de oameni • Somnul rațiunii • Decretul Washington*
Dan T. Sehlberg	*Mona. Virus mortal*
Roy Jacobsen	*O minune de copil*
Henning Mankell	*Câinii din Riga • Creierul lui Kennedy • Omul din Beijing • Pantofi italienești • Ucigași fără chip – seria Inspectorul Wallander*
Anders de la Motte	*Jocul • Buzz (cartea a doua din trilogia Jocul) • Bubble (cartea a treia din trilogia Jocul)*
Erik Axl Sund	*Persona. Slăbiciunea Victoriei Bergman partea I • Trauma. Slăbiciunea Victoriei Bergman partea a II-a • Catharsis. Slăbiciunea Victoriei Bergman partea a III-a*
Erik Valeur	*Al șaptelea copil*
Jakob Vedelsby	*Legea umanității*

THRILLER, AVENTURI, ACȚIUNE, MISTERY

Francisco Asensi	*Sângele*
Asa Avdic	*Insula morții*
David Baldacci	*Rece ca piatra*
Steve Berry	*Protocolul Varșovia • Taina președintelui • Ultima colonie*
Samuel Bjørk	*Bufnița vânează întotdeauna noaptea*
Mireille Calmel	*Cântul vrăjitoarelor – vol. 1 • Cântul vrăjitoarelor – vol. 2 • Cântul vrăjitoarelor – vol. 3*
John le Carré	*Genul nostru de trădător • Moștenirea spionilor • Un adevăr delicat*
Karen Cleveland	*Acces interzis*
Emma Cline	*Fetele*
John Connolly	*Răzbunătorii*
Michael Connelly	*Al cincilea martor • Până la capăt. Seria Mickey Haller • Chipul dur al despărțirii • Tura de noapte • Avertizarea*
Glenn Cooper	*Semnul crucii*
Michael Cox	*Sensul nopții*
Blake Crouch	*Revenire*
Clive Cussler	*Imperiul Celtic • Marea diavolului*
Clive Cussler & Paul Kemprecos	*Orașul pierdut*
Arwen Elys Dayton	*Mai puternic, mai iute, mai frumos*
Leona Deakin	*Dispăruți*
Nelson DeMille	*Coasta de Aur*
Karen Dionne	*Evadarea din mlaștină*
Brendan Duffy	*Regele furtunii*
Joseph Finder	*Omul companiei*
Adam Foulds	*În gura lupului • Labirintul însuflețit*
Ulla Frohling	*Ființa din oglindă*
Mario Giordano	*Tușica Poldi și misterul leilor sicilieni*
Javier Gonzales	*Insula sfârșitului timpului*
John Grisham	*Barul Rooster • Calico Joe • Campionul din Arkansas • Îngerii dreptății • Șirul de platani • Theodore Boone – Puștiul avocat • Theodore Boone – Răpirea • Uragan pe insula Camino • Lista judecătorului*
Katryn Harkup	*A de la arsenic. Otrăvurile Agathei Christie*
Thomas Harris	*Cari Mora*
Jay Hosking	*Trei ani în labirint*
Petrika Ionesco	*Cântecul lebedei mecanice*
Christian Jacq	*Fugarul (vol. 1 seria Răzbunarea zeilor) • Divina Adoratoare (vol. 2 seria Răzbunarea zeilor)*
Susanne Jansson	*Mlaștina*
Jens Henrik Jensen	*Oxen – Prima victimă*
Dean Koontz	*Noaptea lui Odd • Ochii întunericului*
Danya Kukafka	*Misterul fetei din zăpadă*
Vera Kurian	*Te voi ucide zâmbind*
Will Landay	*În apărarea lui Jacob*
Maggie Lehrman	*Orice lucru are prețul lui*
Charlie Lovett	*Povestea anticarului*

Kathleen McGowan	*Prințul poet*
Brad Meltzer	*Cercul asasinilor • Cercul cavalerilor • Jocul zero*
Maggie Mitchell	*A doua fată*
Alejandro Palomas	*Un fiu*
David Park	*Comisarul adevărului*
Tony Parsons	*Soția dorită*
Chris Pavone	*Expatriații*
Malin Persson Giolito	*Nisipuri mișcătoare*
Anthony Quinn	*Prietenii noștrii din Berlin*
T.R. Richmond	*Ce-a lăsat în urmă*
James Reese	*Dosarul Dracula*
Allie Reynolds	*Fior*
Imogen Robertson	*Iarna la Paris*
Brian Ruckley	*Nașterea iernii – seria Lumea fără zei*
Daniel Sanchez Pardos	*G. Un oraș misterios: Barcelona. Un tânăr vizionar: Gaudí*
John Burnham Schwartz	*O singură clipă*
Javier Sierra	*Focul invizibil • Maestrul de la Prado*
Lorenzo Silva	*Linia meridianului*
Dan Smith	*Ținta: Președintele*
Dominic Smith	*Ultima pictură a Sarei de Vos*
Jose Carlos Somoza	*Cheia adâncului*
Olen Steinhauer	*Turistul*
Carole Stivers	*Codul vieții*
Brad Thor	*Lista neagră*
S.K. Tremayne	*Dubla identitate*
Paul Tremblay	*Cabana de la sfârșitul lumii*
Simon Urban	*Planul D*
Timur Vermes	*Ia uite cine s-a întors*
David Wroblewski	*Povestea lui Edgar Sawtelle*
Matt Weselowski	*Misterul din pădure*
Hideo Yokoyama	*Misterul cazului „Șase patru"*
Joakim Zander	*Înotătorul • Fratele • Prietenul*

COLECȚIA PENTRU TINE

Antony Capella	*Ofițerul stării civile*

DRAMA, ROMANCE

Helly Acton	*Dragostea e un reality show*
Pierre Assouline	*Portretul*
Tabea Bach	*Insula cameliilor*
Angela Becerra	*Penultimul vis*
Anna Bell	*Lista de dorințe*
Jenn Bennett	*Cu ochii în stele*
Chris Bohjalian	*Închideți ochii, luați-vă de mână*
John Boyne	*Furiile inimii • Un călător printre secole*
Isabelle Broom	*Escapada*
Serena Burdick	*O fată în amurg. Un roman despre Paris*
Andrea de Carlo	*Minunea imperfectă*
Carol Cassella	*Oxigen*
Jessie Chaffee	*Florența la apus*

Sarah Cohen-Scali	*Max*
Manuel DeLope	*Perlele călătoare*
Val Emmich	*Nu uita să-ți amintești*
Gyle Forman	*Fără mine*
Rachel Givney	*Jane și magia iubirii*
Heddi Goodrich	*Americanca*
Lauren Groff	*Destin și furie*
Ruth Hogan	*Colecționarul de obiecte pierdute • Paradisul lui Queenie Malone*
Catherine Isaac	*Aici, acum, mereu • Povestea iubirii noastre – ed. softcover*
Natalie Jenner	*Clubul Jane Austen*
Susana Lopez Rubio	*Intrați în El Encanto*
Charlotte Lucas	*Anul tău perfect – vol. I și vol. II*
Benjamin Ludwig	*Ginny Moon: din secretele unei fetițe autiste*
Laura McVeigh	*Sub stelele tăcute*
Benjamin Mee	*Avem un zoo!*
Claire Messud	*Prietenie dispărută • Când lumea stătea în loc • Femeia de la etaj*
Jean E. Pendziwol	*Fiicele paznicului*
Francine Prose	*Prima iubire*
Karen Raney	*Două vieți*
Sue Roberts	*Idilă pe Riviera*
Clara Sanchez	*Misterul numelui tău*
Lisa See	*Dragostea Florii-de-bujor • Frumoasele chinezoaice*
Indra Sinha	*Oamenii lui Animal*
Kathryn Tay	*Moștenirea partea 1 (Saga Daringham Hall) • Hotărârea partea 2 (Saga Daringham Hall)*
Julia Whelan	*Un an la Oxford*
Natalie Winter	*Clipe de viață*
Javier Yanez	*Stăpânul savanelor*
Markus Zusak	*Mesagerul*

FANTASY, SCIENCE FICTION

Mitch Albom	*Măsura timpului*
Christina Sweeney-Baird	*O lume fără bărbați*
Stephanie Garber	*A fost odată o inimă frântă*
Forrest Leo	*Un gentleman*
Scott Lynch	*Minciunile lui Locke Lamora • Pirații mărilor roșii*
Walter Moers	*Cele 13 1/2 vieți ale căpitanului Urs Albastru*
Sylvain Neuvel	*O poveste care va urma*
Michael Poore	*Dansul reîncărnării*
Patrick Rothfuss	*Teama înțeleptului • Numele vântului • Tainica iscodire a celor tăcute*
J.R.R. Tolkien	*Hobbitul • Frația inelului (vol. 1 trilogia Stăpânul inelelor) • Cele două turnuri (vol. 2 trilogia Stăpânul inelelor) • Întoarcerea Regelui (vol. 3 trilogia Stăpânul inelelor) • Povestea lui Kullervo • Silmarillion • Copiii lui Hurin*
Leslye Walton	*Straniile și minunatele amărăciuni ale Avei Lavender*

ROMAN ISTORIC / DRAMĂ ISTORICĂ

Stephan Abarbanell	*Orient*
Malka Adler	*Frații de la Auschwitz*
John Boyne	*Ruinele timpului*
Edward Carey	*Extraordinara poveste a micuței. Frumoasa madame Tussaud*
Jennifer Chiaverini	*Fetele din rezistență*
Paula Cifuentes	*Vremea bastarzilor*
Javier Cercas	*Impostorul*
Catherine Delors	*Iubire și sânge*
Marc Dugain	*Îl vor ucide pe Robert Kennedy*
Barbara Ewing	*Rosetta*
Mario Escobar	*Cântec de leagăn de la Auschwitz*
Ildefonso Falcones	*Moștenitorii pământului • Pictorul de suflete*
Ken Follett	*Stâlpii pământului – ed. softcover • O lume fără sfârșit – ed. softcover • Coloana de foc – ed. softcover • Căderea uriașilor – ed. softcover • Capătul veșniciei – ed. softcover*
Franco Forte & Scilla Bonfiglioli	*Fetița și nazistul*
Luca di Fulvio	*Copilul care a găsit soarele noaptea*
Max Gallo	*Titus*
Antonio Garrido	*Cititorul de cadavre*
Rachel Halliburton	*Iluzia optică*
Oscar Hujuelos	*Twain și Stanley*
Georgia Hunter	*Supraviețuitorii*
Antonio G. Iturbe	*Bibliotecara de la Auschwitz • În plin văzduh*
Özlem Kumrular	*Sultana Kösem*
Colum McCann	*Transatlantic*
Pauline Peters	*Camera rubinie*
Lutz Seiler	*Kruso*
Sarah Stricker	*Cinci copeici*
John Sweeney	*Idiotul de serviciu*
Lucy Ribchester	*Clubul Clepsidrelor: Vremea sufragetelor*
Yasuko Thanh	*Mireasma misterioasă a munților Galbeni*
Markus Zusak	*Hoțul de cărți*

www.raobooks.com | www.facebook.com/rao.editura
office@rao.ro | libraria.rao@rao.ro

Tipărit la ARTPRINT